袁凌 著

# 生死课

上海译文出版社

# 引言

这部故事集，是几年前的一本书《我的九十九次死亡》的续篇，也是长期写作的系列。

系列的取材，大都是各色生存地面上辗转的小人物，或是历史地层中叠压的无名氏。题目触及生死，是想郑重于当事人不免卑微的生存。“死生事大”，不论人生如何卑细，低及尘埃，轻如鸿毛，在生死两端上，总有其值得珍重之处。由此入手，记叙其生存细节，勾勒人性脉系，存留一份生命的纪念。

在上天面前，个体的命价是平等的，即使一只麻雀或野地里的花，也有被珍重看顾的理由，并且是人世墙垣上不能缺失的一块砖石。

这些人物，大都是作者在成长经历、采访调查以及公益探访中邂逅的，有乡土的长辈，也有都市的边缘人；有历史中的失踪者，也有留守的孩子；有辛苦的生意人，也有孤独症阴影下的白领。有逝者，有生者。交集或匆匆一面，或长达数年。故事篇幅也因此长短不一，长不过数千，短至寥寥百字。

他们的人生遭际，或可谓曲折，或简略潦草。生活场景或者算得别致，或者平凡。他们不是时代聚光灯下的主角，但每人都有属于自己的剧情。作者无意虚构缘饰，追求好看动听的故事，或者宏大的主题，而想尽量可靠地记录，传达芸芸众生本来的生存质地，保存一份真切的人类经验，抵制遗忘的权力。

在不起眼的生存场景和情节下，仍然包含了素朴而不乏丰富的人性意味，具有某种重量，或者回味。像是低到尘埃中呼吸生长的植物，透露了时代与历史的内情。这也是将他们的人生记录下来的理由。

我想将这份记录继续下去，不仅为了他们的人生，也为了对自我生命的理解。在命运的钟声下，每个个体的生存是相通的，回避、漠视他人的在世经验，也就不能真实地面对自我。

我希望有一天，能够习得他们朴素的人生态度，就像当初自然地接受来到世上这一事实一样，能够坦然面对死亡，成为人类既往记忆的一部分——即使是最微不足道的一分子，而不必说一句“生而为人，对不起”。

# 目录

## 生

# 死

生

# 壹 >>>

# 蔡姐的苹果树

## 一

“我们去苹果树下坐吧。”在挂着锁的老屋门前，蔡姐说。

老屋的砖褪色了，有些泛出微红，门楣上还钉着不知哪个年代的“十星户”铝牌。锁也是老式的将军不下马铁锁。楼房有三层，蔡姐说，只有一层住人，上面都是空的，当初不知为什么要起这么高，是村里最先起的一座楼房。蔡姐一直不喜欢这座楼房，它像是并非用来居住，却是显摆给村里人看的。就像蔡姐那些年在广州的生活，多半也是为了给别人看，和自己关系不大。

好在它现在变旧了，比村里别的房子更旧。弟妹几次说要翻新，蔡姐都没答应。她打开这把铁锁，走进像是蒙了一层尘灰的空气里，就像是走进了一个终究可以安心的地方。

位于山顶上的耀英坪，有一条县级公路穿过，是以前的土家村落变为小街的唯一理由。蔡姐家的房子和别人家一样起在路边，但似乎有意往后退了一点，留出一个场坝，旁边还有一块空地。苹果树栽在场坝与道路的边沿上，带着一个培植泥土的坛子，水泥的坛沿上点缀一些落花。新鲜的绿叶之下，米粒一样细小的苹果已经结出来，顶端缀着最后一层花事。

第一次见到蔡姐，是在广州越秀区一家火锅店里，那是蔡姐自己开的第二家连锁店。一家中型大小的店铺，虽然难免有火锅店常有的味儿，大理石镶面的桌子仍旧称得上干净。蔡姐请我们吃火锅，说起她到广州十七年来，换了多少种行当，干过财会保险服装，夫妻开过厂买过矿，钱又全赔在一座东北的矿山上。几起几落，眼下这两家火锅店，总算是浮沉之后留下的一点事业。

沉浮的代价，则是蔡姐几年前患上的抑郁症。好容易有个空隙，趁机生孩子，孩子生了没有多久，人就一下子沉下去了。

“忽然就觉得活着没意思，老公像是陌生人，本来为投资那座矿也吵了架。要命的是连孩子上学都不想管了，就像想不起来是自己生的。”

蔡姐说，那时只想跳楼，一了百了。觉得自己怎么会有这个念头，像疯子一样，却又似乎只有这个念头能救自己。后来看医生才知道，得抑郁症的人不管以前千差万别，全是这么想。

“但是也有一点和别人不一样，就是我还不想在广州死，老是看见父亲的坟，想回家乡来，死在父母坟边。”

蔡姐没告诉丈夫，乘飞机到武汉和恩施，又坐汽车回了巴东县，再搭中巴下乡，没有告诉亲戚和县城的朋友，想要静静地离去。不料回到村里，来到老屋门前，这棵苹果树正在开花，绿叶已经长出，花朵一点还没有落，只有苹果树是这样的。蔡姐端了母亲做的饭，不用椅子，坐在苹果树的花坛上吃，忽然不想死了，开机给丈夫打了电话。

以后蔡姐每当坚持不住的时候，就回到家乡，带上医生开的药物，让妹妹送来老屋的钥匙。住上一段好转了，再回广州去。那几年因为总是焦虑发脾气，不仅和丈夫别扭，跟上幼儿园的女儿关系也不好，女儿盼着她回老家，听到她要回来就开始闹脾气。在广州的家里，蔡姐像是个外人。

病情好转之后，开了这家火锅店，但这时蔡姐的心思不在生意上了，她想不能光回去住一阵，还要为小山村做些事情，似乎这样才能真的把自己和老家联系起来。

她开始组织朋友为村小捐校服，搞结对扶贫，最近的一个活动则是联合公益组织造一个“会飞的盒子”，弥补校舍的短缺。蔡姐是这个小学第一个大学生。

丈夫偶尔嫌她这些事情做得太多，没有实际意义，她说：“至少我会觉得开心，总比整天抑郁好吧?”

## 二

小学在坡顶上。蔡姐带我们去看的时候，没有走新修的公路，选了从前她上学的小路。石板铺成的阶梯，掩蔽在阴坡的植被里，路面变为暗绿。往年下雪的时候，蔡姐曾经摔跤，“买过地皮”。

坡地路边有一个“地眼”，像沈从文小说中的那种，掩蔽于寻常的土坡灌木，忽然下陷，深到地心，人掉下去就没了。少年的蔡姐，只敢在远处观望，从未敢走近洞口窥视。有几只羊掉下去，后来人们用水泥糊住了，水泥上又长了灌木，现在蔡姐已不大辨得清方位。

半坡有一口大水井，还在那里，是村里人往年吃水的地方。蔡姐和妹妹曾经每天去提水，上学途中也要去趴着喝两口。现在井口似乎消失了，拉出几根塑料管子，通向坡下人户，有一家是养殖场。空气里有一股湿气，似乎是往昔大水井的味道。不知为什么，我们都没有走近去看。

放着暑假，小学校里没人，迎面两排塑料绳上，学生的作文在飘荡，作文比赛主题是“画出梦想”，蔡姐说挂起来是她的主意。夜里有露水，有些作文被打湿了，画笔颜色透过了纸背，像是花花绿绿晾起来的床单，有一两张飘落了下来，蔡姐拾起来挂上。

看了小学校，蔡姐引我到村里转转，离开大路，走到学校后身的坡下。这里是一道平缓山坳，小路迂回穿过田坝，连带稀疏人户，路旁长了不少果树，似乎土质偏薄不易茂盛，青葱却又够遮阴凉。是这处山顶村庄的地貌。

蔡姐说，黄昏时候顺那条道走下去，两旁的萤火闪闪烁烁，像要落到身上，却又像流水不会停留，引着人忘了回家，一直走到不知多远的地方，她曾经为这挨过母亲的骂。

在小路上，蔡姐问我先前在车上手机里放的什么歌，似乎是一个叫莫什么的歌手，我说是《妈妈的歌谣》，莫西子诗的。蔡姐要我再放一遍。

听到手机播放悠悠的曲调，戴着太阳帽的蔡姐眼睛有点闭起来，像受到一阵清风吹拂，手指抚过路旁的苹果树叶。

我们走到了一大坝空落的房子，一座楼房带着几排水泥平房，蔡姐说这以前是个养猪场，她想把这里买下来，改造成一个农家乐，请外地的友人来玩，给村里添点收入。

她还想到请几个名家暑假来讲诗词，给外地的小学生办一个班，学诗词同时也体会大自然。“我们这儿的风景太美了。”她说，有点像是问我们，不是这样吗？

小路进湾的地方，有一块坡地，蔡姐说那是她小时候另一处经常提水的地方。

“冬天天干，大水井没水了，大家到处找水。我和妈妈赶到这里来。来迟了，这口井的水又打没了，要爬几步坡，去上面的一口井。”下了小雪，蔡姐在上坡的坎子上跌倒了，哭了起来，沾雪的手擦着冰凉的泪等妈妈。这个情节在记忆里捂久了，不知什么时候变得温暖起来，不再那么生冷。

母亲现在广州，但每年夏天会回来住。她从来没有习惯过广州。回到老屋，坐在门前的树下，左邻右舍路人就跟她打招呼，对一个富老婆婆①的人情味儿，在广州是没有的。年轻时的辛苦，在父亲暴躁脾气下的压抑，也就得到一分补偿。

## 三

顺着这条小路往里走，景色有些荒凉起来，路旁种着干枯的荞麦，几处老房子撂在路旁，屋顶塌陷了，露出叉丫的木料，板壁日晒雨淋成了黑色。路旁没有行人，阳光强烈得近于虚幻，却有一群乌鸦，在老屋的废墟上鸣叫，似乎是嗅到了什么事情的气息。

“这里就是乌鸦多。”蔡姐有点畏惧起来，停住了脚步。她不敢走进老屋的废墟，却记得搬走的人家的名字。她曾想买下两座板壁房，却没有赶得及房子塌。

---

① 富老婆婆，方言，富足的老太婆。

在公路另一旁的小径上，蔡姐曾带我去看一座保存完好的木屋。这座房子建在山坳里，有八个角，“我们叫八角楼”。屋后山坡深深浅浅的蒲公英，躺在草地上，淡白色的花伞似乎笼住了屋顶。

几户人住着这座大屋。我们走上二楼的回廊，看到窗户里的日用物什。木条的栏杆还结实。远眺一块块青色和绿色的土豆田，像是深浅颜色的布缝合在一起，裁剪的线路笔直。

蔡姐在几根柱子支撑的天井里照了一张相，一道屋顶透入的阳光掠过她的身体，光柱里许多细小的灰尘浮动，她没有打扰这些金粉一样的灰尘。

半路上，蔡姐要我陪她去一个地方。拐上狭窄的小径，爬上一处山坡，现出几座坟，带着层叠高擎的雕花牌坊，像是活人居住的雕梁画栋，让人开眼的同时又有点畏惧。

牌坊最高的那座是蔡姐父亲的，坐落在一小片田地后面。田里种了庄稼，几乎没有路了，蔡姐说这本来是自家的地，因为多年无人经管，被邻居种了，也没留下到墓地的小路。快到墓前还倒了一根枯树枝，蔡姐和我一起移走了它。

墓碑上刻了父亲的生平，去世时年过六十不久。蔡姐说父亲是裁缝，在乡里一个什么缝纫社里扎衣服，因为手艺好很辛苦，总是天不亮出门半夜回家。他会手艺也会玩。当地丧事上的仪式“撒尔嗬”，爸爸是主鼓的，鼓声高亢激烈，和他的脾气一样火爆。他和乡里粮站、供销社、林特站这类部门的人处得很好，好到搞恶作剧捉弄他们。在“文革”中因为一个侄子考上县中学被造反派的人卡住不盖章，把那人的桌子促翻，自己找到了章子拿来盖。

到去世之前，父亲的火爆脾气并未平息，他想喝酒，医生说喝了会死，他说死就死，喝要喝，喝了酒就死了。每次给父亲上坟，蔡姐会带两瓶白酒洒在坟前。

## 四

回到老屋门前，侄子仍旧没有到来，邻居在苹果树下放了几把藤椅，沏了茶。我们坐在这里聊天，蔡姐说起以往端饭在苹果树下吃，苹果花落到了碗里，舍不得拈出来，有一种无从触及的芬芳。

对面一幢尚未竣工的大楼，裸露着一层的水泥柱，前面却有几棵繁茂的水杉，大约是这里最繁盛的植被了。蔡姐说，以往街道两旁都是很高的水杉，不知什么时候种的，也不知什么时候开始砍的。她回来的时候，看到路边的杉树砍了一大半了。弟弟和人合起一幢大楼，她硬拦着让他们的大门侧开，把正面的水杉树保存了下来。眼下那是路旁仅存的几棵。

就像老屋旁边的空地，亲戚几次想要起房子，也被她硬留了下来，“就这样搁着”。地皮透出一层青色，似乎只用于呼吸。

## 火屋里的远方

下雨天的院坝滑溜，透出青苔。我和红林走进黑暗的屋子，一个女人在烤火，炉子几乎已经熄了。

这是我第一次见到她，但我其实认识她很久了。没有成年时，我就知道她住在自生桥上头，时常一个人在屋里推磨、唱歌。有时会走到路上，老半天地望着远方，自言自语。

后来我去坎上红林家，每次要经过她家的屋。院坝空荡荡的，旁边的邻居似乎也搬走了。大门虚掩，有时堂屋里掠过一个人影，只有一次院坝里有个女人，在新装的龙头下接水，我跟她搭了一句话，但不敢确认是她。不管有没有见到，她常常在我想象中出现，唱着歌推动磨子，或者走到自生桥头高坎上去，朝远方眺望。

人说她望的是走失的儿子。自从十四岁那年离家，出门打工，他再没回来。儿子走后，老公也去世了。她成了屋里唯一的人。

我曾想过以她为题目，写一篇叫做《远方》的小说。但我从没有机会跟她搭话，听见她唱的歌。每次我进豹溪沟散步，一直走到自生桥下方，望见吊岩坎上方露出院子一角，就会想到她站在坎上眺望。儿子走失之后，有人说在镇坪见到过他一面，她的眺望因此是向着镇坪的方向。

没想到红林跟她熟，是院子里跟她说话最多的人。那一次在水龙头旁边我跟她搭了一句话，回头她告诉红林，儿子来看她了："忙得很，说一句话又走了。"

今天红林下去，她问红林要不要洋火姜，她种的洋火姜都挖回来晾在楼上，红林爬上去看，发现这些天下连阴雨，石板屋顶漏，好多都坏了。上楼打开了电灯，"呲啦呲啦响"，赶忙下来了。

窗户很小，火屋里光线缺少，下雨天现出黑暗。土墙上蒙着一层防雨的编织布，几乎看不出条纹。她从火边抬起头来，神情平静，似乎对外人到来并不惊讶。

她的面容白皙，没有多少皱纹。六十多岁的人，头发在黯淡的光线里显出青幽幽的。衣服也干净，看得出年轻时的人材①。提起丈夫去世的往事，语气和缓，让我不易把她和想象中那个女人关联起来。

"他本来是胃癌，做手术把肝子伤了，就又包起来，我们也没去找医院——"

丈夫比她大八岁，两家是老亲，很早的时候丈夫走亲戚，看上了十二岁的她，一直等到她成人了才结婚。那时她的生父是地主，被枪毙了，跟着继父度日，虽然丈夫是二婚，也没有多少选择。好在丈夫心疼人，在外头有啥子吃份儿，总是给她装回来。"人家装的纸烟，他拿一大把回来给你吃，他个人吃叶子烟。"提起这些，她脸上露出不显眼的微笑。

---

① 人材，指相貌身段。

她还嫌丈夫不够“哈”，本来是民办教师，又兼了大队的会计，公社把他抠住，管四大四行，却没有谋到国家身份，“没志气的么”。

提到儿子，情形却完全不一样了。她说，儿子是他爸爸送去郑州学烹调，毕业后分配到联合国了，十六个国家都在。各个国家都娶一个媳妇，生了一百个后人，还有了四十九个孙娃子，“我想到都笑人”。原因可能是丈夫下葬的时候自己请了阴阳，埋在覃家老屋场里，发人。

一会她又说，儿子是分到美国。“美国他胆子大，把总馆开到瓦屋场来了，我去年在瓦屋场看见他了的，还没丢。”瓦屋场是豹溪沟口的蔡家大院子，她的大女儿嫁到院子里，有时候会去玩，但不过夜，当天一定会赶回来。

儿子开个大摩托，故意把她拦到，她当时背一篓苞谷给大女儿送去，儿子向她笑，没说啥子，看她认不认得到，她认得到，儿子长得好，红光满面的，出门这么多年容颜变化不大，“还没皱”。她也没说啥子。因为知道儿子在管劳改队，是机密，不敢说么子。他是法院的厅长，美国把七个劳改队放了，他就没工作了，劳改队分散到这些地方到处跑，所以他又回来。

这是在电视上看到儿子讲的。曾经有两年，沟里拉起了小水电，一个月收五块钱电费，看了几天电视。后来小水电垮了，直到前年又通电，电视已经坏了，放在窗台上没修，也不想再看。“知道他没丢，就行了。”

电灯也坏了。我试着一拉，果然呲啦呲啦响，灯头冒火花，红林不禁躲闪起来。去堂屋关上了电闸，打开灯头一看，两股线搭在了一起。掰开了导线，再合上闸拉电灯，好了，屋里顿时明亮了一些，似乎也暖和了一点。

她要给我们烧水喝，但是炉子已经快熄了。半个月的连阴雨，水浸满了炉窖，煤已经烧不燃了，加的柴火，但炉子下半截不通，柴火也烧不旺。幸好土墙上大女婿来时包了一层防雨布，地面下也铺了一层塑料布再垫的土，不然屋子要返潮透了。

还好坡上的庄稼都收了回来。三亩多地退耕还林，普遍种上了洋火姜，另外还打一千多斤苞谷，自己吃不完的，都给沟口上大女儿用摩托车带下去。往年用背，眼下实在背不动了，肩膀痛。去年还养的有猪，碰上发猪瘟，两个猪胚子都死了，女儿不叫她喂了，买肉送回来给她吃。这次下连阴雨，厨房也垮了，煮猪食的灶塌了，往后就都喂不成了。

她也不想再喂猪，一个人呆着也不焦愁，跟自己说说话，其实她推磨的时候并不唱歌儿，眼下石磨也废弃了，是坐着没事的时候唱。从小爱，十样的歌儿都会唱，从解放前的老歌儿，到流行的也会几个。

让她唱一个，她说“那唱个么子好”，又说没得那么合适的了。想了半天，说让红林唱。

红林小时候经常托她抚养，另外还有一个小孩，都是家里没有大人照顾，正巧她没有子女在身边，都托付给她。那时候红林刚刚出生，伯伯在山西煤矿里塌坏了腰杆，长年躺在床上。当年红林的妈妈是跟伯伯谈恋爱的，伯伯出事后才嫁给了红林爸爸，妈妈可能觉得尴尬，家里负担又大，生下红林几个月就走了。红林爷爷奶奶带着爸爸在高山上种药材，两头不见太阳，红林就放在大伯床上，靠着大伯能动的上半身照看一下。再大一些，就丢给坎下的她照看。两人的亲近就这么来的。

“我喜欢娃儿。”她说。两个女儿小时候都是背在背上，一边做活路。

但是自己的孙儿，她一个也没引[①]到。沟太深，前几年路面也没硬化，更不像现在都装了路灯，从瓦屋场上来一趟也困难。两个孙女上来玩过，晚上没通电灯，“要给她们点蜡烛，把打火机放在旁边”，晚上两人起夜，还要给她们找盆盆。

幺女儿两口子在县上买的房，幺女儿又在外面，带着孙儿。提起幺女儿，她的口气又变得活泛起来，说是中学毕业考师范，三个里头录两个没考起，后来调去县上的缫丝厂，“她双手能起丝，又考第一名”。后来女儿究竟“心野”，去了江苏那边的印刷厂，印花厂，花了两三千学艺，“她没办那个厂，也是国家分配，当总管，是七个油田的大老板，四十万一年”。又说到女儿过年回来，爱打麻将，“一揣几千，都输了”。她自己从来不打牌，但也不去管儿女的事。

听红林说，实际幺女儿是在陕北油田打井的包工头，红林的爸爸前些年一直跟着她在干，这是两家的另一层关系。眼下油井封了，还在那边做别的生意。

除了走失的儿子和两个女儿，她说自己小产过娃子，另外是国家要求她结扎，强行在医院剖腹引产，“手杆脚杆都拴到的”，婴儿从肚子里取出来，她说是由一个医生的老婆抱走，国家抚养，分到十国去了，她只记得当时婴儿被抱走的样子，“那么佝着，伸着，盖到的”。

走失的儿子没有留下什么，只剩一套西装，是二姐出嫁时婆家给

---

① 引，照看。

他做的。

她起身进卧房，给我们找儿子的衣服。卧房里整齐地挂了不少衣服，都是两个女儿买的。儿子的西装储在一只土漆的老式大木箱里，箱子是她的陪嫁。西装是灰色的，叠得整整齐齐，她拿起来提在手上，尺码很大，不像一个十四岁少年能够撑起来的，她说儿子个子大，和他爸爸的瘦高不一样，穿这个衣服不嫌长。“他就剩这么个东西，在屋里穿了一下子，就给他叠到这儿的。”

事后听红林的伯父说，她的儿子最后一次出门是十七岁。这套衣服，大约是预备他成人后穿起来的。

她不肯离开这个屋子，近来国家扶贫搬迁起的集镇房也不去，过年都是女儿们回来。我问她是不是在这里等儿子，怕儿子回来了家里没人。她说不是的，就是呆在这里自在。窗台上放着半瓶药酒，红林说她买两块钱一小瓶的锤锤酒来泡药酒喝，前一次还拿给了红林奶奶，红林过后吵了她，说奶奶有中风的毛病，把奶奶喝醉了，倒在地里起不来怎么好。桌上还有半包便宜香烟，一天抽掉大半包。

在这间屋里，没有别的声音，即使一只猫、一窝家鼠的动静也听不见。不会有什么来妨碍她唱歌，跟黑暗中的儿子对话，旁人看来是自言自语。歌声停息的时候，抽一支烟，喝掉两口酒，在烟丝和醉意里，看到了远方的儿子，穿着那套灰色的西服走来。

总有一天，他会回到这间屋子，这是她不能说出口的愿望。

## 命不好的长安姑儿

上次回县，去爸爸在南大桥头新租的房子，他在街区出口处等我，那里有家凉皮店。我看见爸爸的时候，他身边还有个女人，我觉得熟悉，一时又想不起来。那女人微笑地看着我，爸爸说："这是你长安的姑儿啦。"

我才想起来，确实是那张白净而略显缺乏血色的面庞，比起当初添了不少皱纹，让我想到她的年龄。清秀的轮廓里，却也像有一种不会真正老去的东西，一直保留下来，看不出是六十多岁的人了。

姑儿跟着我们一起去了爸爸家里。路上说起来，才知道她在街口那家凉皮店里打工，住在凉皮店楼上，包吃包住。

坐在爸爸家里，姑儿有一点点局促，说起姑爷去世后，在外面打了很多年的工，"哪里都去过"，大都是给人做饭，很辛苦，"命不好"。脸上仍旧是微笑着，语调却透出一丝悲切。

我想到从前在长安坝，街道后坡上的老屋里，她对着母亲说出同样的三个字，也是这样的神情。那是二十一年前的事了。有一段时间，我以为姑儿的命变好了，现在看来却并不。

那一年，爸爸调到了长安卫生院，暑假的时候，我们全家都在那里。姑儿的家离我们一里多路，常常到医院来，找爸爸给自己和小孩看病，带点自己种的小菜给我们，站在青草长了一半的后院里，和妈妈一边看池塘里的鱼一边聊天。姑儿是我幺爷爷的女儿，几姊妹中嫁得最远，在这里没有什么亲戚。

那时候姑爷不在家几年了，姑儿一个人带着两个孩子，小的男孩总是生病。每次来医院，姑儿总是显出一种忧愁的样子，像微风吹过池塘水面，没有泛起皱纹，人却感觉到了。

后来，妈妈带我去姑儿家里玩。

走过有些破旧的长安坝街道，从锯木场旁边一条缝隙穿上去，到了街道后坡，房子比当街的更显破旧，都是土房子，刷的白粉已经剥落了。姑儿家和邻居合住一个院子，正房前院卧着一头巨大的猪，据说要杀六七百斤，看去比一扇门板还宽，我从来没见过这么大的猪。姑儿家住着西头厢房，猪圈和猪都很小，没有多少粮食来喂，靠姑儿和女儿兰子上坡打猪草。

兰子被姑儿催出门，有些不情愿地上坡打猪草去了，小儿子似乎生着病睡在里屋，姑儿和妈妈坐在灶屋里聊天，其实也算不上有正屋。灶屋里黑暗，也热，我坐在外面坡上吹风，谈话声音很小，一阵一阵地飘出来。

妈妈问姑爷几时回来。姑儿说还要四五年。妈妈停了一下，问："你愿意等他?"

姑儿没有回答。

"他回来了，脾性要是不改，怎么办?"

姑儿还是不出声。过了一下说："我不靠他。再等几年，两个娃子都大了……"

妈妈没有再说什么。姑儿却又像是忧愁起来，说了一句："不听话哋……"大约是指里屋的小儿子。

这次之前，我只知道姑爷是犯了案子，还要坐几年牢。回去路上经过锯木场，我问妈妈姑爷是犯了什么法，妈妈在锯木的轰鸣声里低声告诉我，是强奸。

我这才懂了在灶屋里妈妈的话。

几年以后我听说姑爷回来了。那时爸爸已经调离长安坝，有次我和姑儿的亲哥哥平叔叔一起，从县城走去姑儿家里玩。姑爷在家，看上去相貌堂堂的样子，说话声音洪亮，说到自己在做什么生意，似乎以前那些事并不存在，我那天在灶屋外听到的不是真的。姑儿在一旁端茶倒水，看上去高兴，两个娃子也大了，兰子已经出嫁，小儿子在上初中。

我想到，姑儿终究是把姑爷等回来了。倒是妈妈，在我考上大学那年就去世了，

没想过了几年，忽然听说姑爷再次犯了同样的案，又坐牢去了，这一次判得更重。再后来，听说姑爷受不了劳改场的生活，得了肝硬化，死在牢里了。

幺爷爷一家有三个姑儿。大姑嫁在离我出生地不远的大溪沟，长安的是二姑，小姑就近嫁在狮坪街上。小姑已经去世多年，生前她长

年患有结核，我见过她去世前几年的样子，人苍白得像一张纸，夏天坐在火屋里似乎还怕冷，面目神情和长安的姑儿有点相像。大姑是人材最平常的一个，年轻时还被匿虫吃光了鼻子，但她的命看起来却是最好的。

那天姑儿从家里走后，爸爸说了她的小儿子成家娶了媳妇，但似乎不大成器，姑儿和媳妇的关系也不好。只能在外面打工，自己挣自己的生活，还要补贴家里。至于女儿兰子，嫁在邻省的姜堰镇，肯定也指靠不上，爸爸没怎么听姑儿提过。

中间有一段时间，姑儿曾经跟一个八仙男人在一起，两人是搅棒棒伙，没有办过手续。但后来姑儿似乎又不大待见那男人，男的只好走了。

“冉家这些姑娘，不行啦。”爸爸有点感叹地说，提起我亲幺姑和另外两个堂姐的事情来，大都是婚姻不顺，形同单身。

临走时，姑儿喊我以后上长安坝去玩，说新房子要起了。

来往经过街口小吃店的时候，我想走进去吃碗凉皮，看看姑儿在不在，又似乎有些顾忌。临走那天我进了店，没有看见姑儿。小吃店的后厨有一扇侧门对着外边，我走到门口看看，里边一个女人在收拾碗碟，她抬头看了看我，比较年轻，不是姑儿。

我想看看姑儿住的地方，是不是架子床，除了几件衣裳别无物件。终究没有去看成。

过年回乡去爸爸家，再次路过街口的小吃店，依旧没有看到姑儿的身形。

问爸爸，说是姑儿放了假，腊月二十六回长安了。前天还来了爸爸家里，借点钱回家过年。

“她这一年简直不行，连零用钱都要在这儿拿呀。”爸爸说。

原来姑儿的儿子趁扶贫改造起房子，缺资金，材料都是在姑儿打工的小吃店老板处拉的，老板是长安人，除了开小吃店，还做建材生意，正好就便。姑儿一年的工资都预支了材料钱，平时感冒买个药，也只好在爸爸这里借，前后几百块钱的样子。

其实姑儿也不是完全没钱。爸爸说，她这些年存了三万块钱，儿子起房子的时候，姑儿不想动这笔钱，来找爸爸商量。爸爸给姑儿做工作：“你只有这么一个儿子，两腿一蹬还不是他的，不给他给哪个?”

我说姑儿大约是为了防老。爸爸点点头说，经过儿媳妇做工作，姑儿最终拿了一万块钱出来。

房子落成的时候，姑儿的儿子想风光一下，多办几桌酒，四处都通知了。爸爸坐店看病走不开，让继母去了，继母坐席回来说，场面很冷清。办了二十来桌的席面，一半都没坐满。连平叔叔都没去。大约是平时条件不行，人情赶得少，到了这时候，谁来捧你的场啊。

初五早晨我去车站，路过街口，小吃店还没开门。不知道姑儿今年是否还在这里打工，儿子的房子起好了，她是否还用得着出远门，挣自己的生活费。

## 古城脚下三人行

在楼道里见到阎爱芝第一眼，对她的年龄有些混淆。

她穿着一件深红色绒衣，扎着两条辫子。如果不是头发花白，和一个少女似的难以分辨。即使有了头发的渲染，也难以把她和近七十岁的年纪合一，除了装束体态，还有她的眼神，奇怪的闪动和呆滞交替。

大约这就是一辈子单身的后果，有些东西衰老了，却还没有来得及成熟。不接受年龄的规定，执意逗留在少女时代。

在这个西安城南名为“自由自宅”的小区里见到她，也让我有些困惑。起先一直疑心阎爱芝是住在哪个楼梯间里，带着倾斜的屋顶。大约由于同行的朋友曾告诉我她捡破烂去卖，以及几十年上访者的身份。现在知道她租住侄子的房间，一个月交四百块钱。

这是一间流行的带卫生间的单身公寓，摆着两张床，一个女人站在床前，和阎爱芝同样有些辨不清年纪。还有一个少女坐在电脑前边。三个人的衣服和辫子都相似。屋子里的凳子不够，我和阎爱芝对面坐在床上。少女也有些不情愿地被轰开，坐到了另一张床上。

这么对面坐着，才看到了阎爱芝前额上的沟壑，那种混淆感却没有消失，大约依旧来自眼神的游离。我想到了她患过的精神病。说起往事，阎爱芝回身拿出几份复印的报纸和材料。

这些报纸是上个世纪80年代的，用着“沉冤昭雪”的标题。这几个在“文革”之后一度闪闪发光的字，并未将多少余晖投射到眼下的阎爱芝身上。透过另一篇《阎爱芝告状13载》报道上的插画，能依稀看出二十多岁的阎爱芝的模样。这个绥德的姑娘，却让人想到“米脂婆姨”的谚语。跟她提起“绥德的汉子”，她赧然一笑，说是一方水土养一方人么。

在绥德县沟壑密布的乡村，“我是村里可有名的人，父母也有名”。父亲是跟着刘志丹的老红军，阎爱芝本人和新中国同龄，是共青团员，选拔到韭菜园供销社当出纳。但她的漂亮带来了灾殃。对面办公的供销社会计对她流里流气挑逗，“我扇了他一耳光”。

以后又冒出一个商业局长，把她的裤带都扯断了，阎爱芝执意不从。事过不久阎爱芝莫名背上一桩贪污案，大会小会批斗，最后开除团籍。十七岁的她不服气，成了中国早期的上访者，曾经孤身从西安沿铁路走到北京。结果是归来进了绥德看守所，又被劳教三年。

在看守所里，她被打断了门牙，还尝到了“苏秦背剑”式上铐的苦头。因为偷藏一份省委书记王任重的批示，还被脱光搜身，患上了精神分裂症。当初遭到的骚扰，流传为她作风有问题的风言风语。转到劳教所时检查身体，证明她还是处女，“干部就明白我是冤枉的，照顾我，同伴也对我好”。

从劳教所出来，她养成了一个习惯：过一段时间，就到医院去检查处女膜，证明自己没有作风问题。终究得到平反的时候，她手头存了十几份妇科检查证明。

平反之后，二十八岁的她仍旧把这份清白记录延续下去，“不找对象，不结婚，才不找”。当时经过报道，她名气很大，收到一大堆捐献和求爱信，其中有一个是大学生，又是警察。“他说，听了我在看守所受的折磨，他赌咒再也不打犯人了。”大学生来找阎爱芝，向她磕头求爱，“又说自己家里有电风扇、大立柜”。这却让冷若冰霜的阎爱芝鄙视。

阎爱芝最终没有答应任何一个人，“以后见到男人就怕”。这些求爱信却被她保留下来。她朝着房间里 12 英寸的电视比划，“有这么大一箱子”。在西安南门外租房子的过程中，她一直带着这些信辗转。直到五年前搬到“自由自宅”，实在没有地方放，同住的伙伴冯华劝她，才把一箱子信丢掉了。

虽然平了反，阎爱芝却因为患有精神病，没有安排工作。倒闭的供销社还弄丢了她的户口，让她连身份证都办不了，享受不了社保。她靠打各种短工和捡破烂维持生活，一边上访，中间遇见了绥德同乡冯华和她收养的女孩。

冯华十五岁成过婚，第二年男人害头疼病死了，流落到西安打工，在干休所侍候瘫子。有天起早去干休所，她在南稍门附近的人行道上，看见一个被人遗弃的襁褓，里面有一个女婴，“只有一张纸条，标明出生年月”。

女婴健健康康的，冯华抱起了她，一直养到七岁。孩子要上学却没户口，冯华自己养活不了她，找到了早就认识的阎爱芝，三个人在南门外租了房一起住。

阎爱芝找记者报道之后，有华侨愿意收养女婴。虽然没弄成，但福利院给女孩子上了户口，跟随阎爱芝姓。有了户口，女孩子能够免费上学，一直读到了中专三年级，又在参加大专的自学考试。

谈话中间女孩子没有位置，一直趴在床上。她身材高挑，回答问话语气有些急促，解释着自己不是职高而是中专。冯华当时的记忆中，襁褓中的女孩子睁大眼睛看着她，眼神灵动。

有两次冯华出去给人烧饭，阎爱芝扑向窗户要跳楼，说不想活了，女孩子抱住她的双腿。阎爱芝又扑向女娃子，双手掐住女孩肩头，咒骂“你怎么还不死啊，气死我了”。冯华在家也被她叱骂，“你们怎么都不死”，骂完了又嚎哭。

阎爱芝有一个胸牌，出门的时候就挂在脖子上。牌子上写着：“本人有眩晕综合征，头晕不能动，眼睛睁不开，还有严重抑郁症，犯病大哭，心里全都明白，不会说话，全身没经（劲），不知道回家。烦劳打电话急救。”后面写着女孩子和冯华的手机号，以及地址。她上一次发病是从省信访局回来，过马路时突然晕倒，被扶起后想不起住址，还是别人打冯华的电话把她接回家。

另外一个毛病是脖子疼，头低不下来。凑近看，阎爱芝的脖子上有两道伤疤，一道说是当年上访，被人拿铁棍从窗格里伸进来捅的。另一处是做颈部脊椎手术留下的。脖子疼的一个后果是，阎爱芝不能再剪窗花卖，丢掉了一门养活自己的手艺，只好去捡垃圾。

“自由自宅”是高档小区，垃圾桶里常有生虫倒掉的米和挂面，留着自己吃。其他的破烂卖掉做生活费。前一段被一号楼的保安阻挡，只好去另一幢楼上捡。

以前剪的窗花都卖了，阎爱芝保留了一个相册。拿出来摊在床上看，有老鼠嫁女，老鼠的头部现出纤细的绒毛触须。花猪的肚子里还有小猪，是要下儿的母猪。还有狐狸抓鸡，老鼠吃麦穗穗，都是自创的花样，阎爱芝说是“算想算剪”。这些拍摄下来的图样只是顶小的，感觉却比我在书院门书画市场见到的生动细巧，叫人想到剪纸人当年的人材。

这间小屋子里，有令人意想不到的众多相册，保留着三个人生活中的闪光时刻。

一张标注为兴庆宫秧歌队的留影，三人一律穿着深红的绸袄裤，梳着长辫子，举着折扇，在公园绿地上做出弯腰回眸的造型，最初一眼有些难辨女孩子和两个养母。三个人参加过好几支秧歌队。

另外一张照片，是阎爱芝和女孩子在“西安电视台碎戏之星颁奖PK擂台赛”上的领奖照，两人演的碎戏是《吕布戏貂蝉》，还在上小学的女孩身量已经不低，一身素色戎装演吕布，阎爱芝则是满头珠翠的貂蝉，红绸袄裙显出腰身，看来对于红有特别的钟爱。她两次提到“脖子开刀打激素，我重了三十斤”，看来对这事特别在意。在一张别的照片上，阎爱芝额头上扎着白羊肚肚毛巾，挂着胡子，和扮演农夫的冯华演《骚情》。

在公园里和大街上，阎爱芝遇到老头就躲着走，觉得脏，“老头都是流氓，一个一个都是流氓”。走在路上，总觉得有人盯着她看。找老伴的念头，从来没起。

但看到老家来的幼年玩伴，一个个当了曾祖母，阎爱芝就心里难受，觉得这一辈子活得没意思，发病大哭，想死。“不由我。”

她不能贸然轻生。为了看病和上访，她借下的月息三分的债务，累起来上了百万元，两个外甥的果园和窑洞都抵押进去，只等她上访得到赔偿还账。年底，阎爱芝抽了签，是大吉，但“官事”一栏“公厅自有真明镜，急速难分黑白时”的签词，却让她有些忧心。

过年之后，我给女孩子打了个电话，她正在同学家里玩，说阎爱芝当天晚上不方便接电话，因为头晕。她最近常常头昏。春节期间，三人没有做年夜饭，“就是和平时一样，什么也没有添”。女孩子不觉得这有什么，“往年也这样”。

和两位养母呆在一起，她并不觉得有什么不好，也没有想过去寻找生身父母。毕竟，襁褓中的她被弃在古城脚下，是被眼下朝夕相处的一双手捡起来。

## 路旁的变色龙

那天黄昏，我在通往钱更浪的小巷里，看到了一只变色龙。

它呆在一处出租板房外的玻璃暖箱里，贴着马路，旁边是住户进屋前脱掉的一溜鞋。板房太小，从鞋子看居住的人不少，一些物什不得不打发到外边，连同作为宠物的这只变色龙，不知从何流落至此。它一动不动地呆着，现着灰扑扑的肤色，似乎是完全失去了变色的欲望。我是凑近了忽然认出它的。

从这条小巷再往前走，过了钱更浪，到了苏州河边的南华街，其实算不上街，一溜锈蚀得不大成形状的铁皮棚屋，隐匿各类作坊，门牌号全然是错乱的。前一阵拆除餐馆门面房，它们撤退至此，但是说不准明天就会被拆迁，就像那座白色的出租板房，隔了一周去，连同屋外的变色龙一并消失了。

盈娃子一家子住在铁皮棚屋的楼上，一道铁梯子上去，再经过一个悬空的过道，尽头有一扇小门。

我是在筲箕凹得知盈娃子在上海的。筲箕凹老院子只剩了三舅娘，腿脚不灵便，只能勉强把饭弄到嘴。队上剩的都是老年人，三舅娘说，高家姨父和哑巴姨儿搬到大阳坡以前四爷爷的房子住了。盈娃子上来看爹娘，到三舅娘这儿玩，给她看了肚子上的烫伤疤，说是那个江苏男人烫的。

当时两个人吵嘴，男的端起一碗刚泡的热茶就往盈娃子身上泼，夏天穿得薄，肚子烫成一片红，起燎煎泡。高家姨父当时在那边，“他虽说老实，还是晓得护女儿”，看到赶忙去挡，被男的踹了几脚，叫一家都滚。这是姨父姨儿搬回老家来的原因。从前大溪沟的房子早就卖了，想着筲箕凹人熟，盈娃子的弟弟把两个老的安排到这儿来，弟弟住在镇上，定期会上来看，人都说他好孝心。

盈娃子以后跟男的离婚了，自打十六岁那年出门，“没有遇合到好婚姻”，三舅娘说。好在她又找了一个，男人在上海打豆腐。

我记得十六岁之前盈娃子的样子，那时姨父姨儿还没去世，一家人住在大溪沟。印象中最早的一次，我和妈妈在姨儿家赶上打炸雷下急雨，人说是走蛟，炉子窖里都来水了，屋里不敢呆，一家人躲到边坡上去，顶着一个大簸箕，盈娃子姐弟和我夹在大人腿杆之间，紧凑在一块，个子都瘦小，一个簸箕罩得下。

每次去姨儿家玩，姨儿杀了鸡总是把鸡腿挑给我和哥哥，盈娃子和弟弟就会在旁看着。其实我不喜欢吃鸡大腿，巴不得让给她，可是姨儿不让他们吃，她和弟弟很怕奶奶，不敢伸手接。姨儿厉害，不是盈娃子亲生的奶奶。

长大一些之后，有一次过年，我们在堂屋里喝酒，一起的还有坎下王家姑娘。她据说能喝三斤，我们三个一起拼她，盈娃子和哥哥都能喝，我也从未有过地喝了十几杯。后来我起身出门上茅厕，房子地势窄，阶坎很高，坎下存了很深的雪，隐显着一些篱笆散落的木桩子。我一脚踩空扎下去，半截陷在雪里，还好没戳上木桩子。

回到堂屋里，酒已经快喝完了，盈娃子和邻家姑娘脸上都现着红晕，微微笑着，似乎并没有醉。我想起白天的情形，姨儿家一屋子人客，火屋顶里头有两张床，罩着年久失去颜色的帐子，光线很暗。我和盈娃子避开客人，歪在床上瞎聊天，似乎是说我的作文写得好之类，盈娃子朝里坐着，轮廓现在帐子的背景上，纤瘦像是剪出来，我要看她的，她就说自己写得太差，根本不会，有些慌张地笑起来，脸背光看不清，是从微微忽闪的睫毛上现出。一会儿姨儿吆喊她出去帮手，留下我心里浅浅失落。酒壶喝干，我和哥哥踉跄爬上堂屋的楼梯，去楼上打地铺睡觉，那是我年少时喝酒最多的一次。

喝酒的时候，盈娃子压低声音说她想出去，尽管她才十五岁，初中没读完。她不喜欢呆在家里，姨儿嫌她不听话，说她好跑，跟着王家女娃子一起疯，她们两人想约着一起出去，不敢叫姨儿知道。

五月间一天我放学回家，盈娃子来了广佛医院，挎了小半篮子卖剩下的麦李子，似乎只是个下广佛的由头，说是她很快要出门了，姨儿也同意。她把剩下的麦李子给了我，我从此再没有见到过盈娃子。

我走过以往抬水的横坡小路，去大阳坡看一看。

以前打水时常看到四爷爷叫骂的山房上，眼下空无人迹，也没有狗吠，感觉不出有人居住的气息。我有些忐忑地走进大门，堂屋里没有人，以往的家当都移走了，余下零碎的什物，似乎习惯了摆在地上。通向火屋的门开着，一个人佝着头烤火，最初辨不出是男是女。炉子的火快要熄了，人佝得很近，直到我走到身边，才抬起头来看我，一个比佝着时显得更老的男人，我想这是高家姨父。

姨父是个半愚子，所以给他娶了个哑巴姨儿，以前到姨儿家去，他总是低头挑水干活，我从来没跟他说过话，喊过他。眼下他仍旧是那种呆滞的眼神，不说话，问了他两句，他也不回答，像一口完全不发出声音的坛子。其实他不是一直这样，三舅娘说他在地里干活的时候，经常会唱歌哩啦的，像是有什么开心事。他认得出亲戚，说话虽说南腔北调的，偶尔也能听懂一句。

睡房门虚掩着，屋里灰扑扑的味道里隐约掺杂另外的气味，三舅娘说哑巴姨儿倒床两年了，姨父也不怎么给她收拾。我想到了四婆婆晚年倒床的时候，在房子的另外一头，四爷爷带着宠养的猪仔四处走人客，不管她在家里烂了。

姨父一直没有说话，我知道他没认出我来，就像不是在这间火屋里，我也完全认不出他。沉默无法继续下去，我掏出一百块钱，递给他，一丝反应不过来又不禁惊喜的神情忽地出现在他方才呆滞着的脸上，似乎是微红色票面的反光。我搁到他手里就离开了。

三舅娘有一部诺基亚老人机，里面存有盈娃子的电话。回到上海，我拨通了号码，传来她的声音，似乎没多大变样，说是自家已经没打豆腐了，在开车送豆腐，她在家带孩子。

我骑了个小黄车沿北翟路高架过去，一路虹桥机场起飞的航班掠过头顶，到南华路上怎么也找不到她说的门牌号，拐弯面临苏州河的一段，仅存的两处门牌标在工棚锈蚀的铁皮上，似乎会即刻剥落。直到我在街上见到了她，推着一个婴儿车，车里的孩子大约有两岁多。

盈娃子已经是一个中年妇女，看去身板结实，和印象中的那个纤瘦少女没有关联了。但就像我在电话中用方言问，她回答说我是盈娃子，我也算是过去的我。

我们一起走过那半条街道，盈娃子说这以前是工厂，废弃了没人住，前一段上海搞清退，好多小作坊小厂才搬到了这里来。老公和一个人合伙开了个豆腐作坊，亏损倒闭了，现在是给另一家豆腐厂老板开车，当司机兼送货，跟着厂子搬过来，住了半年了。

“现在的条件比从前差好多。”打开半闭的铁门时她说。铁门外边遇到一辆车在卸货，干活的男人和盈娃子开玩笑，顺手在她身上捏了一把，盈娃子骂了他一句。

铁门里边是个两层天棚，当地堆着很多货物，还有打豆腐流出的水，四围一圈门面，看来不止一家厂到这里落脚，阁楼上是住户，比第一层要矮很多，像分隔的小格子。盈娃子带我爬上铁梯，铁锈随着哐啷的脚步微微掉落，转弯经过一段悬空的天桥，是外间和里间的分隔，看得见里间一楼摆着大大小小的机器，一个男人在拾掇。婴儿车留在了底层，盈娃子小心抱着孩子，说那是一家压面机厂，晚上才敢开工，轰轰隆隆的声音很大，好在习惯了。

过了天桥，迎面一扇关着的小门，盈娃子敲了门，一个老年女人来开门，这是盈娃子的婆婆。门楣很低，进屋需要低头，屋里地面比桥头低一点，迎面摆着两张床，余下能搁一张饭桌，衣服都挂着。虽然是十月间，依旧感觉有些热，屋里摆着两台旧电扇。这就是盈娃子的家了。

盈娃子让我坐在床上，她又一次说，眼下只好住在这里，以前的地方比现在宽很多。她用一次性塑料杯给我泡了一杯带枸杞的水，一再说这枸杞是朋友送的宁夏货，“我们平时都泡”。婆婆抱着孩子出去了，我说起在箐箕凹三舅娘说的事情，她说是的，我肚子上现在留着疤呢。我说他那么野蛮，她说，主要是吝啬，因为嫌弃我的父母不该跟着我生活。

“其实以前他还算好，主要是赌彩。”前夫是开服装厂的，生意本来做得还可以，但他赌彩亏得太厉害，把厂子都赔给人家了，人也就变了，天天疑神疑鬼，又怀疑她和外人私通，主要还是嫌弃盈娃子的父母。后来发展到泼开水踢人，只好离婚，两人本来不是原配夫妻，没有子女，“他就不想我跟他生孩子”。盈娃子从前有一个女儿，是刚到江苏溧阳县时生的，逃离那里之后一直没有联系，听说眼下已经成人了，也在外面打工。

“我是被卖到那里的。”盈娃子说，十六岁那年她从家里出来，以为是到江苏打工，没料到是配给一个大她二十来岁的男人，主事拿钱的人是一个大表哥，但姨儿知情，也分了钱。

我很吃惊，才想到几年前姨儿生病去世，盈娃子和弟弟都没回去，是镇坪的四叔把姨儿接去送终，还为财产的事闹了矛盾，人都说盈娃子和弟弟不孝，毕竟姨儿主事，把他们从小养成人。

溧阳县那边和家乡一样，也有很深的山，盈娃子举目无亲，几次想跑都跑不掉，也没有钱。生了一个娃子后，行动自由些了，盈娃子找到一个也是当初被卖到那里的堂姐，借了一百块钱，跑到了苏北，进缫丝厂打了好几年工，后来又到服装厂，别人介绍认识了前夫。“这辈子算是完了，不像你们。”

我说：“现在不也挺好么？听三舅娘说，老王对你挺好的。你们也有孩子了。”

“也就那样吧。还不是矛盾多。”盈娃子似乎叹了口气。

从前认识的时候，老王承包工厂的车间，有些积累。后来自己做生意全赔了，眼下不得已给人当司机，挣三千多块死工资。盈娃子带孩子没有上班，四个人住在这么个地方，两张床面对面，晚上老王和盈娃子一张床，婆婆带着孩子睡对面。另外的矛盾是老王有个儿子，眼下在南京，百样不成器，叫她不知如何是好。

老王是个有点发福的中年男人，看上去不像个司机，似乎保留着一点以往的老板派头，神情很温和。盈娃子说什么，他不反驳，只是微笑。过一会儿他先离开了，给一家宾馆送豆干，说早些赶回来，请我吃晚饭。

小屋里有些闷，盈娃子带我出去走走，一边聊天。附近一带都是工厂区，再过去是住宅区，巷道狭窄，或许受制于虹桥机场，楼房低矮又密麻，像是北京常见的城中村。盈娃子说临街以前开了很多餐馆，现在门面都被封了，改成了公寓，密麻麻群居着下力气打工的人。房屋分隔成很小的开间，像是沿路陈列的格子，内情一目了然，间或有两三个人呆在屋里。其间点缀着几家食品超市，因为没有了饭馆，生意都不错。

盈娃子说，她也想开一家这样的超市，要是有资本的话。

她有时会去打短工，在作坊里帮帮忙，前几天还去了附近的劳务中心。但她不想找家政和卫生那种收入低又辛苦的工作。“要是能在机场或者高铁站干就好了。”她说，里面的工人轻松就能拿几千。她问我有没有关系，我说我在北京工作，不认识这方面的人。

我们路过了几家快递公司的堆货场和一家打工子弟幼儿园，墙壁刷成黄黄绿绿的颜色，像是包在旧厂区中的一个玩具。经过废弃的厂房时她又说，要是有关系找到人，把这些厂房盘下来改成公寓出租，更能赚大钱。我提起近期的清退形势，疑心这根本不可能，盈娃子说有关系还是可以。她仰头望着我们经过的一幢废弃工厂家属楼说："你看那上面晾的有衣服，说明又通水电住人了。"半年之前，盈娃子和老王正是住在这里，直到被撵走。

这处厂区从前是被承包加工各类豆制品的，老王承包了给豆腐车间送蒸汽的锅炉房，锅炉房所在的厂区已经被拆除了，变成了一个停车场。盈娃子说，老板以前做得很大，被清拆后血本无归，人都藏起来躲债了。清退以前的日子是盈娃子在上海最好的时光。那时候家里钱够用，和老王的关系也好。

眼下经济紧张了，老王不成器的儿子成了她的心病。上学时他就是个花钱的大王，买卡打游戏入了迷。他常常从家里拿钱，不管放在什么地方，总能被他找到。尤其让盈娃子生气的是，有次从外面收到了一万多块货款，正好他在家里，一时没地方放，收在被套里，他当时装没看见，出去打个转身的工夫，回来就不见了，只剩下几百块，问他生死说没拿。他上中学的三年，每个月能花四千多，比人家上个大学贵，他老子也不管。

眼下送到高中毕业，他自己也说这样下去不行，家里也住不下，送到南京一家饭店里当学徒，他还是改不掉习气，打游戏，谈女朋友，前一阵说欠了哥们不少钱，天知道他在南京哪来的哥们。女朋友也吹了，辞了工作闷在租屋里，又打电话来给她诉苦。他还奇怪，不服他爸爸，偏生只服她，有事只找她说，弄得她不好办，严也不是，宽也不是。

"组合的家庭，没得个好的。"她又叹息起来说，"我这辈子算是完了。"

回到厂房，铁门关着推不开，盈娃子说里面在打牌。敲了门，一个男人慢吞吞地来开，不放心地看我，盈娃子说是“表哥”，才放进去。过道旁边的小屋传来呼噜噜的麻将声，腾腾烟雾下几个男人围坐在方桌旁码牌，奇怪的是桌上的牌阵要短好多，不带点数的张子都取了，盈娃子说这是“斗牛”。男人们各自手边有一叠红红的钱，每次下注的张数都不少，输赢的频率也很快，看起来不大工夫就能过万，难怪要关起铁门来赌。其中一个是老王的作坊老板，招呼我也参与，盈娃子连忙说表哥不会这些。

我们再度爬上铁梯，盈娃子说，前一段她大闹了一把赌场，他们都有些怕她。本来她也参与赌，但懂得轻重，一般不输。那天她出门，几个老板把老王叫上，几个小时竟然输了两万多，身上的两千多输光了，还欠了三个人的账，说是以后还。她回家听到这事，气得跑下楼掀了赌桌，说你们糊弄老王，再敢问他要赌账，我把警察叫来，谁也搞不成！回楼上她又把老王收拾了一顿，故意没关门，声音大得满厂房都听见，几个老板也拿她没法，回头再也不敢找老王了，这事才算了结。

“他还拿自己当老板!”

老王送货回来了，婆婆也抱着孙女回来了，时近傍晚，我以为是在家里做饭，盈娃子说地方窄，出去吃，虽说附近馆子都拆了，走一段路有个步行街，他们常去吃。

我们走过了长长的巷道，正值下班时间，巷子里人头混杂电动车流归来，好多人还没脱下保洁和快递的制服，就在贴着街面的租屋里洗菜做饭，为了扩大空间并不关门，二三层小格子一样排列的窗户也透出灯光，泄流人声，几家超市里的人流也更稠密。似乎第一次发现，上海也有这样聚居的地方。经过了钱更浪社区，跨过一道小桥，似乎是城区和村落的分界，桥这头街道显得宽敞，建筑也整齐起来，看到了一两家小馆子，我说就在这里吃个面吧，盈娃子说这里哪行，我们一直走到了步行街。

相比起刚才经过的城中村，步行街似乎是特意打造的，旧上海滩式的仿古建筑，两旁依次悬挂着餐馆的灯箱，和刚才经过的小巷恰成对照。老王想去一家安徽私房菜，说是没吃过，盈娃子说你没看见这家人多吗！我们终究在这家东北馆子吃了饭，餐馆的装修是炕桌式的，大家盘腿上炕，老王点的菜很丰盛，一再劝我喝啤酒，他和盈娃子各喝了一瓶，有点疲劳的脸色红润起来。孩子总是把腿蹬到饭桌上，盈娃子吼了两句，婆婆赶忙抱走细细地哄。盈娃子再次提到了在机场找工作的事，我跟她说在北京的月嫂价钱高，只是也辛苦，我可以打听一下。她说只要挣钱，辛苦倒不怕。又邀请我几天后带家属去玩，回头元旦一起去苏北旅游，老王在那边有楼房。我有些不知所措。

我没有再去盈娃子家里，但有两次骑车到达步行街，下车步行经过小桥，穿过长长的巷子走到钱更浪，一路看看两边密密排列的租屋，人的生活似乎摊在手边，无所隐藏。就是在那条小巷里，我看到了暖箱里的变色龙。

有时候我会想到再次爬上那架铁梯，经过嘎吱作响的天桥，走进那间小屋，棚顶下是盈娃子眼下的生活，像是仍旧在一顶簸箕之下躲避，或许几天后就会被拆除，和路边栖身的变色龙一样，下次经过时已不知所踪。

## 擂鼓台下的尼姑

那一年春天，我和小指骑摩托车翻凤凰岭，到了擂鼓台脚下，这是我们陕南第一名胜，地势险要，据说是张飞擂鼓退敌之处。

公路无法通到峰顶，我们爬了半截小路，在一口水井边停下来歇脚。这口水井像是在岩壁上凿出来的，水有一种深得发黑的青，像是从山岩脉系里分泌出来，每一滴都稀缺，经历了太久岁月。水面上飘着几片落叶，叶片微小。

水井边有一个沙堆，看来是为峰顶翻建庙宇所用。刚才我们攀援的小路上有漏下的沙子，必定是从公路人力转运上来，很不容易。我们歇息的时候，通往峰顶的小路有一行人下来，是两个穿着直裰的尼姑，还有一头搭着沙筐的驴。

一个尼姑赶着驴，另一个负着一只吊篮，里面有一只蛇皮袋子。走到了沙堆旁边，两人拴上驴，卸下了工具休息一会儿，看来是刚运过了一趟，两个女人身上的直裰都湿了一半。大约在翻修房子的是个尼姑庵。

驴慢慢地倒嚼。两个尼姑聊起天来。负着吊篮的那个似乎是新来的，絮絮地说着自己的心事，也像是说给一旁的我们听。

她说，现在庙里主持不大想要她了，因为她胰腺上有病，干不动活。她这个病是很早就有的，当时得了病实在治不好，才和前夫离了婚，皈依佛门。有一个儿子，在外面打工，也长年不回来。今年过年都没有见面。

我这才想到，她虽然理了光头，可能没能正式剃度，只是个皈依的居士。因为没有钱拿供养，只好出力气干活。她的活看来比赶驴的同伴要重，同伴似乎是正经尼姑，只听着，捻着胸前一串佛珠，不发言。

歇完了气，两人开始装沙子，她负责铲沙，还要和那个尼姑一起搭手往驴筐里倒，每一下都很费力气。驴背两边各装了半筐，尼姑赶上走了。驴子温顺，在小路上笃笃走得很稳。她继续铲沙，慢慢装了半蛇皮袋，双手提起来搁进背篮，蹲下去，本来瘦小的肩背佝缩进篮系①，又骤然绷紧，负上了走，肩背勒出线条，和先前的驴子一样，走得很慢，似乎确实看得出她身上的病。

我们爬到峰顶，看到正在修建的庙宇，紧邻悬崖，确实险要异常。俯视下去，一片茫茫的田野，遍地微白的茅草，没有高歃的植物，一切为风抚平了，像一床晾晒的被子。几条依稀小路的针脚，镶嵌在被面上。如果舍身一跃下去，似乎也可以被托住。远处有几处莫名的闪光，似乎是蜿蜒的汉水，标出了家乡视野的边界。我想，刚才那个背沙女人的家，在这片视野里的什么地方，如果看得出房子，像是人眼里的蚂蚁窝。

我有点想记住她。像我童年在医院场坝外的大柳树下，盯住一个

---

① 篮系，即篮子的背带。

微小的洞口呆上半天，想记住某只进出搬运沙粒或草茎的蚂蚁。但我没能记住它们，无法辨识一只蚂蚁和另外一只。

就像眼下，我也记不住她，甚至不知道她的名字，想不清楚她究竟说了什么。只记住了擂鼓台的风景。

贰 >>>

# 望京病房里的货郎

## 一

我是在出院那天认识袁大爷的。

以前，他每天按时来病房换垃圾筒，拾掇厕所，但我没有印象。这天赶上出院，听说我姓袁，他支着拖把和我聊了几句。袁大爷是安徽人，全家都在北京打工，自己在望京医院这家外包的专科门诊干了一年多保洁了。听到我是陕西人，他脸上露出微笑，说我去过，卖布。

是三十来年前的事了，那时袁大爷是挑担的货郎，翻山越岭，也转过我们那儿的山。虽然他挑的是布，也让我想起了小时候的货郎担子。担子本身大约只是两只箩筐，订婚交礼的时候常见，主要是其上的琳琅满目，两座别样的山，一头是用，一头是穿，独独缺少吃的，大约山民没有余钱用在零嘴上，连水果糖也是奢侈。

用和穿却是必需，无法自产。用的从大的铁锅搪瓷盆到小的打火石，后来有了香脂，穿的从针头线脑顶针到围巾袜子，印象最深的是彩线，不知怎么会有那么多种，妈妈和几个舅娘都会一股股理起来，慢慢地挑，用来绣鞋垫的花样子。除了山上开的花，这就是童年家乡最多的色彩了。

货郎从山底转上来，爬上煤炭灰包，把担子在沙梨子树下一放，会拿出随身的小喇叭放“新鞋新袜啰”，小孩子立刻循声前来围住，几个表姐表妹连同我的姐姐是主力军。记得有一年，货郎担来了几双高跟鞋，说是外面流行得不行了，几个姐姐在那里试穿。我们几个当弟弟的私下约定，要是她们买了高跟鞋来穿，就暗中给她们把鞋跟剁掉。似乎姐姐们穿上高跟鞋，会大大丢失我们当弟弟的脸面。还好对于这样新奇东西，姐姐们只是翻翻看看，没有人真的尝试。后来我想，货郎挑高跟鞋上我们这样的高山，难免是失策，因为穿了没法上下坡走路。我想这是姐姐们没买的主要原因。

后来又有了高弹裤，松糕鞋，也纷纷穿在了姐姐妹妹们身上脚底，却不一定来自转山的货郎，我们也没有密谋抵制的心情了。世界变了。

似乎没有见过专一卖布的货郎。不过也可能是那种货郎只有大人感兴趣，因此在记忆中忽略了，眼前的袁大爷，或许也到过沙梨子树下，打开过他的货担，供妈妈和舅娘们挑选。眼下他却在这望京的专科病房中，倾倒着墙角和厕所里的垃圾筒，再也不会给那个没有公路的小山村，带来外面新鲜的物什和气息。

## 二

再次见到袁大爷，是在医院楼梯下面的小房间里。这里本来是放扫帚洁具的地方，加了一张床，保洁员可以在这午休，有时用电饭煲煮点稀饭。和上次一样，他穿着一件牛仔包质地的牛仔衣，似乎从当年卖布起，他从来没有真的把行头卸下来。

屋顶是斜的，只能躺或坐床，站不起来。袁大爷说，他在这家专科医院干得并不舒畅，收拾两层楼病房，加一起工资不到三千，不如他之前在海淀八里庄摆摊卖鞋。早上五点零七分准时到医院，到中午不闲，下午四点半走，收垃圾两次，打扫两次，另外清理手术室和厕所。“手术台上要有血，我得擦。”肛肠中心厕所总是脏，主要是洗脸盆那块，因为泡药水，总是擦不净。我不禁有点不安，自己住院期间，是否也给他制造了一些小麻烦。他大致看起来是个好心情的人，即使不太舒心的时候，也能把一副笑容挂在脸上，正像那些挑担到山村的货郎，心里累也不能说出口，对于精挑细拣最后却只要了一根丝线的母亲和姐姐们，不能表示出不耐烦。

袁大爷的老伴在社科院干保洁，工资高些，也比医院轻省，相比之下，就是时间长，早晨五点就要出门，晚上下班要八点以后，又在十里河那边，隔得太远，就两天回来一次，那边有个类似的楼梯间，不过是在转角下面，屋顶是平的。

等到下了班，我们跟着骑电动车的袁大爷一起，去他家租住的东辛店。渐渐离开繁华的望京，沿着京顺路一直北行，一旁是高架的机场快轨。走出五环，高楼就消失了，现出京郊地带的样貌，四十分钟后来到东辛店入口。这里有另一种热闹。

助动车和自行车都在路口拐弯，和公交车不停吐出的人流一起，纳入京顺路旁的一个入口。入口有一个大幅收紧的拐弯，像是人的喉管，这时被人和车流壅塞，几乎不剩下空隙，机动车根本不可能驶入。不是亲身在场，想象不出会有这么多人，似乎这里藏着另一座北京的整个人口。路旁是密密麻麻的店铺，招牌琳琅，但都是清一色的

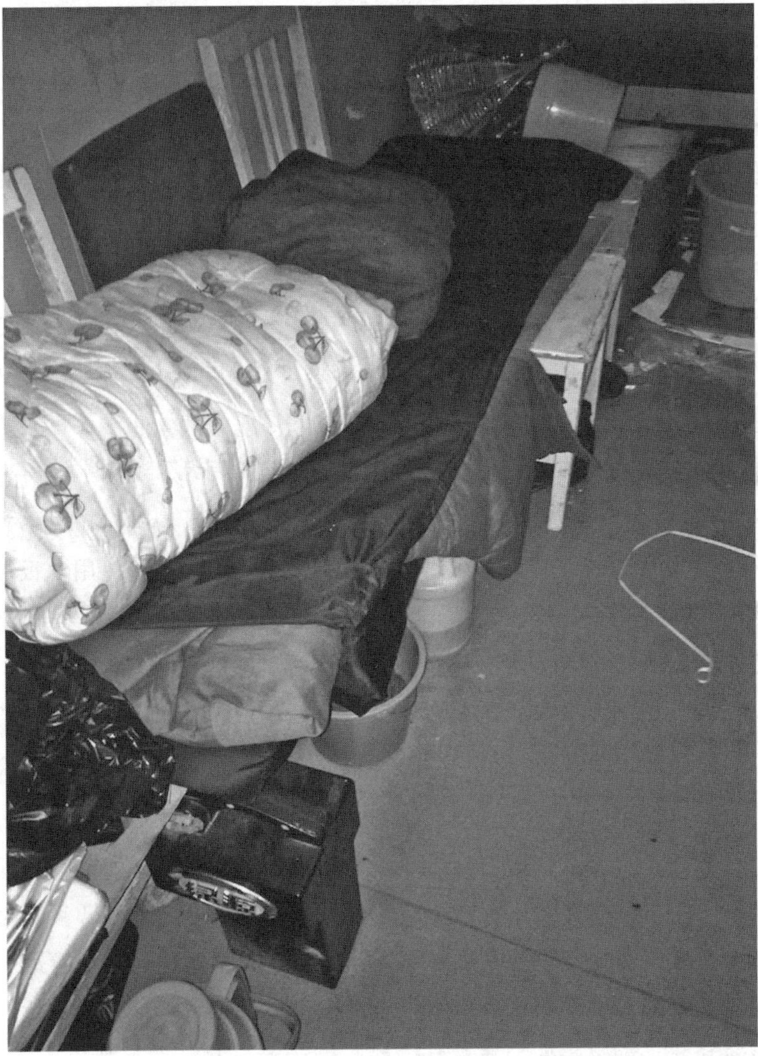

货郎袁大爷中午歇息的楼梯间

平房，整个街道看不出一幢高楼，正像走进路口来的人，虽然形形色色，却无形中带着同一种标记，没人会觉得自己天生不属于这里。

没有分岔的街道，就是连续的拐弯迂回进入，像是顺着咽喉往下，进入食管，到达胃部，人群才在这里渐渐散开，在周遭放射的甬道内消失，直到消化的肠道底部，往往连小巷也说不上，只是私搭的平房行列留下的缝隙，人群就在裂隙深处栖居，让我想起家乡生长在石缝里的某种小鱼。每天早晨从这些缝隙里出来，汇入主干街道，经历几个迂回，似乎为了缓住汹涌的冲击，来到京顺路辗转，去往五环内的北京。

走进一条这样的裂隙，袁大爷和他的老伴、儿子儿媳连带一个孙女，住在两间紧挨的小屋中，租金加在一起八百元。洗澡上厕所在外边，冬天没有暖气，太冷了就开个小电暖器。儿子媳妇住靠里的大房子，袁大爷和老伴带孙女在过道旁的偏屋内，因为床窄，用木板加宽了一道，屋内不开灯没多少光线，老伴不回家过夜的时候，早上袁大爷起身，天还黑着，留下孙女一个人害怕，总是哭。

媳妇以前是超市收银员，怀了二胎没上班，儿子从前跟着大爷卖鞋，眼下也没有正式工作，“白天玩”，晚上兼职替喝醉了酒的人代驾，袁大爷提起来有些忧心的样子。

老伴不在家，我们请袁大爷出去吃饭，带上了五岁的孙女。在附近一家川湘菜餐馆里，袁大爷讲了他卖布的经历，一九八四年开始不种地了，一直干了九年，去过黑龙江、山东、甘肃，还到过青海。每次从如皋出门，在布头手里批一至两千米布，一百三十多人搭伙，坐火车托运，到了当地先存在县城或集镇的旅馆里，分批挑布下乡卖，各人挑八十到一百米。

下乡一跑几十公里，要带干粮，都是馒头煎饼，讨水喝，有时到了下昼两三点还没吃饭。卖得好中午下午回去，卖得不好，顶着星星回旅馆，有时投宿在农家，好心人给住，第二天继续卖。

有次五六个人结队，走到一个山西河北界岭下的村子，卖得不大好。当地一个大爷说，翻过眼前的大山，还有一个村子，人口不少。其他的人觉得山高，都回去了。袁大爷一个人挑担翻山，山可高，都是石头，爬上去难于下坡，“我有决心。”把包先放着坠下去，人慢慢扶着树木杂草往下挲，到了村里，人都特别淳朴，布匹很容易脱手了，晚上回到店里，伙伴们在打扑克，说袁师傅真牛。第二天再带一百三十米布去，又卖光了。这是他最得意的一次。

出门在外，遇到好人，也就会遇到坏人。有一次袁大爷和老伴一起挑布到黑龙江卖，遇到当地的达斡尔族，袁大爷和老伴都挨了打，不敢还手，被打了几十分钟，头上打肿，身上打伤，布也丢了，回去自己去医院瞧伤。另有一次去天津，一同卖布的伙计把当地人的孩子碰到了一下，孩子哭，家长就来打那个伙计，袁师傅和伙计一起求他别打了，人家也不停手。

孙女一直不肯好好吃饭，在袁大爷身边扭来扭去，这时伸手摸老人的脸，说：“爷爷真可怜！”她说，爷爷上班被人欺负，下班回家还要做饭，洗衣服，“奶奶还要欺负爷爷”。袁大爷捏住孙女的手，脸上露出微笑，不是随常挂出来的那种，说孙女六个月大就是自己带着，中间奶奶想把她放到孩子外婆家去养，呆了二十天，整天哭，只好接回来。那时袁大爷在六号线地铁白石桥站打扫卫生，晚上上通夜班，白天接送孙女上幼儿园，这样带了两年，才到了望京医院。眼下孙女六岁，明年要上学了。

“卖布是个可怜活，可是转念一想，买布的人更可怜。”袁大爷在沂蒙山遇到一个大爷，一辈子没有见过米是圆的是长的，“说起来我都想落泪”。走到内蒙古赤峰地面，下半年野外的草都干死了，几百公里地赤红，布根本卖不出去。

一米布进价两块，三块五出手，生意好四块五块也在卖，布郎苦一个春天，能赚三四千元，下半年还比春天好，在当时就算不错。

布是贵州威宁县的人发明的，如皋人仿制，看起来是布，但纬线用的是编织袋的丝。对买布的人说是棉做的，卖布的人有专门的手法，拿打火机点着了烧，烧完能拉成一条直线，不起球，就说这是布料。但农民买了去做铺盖里子，很快就会起球，大半年就不能用了。

这时我想到小时候家里盖的被子，说是“白洋布筒子”，就是袁大爷说的这样，很快会起球，擦在光身子上硌得慌，还经不住几次下水，一洗就抽了。会不会就是袁大爷卖的这种布？脑子里也依稀浮现出，妈妈和卖布人交涉，烧了布来看线是否拉直的情节。看来也许在某一次，袁大爷真的挑着担子或者扛着编织袋到过我家那个小山村，他的布曾经摩挲过妈妈的手，晚上盖在我的身上。

“布太差了，只能卖一次。”有的伙计第二次卖到甘肃的酒泉，被人家骂，说你们又来骗人了，赶紧走。卖布的要会说，袁大爷属于很会说的，儿子的大姨父曾经和他一同去贩布，袁大爷一包布卖完了，大姨父的还没动，“他不会撒谎”。

到一九九三年不干了，因为布头发了财不做了，袁大爷跟新的布头不熟，其实也是不想糊弄了，改行刷了几年油漆，九九年全家来北京，中间只回过老家两次，是因为在当地拉板车的大哥病重过世。

在北京，袁大爷依旧是卖布，在大红门市场批发，到官园桥摆摊，早上三点起床，和老伴从苹果园的住处踩三轮车，一个多小时到官园桥赶早市，五点钟摆货，有些人到市场买菜，就顺便看布。袁大爷还学会了缝纫，给人做被套枕套。卖的布和转山时不一样，都是棉质的花色布，化纤的少，更不用说编织袋做的。“摆摊位卖假的不行。”

以后菜市场拆迁，卖布的生意不好做了，改成卖鞋，又干了四年。前些年市场改造，小摊位升级成大摊位，租金上涨，袁大爷改行在万柳修鞋配钥匙，把卖鞋摊位留给儿子媳妇，勉强又摆了几年，关张了。配钥匙的生意竞争也太大，不到四百米的街道有四个摊，袁大爷干不下去，进了地铁，以后又来到望京医院，和老伴一样干上了保洁。

儿子是眼下袁大爷的心病。在家乡上到初中，十六岁那年来京，在餐馆端了两年盘子，不干了，卖了几年鞋，又不干了，现在说是代驾，天天晚上都有活，他又不一定出去。两口子窝在家里，常常吵架，孙女批评他们“你们俩不行，不如爷爷奶奶”。问她怎么个不如法，“她说，你们自己想想吧。”说到这里，袁大爷又笑了起来，伸手似乎是要摸一下什么，孙女这时耐不住性子，已经从他身边跑回家了，袁大爷的手摸了下自己的腮帮。

孙女在北京没有学上，明年要回老家，她虽然出生在北京，却不讨厌回去，看天气预报除了北京，只看合肥的，问她，她说：“合肥是我老家，我当然关心。”袁大爷打算明年不在医院干了，带孙女回老家庐江县上学，自己可以在老家做点小生意，配钥匙修鞋什么的。

这么多年来，在北京其实比贩布辛苦，冬天骑电动车太冷，袁大爷把牙齿都咬坏了。不过能比家乡多挣点。现在年纪大了，也挣不动了。至于老伴，她比袁大爷小十一岁，不想回老家。老伴上班也很辛苦，一个多月前骑电动车到丽都饭店换公交，路边一家餐馆倒油污，老伴转弯时车摔了，崴了脚，当天还去上班，前几天脚才好。

孙女不知什么时候又跑了回来，用大人腔问："你们还没有吃完呀，到底是不是在吃饭呀。"我问她："你是要爷爷陪你回老家去上学吗?"小姑娘攥着爷爷的袖子，说是的，他不回老家，我就不回去上学。

袁大爷脸上又现出了微笑的纹路。

## 三

最近一次去东辛店，我骑着一辆摩拜，在街道入口处被穿制服的综治队员拦住，说是共享单车一律不准入村。街口路旁已经拦下了一排共享单车。

街道依旧是人群拥挤，似乎顺从着地转偏向力往里流动，到了底部的中心区，我不太费力找到了袁大爷一家租住的地方，意外的是，他还在这里。

两年不见，他穿的还是那身牛仔布衣服，但态度变了不少。他不愿意出去吃饭，站在门框上说，自己要做饭带孙女，是新生的这个，大孙女已经回安徽上学，不过是在外婆家。

说话的当口，光着膀子的儿子路过我们身边，和媳妇一起，抱着婴儿去巷口乘凉，袁大爷望了他们一眼。儿子还没有找工作，依旧是干干代驾。袁大爷自己也没有在望京医院上班了，没有什么收入来源。

问他怎么没有带孙女回老家，袁大爷欲言又止。他的脸上又现出微笑，和那次带着孙女在餐馆吃饭不同，是挂上去的，像在当年挑布转山的生涯中，需要随机挂出来那样。

## 孤单的爆料人

“袁老师，你把我的报道写出去没有！我还要帮助别人……”

这是王光伟最近一次发短信给我。前一阵渐冻人小丹的新闻披露之前，他跟我联系，说他帮助的一个女孩得了肌肉萎缩症，刚到北京唱歌乞讨治病，现在天安门，能不能帮助采访。

我当时觉得这件事太小，恐怕不受媒体待见。对于他说的在天安门，也多少觉得煞有介事。后来看到一家媒体报道了小丹的消息，引起小小的轰动，心里惭愧，回短信问他资助过她吗，他说资助过，帮助过她很多。

紧跟着他说：“袁老师你好！你说当今社会像小丹这种情况别人看到都害怕，都后退让步，我都帮助她，像我这样的人很少了……”

我答应写写他。

认识王光伟，是在渠县智障奴工事件中曾令全家的地头上。当时我跟其他记者一样，面对官方查处后空荡荡的曾家小楼摸不着头脑，一个中年瘦个子男人在田埂那头有点神秘地招呼我。

我有点奇怪，但还是走了过去。他用带着四川口音的普通话低声说，自己是曾令全的邻居，“曾家有地下室，专门打人，他手里有三条命案”。他的话听起来和他的眼神一样，有点闪烁又过于郑重。不久我就感到有点什么地方不正常，尽管他爆的料似乎很重要。

他说有一个曾家的智障人在渠江边的沙厂铲沙子，掉进挖沙形成的水窟窿里淹死了。曾家没有把他的尸体捞上来，就把水窟窿填了。但他是听来的，并不清楚沙厂的具体位置，说可以带我去江边找，他只能隐藏在附近，让我去问沙厂老板。时间紧张，我犹豫再三，放弃了这个有诱惑力的线索。另两宗他也是听来的。

后来我发现，好几个记者都跟他搭过了话，也得到过这条有诱惑力的线索，一番交谈后又放弃了他。似乎他语气中一种过于急切的东西，让人想退避。

接下来的几天，他都给我打电话，发信息。其他几个记者也有同样的经历。我们都产生了躲避的心理。

离开渠县后，仍旧接到他的电话，电话不接又发短信，开始说是曾令全爸爸又收了一个残疾人，要人赶快去报道。以后的内容则是问好，问何时可以再去渠县，说我们这里还有好多料可以报道。每个节日，都会收到这样的问候，还有一些网上复制来的祝福短信。有一天又接到他的电话，下决心接了一次。电话那头他沉默了一会儿，声调有点发抖。

“只有你接了我电话，那些人都不接。”他说。

我告诉他这一阵不能去渠县，又让他不要常打电话，发短信好一些。他似乎听进去了，以后发过两次短信，内容平和了很多，不再催人去渠县报道，不再打电话来。过了一个多月，他发来一条短信，内容却是他刚从监牢里出来，被警察抓了，原因是带一个外国驻华机构的记者采访曾令全事件。因为手机监听，不敢打电话。

我大体知道这件事是真的，却也不方便如何询问他，只让他安心生活，不要太投入到这上面。过好生活是第一位。他顺从地答应了，说不想再被抓了，准备到县城去打工。

再过一段，北京一家公益组织召集一次讨论残疾人权益保障法的会议，邀请我参加。开会头一天晚上，接到他的电话，仍然是有些神秘又有点激动的声音，说自己已经坐飞机到北京，住在宾馆，明天开会见。我将信将疑。

第二天果然在会上见到他。轮到他发言的时候，只佝身说了一两句，随即低头坐下去，似乎怕大家注意到他，在保守一桩重要的秘密。这完全出乎我意外。主持人只得补充介绍了几句，说他虽然低调，却为智障人权益做了很多事情。他个性谨慎，这次请他来北京，为他买机票，他也是核实了半天才答应来。

会上还有一位农民老大爷，家里有智障的二儿子被拐到黑砖窑里，四处寻找，还自编了《寻子歌》，在会上激昂地唱了一遍。王光伟却一味沉默。似乎他来到了这里，就完全安静下来，一点也不是电话和短信里那个急于听到回音的人。

会后，我问了他的家境，知道他两个哥哥在外打工成了家，自己回到家里跟父母生活，没有结婚，父母都老了。当地要彩礼，他们家只有一栋十多年前起的楼房，他早年打工的积蓄为起这房子花掉了。我说这个会虽然很有意义，回去还是好好过生活。

他打工时谈过两个女朋友，其中一个用情很深。女孩是广州市郊区的人，家里坚决反对，后来才分手了。我有点好奇，问他怎么追上她，他说我乐观、幽默啊，总能逗她笑。我起初不大相信，又想到他发的那些短信段子，或许就是他的幽默吧。

快过春节的时候，接到他的问候短信，语气很畅快，说是自己在宰鳝鱼，一天能搞百来块。又邀请我有时间去玩，说他出路费。

我想到他坐在店门口宰鳝鱼的情形。天气很冷了，鳝鱼的内脏被剖开，血糊糊地过了他的手被扔掉，地上的血肉凝住了。似乎他会一直坐在那里宰鳝鱼。我不知道比起爆料，哪种要好一些。

那个城郊的小村落，并未和县城拉开距离，却无份于街头的热闹。一带弯曲的山坳，偎依山脚的房屋都在一层高的位置带着水线的痕迹，说是十年前被一场洪水淹过。

王光伟家的房子在一处竹林的下边，已经陈旧剥落了，全无装饰，屋子里空空的。父母都老了，曾令全家的院子里也没有了智障人列队训练的声音。在这个小村里，他找不到人说话，和爆料。

报道渐冻人那次，他告诉我父母去年过世了。

我很意外，问他爸妈怎么会一块儿去世了。他说先是父亲摔倒在地中风了，风字他错打成了“疯”。无钱做手术，只能看着去世。母亲有糖尿病，为父亲的过世伤心过度，六个月后也走了。

他问我的手机能收彩信吗，发过来一张父亲的遗照。

去世的老人裸着上身，倚在一张躺椅上，像是南方人乘凉睡觉的姿势。但是全无生气歪着的头部，却告诉人不是这么回事。逝者的上半身更近于一副骨架，消失了任何血肉，像是脱离了盖着一块蓝布的下半身。逝者的两只手，似乎是还在搂着这块蔽体的青布。一个男人在身后整理着被褥，看起来老人刚刚从床上挪到凉椅上。

另外一张照片，是生前的妈妈在照顾卧床的爸爸。照片中的房间光线阴暗，爸爸歪着头躺在床上，妈妈坐在床头，看起来非常消瘦，似乎将所有消瘦的可能性用完了。

两张照片都不清晰。他又发来短信说，没有那么多钱做手术，只好看着爸爸去世。“所以我要帮助别人，我妈妈也去世了我是多么痛苦，想起当时无助的时候我都流泪——我的处境有时候我在流着泪帮助别人——真的！”①

我让他不要太渴望被认同，先改善自己的处境。他回答知道！

那年中秋节前几天，他发给我一个看来是网上复制来的祝福短信，我没有回他。中秋节当天，他发来一段“月已圆，花更香，保重身体要健康，鱼在游，鸟在叫，愿你天天傻傻笑”的段子，祝我中秋快乐。我回了一条。

过了几天，他来信息说自己换手机了，照的照片很清晰，接着发来爸爸妈妈的遗照，似乎是专门拍的头像，镶嵌在镜框里，母亲的镜框还绕着黑纱。照片上的父亲猴腮尖下巴，紧闭着嘴唇，半截眉毛下面一双透出悲楚的小眼睛，一看就是终身苦命之人。母亲的脸要宽阔一些，却也是嘴角抿着苦纹，因为手机拍摄时反光的原因，一只眼里莹莹闪着泪光。

回信问他现状，他说自己住在农村，种点菜卖，腊月再去宰鳝鱼。

---

① 王的文化程度不高，原话语无伦次。

“自从《每日农经》栏目播出鳝鱼有寄生虫，生意就很差了——不好做生意。”

帮助小丹的过程中，他认识了一个参与的网友，两人相处了一段，前一阵分手了。

我想到那个老院子，墙壁没有粉刷，窗户用木条钉着，阶沿下放着一辆经年废弃的风车，为杂物覆盖。侧旁的竹笆房严重歪斜着，瓦顶像是已经腐烂的稻草温床，随时会塌陷，于是一切不复存在。清冷田地里的菜蔬，留着没有温度的青色，养活余下的一个人。

空空的院地里，两只弯着脖子的白鹅，过于干净，像地上的两个问号。

## 工人欠钱

那一年，我分配到城关法庭。这是个法院特意打造的“三八法庭”，庭长、审判员和书记员都是女的。有天女庭长让我跟她去办一桩民事纠纷。一个湖北人，起诉我们县电机厂一个下岗工人欠钱不还。

我们走下县城唯一的正街，拐上已倒闭的老电机厂土街。这里十来年前红火过一阵，现在只剩破围墙，一些不成型的窗户，都钉上木栅。低矮的小门前人们蹲着举碗吃饭，神气是适合这条土街的沉闷顺从。敞开的碗口，像在等待来自上方的赐予。

在一处小门前，庭长说，到了。门里似乎比街面稍低，地上情形使我惊讶——门口有光的地上摆着一只小铁锅，由于地面不平歪斜着，盛着家庭的饭，米饭的颜色似乎是搁了酱油。这块小地方周围的黑影投下，使小铁锅的处境显得特别。四周东西堆得很高，只看得出轮廓，似乎在打破、膨胀，挤走了光线。

小心地进门，里间一家人正吃饭，他们惘然地转头，我看到他们围着的桌上有一小碟辣酱。加上地上的铁锅，应该就是他们今天的全部了。来不及防备，一家人的生活就这样呈现在我们面前或脚下。

男主人起身。

庭长说我们是法院的。这句话效果意外地强力，男主人起身的姿势凝滞了，苍老、父性的脸上，正在出现的疑问的条纹立刻僵为惊惧。女主人和两个少女端着饭碗，被定住地望着我们，我们和这家人之间呈现窘迫的沉默。

幸好女庭长见惯不惊，女主人也先于丈夫省悟过来，赶紧招呼“坐”，“请坐下说”。“请”从她口中说出，因不习惯而特别郑重。两个女孩立刻放碗起身，有种“自动”的意味。庭长说你们没吃完啊。亏得她，脚尖蹭着一只铁锅，泰然地微笑。

男主人也回过神，一边说吃完了吃完了，赶忙拿走了那只铁锅。于是忙乱收拾桌凳，我们坐着两个小凳，男主人坐着一条长板凳。庭长平静地告诉他案情。妻子平静地凝视着，显出一种无法完全隐藏住的忧虑。男主人开头很困惑，但他想起来了，立刻激动地大声说：

“我想不到他会为一百块钱告！我从来不赖哪个的钱！”

原来他下岗后学了泥瓦匠手艺，上年和一个湖北木匠一块承包修屋，湖北人有事先走，走时山墙还未封顶，老板没给钱，说好等老板结了账分成。以后老板又一直欠。前一段湖北人来要钱，没有现钱，说好了下月再来兑现，“没想他前脚出门后脚进法院了”。

他显出厉害的焦虑，面对一桩荒谬可笑却又被迫面对的事态的激昂，一再声明他这辈子还没想到会上法院！庭长和颜悦色说，我也想你不是那种人，再说你是本县的，他是外县的，我们自然还是倾向你。这样，你设法把一百块钱交到法庭，我们转给他，劝其撤诉，这样可以让他承担诉讼费，他也占不了好大便宜。男主人说好，虽说穷，这一百块钱我还是拿得出来，“三天之内一定亲自送到法院”。

“亲自”这个词语气很重。

庭长依旧微笑说好，我相信你。可是一定要按时送来啊，否则过了调解期，只能立案了。到时人家占道理，你还了钱还得承担诉讼费。男主人说那当然。妻子这会端了水过来请我们喝。

我环顾四周，屋子非常小，东西和外间一样堆得很高，光线比外间稍亮。泥地，一个没上漆的木柜搁着各种杂物，包括一些很小的，也许是拾来或用过的玻璃瓶、胭脂盒、红色小圆镜子之类，都被细心保留了下来，成为这屋子突出的景观，这是在穷人家里常能看到的，似乎是一方圣地。

这些小东西之间，有一台最小的——也许是9英寸的黑白电视机，还有同样小的一台电扇，它们的小使人吃惊，这一家的一切似乎都是小的。

但屋子里部有一张大床，两姊妹坐着床沿，一样的双手垂膝，长得也很像，倒并不瘦弱，还有些丰满，脸上是有点窘迫的温顺的神情，为我这样地看她们。我感到不安：她们压抑的青春就这样展示在我面前，只为我是法院的。我想到那口不大的铁锅，酱油拌的米饭，她们成长的营养来源，不知如何满足供养了眼下青春的身体。

庭长愉快地看了一下表，说不喝了。小袁我们走，还有事。男主人已经平静了，起身送，不好意思地说：“同志们怕是坐不住——很少来人，乱——”我和庭长一边微笑一边忙着出门，到街上我下意识地伸了伸腰。

第三天，果然他和妻子一起来，坐下之后，郑重地掏出一叠票子递上：“同志，我交来了……”有十元、五元的，庭长点钱，他一直面带微笑看着，似乎非常满意。庭长微笑点头，说你果然守信，这下诉讼费该湖北人承担了。他的表情就更满意了。

得到了收据，他慎重地揣好，起身出门，步态比来时轻松几倍。妻子安静地跟随，从背后看，我发现她老去近于干枯的体态中，有种保留下来的东西，肖似那两个少女。

# 矿工雪夜逃生记

“沙河以前是条很大的河，能行船。”

在县汽车站斜对面的烟酒门市部里，商店老板娘说。刚才我去看上广佛镇的面包车，车里空荡荡的，几个车主坐在场坝里甩扑克。我在商店里坐了一会儿。天气有点凉下来，小卖部里生意清闲，我们聊到山西，说那里已经下了两场雪。

在小卖部里买水的乘客，不少是去山西下矿回来的人。我说山西除了煤啥也没有，尤其是缺水。她说那也不是，也有好地方，只是挖了煤的地方水漏光了。她去过繁峙县沙河镇义兴寨，那地方挖的是金子。有几年，我们家乡所有挖金子的人都集中在那儿。

她去的时候，沙河水似乎真的还很大，我在她眼睛里看到了泛动的水光。这和我在六·二二矿难之后去沙河镇看到的完全是两回事，那时地面上已经见不到一滴水，只有矿石和沙尘。一问她是在2000年。不过，那也是一次大事故，只是没报出来，她说。她去那里是为了找弟弟。

“活人没有找到，死人也没有找到。”

她那时住在香河鹅儿坪，洗脚的时候小学生来递信。香河里头不通电话，信是山西矿上的包头打电话到广佛镇医院，医院的周本才接的电话，叫一个到医院看疝气病的码头的人带信，码头的人托小学生放学带信上来，小学生回来玩闹忘记了，到快睡觉的时候才想起来。说是挖穿了水仓，一百多人全在底下，其中有她的弟弟。

当时不敢信，连夜赶下坡问码头的人，下雨路滑，身上污了一屁股泥巴，才问确实了消息。老板娘的父母死得早，只有姐弟俩互相拉扯大，这下着了急，想到一个人过不了山西，连夜去找亲戚，第二天麻麻亮就出发了。

几个人坐火车换汽车，第三天赶到沙河镇杏子树洞。抽水机还在汩汩抽水，说是一条大河都漏光了。一个活人都没逃出来，只捞上来十四具尸身。

“十四个人，我一个个掰过来看了的。没有我弟弟。”老板娘姓董，死者里面只有一个姓董的人，还是五十多岁的样子。

在沙河镇呆了一周，水根本抽不干，是老板猴心把老矿的水仓挖穿了，活不见人死不见尸。天气冷得出奇，钱花销不下来，眼泪也流干了，只好回来。

回来以后，一直没有弟弟的消息，以为他已经死了。当时是在大矿难之前，也没得到老板的赔偿。从此就当世上少了这个人，剩下自己一个还得过。过了半年，正在地里打猪草，却看见弟弟走上鹅儿坪来了。

大太阳底下，弟弟喊她姐姐，她却打了个冷噤，问你是化成鬼来看姐姐了？

弟弟说我哪里是鬼，你莫跟那些人一样，看到我都吓到了！弟弟说你看我有影子，踩在脚底下的。她一看果真有，这才信了。弟弟说我前几天回沙河镇，他们也当我是鬼，我叫他们掐我的手腕，掐到出血了，才信了。我才知道我前脚刚走，矿上出了大事，怕你担心，回来看你。

那你出事时没在井下？

在，那天晚上只有我逃出来了。

有个人来买货，挑了一会儿，拿走一包旺旺雪饼和一瓶水。面包车那边还没有动静。老板娘张罗完生意，转述了弟弟说的经过：

那天我在井下打钻，井下热得很，半夜时忽然感到渴得受不了。渴到心里发慌，就像有人在后面推着，不能多忍一秒钟。我就想着上井喝水。当班的工人没下班不准升井，跑井的逮住要打死人，当时也顾不得了。井有两层，加起来百十米高，白天下来的时候是坐钩，腰间缠个蛇皮袋子。下井之后，开绞车的人都歇班了，只有一根绳子悬着。

我手上戴的有抱钻机的手套，就照从别人那里听来的说法，双手握住钢索，两脚攀着往上爬，一连爬了两层井爬到了井口，一看开绞车的人不在，井口附近也没人，急忙摸到厨房偷水喝。前半夜下了小雪，地上有一拃厚，我怕留下脚印，倒着走，拿两个蛇皮袋沿路抹去脚印。摸到工棚的厨房，端起瓢喝了两口，心里忽然不渴了。当时也不敢下井了，怕被带班的捉住挨打，心想干脆不在这儿做了，另找地方。身上带着几百块钱，连宿舍的一身衣裳两床烂铺盖也不要了，直接就走。

当时夜里有到矿上收破烂的车，这些车白天是收，晚上是偷，机器矿石什么的都拿，所以它们都盖着篷布，下面是偷的东西。我跟车主商量，掏一百块钱，把我遮在篷布里，上面又落了一层雪，矿上也没有检查，就这么摸出了义兴寨，到了沙河镇，住了个小旅馆，天一亮我就搭车离开了繁峙县，去了河南，找那里的另外几个老乡，一直过了半年，那边的矿也关了，才想到回义兴寨。一回去听说那夜水仓挖透了，就在我爬上井口之后半个小时。

老板娘是我朋友小指的母亲。我第一次见到她，小指家已经从鹅儿坪搬下了香河码头，当时她显得年轻，小指的父亲却有些老了，听说是比母亲大十岁。以后听小指说母亲出去打工，在内蒙河北矿上做饭，父亲留在家里。前几年小指和妹妹都在县上买了房子，全家搬下了县城，妹妹在车站斜对面开了这个小卖部，妹妹出嫁之后转给了母亲。父亲却过不惯县城的生活，一个人住回了香河的土屋里，种点玉米土豆，养些鸡。

至于故事里的弟弟，仍旧四处在矿上打工，没有成家。

回到广佛，我向在义兴寨金矿做过多年事故善后的姐夫打听那起矿难，他说六·二二矿难前没有这么大的事。提到杏子树洞，他想了一会说确实有一起透水，但井下只有十四个人，他们躲在一个地势高的地方，水抽干之后全都救上来了。没有一个人死亡。

离开家乡那天，在小卖部等车下安康，我又向小指的母亲问到这事。她说她没有见到井下打捞上来的尸体，所以四处去找。条条山坳里都是挖空了的洞和裂开的缝隙，一脚踩空就从人间消失了。到处可能有死人。一堆煤渣，一捆苞谷秆子，一条麻袋，一堆雪，“我都去摸了的，闻到臭，就可能有死人”。她一共摸过十四具尸体。这些死人中，仍然没有弟弟，有些烂得认不出来了。

我疑惑那场矿难的具体经过，也怀疑她在沙河镇没有看到能行船的大河。但那场夜晚下的小雪，弟弟留在雪地上被蛇皮袋抹去的脚印，和她以后在矿上摸到的死人身体气味，却留在这间小店里。当她给去山西下矿的乘客递过一瓶矿泉水，往事的气味似乎就在她的手上，叫人不能忽略那些来不及从井下逃生的姓名。

## 拾穗者

多年前的一天，我到成都近郊的双流县采访一桩案件，当地正值收割结束，田埂地头到处是胳膊戴着红袖箍的乡镇干部，倚着一辆金狮摩托车，治理农民烧秸秆，据说是保护飞机的安全。视野内没有冒起秋烟，不像小时候，收割后的田野四处是火粪堆，似乎热闹的仪式。我乘一辆摩的穿过显得空旷的田野，去到长生镇派出所。这家派出所地址有点特别，孤零零地处在稻田中的一个路口。

我告诉民警来意，他和气地告诉我没什么可说的，因为事情涉及到镇政府干部，他们被通知不能接受采访。我继续呆在办公室里打算蹭着跟他聊一会儿。因为无聊注意到了长凳上一直坐着的一个老妇，她正有点好奇地望着我。紧靠着她的地上有一个背篼。

这个老妇的面部和手部皮肤已经显出昆虫的纹理，但她的眼睛还有一丝光亮，没有发浑。我正在和她对视之中，一辆摩托车在门外停下，一个男子下车风风火火进来。这是一个中年农民。

“哎呀，你跑到这干啥子吗?”他一看见那老妇，脸上紧着的神气登时松下来，开始止不住埋怨。

老妇辩解了一句，似乎说是：“我拣穗子。”农民憋不住地打断她："你拣啥子穗子哟。"这时警察问他的身份，他连忙转向警察解释：他是她的儿子，从金堂县赶过来的。

一番对答之后，我才知道，他母亲有个秋割后下地拾稻穗的习惯。今年秋收，她背了个篾篼出门，竟然一路从金堂县拣到了长生来，中间隔着两个县。到这边迷路了，被人引到派出所来，派出所联系那边的乡政府，乡政府通知他来接，他已经半个月不知道老娘的下落了，死活打听不到。

他一边解释一边埋怨母亲，她显得并不服气地回答什么，声音夹杂着一种奇怪的方言，很难听清。民警说，为了询问明白她的家庭住处，费了两个小时。问她吃什么，睡哪儿，她说开始吃干粮，后来讨着吃，晚上住草垛。稻子从西边割起，就跟着一直往东走，自己也不知道会一直走到这里来，到了这里才迷路了。

我想到了十几岁读到小说中写的麦客，从甘肃来到陕西，一路收割我家乡被秋风吹黄的麦垄。这个老女人，虽说拾的是稻穗，却似乎是跟在那些麦客的阵势后面，从小说中或者米勒的画里，一步步走到了我的面前。

男子做完笔录，领母亲出门。她跟着走一步，忽然想起来回身拿她的背篼，背篼里有小半篓凌乱的稻穗。她把背篼背上，来到摩托车旁边，男子要让她上车，说还背这东西做啥子哦。老妇说："这是我拣的穗子，要背回去。"儿子给她卸下来，让老娘坐油箱上面，搂住摩托车把手，他坐在后面，搂住老娘，背上背着篼，里面是她十几天来拣的稻穗。

民警也出门目送，男子挥手谢了民警，发动摩托车离开了，几株稻穗在他后脑飘动着，似乎是他吹乱了的一束头发。老妇的身影，像一个孩子，在儿子怀抱中消失了。

# 有娃子和奥菲利亚

## 一

有娃子的手吓人。

它像是比正常的手大出一倍，肿大变形的指节和手腕布着圆滚滚的疙瘩，很难想象一双手上会结出这么多疙瘩，像是两坨走症的庞大生姜。想到这是一双摩托车手的手，每天要塞进手套，握紧车把，搭载乘客去往镇子乡下的沟沟岔岔，就更不寻常了。

两年前的一场痛风症之后，有娃子的手开始变成了这样，圆滚滚的疙瘩在他的脚踝、肋巴上也可以摸到。痛风来自于以前长年在山西小煤窑里的经历，“水洞子搞久了，避开了尘肺，却落上了这个”。一个多月前，他又查出血压高到了 170 以上，骑在摩托上常常头昏眼花。这种感觉，有娃子不敢告诉乘客，也提防着他们看见自己的手，吓住了不肯上车。

跑摩托车是有娃子仅有的生计，大年初一他还在出车。家里没有称肉，也不开火，年夜饭在相邻的姐姐家里蹭。家里房子不小，和相邻人家一样是两层带阁楼的小楼，两进，不同的是空得吓人。有娃子的床摆在一楼靠马路的窗户下面，是一张双人床，但一眼看上去就是单身汉在睡。前厅放着一辆带顶篷的三轮摩托车，是前年买来准备卖小货的。二楼客厅里有一套旧沙发。除了不常回来的有娃子，这是小楼里的全部。

有一段时间，这套房子里曾经多出三个人，一个丈夫患尘肺病死的女人、她的跑了儿媳的儿子，还有儿媳留下的孙女。人家说，有娃子是一下子娶了祖孙三代。女人比有娃子大几岁，丈夫在船厂里干活，在倒扣的船壳下打锈，粉尘太大把肺弄坏了。女人和丈夫在镇子附近租房子治病，丈夫死后回家，房子塌了。人家说她跟了有娃子，纯粹是看上了这栋楼房。

有娃子的房子以前是一间水泥砖平房，再从前是爷爷辈传下的土房子，几乎成了黑色，看不出原来的土坯，有些站不住了。它有机会变成楼房，完全是镇子扩展拆迁的原因。有娃子的老屋拆掉了，换来三间门面的地基，他卖出了两间，用得到的钱加上补偿的几万块，大致正好起了这座楼房。

女人先是来租有娃子的房子，说是捎带可以给有娃子做饭。女人一家住在楼下，儿子时常不落屋。“冬月二十八晚上，她打电话给我，说害怕，叫我下楼陪她。”

两人不久扯了结婚证。这是有娃子人生中第一次结婚。他虽然被人喊作有娃子，其实已经四十二岁了。母亲在世的时候，一直担心的就是他要打一辈子光棍。一直找不到老婆的原因，有娃子说是考虑家里穷，没有房子。母亲头一门去世了，改嫁到这里，带着两个隔山弟兄，过来又生了有娃子两兄妹。有娃子的生父也去世得早，母亲把两门的孩子拉扯大，将就成了家，自己一直跟着有娃子过。

附近人们参差起楼房，老屋渐渐衰落下来，成了街上最老的一

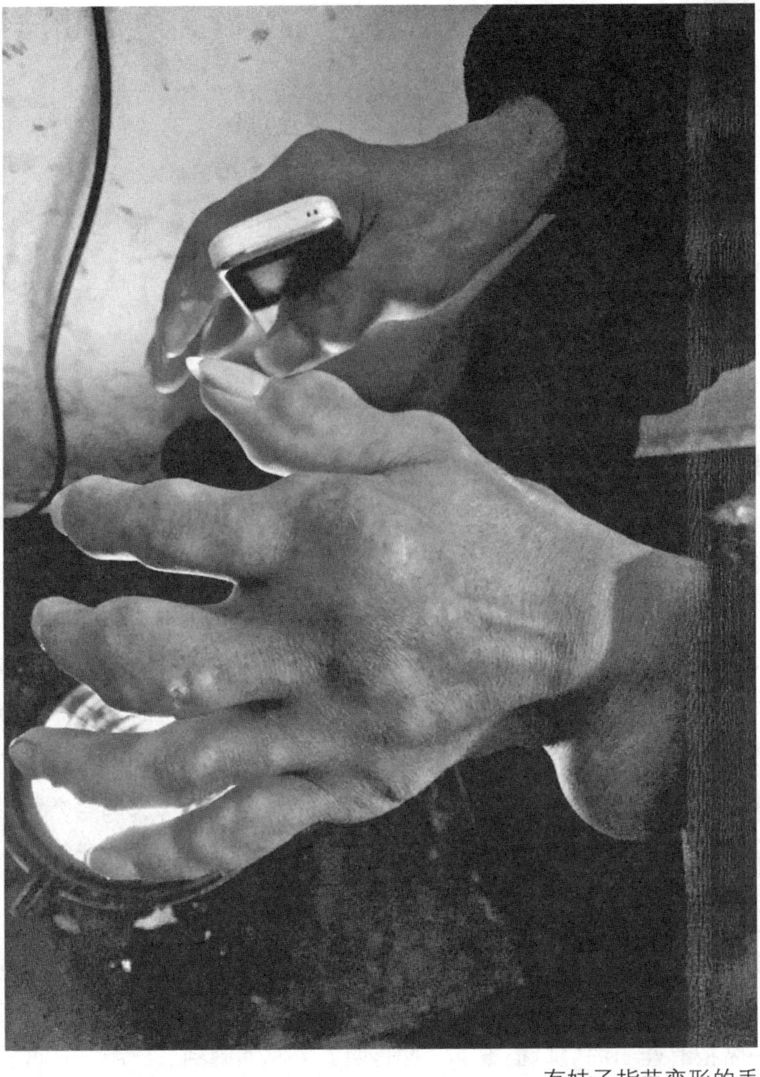

有娃子指节变形的手

间。有点意思的人，看看发黑的有些歪斜的老房子，再看看有些老实的有娃子，就作罢了。这也是有娃子花光所有要把楼房起得不比邻居差的原因。

楼房紧临的公路外边，是一条往下流过镇子的小河，对岸是一坝绞股蓝田。五月的一天，正是收割季节，地里收绞股蓝的人都听到了有娃子的哭声，看见他坐在二楼窗台上，两脚吊下来像是要跳楼，说是自己被女人逼得活不下去了。直到派出所来人，事情才算了结。

有娃子说，当时他这样做，是喝了点酒，一边也是有意的，要外人都看到，原因是"那个狠心女人"的儿子扬言要害他的命。那个儿子扬言房子是他妈买的，在街上到处给人说，正在街头等客的有娃子一反驳，那个儿子就说要把有娃子车牌号记到，找两个人故意坐他的车，到了高坎地方把有娃子往岩底下推。

有娃子把这话告诉女人，女人一点不责备儿子，反而骂有娃子小气，饭也不给他做着吃了。起因是有次女人要去打牌，向有娃子要两百多块赌本，有娃子身上只有一百多现钱，没给。平时有娃子在家里吃饭，最多吃两天，到第二天下昼一顿她就开始敲打，说有娃子吃她的喝她的，嫌他给的买菜钱少了。有娃子一股劲在等客的三岔路口吃早点，一个多月没吃她做的饭。到了七月二十五号，有娃子回家上厕所，"她说我吃得多屙得多。我说没吃你的。"女人拿电风扇砸有娃子，有娃子接住了，没舍得砸回去。女人又拿椅子砸有娃子，有娃子顺手往回一扔，擦伤了女人的腿肚子，女人把有娃子扭去了派出所，一路把有娃子的虎口掐破了。这是两人第二回闹到派出所。从派出所回来，有娃子提出离婚。

开始女人不肯离，“说要离跟死人离”。后来暗中找到了下家，态度才变了。为了起诉离婚，有娃子借了村支书的儿子三千块诉讼费，后来协议离婚，三千块就给女人租了房子，有娃子还给女人买了一张一千四百块的床。这场婚姻，有娃子记得很清楚，“腊月二十四扯的结婚证，到开年九月初七离掉，一共八个月零七天”。长期跑摩的下来，有娃子对于数字都像账目一样记得很清。

但在离婚之后，两人还闹了一次。一起跑摩托车的人传流言，说有娃子“把铺都牵好了，别个只睡的”。有娃子这才知道女人找好了下家才离。有娃子忍不下气，跑去一看，人家已经同居了，睡的正是一千四百块的床，生气不过，就说，“原来搞的这版经”，女人生气了，又打了有娃子两拳头。以后女人跟那个男人结婚了，儿子住在有娃子出钱租的屋子里。

## 二

有娃子的屋子又空下来了。这场婚姻的遗迹，除了那套似乎一买来就显旧的沙发，就是茶几上的两瓶塑料花，一束红花，一束黄色的菊花，是结婚的摆设。除了塑料花，屋子里的一切东西都比别人家更快地变旧了，屋顶漏雨渗出了霉斑，二楼所有的灯都坏掉了，太阳能热水器的喷头耷拉下来，像是很久没有人去动的样子。习惯了出车归来和衣入睡，有娃子也很少洗澡。

相比之下，当初那座水泥砖房，似乎并没有这样冷清，屋子底下有着另一个女人的气息。

这个女人的故事，最初来自于表弟金鱼的讲述。

十余年以前的春天，一个穿白衣服的女子来到了镇子上，定居在医院的垃圾堆旁边。那里不知谁扔了一副条桌，晚上她歇在条桌上。

在金鱼的记忆里，她似乎总是淡淡的白色。白皙的脸，不知她在哪里凑合洗的。看不出颜色的衣裙，多日不洗，似乎也显出一点白。衣服上的素色花朵，用一次性塑料输液管子扎成，缀满全身。似乎那个白色的垃圾堆，是她的花坛。

她轻飘飘地在街道上走，脸上露着微笑，哼着几乎听不见的歌，如果细听，是几年前流行的歌曲，口音是本地人说不来的地道普通话，甚至夹杂着英文字母。她从来不看人，完全陷在自己的世界里。如果你打量时她正好抬头，目光相遇，她眼神里的安静毫无变化，就像你是透明的，她的安静是一根针，倒刺得你脸红了。她仍旧微微地嬉笑，向前走了，剩下脸上有点发热的金鱼。

她不向人讨要，在街上捡了废品去卖，一天换几块钱做生活费，用垃圾煮方便面。如果不是她定居在垃圾堆，又在身上挂满输液管子花朵这个事实，你会怀疑她是否真是一个疯子。她身上的疯癫，只是一层薄薄的盖头，把她和正常人区分开来。

上过外专却回乡开卡车的金鱼想到，她从哪儿来到这里，到底遭遇了什么。如果她是失恋的奥菲利亚，是哪个负心的哈姆莱特，给她披上了疯癫的盖头呢?

虽然她从不让人讨厌，却也没有人跟她搭话，只有卖煤球的有娃子不计较那副薄薄的盖头。有娃子当时三十六岁了，从山西矿里打滚回来，已经是第三个本命年，却从没有碰过女人。跟遍身煤黑的他相比，她显得干净。有娃子和她搭讪，不知怎么从垃圾堆旁领走了她，带到自家的老屋里，两人搭上了伙。

起初没人管这回事，也没有人笑有娃子。但是好景不长，她怀孕了。肚子鼓起来，就惊动了计生办，这种非法生育是不容许的。计生办来带人，有娃子也因为和精神病人同居被抓进了派出所，在里面继续做煤球，等到出来，她已经被强制做了堕胎。手术之后的她，人显得更白，仍旧笑嘻嘻的，被计生办带出县境，丢下车，让她再也走不回来。有娃子从派出所出来，没有再见到她，恢复了单身生活。夏天正在到来，白色的垃圾堆发出气味，却再没有了奥菲利亚。

这是金鱼表弟记忆中的情节。有娃子讲的却是两回事。

有娃子说，她自己说是东北黑龙江人，高中文化，从湖北流浪过来。他说那女的当时三十八岁了，还有个出嫁了的女儿，但也承认，“看上去小一些”。和有娃子同居以后，她仍旧喜欢满街捡垃圾，屋里堆得到处都是。做饭她只会下面条，把很多方便面的调料倒在里面，弄得很咸。有娃子跟她在一起，“整整呆了十九天”，以后被计生办和派出所带走的情节，有娃子说完全没有发生，是医院的人把她领走了。

有娃子还说，她自己离开，以后又去街上租房子，人家看她捡垃圾把房子摆的不行了，期满后就不租给她，她又回到垃圾堆那里。医院的人看她回来，就把她送到福利院去了。到福利院后的下落，有娃子说不知情。

这段讲述中的日期有些混乱，有娃子说记不清楚了，除了那个十九天。最初，他完全不承认有这件事。

## 三

有娃子说，眼下他已经不想“男女那点事了”，觉得“女人都很狠心”。那个流浪的女人并不狠心，但她毕竟是疯了。不想再找女人之后，有娃子后悔房子起这么大，弄得没有积蓄看病，因为有了楼房，还被评掉了低保，眼下完全只靠跑摩的挣生活费和每天的药钱。

他跑摩的习惯了，大雪天也情愿呆在外面，觉得家里更冷。一些老太太明明看到他的手吓人，也情愿坐他的车，因为他态度好，跑得慢，还因为他的车是老式的 90 嘉陵摩托，中间是弯下去的，有点像踏板车，坐起来有一种安全感。村里说有娃子六十岁以后能评五保，但“我不知道能否挨到那个时候”。

大年初四这天，下了雪，一个跑摩的的人来到有娃子家里，拿走了两副对联，给亲戚家结婚用。对联是有娃子过年前到市里进的，每年过年会卖上一回，屋里还剩着一叠。有娃子的屋门上，却没有贴上一副。

叁 >>>

## 不做浪荡子

近一年来，周杰的朋友圈是连篇累牍的直销业绩信息，团队里谁加钻了，谁升经理了，隔三岔五的银行转账记录说明着存款余额的增长，更惹眼的则是一连串的提车信息和照片，谁现款提走一辆别克，谁又开走一辆奔驰，而这些人一两年前还只是普通的育儿嫂或者建筑工人。还有公司开大会年庆，组织团队集体考察联排别墅的图文。

春节期间，周杰也在晒转款到账的信息，数额大致总在几万元上下，让人感觉只要加入了直销，钱就像一个平常的数字自动滚滚而来，命运倏然改变，也包括周杰自己的。年庆留影上的周杰穿着统一的红色西装，戴眼镜打着领带，看上去像个成功人士。

最近两个月，周杰却没有更新朋友圈。问他时他说，和女朋友分手了，感觉心情有点累，无心做业务，准备休息一段以后再说。

这个消息使我感到意外。如果说心里早有预感，事情也来得早了一点。

两年前我在长沙见到周杰，他和女友租住在一家小区内的家庭宾馆里。周杰是个白净清秀的少年，并不如同想象中的样子。身个有些瘦小，年纪看上去只有十六七岁，却说自己“已经老了”，证据是后脑勺上最近变白的一根头发，实际上他这年十九岁，比女朋友大三岁。

起初我们没有见到他的女友，我和周杰加上一个叫木剑的朋友一块儿吃饭，女友不肯出来。饭后我们坐在一家酒店大堂开的咖啡馆聊天，周杰的女友每晚在这家酒店楼上的KTV包房上班。

最初我是从木剑那里知道周杰的。他在qq聊天中说，最近他了解到一个少男少女的群体，他们从湘西乡下出来，结伴卖淫，他自己接触过的就有几对。

在咖啡厅里，周杰推掉了我们点的茶和饮料，喝着一杯清水，讲起了他以往的经历。他两岁时父母离异，父亲在广东潮州打工，长年在鞋厂做。周杰在家乡跟着爷爷奶奶上学，到了初二，在课堂里再也呆不下去了，辍学到了潮州。父亲每天要上班干活，周杰大部分时间在网吧度过，渐渐开始在网吧的座位上过夜。没钱上网了，就去抢小学生的机器，或者拦路勒索零钱上网。

偶尔回家要钱，和爸爸争执，互不相让，闹得最凶的一次，父亲把周杰的手按在桌上，手拿菜刀悬在半空，说你再跟我拧巴一下，我的刀就落下来。周杰吓住了，从此不敢跟爸爸再吵，只是不回家。父亲不肯给周杰花费，说你自己怎么弄到钱我不管，只要不违法就行。

后来周杰在网吧遇到一个大哥，把几个像周杰一样泡网吧流浪的少年收留到家里，供他们吃住。这位大哥是酒吧服务生，常来上网，周杰跟他混熟了就上他家里去了，前后一共有六个少年。家里的伙食无非是一袋米，一袋土豆，几瓶老干妈，大哥做饭给几个少年吃，睡觉是铺几张凉席打地铺。其中周杰跟另外两个少年混得最好，成了三兄弟，一起泡网吧逛街。

这么混着住了几个月，大哥的父亲去世，回了广西老家。三兄弟没了依靠，约定照在外面看到的样子，各自谈女朋友，然后组织她们去做夜场，当作一种资源，挣来钱共用。后来因为赶夜场的需要，三兄弟分散，周杰带着当时的女友离开了潮州。

他从广州辗转到浙江嘉兴，后来回了湖南老家吉首，又出来到湘潭。期间交往了很多女孩子，在吉首时认识当地所有夜场的妈咪。把少女带到夜场交给妈咪，再打点一下妈咪，就可以上岗了。少女在夜场包房里陪酒，一场二百，现在涨到了五百，一个晚上可以做几场，一个月给妈咪交一万七提成。女孩的条件是要漂亮，年龄在二十五岁以下，十五六岁入行的最多，大多是辍学的女生，也有在校的女生课余干这个。夜场的需求量很大，周杰说在浙江湖州一家七星级酒店，见过一栋大楼几层全是 KTV 包房，等待陪酒的女孩子多到上千名，包房的每个客人都会叫一个，由妈咪带进去。前一段在湘潭认识的妈咪来了长沙，周杰和女友也跟着过来，继续在这位妈咪手下做。

起初周杰每次只交了一个女友，挣来的钱两人用。入行久了，他开始想到同时控制几个女孩，把事业做大。一个这行内的“牛人”是他的榜样。他控制了几十个女孩子，用挣来的钱买了奥迪，这些女孩子不在一个城市，他用手腕让她们所有人甘心做他的女朋友，去夜场挣钱，有时他同时和三四个女孩一床。“三兄弟”中的一位留在潮州，同时谈了两个女朋友，“女友找钱都厉害”，那个少年还会存钱，家里起房子他出了二三十万，也让周杰羡慕。

周杰觉得自己手腕不够。他的尝试总是不太成功，先后和好几个女孩子发生关系，劝说她们去夜场，都因为现任女友的反对失败。女友是周杰在潮州交往的，两人认识是在溜冰场上，周杰的轮滑滑得好，女友不会滑，主动来找他教，后来就恋爱了。女友比周杰小三岁，性格叛逆，小学就辍学了。因为周杰找别的女孩的事，两人闹过几次分手，眼下又在一起了。对于周杰花她挣来的钱，女友倒没什么意见。

我们在小区附近的餐馆吃了饭，出来正好碰见出门的女友。她穿着白色连衣裙，打着一把阳伞，看起来年纪很小，见了人显得窘迫。除了去夜场，她基本不出去。她这几天感冒了，要去医院输液，晚上接着上班。在餐馆时周杰给她打电话，她说自己不想吃饭。

我们去了两人租住的家庭宾馆房间。这是一间不大的标间，引人注目的是两张白色被罩的床，没有多少活动空间，对面墙上一张梳妆台。周杰说，他和女朋友租住的是其中一张，另一张床上也有一对，男的干这行六七年了，最近和女友回湘西了，床空了出来。一张床位半月租金七百五十块钱。

我问周杰为什么不住普通出租屋，价钱便宜，空间可能大一些，还能自己做饭。他说因为不知道住多久，随时会走，也省事，住宾馆每天有人来打理。

女友去夜场的时间，周杰除了去上网，呆在家没事做，会想得很多，眉毛中间长出了一根长长的白的，留了好久才拔了。后脑勺上的是女朋友发现的。

夜场陪酒这行的竞争越来越大，很多在校女生兼职干这个，女友现在所在的山水大酒店，休息室里有一两百个女孩子等待上场，四年前只有一二十个。起初女友对干这行也很抗拒，最初上岗时每天回来都喝得大醉，后来才略微适应了。

周杰想到带女友上北京，那里老板多，可以玩“仙人跳”，诈老板的钱，但女友不答应。周杰说，他心目中的理想城市就是北京。但他不敢去，“怕自己饿死”。

去年和女友分手的一段时间，周杰还是去了北京，不过是被木剑叫去，在一家图书公司书库做管理员。当时木剑在那里做主管。

书库在北京南郊，我曾坐了很久的地铁转公交去到那里。巨大的白色屋顶的仓房在阳光下排列，使人疑心这里以前是个粮仓，或许眼下一些仓库中还存有粮食。库房中是像垒砖一样码放的书籍，没有在书店中那种引人遐想的气息，似乎在这里书籍完全失去了内在气质的区别，只是体积和重量的计量，多数的书也是教辅和一些大众的文化经管类，小推车进出运走，装上卡车，发往城内的图书批发市场或者书店。

宿舍在附近小区的公寓里，周杰和另两个男生合住二楼客厅，几个女孩坐在人手一部座机的隔间，整天忙着给各地文化教育部门打电话，希望说服学校和教育局订购，成功的几率和她们的底薪一样低，让人担心她们发麻的鼓膜和磨损的声带。

周杰的工作是在库房装车卸车，报酬是两千块一个月。他并没有心情乘暇拿起书来看，就像他想要学吉他却一直没有上手。周杰干了两个月，北方的冬天来临，书库和宿舍都没有暖气，取暖的煤炉被城管没收，周杰忍受不了寒冷，离开北京回到家乡吉首。电话间里的女孩子们也大多干不下去离开了。

在家乡过年的时候，周杰想到了分手的女友，他打了电话给她请求和好，两人一起来了长沙。

躺在宾馆的床上，或者在昏暗的网吧里，周杰总会想到以后怎么办的问题。有个认识的少年去做了“少爷”，来钱快，如果可以周杰也去了，但他的身材不高，入行的要求是至少一米七。

在长沙期间，周杰还接到了从前收留他的大哥的电话，他回到了潮州，希望把当初的七八个少年联合起来，一人投三万块钱开店。但是周杰没有这笔钱，女友挣的都不知怎么花掉了，另外当初的“三兄弟”都散掉了，其中的岳云交了好运，已经在北京上学，脱离了这个行当。

岳云的“上岸”，可能是周杰焦虑感的一个来源。按周杰的话说，岳云是因为长得帅，被一个富婆包养，富婆把他接到了北京去上学，让他进了电影学院学导演。

周杰觉得自己不会有这种运气，有时候他在电视和网上看马云的讲演，觉得他说的都对，但离自己太远。后来他看到一个保健品直销网络的招人启事，没有加盟门槛，觉得自己适合这个，交了一千多块，去宁波参加了直销公司组织的嘉年华，回来有了一种自己看准了趋势，也有机会成功的感觉。他在打算正式加入这个网络，眼下的只喝净水养生，就是以身作则。“保健养生是最有希望的产业，微商是未来每个人的需求”，他用着网络和嘉年华上学来的宏大词汇，解释自己“看准了趋势”的理由。

来长沙之后，除了网吧和宾馆，周杰很少走出山水大酒店所在的街区。在女朋友输液的时段里，我和木剑劝说他一起去橘子洲走一趟。

三个人走在橘子洲的步道上，在阳光之下，穿着白色T恤的他有点驼着背，似乎禁不住阳光照射。我建议他常常过来跑步。木剑聊起他最近完成的一本书，花了七年时间，我看过提要和目录，书名叫《治国原来很简单》。书稿无处出版，托我找联系方式发给北京的几个学者，也反应寥寥。

我们顺着江岸，一直走到领袖的巨大白色雕像下面回头，周杰掏出身上的烟来抽，是十块钱一包的金白沙，一天大约抽掉一包。抽着烟他说起了父亲。由于长年站在机床前面劳动，他的双腿患上了静脉曲张，不能再继续打工了，回到家乡吉首开了家鞋店，年初又已倒闭。前几天他给周杰打了电话，父子俩有了第一次深谈，父亲在电话里说："我也很迷茫。"烟丝在周杰眼前缓缓升起，正如他在qq上的图像，穿眼下的白T恤，叼着一根烟，昵称是"不做浪荡子"。

游人三三两两与我们擦身而过，有三个女孩子走过我们之后，边上焗黄头发打阳伞的一个少女回头看了我们一下。周杰一下子显得紧张起来，低头躲闪，又禁不住回头去打量，过了一下说完了完了，我可能被人认出来了。就是她。

我们问他怎么回事。周杰说，去年从北京回吉首之后，他曾经谈过一个女朋友，就是刚才那个女孩子。当时她还在上学，他想说服她出来做陪酒，被她拒绝了，两人分了手。女孩喜欢泡夜店，现在在橘子洲上偶遇，想来她还是被人带出来了，旁边的大概是夜场行业的姐妹。这样被她认出，难免不好意思了。

周杰说，他尴尬的是自己当初的失败，没有说服她出来，因为这女孩的相貌身材都很好。

回到北京，过一段和周杰联系，他已经回了湘西。周杰的奶奶生了重病，他发来一张在医院陪护的照片，说等奶奶病好了再做打算。问到女友，似乎是又经历了一次分合，先去了广州，过一段也去了湘西，眼下没有再干夜场了。

我去电影学院找周杰在北京的兄弟岳云。

岳云果然是个帅气的小伙子，穿着白衬衫在电影学院的门口出现，并不显得如何不协调。我们穿过校园去一个小咖啡馆喝茶。看起来岳云和很多人相熟，常常带着微笑点头打招呼，微笑中显出殷勤又有一种刻意的老练，似乎是他一种随常的派头。小咖啡馆是在电影博物馆里隔出来的一小间，透明的隔壁摆着一些各个年代的摄影机器，岳云在这里也熟门熟路，带我去里间参观了一圈。他说自己现在学的就是摄影摄像，并不是导演，来了一年多，眼下已经能够给人拍些小片子，前几天还接单和两个伙伴去了一趟浙江。

我们要了两杯饮料坐下来，岳云的手握着饮料，白衬衫袖口下的腕背露出两条伤痕，和他眼下的外表有点不协调。岳云说，这是在潮州那段生活留下的。

岳云没跟我说他是哪个省份的人，只说自己辍学比周杰早，父母一辈子都在陶瓷工厂打工，做碗和花盆什么的。他离家出走的导火索是有次趁父母一齐发薪水，从家里拿走了整一万块的一叠，给父母留下三千块。

钱拿出来之后过生日泡吧，一晚上花掉六七千，又给自己买了一辆摩托车，加入了飞车党。钱花光之后，就跟飞车党兄弟一起帮烧烤摊子扎场子，有架打了就去。工具是钢管和西瓜刀，手背上的伤是西瓜刀留下的。

另外的时间是泡网吧，和周杰一样抢小学生的机子和零钱，最长的时候可以两天两夜不睡觉，一直打游戏。“活得好不如活得滥”，岳云说，当时身边所有人都是这样想，过惯了滥生活。后来他和周杰一起被大哥收留到家里，成了最好的兄弟，当时一共有六个小孩。

群居生活的结束，并非像周杰说的是因大哥回乡奔丧，而是捅伤了人。捅人的时候岳云在场，但大哥不让他参与。一伙人被大哥和他的兄弟们用摩托车队前后堵住，大哥拿刀在一个人的屁股上挑了几下。后来大哥被抓，判刑四年。

大哥被抓前半个月，岳云被家里人找了回去。父母和姐夫一个网吧一个网吧地找，最后在某家网吧的座位上，妈妈从背后一把捺住了岳云。回家一个多月之后，岳云又跑出来，和飞车党继续混，那时周杰也回到老爸那里，群居的流浪儿都散伙了。过了一段，周杰又出来了，碰到岳云，“三兄弟”在酒店租了一间公寓同住，开始“吃姑娘饭”。最初的动因是岳云有一个朋友，每天晚上开车带岳云出去兜风玩乐，身边围着各种女孩子，岳云就学会了，又传给周杰他们。

岳云同时有两个女友。一般是在夜场陪唱，偶尔也出台。其中一次女友出去包夜，老板给了八千块钱，外加一部苹果6。女孩子单纯，小小年纪出来，对男孩有情感依赖，起初不愿意，让干这行的女孩子去劝，也就接受了。

有了女友赚钱，每天的时间就是睡觉，上网和泡吧。泡吧是手头阔绰时去，没一千块钱都不好意思进场，两瓶酒都开不起。另外的原因是不敢去，当时岳云和飞车党兄弟们天天出去打架，怕结仇的人报复。

“晚上出去，没有十多辆摩托车一起，根本不敢上街。”两三个人绝对不敢出门，怕不知哪个巷子里冲出来几个人，得罪的人太多。去KTV一般是开总统大包房，一屋子人。心里一边是怕，一边是兴奋，被砍伤的时候没有痛感，是刺激，“你越打我越刺激，你不把我弄死，下次你就惨了。”岳云说，他浑身是伤疤，不能脱下衬衫来看。

最大的一处伤势在背上，缝了六针，正是这次受伤让岳云心生退意。过节是争夺一个女孩，这个女孩在夜场特别能赚钱，一个少年在追她，岳云红了眼，想把女孩弄过来。女孩对岳云没感觉，岳云就给女孩做思想工作，说对方是在利用她，岳云没有得手，也搞砸了对方的事，结了仇。

此后不久，岳云在一个广场上玩手机，被对方带人围住了，岳云被铁棒扫中了小腿肚子，蹲在地上抱住头，有人拳打脚踢他背上和两肋的肌肉，“特别无助”，临走的时候对头在岳云背上划拉了一刀，岳云躺在地上，被表哥送到医院，身上的钱也被抢走，表哥垫付了医药费。岳云觉得特别屈辱，简直不想活了。两个女朋友也离开了，岳云自己也怕她们染上病传给自己。挨了打不去打回来，就不好意思继续混，一时间百无聊赖。

岳云说，就在这段时间，他在网上聊天，认识了北京的大姐。两人无话不谈，大姐说服他离开那个圈子。

岳云当时一无所有，大姐汇了钱给他，让他到北京来。起初大姐想让岳云到她的公司工作，岳云想上学。大姐在电影学院有朋友，找关系让岳云过来，读了两年制的摄影班，一年七千块钱学费。

岳云说，大姐并非什么富婆，是个会计师，今年二十九岁。两人也不是周杰说的包养关系，就是聊得很好的网友。上学之后，她给岳云找了一份在火锅城当服务员的兼职，一天八十块钱，有空就过去。以后岳云又做了学校的保安，所以很多人他都认识。后来保安时间太不自由，只做了两个月。

眼下他已经可以出去拍点东西，有酬劳，有次给一家小公司拍轮胎广告，四个人一共得到三万块报酬。有时候他还是需要家中补贴，上学之后和家中恢复了联系，放寒假时赶上北京下雪，父母还来玩了一周，岳云帮他们在北方的雪景中留影，感觉他们“忽然老了好多”。他开始想到将来回家乡，开一家婚纱店，就近照料父母，毕竟他只有一个姐姐一个妹妹，没有兄弟。说到当导演的传言，他笑着摇了摇头。

上学后岳云交了一个女友，是跟各路影视剧组，给群众演员化妆的。女友似乎很在意他和大姐的关系，前一阵大姐生日，岳云给她买了一块卡西欧手表，“女朋友吃醋了”。

说起过去交女友做夜场的事，岳云摇摇头说是“一种伤害”。

从咖啡馆里走出来，岳云带我逛了一栋教学楼，楼口有个老保安，岳云笑着跟他打招呼，说我“是个兄弟”，老保安没有说什么，放我们进去。岳云说，学校里他哪儿都能去。他曾经介绍周杰来接自己的班，但周杰个子太矮。

过去的一帮兄弟，只有周杰还有联系。那个大哥曾经打电话给岳云，岳云给他寄了五百块钱，大哥没有要。

走到电影学院门口，岳云说过去的事情他并不想提，因为周杰打了电话来，才见面跟我聊。他仍旧带着老练的微笑，伸出那只伤痕累累的手和我道别。看起来他要比周杰年长很多似的，虽然年龄其实只差一岁。

以后木剑去了一趟吉首，想在那边找点做生意的人脉，和周杰见了面。我问他周杰的微商直销业务怎么样，是不是真能挣到钱。木剑说开始要交几万块会费，每月要买一定量的消费品。这种模式，开初的一些人确实可能赚到钱，但还是靠发展下线，后面的人赚钱会越来越难。

那天我问周杰，女朋友分手了是否舍不得，他说舍不得也没办法，三年多的感情。女友分手的原因是地域距离，还有家长不同意。我这才知道那个女孩子家乡并不在湘西，是四川人。分手后女孩回了四川，大约是父母来接走的。

他已经换掉了吸烟的头像。我不知道他是否还像会面时一样，只喝纯净水，二十岁年龄的后脑勺上，有没有新的白发长出来。

# 智障奴工的儿子

我和吴小安在黑下来的校园里走。

他是个长方脸型的小伙子，两边眉毛离得有点近，体格则有点停留在少年时代。刚才在公交车站，他迟疑了一下，叫我“叔叔”。最初联系的时候，他在电话里也有些迟疑。我们去一家黄焖鸡米饭吃了饭，他不好意思地说：“让你花钱了。”

我们聊的是他的父亲。

父亲吴利兴和我的哥哥是一个镇子上的人，就住在哥哥房子后面坡上，但他已经从家乡消失十几年了。我知道他是因为哥哥的一个电话。两个多月前，哥哥从连云港造高速路的工地上打给我，说家乡有个人死在河南那边了，看能不能找人报道。

哥哥说，那个人在一个砖窑里干了十年，没有工资，前一段说是生病死了，这头的人过去，还包括有镇政府干部和广佛村的蔡支书，那边厉害得很，直接不理。蔡支书托了哥哥找我。

我跟身在河南的蔡支书通了电话。

他说这人叫吴利兴，以前长年在山西河北打工，后来牵扯到一起强奸案，大约是给人背锅坐了牢，据说他只是在旁边看，却被抓进去判了六年。他后来做工的砖窑就在监狱旁边，老板和监狱关系好，据说是帮他减了一年刑，出狱后就直接接到砖窑里去了，身份证也扣了，不给工钱，算作抵了伙食费和烟钱，也不让跟家乡人联系，这样一直干了十年整，杳无音信。家里的女人跑了，一个小娃子跟着叔叔。

前一段时间，那边的派出所打电话过来，才知道人死在砖窑里了。说是他喝了一种治骨刺的药水，结果喝得太多，人就死了。说他是智障吧，也还算正常人，就是有些老实。这边的人过去处理，跑了两趟，毕竟白干了十来年，想要老板给点赔偿，老板硬气得很，说人跟他没关系，只是偶然在他砖窑里呆着，他一分钱不赔。这些内情，还是当地人偷偷讲的。

那边的政府部门也是一样说法，这边的民政、派出所和村镇政府都去人了，那边简直不接待，说："你们自己去起诉。"起诉又找不到证人。蔡支书很憋屈。

我觉得事情有点蹊跷，为他们联系了《华商报》。以后我没有再过问这件事，过年回家，听哥哥说得到了一点解决，赔了几万块钱，是吴利兴的弟弟经手的。

弟弟就住在后坡上，起的楼房租出去一半，自己住了半边。他穿一身似乎是捡回来的烂了的西装，一双沾了泥的解放鞋，和我们坐在门口聊。他的身体有一种攲侧，似乎是有点瘸，但看上去又是正常的。

哥哥吴利兴和砖窑的事情，他听当地人说，砖窑老板以前开加工厂，和监狱离得近，经常拿一些手工活进去，让犯人加工，这样熟起来的。至于减刑的事，说不清真假。

到砖窑之初，大哥其实给家里打过一次电话，当时让侄儿去接的，说是关心他的学习，要寄钱回来，但话说到一半就挂了，似乎是有人不让他打。以后就再也没有音信。

那个砖窑在黄河岸上，没有高耸的烟囱和很大的场地，只有一部水泥制砖机和几垛砖，像是没有手续。大哥生前的住处是一间碎砖房，堆满了东西，中间夹着一个已经看不出颜色的旧垫子，就算是床了。他就是在这里过了最后十年。

在殡仪馆里，他们只见过一次大哥的遗体，穿着两层大翻领旧西装，没有像样的过冬衣服，相貌老了不止二十年。死者的双眼紧闭，嘴唇咧开，牙关突出。两个鼻孔来血，凝成长条的血痂。因为拍了照片，以后老板就不让见了。他们怀疑，大哥上了岁数干不动了，身体毛病又多，砖窑老板怕给他养老，故意给他不该吃的药，谋害了他，但又没有证据。那边的法医出的检验报告，说是误服药物死亡。

砖窑里有打手，听说大哥经常挨打。去年有个工人，似乎也是智力不行，挨了打过后还得病死了，由于是当地人，老板花了几十万。

当年哥哥离家去山西，又坐牢，嫂子再嫁了，留下一个老人和侄子，他看不过去了，把分了家的老人接过来，侄子由他一直养大，考上了大学。“是一本吗？”他说好像是。考上一本，在这个小镇上是件不寻常的事，他自己的两个孩子都没上大学。

他的神情似乎表示，并不认同侄子的学习比自家孩子好出多少，但也不觉得自己干了多大的善事。哥哥家有一座土房子，前几年镇子规划拆迁，他和侄子商量好了，把土房的地基卖掉，供侄子上学，签了协议，花销都记的有账，“大体是两头冲平”。

他的身体很不好，前几年得过肝癌，做了手术，腰上瘪下去一块，这是他看上去身体有点敧侧的原因，干不了重活。但说到生活水平，他又强调地说“那当然好”。

去河南处理的时候，侄子吴小安从西安去过一次，骨灰盒下葬时也回来了。坟埋在后坡自留山上。但是还没等到圆坟，侄子提前走了，说是打工的地方时间抠得紧。他也不懂侄子究竟是啥事。

我要了吴小安的电话，路过西安时联系了他。

这座大学靠近西安南郊的大雁塔，确实是一所建筑科技类的一本学校，有几幢楼看去颇有历史。由于尚未开学，校园里没有什么人，灯光也很暗，我们一圈一圈地来回走着，聊着父亲和他自己的事。

父亲是在他六岁那年走的。记忆中父亲脾气特别暴，喜欢喝酒，喝了酒下手特别重，“往死里打”。

从小父亲就不照家，长年在本地的煤矿上打工，一个一个洞子地转，几个月不回来，也不寄钱，自己挣自己花了。印象最深的是有年过春节，叔叔到八道河的煤口子一个一个找，一大圈才找到他在牌场子上，从他身上抠出输剩的几十块钱，拿回家给母子俩过年。

六岁那年，母亲实在受不了，离婚改嫁到塘防坝。母亲走之后，父亲就出远门，把爷爷和自己丢在家里，叔叔看到不得了，才接手过去。

说起叔叔婶婶对自己怎样，吴小安微笑说：“还好。”

日常的相处中，难受的是一件事：对账。叔叔似乎是有意把这件事分得清楚。卖房子的合同叔叔让小安签字盖手印，钱存到信用社以后，双方各置了一个账本。上高中以后，每次开学吴小安下县城，从家里带钱走都两边记清楚，在县上交了多少学费伙食费，买了什么东西，也一笔笔记在本子上，周末回家时叔侄对账，从卖房子的大数里减去吴小安的花费。每年末吃完年夜饭，叔叔还要跟吴小安对一次账，一笔笔理清这一年的花费，两边记上年末存折上的数字，利息也记下来。

叔叔和吴小安对账的时候很仔细，神情严肃，像在两个陌生人之间，这让吴小安非常不习惯，叔叔一下子变得很远，自己想要拉近一些却毫无办法。他越来越惧怕两个人面对面掏出账本的时刻，盼望回家的心情也渐渐被这种畏惧压下去。他感到叔叔掏出账本的时候，不光是在给自己，也是在给村里的旁人看，或者是杳无音信的父亲哪天突然回来时看。他宁愿呆在空荡的周末校园里，两周回去一次。

有几个同学也是大周回家，小安被他们带着，加上两个县城的同学，迷上了扎金花①。虽然手头没有多少零钱，扎得很小，但耗费了很多时间，学习明显地滑坡了。“当时不知怎么回事，就是烦，不想好好学习了。”

扎金花输了钱，也不好往账本上记，只好编理由，虽然叔叔说你花的是自己房子的钱，并不多过问花销的项目，只要数字对，但吴小安依旧脸上发烧。两个弟妹也到了县中上学，怕他们听到风言风语传回去，正好进高三，学校管理加强，自己猛然也醒过来，知道再下去要毁了，仿佛看到了在煤窑里打牌的父亲。以后再也没碰过扑克。高考考数学前一天晚上，还有几个同学在宿舍扎金花，弄得数学没考好。

第一年只考起了个二本，是关中一个地级市的师专，心里不满意，去咨询老师毕业是否有前途，老师说那样你还是早日准备再考研

---

① 扎金花，一种赌博方式。

吧。这样一想，就跟叔叔商量补习一年，发了狠，总算考上了这个学校。当时说要补习，叔叔似乎不是太认可，但也只是说了一句，你自己算一下剩的房子钱够不够你读大学。

考上大学报到之前，吴小安在建筑工地上当了一个暑假的小工，提灰浆背水泥，挣了三千多块钱。开学时从家里拿了一笔学费钱，到寒假又去浙江一个造太阳能热水器的厂，做电池板的硅片，把钱寄给了家里。第二年开学没再从家里拿钱，靠助学金、助学贷款和自己打工维持。这样算下来，其实上大学就没再动用卖房子的钱，也就不再用和叔叔对账。暑假回家，小安总算能轻轻松松地喊“叔叔婶婶”了。

上大学第一年在户县，小安只能在学校打点零工，也得到过奖学金。搬到西安之后，就有了在肯德基固定打工的机会。父亲圆坟那次，小安只请了三天假，因为时辰不对，家里延期了一天安葬，小安只好赶回西安上班。过年小安没有回去，期间在肯德基上班可以拿三倍薪水。除夕晚上，餐厅组织员工一起吃了顿火锅。这张照片发在了他的微信上。

除夕晚上，吴小安还给母亲打了个电话。母亲嫁的第二门身体也有病，住土房子，是塘防街后街上唯独剩下的土房子了，而且只分了一间，家什和锅灶全堆在地上。母亲从来没有上来看过小安，但往年有两次过年小安去玩，母亲都给了他一两百块压岁钱。

“我不恨妈妈，有点恨爸爸。”快走到校门口时吴小安说，“不过现在都过去了。”

父亲那年从砖窑打电话回来，“我还小，话都是大人在教着说”。

他按照婶婶教的，用硬硬的语调问父亲在哪里，啥时回来，却没能喊出来一声爸。爸爸的声音听上去老了，柔和了一些，问他学习好不好，说是要寄钱回来，说到这忽然就断了。

这个变得柔和的印象，就只存在过了这么一点儿，直到这次去河南，也没有见到殡仪馆里躺着的爸爸。原因是头一次过去调解，他说话被大人认为“不着天不着地”，第二次不让他去了。

“当时有个本家爷爷，算是家族里见识多的人，提出赔偿六十万，对方不答应。我当时开口说，爸爸已经过世了，我也不要什么赔偿，你们给几万块安葬费就行了。”

吴小安的想法是，自己跟父亲没什么感情，“也不想借他的死来捞什么，安葬入土就行了”。

告别时，他提到自己的疑惑。大学毕业的工作去向是各个大型钢铁公司，现在产能过剩，不知明年就业形势如何；假如考研究生，助学贷款又怎么办。

在他的微信上，没有任何关于父亲身故的信息。但在一条转发本校患病同学求助的消息前，他评论说：“在别人的世界里，我们是一滴雨。”

## 新世界的流浪小孩

“你还记得那个流浪小孩吗?”和刘口口在和平门附近一家餐馆里见面，饭吃了一大半，我终究提起来问。

她显然有点意外，但不露声色。“你说的他啊，”她想了一下说，“杨子奇。好几年的事情了。”

她最后接到他的一个电话，告诉她自己在河北一个庙里。但是过了一段时间，刘口口打电话过去，接电话的女人口气很不耐烦，说那里没这个人，也不是他说的那个庙。刘口口上网找了一下，没有在河北查到那个庙。

以后再也没有他的消息。

我和刘口口有好几年没见过了，她大体是老样子，脸瘦了一些。当初喜欢吃烧烤和炸鸡类食品的她，开始注意饮食，点的几个菜她没有动多少。她在房山买了一个房子，但没有成家，把母亲接来住在一起，父母分居多年了。

那一年刘口口还在崇文门附近租房，经常去附近的新世界商场肯德基吃炸鸡翅套餐。她就是在餐厅里注意到杨子奇的。无论她什么时候去，几乎总能遇见他。

他呆在角落里，大约因为用肯德基的卫生间洗脸，虽然也算蓬头垢面，脸心一块还是干净的，看得清一双眼睛，从来没有在某处停下来，却知道哪桌客人点的多。等到人走了，赶在服务员前面去拿走剩下的几根薯条，半只鸡腿什么的。

有一天刘口口下夜班回来，到肯德基吃个夜宵，餐厅里没什么人，他躺在并起来的两张椅子上，似乎睡着了，服务员也没有赶他。刘口口故意点多一些，留下了大半包薯条和一份鸡翅，离开后站在餐厅外边，看他从椅子上起身，有点意外地看着那些食物，终究三下五除二地吃了起来。刘口口走进餐厅，在对面坐下来，他有点慌张，问你是不是没吃完，这是他开口说的第一句话。

刘口口跟他聊了起来。这也是她生平第一次跟一个流浪儿搭话。

我很早就认识刘口口了，那时她已经发胖，失去了大学照片里让人怦然心动的苗条身形。那年夏天，我们常常从在和平门的单位下班，一路散步到天安门附近的“水煮蛋”，也就是新建的国家大剧院外边，坐在水池子沿上吹吹风，看夕阳落到水池中央的金属圆顶上，听她聊自己的往事。

她出生在一个警察家庭，留下了一张小时候在一处塔顶上的合家欢，照片上的父亲穿着制服，很有派头，一双脉脉含情的眼睛，母亲却显出生硬沉默。两人当中的刘口口相貌可爱，扎着公主发带，却显得早熟忧郁，如同照片背景晦暗的天气。当时父母已经在闹矛盾，这张合影，大概是全家人唯有的一次。

以后刘口口上了大学，在校园里和毕业后谈了两场恋爱，运气不好，“遇到的都是渣”，让她彻底失去了对男人的信心。第二次恋爱失败后，她迷上了油炸食品，身体也快速地发起胖来，以至于从前的室友感叹：“天呐，我要是你，怎么还能有勇气活下去。”

但她就这么活了下来，在北京有一份工作，单身租房子，也不大和父母联系，人变得有些大大咧咧。父母已经分居，她不去搅和他们的事情，过年也不想回到河南腹地那个大村子里去。

有一个同行对刘口口有好感，说你减二十斤肥咱们就结婚，刘口口没答应。“为什么我需要为他改变自己。再说婚姻是什么？”

那天我在新世界见到杨子奇，他已经换上了刘口口从头到脚买的一套新衣服，看上去不大像个寻常的流浪小孩了，甚至还背着一个新书包，像是要去上学的小学生。

只是在他的眼睛里，有一种游移的东西，似乎从来不曾停留在某个地方，说明着他的流浪儿身份。

跟他说话有些难，他不肯认真回答问题，像眼仁一样总在回避，问出的几句话，也不知道真假，连同他的姓名。

他说自己是河北人，跟家里关系不好，很早就出来了，扒火车来到北京。再听下去，他又是从孤儿院出来的，姓名是孤儿院起的，到了七八岁，孤儿院觉得他年龄大了，能吃，不想要他了。眼下他在北京呆了一年多。除了在肯德基餐厅吃住，他常去的另一个地方，是附近一家地下台球厅，他喜欢在那里看人打台球，有时躺在过道里的一张旧沙发上，那里的穿堂风很舒服。其他时候逛商场和电脑城，看人家玩电脑和手机。

一年多在北京的生活，给杨子奇的虎口上留下了一块月白色伤疤，他不肯说是从哪儿来的。后来我们领着他在新世界附近逛的时候，他看到地上掷贴的小广告，自己说起来。他到北京之初，曾经被一个大人控制，把他拉到一个小团伙里，起初是在地上贴小广告，小广告背面有双面胶，一路走一路撕，撕下来使劲一扔，就牢牢贴在地面上，环卫工刮都刮不起来，抓也抓不到。

后来又训练他当小偷，学书上的样子，烧烫水逼他伸手进去拿硬币出来，开始拿一块钱的，后来还让拿五毛和一毛钱的。五毛钱的硬币最小，最难拿。他虎口的伤疤，就是拿五毛钱的硬币烫坏留下的。水也烧得越来越烫，要遍手都是伤才学得会。学会了就要去偷，他趁大人不注意，有天偷偷地跑了出来，来到了新世界。

到底去偷过没有，他没有明白说。说完了这些，他似乎后悔起来，说刚才自己讲的都是假的。刘口口说："你为什么要说谎呢？我昨天不是教你不能说谎了吗？"他就沉默了，恢复了不肯跟人讲话的神气。

那天在肯德基里，我们还跟服务员聊了聊，知道他每天晚上来过夜。她们没有赶过他，倒是附近的派出所时常会来清理流动人口。

提到派出所，杨子奇显出了前所未有的畏惧，立刻就想从我们身边跑掉，躲起来。问他，半天才闪闪烁烁地讲，派出所把他送回去过一次，到了河北的一个县城，他跑掉了，就是那次扒车回的北京。

问他为什么要跑回来，他说那个县的地址他说的是假的，怕警察发现，就跑掉了。真的家乡在哪个县，他说忘了。

刘口口跟我商量该怎么办。让杨子奇再这么下去不行，原来那帮人可能会找到他，按照他的年龄，他很快会真的学坏，不能回头。

“我一个没结婚的人，又没办法收养他。”看来只能再找一家能接收他的孤儿院，他口头上也没有表示反对。但这很费时间，刘口口害怕的是，他只是口头上不反对，又没有固定的地点，可能一回头就再也找不到他了。因此才找我来商量。

我们决定请一个朋友跟杨子奇呆着，我们去一趟派出所。派出所就在新世界背面不远，是一个平房院落，似乎因为下了班，没有什么人。我们跟值班室的人讲了我们的来意，那人根本不愿意听，一味沉默着，不知道他是觉得我们在添麻烦，还是对杨子奇的情形很了解，感觉没有办法。

我们有些郁闷地走出来。天色已晚，怎么安置杨子奇成了问题。刘口口有些犹豫，要不要把他带到家里，毕竟他还是来路不明，可能有我们不了解的坏习惯，对合租的室友也不好。带到我住的地方，路程太远，也有同样的担心。我们在肯德基一直坐到十点钟，折腾了一天都有些疲劳。最后只能由他自己在餐厅过夜，走的时候刘口口嘱咐他，一定不要跑，阿姨给你找个能安身的地方。他像是听进去了这句话，微微点头。

坐地铁回天通苑的路上，我难得地有个座位，半路上想起了大兴一对收养残疾孤儿的夫妇办的“爱心乐园”，杨子奇或许可以到那里去。

这个“爱心乐园”是一对夫妻自己办起来的，从内蒙古辗转来到北京，租住一间带阁楼的小区房，不知怎么存在下来了这么多年，从小收养的孩子有的快成年了，靠的是圈子里的人们帮助，有些人定期去那里当志愿者。我跟着一个志愿者去过两次，认识了两夫妻，联系朋友给他们提供过捐助。比起需要重重手续和关系的福利院，那里或许更可能接收杨子奇。

我在乐园里见过背脊上长瘤的婴孩，永远只能俯伏在地上爬，不知道能否活过两岁。一些患肛瘘的孩子只能一直坐在塑料马桶上，阁楼里永远有一股温乎乎的臭气。我跟面目完全烧毁的男孩讲过话，大姐曾试图送他去上学，一露面就吓倒了全班同学，从此不再走出乐园一步。有一个病重的小孩死去了，大姐不想丢弃他的尸体，把他埋在了高速公路立交中间的绿化带草坪里，“我自己去埋的”。每次当我在高速上坐车，看到那些绿茵茵的草坪，有时装饰着一两只奔跑的小鹿的塑像，就会想到那个埋葬的小孩。

第二天早上，我给乐园的大姐打了电话，她有些犹豫，说他们接收的都是残疾儿童，也没有这种在外的流浪经历。不过后来她答应，把孩子领过去看一看。我打电话告诉了刘口口，正好第二天是周末，中午一起带杨子奇去大兴。

午后，我们和杨子奇一起坐在开往大兴的轻轨上。他显得有些开心，不时扭头去看车窗外掠过的阳光和景物，大约他从没坐过轻轨。这天他没有躲起来，刘口口在肯德基很容易地找到了他，但头天送他的背包已经不见了，说是弄丢了，这让刘口口有些生气，她怀疑可能是被别的人抢走了，只是他不肯说。

到了爱心乐园，大姐显得比电话里更加为难，大哥也在，看得出来主要是大哥不愿意，怕他身上有坏习惯。后来商量，让杨子奇在这里呆一下午，跟几个大的孩子相处，看看情形如何。

我们在阁楼上呆着，这里和我上次来差别不大，仍然有那么多生病的小孩和一股温乎乎的气息。那个脊椎生瘤子的小孩似乎能稍微坐起来了，脸部烧伤的男孩在照料他。过一会儿下楼，看到杨子奇和几个大一点的孩子在一起，做一种搭积木和传递皮球的游戏，他有些笨拙局促，不过看起来似乎还开心，大体上能够安分。过了一会，那个大点的女孩子在一边悄悄告诉刘口口，杨子奇不守规则，拿着皮球不肯放手。大哥大姐也不动声色地下来看一看。

快到傍晚，大姐跪下来祈祷了一阵，几乎已经答应收下杨子奇了，但是大哥不同意，他说自己在一旁观察，杨子奇身上还是有不少毛病，主要是怕改不过来，带坏了这里的孩子。如果年龄小些还好办。我们只好带着杨子奇离开，回城的轻轨上他显得很沉默。

离开乐园的时候，刘口口告诉我她很难受，因为她看出来，杨子奇愿意呆在这里，毕竟这儿有不少孩子，像是一个家。

我们把杨子奇留在了新世界，刘口口嘱咐他，不要到处乱跑："阿姨一定会给你找到一个地方，不会不管你。"

大约两周以后，我见到刘口口，她说杨子奇去了河北一座庙里，给她打了那个电话。怎么去的她也不知道，其间她想到三河县一家孤儿院，打算托朋友联系，但经过了上一次，小孩的态度更加闪烁，这事也就不了了之。现在去了庙里，好歹有个下落。

这事只好放下了，直到几个月之后，我们想一起去庙里看看，刘口口打了那个电话，得知根本没有那座庙。

"这么多年，杨子奇没有联系过我。"刘口口有些郑重起来地说，"我感觉他的求生意识不强。他应该知道，我这么个人对他是重要的。"

她买了房，和母亲同住之后，前一阵也把父亲接来了一阵。结果两人闹脾气，父亲照旧回河南老家了。在单位说是要升职，任命却迟迟不下来，消息倒传出去了，有些压力。我约她见面，她开始还以为是这事。

“其实你没必要请这顿饭，电话问我就行了。”

我说不是的，毕竟我们也这么久没见了。就像不在一个城市。

## 寂静的儿童

多年前在上海的一个周末，我和几位志愿者一起，去宝山郊区的红苗儿童寄养院。

寄养院是一幢旧的二层小楼，隔着铁栅叫来了人开门。开门的中年人冲着我们笑。带队的小毛驴说他特别好，见到我们来总是很欢迎。

我觉得他的笑容有点什么特别的地方。一时说不上来，忽然明白是因为他一直笑着，笑容没有变化。小毛驴轻声说，他有点智障，但能分辨好人坏人。不熟的人他不会开门，见到好人才会这样微笑。

寄养的儿童们在二楼。我们走进了一间大房子，有点像我上中学的教室，白天被褥铺在后几排课桌上，晚上摊开来支铺的样子。但和并不干净的教室比起来，有一股更说不清的气味。接着看到房间一头排着的一溜带座位的马桶，每把塑料小椅子下面连着个便盆。虽然便盆里现在没有什么，气味肯定是从那里来的。不由想到，孩子们为何需要这样现成的便盆。

床铺中间和床铺上有很多人。第一眼吃惊的是有些小孩子反绑着双手，在床铺和人群中间快速地走来走去。他们低着头，眼睛焦躁地瞪着什么地方，姿势扭曲。手上的布条，成了他们无法摆脱的束缚。其中有个精瘦的小孩子特别狂躁，嘴里发出“呼”“呼”的声音，走得极快，似乎是眼睛里看不到东西，随时会撞到人或床铺。他的脸上带着累累碰撞的伤痕。

问看护阿姨，知道这些孩子有狂躁症，必须绑住双手，不然会无法控制地打人摔东西。他们的小脑部位受损伤，失去了自控功能。因为双手被捆住不能活动，他们只能双腿不停地走，叫我想到动物园铁笼里不断来回兜圈子摇头的熊。

这些看护阿姨都是请来的农村妇女，拿七八百块一个月，她们的主要工夫，是用于床上大大小小一溜躺着的脑瘫病人，这些仅仅小脑坏了的孩子，就没有精力多加照看，只能把双手绑起来了。

床上的都是重症患者。有几个孩子只是一动不动地躺着，像正常熟睡的婴儿，但他们的脑袋要大得多。我想到了在长风公园后门外路边看到的脑瘫儿。他被搁在一个小襁褓里，面前放着一个供施舍的盒子，婴儿的头部大得惊人，几乎大过了整个身体。但是更大的却似乎是他的眼睛，总是一动不动地盯着你，露着不属于这世界的纯洁笑容，让你无法在这笑容下承受一瞬，只能立即逃开。

这些孩子们中间，意外躺着一个大人，比旁边的小孩长出很多地瘫在被子下。她的头部不动，眼珠却在转着，看着小毛驴他们走到身边，坐下来，开始给她唱歌。第一首歌是《隐形的翅膀》，看来是这里唱得最多的一首歌，周围几个看起来比较正常的小孩子跟着唱起来，打着拍子，只有那几位阿姨看着，微笑着，只是不唱。

歌唱了一首又一首，有人告诉我，她特别喜欢听歌。她的瞳仁变得晶亮，在眼眶里转着，朝四周看唱歌的人，这是她身体唯一能动的部分。另外的活动则是，眼眶边角变得越来越湿润，终于一滴眼泪流出眼眶，被志愿者擦去。

听说她是由于一次骑自行车摔跤，车子倒翻过去，后脑勺磕在沥青路上。父母无法照料，只好送来这里。瞳仁似乎是她脑子里唯一逃过损伤的部分。

从唱第一首歌《隐形的翅膀》开始，旁边就有个十几岁的小姑娘在打拍子跟着唱，一直到最后一首。看起来她也可以无穷尽地唱下去，却和别的孩子不同，她似乎真是正常的。小毛驴他们还送了她两本故事书，她也很规矩地拿着，不像那些小孩子拿倒了。

后来知道，她真是一个正常的孩子。只是由于父母离婚，父亲做小生意，总要到外地出差，学校又没有寄宿条件，怕她在家里无人照看，就把她送来了这里。平时她在这里过夜，周末则全天呆在这里。父母每个月左右会分别来看她一两次。

两周之后再去，赶上吃早饭时间，同时又有两个起床的小孩被阿姨扶着坐在马桶上，屋子里有一股特别奇怪的味道。见到那个小姑娘，说是头一天父亲刚来看了她，留下了一些点心。

问她爸爸来了开心吗，她用缓慢又很正式的语气说：开心是开心，可是很快又走了，就不是很开心。

这天没有像第一次唱那么多歌。因为天气好，阿姨让我们帮忙陪能出去的孩子下楼，到后院的健身场地玩。这些孩子都是大脑发育正常的，只是自闭。自从我们来到这里，不管做什么，唱歌还是说话，他们只是一动不动地坐在各自的床铺上，从不出声。

第一次来时，我曾陪着一个小孩坐在床上，拿着他的一只手，一直坐了半个钟头。他毫无反应，但阿姨说，他们最需要这样的陪伴。他只是无法表达。

听到能下楼玩，似乎仍然引起了某种骚动。我拉着上次那个小孩的手下楼，他没有拒绝，跟着我来到后院。我想要让他玩一会儿篮球，但是有篮球的孩子都把球拿在手里，不停地拍着，从来不会停下来，没有接手的机会。

我带着他玩跷跷板。我们分坐在两头，个头大小差别很大，但在这里无人注意。他很专心地一上一下玩着，很会配合的样子，似乎在院子里他只会玩这一样。到最后我发现，已经不可能停下来了。我几次提议去玩点别的，他毫无反应。我只好停了下来，他还在那边玩，为了防止他摔倒，我只能按住这头，他看到跷跷板不能动了，就沉默地坐在那头。

我终于把他从跷跷板上抱了下来。不敢再和他玩哪种游戏，怕时间不够，只好带着他坐在院旁一条凳子上，像第一次在床铺上那样，握着他的一只手。

他顺从地让我握着这只手。我本来想试着说两句话，后来放弃了，只是这样沉默地一直坐着。坐久了，感到和他成了一个人，无法表达自己。

## 鹅儿坪的母子

我和小指顺着响水沟的坡往上爬，一路的还有他的父亲。

坡有些陡，长了一面层野猫皮和野棉花，夹杂一些杂树藤蔓，有种繁盛之余干枯的气息。我们的名义是挖山药，倒是摘到了几束八月炸。

一路爬到山坡顶端，出现比较平缓的熟地，几片掰过的玉米林，小指说，快到鹅儿坪了。鹅儿坪是小指的老家，搬下来不过十几年。以前是一个生产队，现在渐渐空了，只剩了零落的两三个人。

走到一处地方，有几棵大板栗树，地上土质是微红色的灰渣，和树身一样生着苔藓，看得出是人长年居住又走了。地上落着一些板栗，我们捡起来几颗。小指指给我看近旁的两间土屋，说，老杨的妻儿就住这儿。

第一次见到老杨，是在县城小指的家里，老杨每次下县都到他家住。他似乎是和人合伙抓了一只果子狸，下县城找地方卖了，又换了一点酒喝，脸上有点红红的，半敞着黑黝黝的胸膛，坐在覆盖着蕾丝的沙发上，裤脚带着挖果子狸洞沾的泥点子。

小指说，老杨有才。年轻时，是一河二岸的风流浪子。他人才出众，又会吹拉弹唱，走到哪里，迷倒一片媳妇姑娘，睡过的女人不知有多少。

我请老杨唱一段花鼓，他不肯。实际上他是歌郎，在小指大姨过世的那夜，我可能听到过他转灵唱丧歌，是主家出钱请的。在别的场合，歌郎一般不开口。笛子花鼓那些，老杨说他也多年没有摸过了。小指说，其实那些家当，老杨全都有。

后来我听到一个老杨唱花鼓戏的碟子，《陈大郎接干妈》。小指在文联工作，这大约是县里为了搜集民俗文化的需要录制的。戏里的干妈很年轻，是个寡妇，和八月十五接她来家里吃糍粑的陈大郎显然是一种暧昧关系，“舂糍粑”的双关，寄托了男女之事的幻想。老杨的嗓音起伏不大，含有一丝沙哑，似乎是一路平淡地唱下去，却自有一种抑扬韵味，似乎是这类小戏唯一合适的调子。

戏文也在鄙俚中透露出某种文雅，推想是某个酸秀才的才情和下里巴人口味的奇异混合，譬如“三十五里桃花店，四十五里杏花村，桃花店里出美酒，杏花村里出佳人”，家乡流传的民歌，大致是这个路数，自有一种像老杨这样的歌手传递下来，难为他记得清每段戏文，又能有些韵味地唱出来。年轻时老杨的才情也可想见一二了。

老杨住在广佛街上。我春节回乡时，两次约他打丧鼓叫上我，领略一下，但丧鼓要赶上有人去世，终究没能实现。老杨也未必想到叫我。有一次我径直找到他家里去。

老杨的家在广佛街背后小山溪口上，和邻居一样，在地质灾害搬迁中起的两层安置楼房。前厅不小，空荡荡的，其他几间屋或敞或闭，似乎也没什么东西。其中一间摆着一张床，有人蒙头在睡觉，我叫了几声，那人掀开破破烂烂的被褥，有些茫然地欠起身来，带着一双隔宿的醉眼，头发和平时一样乱蓬蓬的，正是老杨。除了一层在别家捎回的醉意，屋里没有任何过年的气氛。

老杨和大儿子住在这幢大房子里，大儿子没有成家，所以空荡荡的。其他两口人——老婆和小儿子——住在鹅儿坪老家，没有一起搬下来。

没有搬来的原因，是老婆精神上有病，会发作羊痫疯，儿子也染上了。

眼前的土屋年代很老了，墙有些倾斜，靠外一边露着一道手臂粗的裂口，从上到下贯穿，用两根木杆子顶着。小指父亲说，外面两间屋顶石板已经塌了，不能住人，两母子住在最里一间，也是千疮百孔，不知下雨天怎么过的。不过两母子在山上跑惯了，估计在屋里呆的时候也少。老杨和大儿子从不回来照看。

大门闭着，小指说即使在家他们也是关门的。最好不要碰到，因为两母子听不懂话，有时发疯打人。快要走过屋角的时候，大门响了一下，只打开了一条缝，一个十五六岁的少年从门缝里出来，他拿着一柄柴刀，很警觉的样子，看到我们有些发呆。一个女人在他身后出来，头发蓬乱，衣服还能蔽体。没有人说话，我心里有点紧张。那女人望了我们一会儿，转过脸去拉上门，带着少年走了。

我们也转过了屋角，小指父亲说，他们大约是去捡板栗。老杨的女人认得他，所以没有发疯。

从鹅儿坪下坡，小指父亲住的屋场是头一家。老杨的妻儿靠低保生活，下山背米时会路过屋场，有时候歇气喝水。平时她也会跑下山，有时会遇到。

老杨的女人是香河口王家的，以前也是一表人才。老杨娶了她之后，不多于[1]落屋，在外边还是有些花花草草，女人就怄气，挨过老杨的打，精神上常常有些恍惚。但她真正发病，是生了小儿子不久。

添了小儿子后，因为前头有一儿一女，计生办的第三天就上来，把老杨女人拉到广佛医院结扎。因为女人不愿意，一路上到医院手术台，都是很多人按住，男男女女都有。不料从结扎台上下来，女人就癫了，开始一阵一阵地发作。

她怀里抱着月娃子，跑到山上去，一连十天半月，三山五岳地找不回来，大约落脚在哪处山洞里，“把我们都找伤力了，比撵麂子还狠。”小指父亲说。

老杨越打，她越改不了跑的脾气。冰天雪地她也跑出去，一踩一尺深的雪窝，小娃子跟着受冻，大约就从那时开始落下了一种“减”症，说是羊痫疯又不是，发作时翻白眼昏迷，差一点活不下来。后来活下来了，却没有学会说话，只能跟他妈相处，成了现在这个样子。

老杨的媳妇疯了，针线茶饭没有了人照管，也就渐渐颓唐起来，失去了往日的倜傥。酒瘾渐渐沉重，凑到哪能喝就喝一顿，更加不落屋。以后索性不管，带着大儿子搬迁到广佛街。山上的母子，就越发成了野人，无人照看了。

小指父亲说，她自己没有做庄稼，苞谷成熟的时候会跑下山摘别家的烧了吃。前几天还惹出一场事。那天小指父亲在院子里破几匹篾织背篓系，老杨的女人不知怎么去了，手里捧了两个苞谷，歪坐在椅子上，看小指父亲破篾。小指父亲心想她是在哪家地里摘来的，也不

---

① 不多于，意思是不常。

好问她，反正只有两个，就没管她。

不想邻近的陈家女人正好掰苞谷回来，看到老杨女人怀里两个苞谷，说老杨女人刚才从她地里过，认定了是偷她的，破口大骂，连带往年的一些事也骂出来。老杨女人听懂了是骂她，眼睛就渐渐直起来了。小指父亲对陈家女人使眼色，她也不理。

小指父亲心里烦，进屋拿根烟抽，没想到出屋时老杨女人还坐在那里，却把父亲破篾的刀拿在手里了，眼睛直得更厉害了，两只手还把刀翻过来翻过去。陈家女人还在骂，小指父亲赶紧过去阻住了她，说你莫在我门上骂，哪怕我赔你两个苞谷，你赶紧走。陈家女人也有些怕了，被父亲半推着走了，父亲回身又百般哄老杨女人，轻声细语地说，苞谷你拿走，刀还给我，我没得这把刀，篾活破不出来了。老杨女人似乎还懂话，眼睛渐渐地回过来，放下了刀，拿起苞谷走了。小指父亲看她走了，连忙把刀捡到手里，背心出了一层汗。

我们又走了一里多路，到了小指的祖屋，石板都已经塌了，墙还是好的。屋背后当年栽下的几窝山药，乌油油的藤子有了手指粗，我们忙了半晌，挖出来小半背篓，根根有小孩手臂粗细。鹅儿坪真的是好大，远近能看见塌了的房子，立着的土墙，也有几片收过的玉米地，颜色凋落完了，像是穷得一无所有的人。

一片玉米林后的土屋还飘着青烟，住的有人，但不是以前的家主了。主人招呼我们坐下来歇息烧苞谷吃。小指父亲说，这是老杨的二弟。二弟早年出门当兵，在临潼华山脚下。回来后因为家穷，招了门婿去湖北，以后老婆却死了，没立住脚，一直在外头打零工。这两年听说鹅儿坪的人搬空了，他就回来，住在别人家撂下的房子里，养了一群羊子，再把抛荒的地种起来，也能维持生活。

二弟有些感慨说，这一辈子没起成房子，捡人家的烂房子住。最早全家在鹅儿坪顶上，住畜牧场解散留下的茅草木板棚子。以后到了湖北，人生地不熟，也没有能力起屋。眼下还是住在别人撂下的房子里。

家里的老屋场，当初分给了大哥，眼下癫了的嫂子和侄子住在里面，也看不得了，眼看就要垮成泥巴。外墙上撑住裂缝的那两根柱子还是他去支的。嫂子没有癫的时候，对他算是还好，胜过大哥本身。

“两娘母住在那里，怕是终究要出事。”二弟抽着旱烟说，他有时在默这个事，大哥不照管，一旦真的哪天房子塌了，人没了，大哥是不是还算未尽赡养之责，脱不了干系。

“他这个人啦。”

二弟舒了一口气，眼睛眯起来，烟丝掠过了额头的层层皱纹。早年当兵的痕迹，像是门前玉米曾有过的颜色，在他身上褪尽了。

## 猜火车

七八年前，在安康候车室里看到一个少女，脸庞有一丝过于清秀，似乎在已成的轮廓上特意削去了一分。与之相应的身体，竟然省去两臂，肩上斜挎着一个书包，从人前走过，特别地望我一眼，似乎有什么无声的话要说。惊讶沉默，回过神想到她是乞讨，却难为情于赶上去投下一块钱。

这一次的错过，再无重逢了。但记忆从不消失。多年后看到网友拍的照片，一个少女仰着的脸，晶亮的眼睛里溢满了，像是酒倒出来的酒杯，偶然知道她和家人上了北京，奇怪我从未遇见。竟然是我一县的人，八年间，我只在13号城铁上遇到过两个平利人，听他们的口音熟，一问是县城的，大约在顺义打工。听说她已出嫁。搜到一张照片，她已长成大姑娘，只是双臂没有齐全，却似乎并不影响她的明亮眼神，脸庞也丰满了。记忆中的紫色衣服，也换了明亮的黄色，那个瘦削小姑娘的形体完全被隐匿。我想到那个爱她的年轻人，眼里是忽略了她的双臂。

她的双臂是十岁那年玩耍，摸了高压线。我看到的时候，她可能刚从医院里出来两年。

不久前参加一个公益研讨会，见到一个被人贩到黑砖窑当奴工的智障者，其实他并非智障，只是寡言，记忆力却极好。他的嘴上有一个缺，我以为兔唇，却是不顺从被铁棍打的，额头上也有类似的凹缺。他说到自己被人带到安康，在田坝伐木烧炭窑，采药，一个伙伴不听话被打死了，埋在一处坡上。他跑了三次才出来，在安康火车站乞讨了十天，攒下了二十块钱，坐火车回了关中。

后来他带人去找那个小伙计的坟，明明记得地方，挖出来只有土，颜色浅于周围的，应该是转移走了。

跟他一块去挖坟的老爹，寻找了两年多孩子，说陕南和关中不一样，到处青幽幽的，那地方山深，一座一座的，都是白云，跑不出来。

以前在候车室门口，看到寻人启事，总是一张沉默的面容，几段黑色的描述，一串电话号码。告示既是黑色的，就像预示这人已经死去。在亲人的心里，他们是活着或死去，是否会影响他们最终的下落？

这样的启事，总是让我想到一些不着边际的事情。一个人生死的两头，隐没在晦暗的来路和远方，只留下了这现出的一段。就像来去的铁轨。有一晚上回城里太晚，住在车站宾馆，窗下就是排了好宽一带的铁轨，火车来去的汽笛，短促的像动物的一声。望着那些延伸出去的铁轨的微光，不知道自己的心到了哪里，也许是未来，却是远不会真实达到的一种，就在这等待出发的晚上，拿想象走掉了。

这个候车室是从老的翻修而来，我却忘了老的样子了，虽然肯定经过了很多次。记得的是侧边的厕所，一个斜墙面，水贴着唰唰而下，就像在一面湿润的山岩下面。墙上长年受潮，长出了青苔，因此拆除了。奇怪的是那么多次鱼贯而入，争先上车的经历，完全在脑子里消失了，只剩下一个黑色的人群的概念，就像童年记忆中，一些辈分高却不亲近的祖人逝去。

到候车室有一大架斜坡，是这架斜坡那次阻止了我们。

妈妈到中学来看我，洗衣服。洗衣服的地方就在女生宿舍外，让我站立不安地难为情，那时候母亲来看望似乎就是一桩极难为情的事。后来母亲忽然提出说看火车，让我很意外。母亲在乡下从来没看见过火车，当然我也没有。但我在城里这边听见火车叫。我和母亲从安康城里走过汉江大桥，一直走到火车站大斜坡下面。我们都穿着布鞋，不适合这种水泥路。

母亲说，是这上面吧。我却坚决认为不是。我不知道自己为什么坚决地认为不是，是因为母亲洗的衣服，我们穿的布鞋？看上去我并没有生气，只是严肃，母亲却带有一丝笑容，这笑容显出母亲知道我的心理，我感到了这一点就更严肃。

我的理由是火车站会建在江边，铁路从坡上往下走，离江岸越来越近，到了距离消失就是火车站了。我的这个理由不知从何来，但在当时却似乎有确凿的根据，我带着母亲往前走，一直走了好几个路口，母亲似乎认同着我的权威。看到了坡上植物缺口处的铁路，甚至驶过的火车，铁路似乎确实离江边越来越近，期间母亲似乎也提过一两次小小的质疑，我自顾往前走，她也就跟着我。

可是忽然我明白没有希望了，火车站不在前方，脚酸痛了，我停了下来，我想到母亲的脚也同样。这个想法更让我生气。我知道自己真的生气了。母亲温和地笑着，看着我，没有出声。虽然以往她并不是个一直沉默的人。我们又往回走，一直走过了汉江回来。

我后来想，那天我们走了十五里地，没有走到火车站。但我们在一处缺口下看到了火车。能不能算是没有白走呢。母亲没有显出来她的脚比我的更痛，但这反而使我难过。

后来母亲就去世了。她没有进过候车室，坐上火车。

这个城市的火车站，修在江的对岸，所以我们那次走了那样远。

大学毕业之后，我又在这个城市里呆了两年，有时夜里去江边，听到火车的鸣叫，这时却不太像动物的，倒是一种体积微小却发出锐声的昆虫，回声拉长在山地的田垄里。货运站的一盏汽灯，光线越过了江面，一直伸到我脚底来。这样的汽灯，总是在火车站附近的黑暗里，虽然照明，却有把黑暗更形冷却的意思。我想到踩上这冷清的道路，一直走过去，也就离开了这个小城。现实中，我却不知怎样离开，以后的去向如何。

我后来又离开了那座小城，却没有真的到达远方，也许是因为到了的远方，也就变成开端了，来来回回。只是检票口咔嚓的一下子是确实的。

帕斯捷尔纳克说，火车站是记忆最忠实的保险柜。如果被拆除了，是一具安放好了的棺材。

## 老道与少年

黄昏时候，我和老道坐在陶然亭公园湖边两块大石头上，听他聊起过去的事情。

我是在吕村一间平房里见到老道的。平房里满是各种零件，似乎没有人存身的位置，整间屋子是黑色的，没有一丝日常的气息。但他确实住在这里，坐在一张小马扎上，长长蓬乱的头发和胡子，难怪别的上访者会叫他老道，连他光着的两条又长又瘦的腿，也像是有什么道行，完全不惧蚊虫叮咬。那些报废的零件，不知他拿来做什么用，或许只是随处捡来一无用处的物什，似乎他有意要用这些坚硬不适的东西，和平常的生活区分开来。

他的生计之道是替一些没有文化的上访人写诉状，有时收费，有时只是请一顿饭。在上访村里，他是少见的有大学本科学历的人物，且是学法律出身。

老道是我的陕西老乡，在我跨进大学校门的前一年，他正要毕业，却赶上了那场春夏之交的风波，不仅没有到手毕业证，还辗转藏匿了一年，最后无法忍受而自首，判了十年刑。

十年后他走出牢门，感觉世界背过了脸去。就业无路的他去了内蒙古建筑工地打工，遇到克扣工钱的黑心老板，带头维权的他被打手弄折了一条胳膊，养好伤之后他开始上访，后来发现这条路走不通，却对路上拥挤的人群感兴趣起来，不愿意离开另寻生计。

在南站的会面，是我们的第二次。或许他看重这次会面，特意穿了一件皱巴巴的西装，不知是从那间平房的哪个角落里找出来，还带来两个似乎是同道的人。我们在永定门汽车站附近一家小馆子里吃了饭，背后传来南站改造的轰隆声。在上访的人看来，这是要把他们赶走的尝试。那两个人也替别人写诉状，讲述自己大大小小的成果，大约是闻风而至，不知老道是否有意透露了我们会面的消息。几个人认真地把三个东北菜吃完，结账之后我和老道离开，一路走到了陶然亭，在湖石上听到了他的过去。

他说，以前总想着能推动一些什么，“譬如这个骗人的信访”。他本人仍旧上访和帮助别人上访，其实说到底是要废除这个制度。现在他状态大不如以前了，感到悲观。

在上访村和南站，他颇有名声，甚至偶尔有机会满足性欲。只是饥一顿饱一顿的饮食损害了他的胃，看来骨瘦如柴的他，被胃溃疡折磨，无钱去看。

年前胃疼得厉害，他去看医生，医生说必须住院，不然会很严重，但他只是买了一些药。“不知道哪天，这个病会把我打倒。”

夕阳落上了公园围墙，掠过我们的肩背，斜铺在人工湖面上，给它染了一层不真实的金色。或许不想一直谈病情，他回头聊在牢里的日子。

有次老道调到一所新的监区，放风时有人喊他“叔叔”，是一个瑟缩的少年，脸上很脏，眼神闪躲着看人。老道看他，却认不出来。后来想起，是初中一个同学的儿子，这个同学年纪大，初中读完就结婚生子了，以后不知怎么进了国企。老道去同学家里玩时见过，无非是一般职工家庭孩子的模样。没想到在这里见着，少年的样子变得完全认不出来了，长了两岁，人却缩回去了，看去还完全是个孩子。他寡瘦，身上和脸上一样脏，衣服几乎不足以蔽体，比案件保密的老道更差，一看就是从来没有人送衣物来。这种犯人在牢里境况最惨。老道有点奇怪，纵使这孩子坐了牢，家里也该有人周济。

询问之下，少年说他犯了强奸案，也判了十年，在少管所里满了十八岁，送到成人监狱来了。入狱之后，父母就没来探望过。

以后又遇到两次，少年的情形更差，两眼发直，不敢看人，有次脸上还有伤。询问之下，少年吞吞吐吐地说，自己犯的案子，在牢里叫人瞧不起，加上年纪小，一进来就受欺负。老的犯人逼他脱了裤子，趴在木板床上用生殖器顶床帮，说是叫他“硬靠”。少年硬不起来，就要挨耳光。他有些受不了了。

老道并不喜欢这个少年，但还是很气愤，向管理员说了情况，申请调到少年同一监室，不然就绝食抗议监狱的牢头狱霸。因为老道的案件特殊，监狱多少有些畏忌，把少年调来了老道的监室，摆脱了狱霸的欺负，看上去状态好了一些，衣服虽然总是那两套公家的破烂，也能囫囵洗干净了。

不料几个月以后，监狱承包了一项高速路劳务工程，把老道和一些能干活或有文化的人调到工程队里，去渭南施工。老道在那里呆了半年。回来的时候，少年已经疯了，认不出老道，脸上身上像在厕所地上爬过，臭得无法近身。老道去问管理员怎么回事，管理员也说不出原因，只说监狱也很难办。老道自己那段也心情烦闷，没有太插手这事。当时又是冬天，牢房没有暖气，人都冻得发抖。几天后的一个早晨，少年在床上硬了。

少年死后，狱方通知家属来看尸，老道见到了同学。同学面无表情，让把少年的尸体拉走火化。老道忍不住骂了同学，说你再嫌他丢人，他毕竟是你儿子，至少要买一身老衣给他换了，烧两封纸钱。同学才去小卖部买了一套衣服，换下了少年身上的碎布条子，外加一顶帽子。碎布条子和着两封纸钱，在监狱的院子里烧掉了。少年的妈一直没现面。

老道出狱之后，没有见过那同学，不知道少年的骨灰有没有保存下葬。有时候想起来，会隐隐觉得心里有歉疚，似乎是自己没有保住一条性命。

陶然亭的聊天之后，有次我因为采访一个企业老板，得到了一个意料之外的红包，不适合留在手上。我把红包转给了老道，让他去住院治胃病。在单位办公的酒店大堂里，他把显得有些鼓囊囊的信封塞进他的军大衣，由于没有身份证，他无法办理银行卡，我想到那间一地零件的平房，有些担心他把这笔钱存放在哪里。

过了一段时间，我听吕村的别人说，他并没有去住院治病，只是买了一些药吃，那一段手头也阔绰了些，引起上访人群的一些议论。或许是由于这个原因，我很久没有再见到老道。只是有年春节，老道给我发了一个拜年短信，我回信问他身体如何，有没有去住院治病，他含糊回信息说，身体还好，“没有给我添乱”。他的身体似乎确有改善，参与了一些维权活动，还听到他去浙江乐清和发生了枪击案的庆安的消息。

不久之后，一批和维权有关联的人被抓，成了一个不小的团伙案件，在公布的成员名单上，我意外看到了老道的名字。走出牢门十几年以后，他终究又把自己送进了那座高墙里。

不知他在里面过得如何，胃溃疡的病灶有没有给他添麻烦。

肆 >>>

## 探望慈悯

我们是在燕子岩下的地里，说起慈悯的病。二伯一边拄着锄头擦汗，一边带着微笑说，这是第三回了。

我是从小指那里知道她又住院了。年初听小指说了她的故事，加了微信之后，跟她聊过两次天，后来她让大家给她的女儿参加萌宝宝大赛投票，我不习惯这种活动，没有回应。4 月 1 号愚人节那天，她让我发她一块钱红包，等下还给我，我没有弄明白，问："一块钱?"她没有再回我。以后听小指说她去了大理，发信息问她在那边怎样，一直没回应。看她朋友圈最后一张照片，说是明天想去爬苍山，问："有人约吗?"按小指讲的，以后没几天她就发病了。真是没想到。

二伯说，当时她非要去大理，说那边有几个同学，似乎是高看她，这边也拦不住。娃儿还小，非要带起走。这次生病，兵生没怎么过问，看样子心也有点冷了。

我是在幺叔家的新房里第一次见到慈悯，当时她和兵生结婚不久，还有些新娘子的味道。堂弟袁东说她也爱看书，以前写不少东西。她就不好意思说我们哪能跟哥哥比，都是写着玩的。看她在这一群妯娌中，确实有点不一样，听说姓鄢，我想可能是鄢主事的后人。

鄢主事是我们这带历史上最有名的文化人，慈悯娘家住的让河，还有些他的传说。当时也没好多说话。

以后过年回县见到小指，偶然提起鄢慈悯去找过他，借走了我的一本书看。提起鄢慈悯，他露出有些叹息的神情，说到当年他在八仙中学教书，鄢慈悯是尖子，作文写得好，没想到会这样。

他好像说着一件很难讲述的事，慢慢地回忆。“刚上高中时，她是第一名。后来她好像是有抑郁症，看她精神压力很大的样子，我劝她放松一些，她没听进去。”小指说，她的家境不好，父亲没打算让她上大学，第一年没考好，也不打算叫她复读。没想到她精神病发作了。

燕子岩下，二伯对着阳光眯起眼睛，用一种有些微笑的语调说，慈悯没考上大学，自己去学了个计算机班，上了半年没学费，家里给不出来，只好退学了。她还有一个同学，谈了个恋爱，父母不答应。两件事凑在一起，她就发作了，在西安那边，住了几个月院。治是治好了。

过了两年，有人给兵生娃子说她。她估计是不大看得上兵生，可是自己得过病，那个男同学也没得消息了，也就答应了。我们当时也晓得她的情况。小时候她上学，每回从让河翻三道台子过来，走我们这条路出去，来去都看到的。兵生娃子也是，自己毕竟坐过法院，也不好找人，你幺叔也是没办法。

从燕子岩下望过去，是二道沟的山梁，带着夏天的浓绿。过去就是让河，鄢家住在二道台子下坡，从河里起身要爬一里小路。我和袁东曾经去买过一次蜜，蜜是天然的，但带着些蘖子花粉，弄得不怎么干净。屋里有一个男人，看上去不太好说话。烧着一堆柴火，光线很暗。大河里没有桥，踩跳石过，一涨水走不了人。

听说近来慈悯家搬下了油榨坪，和袁东的丈母娘家挨着，住着别人搬走留下的旧房子。公路修通之后，不用再爬山上的小路。

有两年，这条沟里闹一起案子，牵连进了三四个年轻人，是在外地的一起团伙抢劫案，盯着加油站下手，领头的是二道沟口上的一个娃子，兵生是把风的，手上并没有沾血，但还是判了三年。幺叔只有这一个独儿子，气得长吁短叹，从此在兄弟面前吹不起牛。从这条沟里来去的慈悯，当时正在上高中，想着考大学，谁想到会和坐法院[①]回来的兵生结婚，成了袁家院子的儿媳妇。

和兵生结婚之后，开始慈悯看着正常，刚生了孩子，却发作了一次，袁家的人是第一次见。乱打人，扔东西，力气大得古怪，“不像是人了。你幺叔他们只好送到安康精神病院里去，花了一坨钱。”娃子还在吃奶，折腾得不行。

想起来她可能是婚姻不如意，又产后抑郁。我知道那个医院，在安康西关，城墙上望得见，很荒僻的样子，当年广佛医院的王医生就在这里住过。

那次生病，兵生回来照顾了一段，还是比较上心。这次的态度却有些冷淡，没从浙江回来，也不愿意拿钱，用的还是她自己在云南的积蓄。

这次在云南发病，情形更严重。二伯说，慈悯抱着娃儿，衣服都没怎么穿，上了高速路，等于赤身露体在路上爬，来来往往的车，娃儿倒还是抱在手里的。还好她拿有手机，那边的同学才找到她，给这

---

① 坐法院，方言，指坐牢。

头联系。

兵生这次没回来，袁东和幺叔过去找到她，因为发病坐不了飞机，只好从西安借了车过去，一路带回来，路上两个人都架不住她，袁东的手臂都被她咬破了。

二伯的儿媳妇郑敏说："袁东真没用，要是我就打她，你乱打人，我怎么不打你!"

袁东说，她有病，你打她做啥子。

见到幺叔，他和二伯一样说到慈悯的病，还有兵生这次的态度。说到慈悯发病上了高速路，他说："娃子倒还是抱到的。"

他似乎已经习惯了用着和别人相近的口吻，说着自家遭遇的事情，就像早先兵生坐法院，他也是用着和大家近似的口吻，说着兵生怎么会抓进去和几年会回来。早些年教书的幺叔提到独生子，总是夸奖的口吻，似乎那次儿子突然的犯案，打碎了他对于人生的全部矜夸，眼下儿媳的犯病，来不及使他在乎什么忌讳，还仰仗着别人的帮忙。

幺叔要下安康去给慈悯办延期住院手续，我打算和他一起去看看。我先下了安康，到那天幺叔却又不下来了。我只好一个人去。

第一次走进这里，有一点紧张，不过前边似乎是一般的医院，经人指点到了后院，看到高矮相邻的两座楼房，高楼的走廊窗户罩着铁丝网，依稀看到两个男人在铁丝网内走动。这里的气氛较为和缓，我想起上一次去贵州乡下探望一座精神病院的情形。

那次临走时，女舍的铁丝窗贴上了很多人脸，连片的叫声把我们拉住了。她们在要求给一块钱，或者借用一下手机，给家里人打电话。电话打通时，家人通常不知所措，她们就急促地喊着接她回去，声音在哭腔中结束，铁丝窗面上一片混乱。

门廊里有一扇铁栅门，坐着两个人，摆着一张办公桌。查过了花名册，意外地得知慈悯出去了，和来探望她的母亲上街逛。要了她的电话，留下带的水果，说第二天早上再来。

我在汉江岸旁生长一溜水草的沙洲上给慈悯打电话，她开始和那些接到精神病院家属电话的家人一样有些发蒙，我提到豹溪沟和小指，她才反应过来，约好明天见。

第二天去，登记了姓名，告诉了房间号，就让我进了铁栅门。走廊的这头有人来往，和一般医院的病区似乎差别不大，墙壁和木门颜色陈旧，像一座破旧的招待所。另一头走廊被一道铁栅门封住，是我看到三楼隐约有男人的那头。我按着门牌号寻找，直到楼梯转角，几个女病人拿着碗上下，像是去食堂打早饭。房间就在楼梯对面，推开虚掩的门，两个女人在收拾东西，对门那张单人床上被子下躺着一个人，我进门时她坐了起来，是慈悯。

还是那副眉眼，只是似乎蒙上了一层薄纱，比起新娘子那次，时间的尘土让她变旧了一些。

但这是她。我们开始聊天，说到这个医院的情形。这里是轻病区，管得不太严，她请了假，写了出事医院不负责的保证，就可以跟来探望的母亲去逛街买点东西。对床收拾东西的是今天出院，妈妈本来也是来接慈悯出院的，但医生说眼下虽然没了症状，最好还是再吃一个疗程的药，妈妈就回去了。

对床收拾好东西的病友走了。剩下邻床一个十几岁农村模样的女孩，走过来拿起空了的床上遗落的一个纸盒子，说这是她的。慈悯说："嗯这是你的。"她就拿去了那个没有用处的纸盒子。她说话的声气慢吞吞的，脸上神情看去和正常人有区别，不像慈悯和出院的病友，完全看不出来。慈悯说，她喜欢看见东西就拿去，说是她的，为这个还被舍友打了一顿。

我们把洗了的水果分给了她一些，她高兴地拿着吃了起来，又说她妈妈要来看她了。慈悯小声说，其实从来没有人来看过她，估计她妈妈不在了，是哥嫂送来的。她还说过她会出嫁，其实看样子没有出嫁的希望。有时她闹得厉害了，会受罚。

慈悯说，这里的重病人都在侧楼上，她没看见过。她在这里还好，但也受过处罚。有次她忽然伤心起来，哭了，管理员不要她哭，慈悯说我为什么不能哭，就来了两个管理员，把她按在地下了，给她吃药。说起从贵州回来的路上，两个人都按不住的情节，慈悯说完全不记得了，似乎犯了病就是有一个高坎，自己往下一跳，就是另一个人了。

慈悯的床头有两张纸，是她的日记。里面写着住院的一些情形。我说你可以多记一些，以后写下来，毕竟这里的情形外面不了解，你是亲历者。她说也有这个想法，毕竟前后住了几次院。只是自己的文笔不行，想起来的时候记，过后又忘掉了。我们又说到小指，高中时候，小指很喜欢她的作文，曾经在班上当范文念过，借书给她看。"可惜我自己不够努力，辜负了老师。"

我们去放风场地散步。

这是四面楼房中间的一个院子，很多人绕着圈子在走。男女混在一处，不像上次在贵州见到的，两边院子隔开，中间一道天桥，走在天桥上，看见仰起来的人脸。

男人把指头放在噘着的嘴边，做出一种手势。他们脸上现出极力诱导的神气，打着“嘿，嘿”的招呼，吸引来人的注意，让人有点畏惧，但目的不过是一支烟。女人们则向你说着什么话，却又是自言自语，立刻忘掉了你，回到自己的世界里。

这里的人们都是匆匆走着，朝着同一个逆时针方向。有人抬头看天，似乎是在自己的世界里，走得慢吞吞，有人则匆匆走着，像晨练一样甩手，甩手的姿势有点过于用力。地上寸草不生，四围墙壁也陈旧黯淡，有些像旧电影里的监狱放风场。我和慈悯也转圈走起来，轻轻甩着胳膊，她告诉我在大理的经过。

她在同学的公司管理财务，但以后因为报账产生了矛盾。她觉得是同学关系。有些她自己的东西用公款买了，过后再用工资补上。事情是她主动告诉同学的，同学却完全不能接受。“如果我不说这件事，他也不会知道。”两人为此吵了一架，她换到另一个公司做广告，有业务量要求，下班时间晚，又要照顾女儿，比较紧张，加上电话里跟兵生吵了一架，就发病了。

我想到小指说的，慈悯曾经向他借钱，一直没还上。又想到愚人节那天，她说的“给我发一块钱红包嘛，等会还给你”，心里莫名地有点难过。

人们匆匆地从我们身边走过，神气和普通人类似，但又总像有个地方跟正常人不一样，或许只是甩手的姿势有点太用力，只有这一点点不一样，或许自己无从察觉，却将他们和正常的世界区分开了。身边的慈悯，在这条分界线上，她去大理的时候，以为是在分界线这边，一不小心却又折回去了。每穿过一次界限，回来就更难。这使我有一种奇怪的既近又远的感觉，似乎我和她这样一起走的每一步，都可能突然中止。我和她这样交谈的每一句，都是最后一句。

那一次在天桥上，看到女病人院子里有两个十几岁的年轻姑娘，相倚缓缓走着，高个子姑娘面容清秀，穿着一件像是睡衣的病号服，完全沉浸在自己的世界里。后来她离开人群，走到墙壁边去饮水，那是一个把嘴凑上去的自动装置，有点像袁东养猪场里的饮水器。

另外一个女人转着圈望天宣布："这是湖南火车站，飞往北京的列车就要发车了，请尽量将头手伸出车外，以便一次性解决。"她念诵这段话的口气，似乎是知道这是一个段子，这样念只是因为无聊，但又可能是认真的。在这个圈起来的院子里，真实和虚幻的东西被强制性地混为一体，无从区分。

慈悯说，她现在最想的是早点出院，见到孩子。至于是回娘家还是到豹溪沟，还没定。"只要跟孩子在一起就好。"

院子上方，是重病区楼层的后墙，上面的病人没有机会来这里放风，只能在蒙着铁网的走廊上站一会。我想到当年的王医生，应该是被关在重病区，她一直没能走出那扇铁栅门，直到去世，化为一把骨灰。

回到宿舍，那个女孩还在自言自语。两张床已经空了。慈悯说她一个周以后会出院。

过了一段时间，我看到她的朋友圈恢复了更新，大多是抱着孩子的照片，看得出来她住在豹溪沟。临近过年有一张，孩子站在堂屋里，旁边纸箱上放着一辆庞大的玩具越野车，似乎大过了小孩的身量，说明是："爸爸对我的承诺终于实现了！好开心呀！"

另外一段状态是："三毛说：心之如何，有似万丈迷津，遥亘千里，其中并无舟子可以渡。人，除了自渡，他人爱莫能助。"

## 大路旁的湿润

一

那年开春，我从蛇蚤河口进去，一路走到双河口。公路外边的河岸上，有一座单零的小屋，不似正常人家的房子。旁边一小块菜地，留有青翠，篱笆上晾着刚洗过的被单。

走到门上看，床占了屋子的一半，床前一个男人坐在轮椅上，晾着两只胳膊，面前架着一个大胶盆，盆里是剩水和一块搓衣板，两只搓红了的胳膊上留着泡沫。地上也有湿迹，挥发一股好闻的洗衣粉味道。

轮椅上的男人看见我露出微笑，有一种清秀的神情，似乎还年轻，却又不是真正的小伙子了。或许在长年不变的轮椅位置上，有种东西被搁置，又同时保存下来。

这是高章平。

盆子挪开，最显眼的是两条伸着不能动的腿脚，腿上穿着厚厚的裤子，脚背有些勾转去，裹着四五双袜子，原因是没有温度。捏上去，像一块冻豆腐，即使在半夜的被窝里，也不会回暖。

高章平捏着自己的腿，谈起双腿失去温度的往事。初中他在这条沟里学习很好，考中专差了五分，因为家里穷，没有考虑上高中，出门下矿。到山西才两个月，放炮过后出渣，拿钢钎戳炸松了未落的石头，一块磨盘大的石头正好砸在腰眼上，从此腰部以下没有了知觉。干活的地方是私人黑口子，住了三个月院，赔了四千块钱，几个乡亲把他抬回来，一直抬到双河口右手的高山上，躺在自家土屋里。

下身像一条船被晾在高坡上，渐渐干枯了，又长了褥疮。父亲在他两岁时过世，一个哥哥四处给人家卖工，不照屋，只有母亲里外撑持，出门侍候庄稼，入门侍候病人。赔偿的钱花得剩下一千多块，高章平觉得自己的日子到头了。这时舅爷来看他，规劝他锻炼，就算站不起来，要练到能坐轮椅。

高章平开始练习，先是在床上两臂反撑，把上半身托起来，再是叫母亲帮着，双臂撑地练习，尽量伸直弯曲了的脊梁。开始筋扯得很疼，但是渐渐的，两臂越来越有劲，知觉也顺着脊梁往下走了一点，上身有了温度，能坐起来了。这时想到坐轮椅，但山上没法用轮椅，百事帮不到母亲。有时想到宁肯两腿断了，像人家用一个轮胎垫着挫来挫去，胜于这样没有用处地拖着。母亲年纪大了，自己还是无用之人。

想到大路边人多，能讨生活，后来终于下决心，向村委会申请，在双河口小学的外边单起一间房子，打算卖卖小货，小朋友也能帮帮忙，依托小孩子生活。找了人，村委会批了地基，家族亲戚出木料，自己拿剩余的一千块补偿款买砖瓦，修了这座河岸上的小房子，在高山搁浅了八年之后，搬下了路边。

下来之后，小学过了不久撤并了。指望小朋友成了空，只能自己生存下来，收入从每天一块的低保，渐渐涨到每月一百多块，百样的用度也跟着涨上来，像是配好了。见天的米面之外，一年最大的支出是煤。煤八毛钱一块，卖煤的让利给他七毛五。河风吹得屋子里冷，有半年必须烧煤。过年时政府会来看一下，送一小袋米，一桶食用油，现在刚吃到桶肩膀上。省到极致，总是刚刚够用。

小屋里日常的做饭切菜，换煤上水，上床下床，扫地洗衣，都在轮椅上完成。下半身没有知觉，但时间长了，大体知道排便的时间。小屋旁边有个厕所，自己坐轮椅过去，双手撑住，挪到一把底板带穿洞的椅子上，解完了又挪回轮椅，便槽还封上盖板，扫得干干净净的。这一趟来去上下的程序，练习了无数次，解决了上厕所，身上不臭，也不用插尿袋，就能自己在大路边生存下去了。

高章平还坐轮椅出过一次门，到县上去办残疾证。提前一礼拜准备，一天吃一顿饭，坐班车总算是没拉在身上，惹人嫌恶。

这已经比沟口里面的黄国林强。两人是同班同学，高章平受伤之初，黄国林上山去看他，帮忙找书，《说岳全传》《隋唐演义》之类，鼓励高章平坚持。不料几年后黄国林腰杆也打坏了，一样的抬回来。黄国林出事晚，赔的有几十万，但家里人因为这几十万闹了矛盾，没怎么经管他，帮他做康复，见天在床上长褥疮，几年下来烂到骨头了，一坨卫生纸塞进去，肛门烂完，掀开被子，人臭得近不了身。有时高章平想去看看黄国林，但一路都是上坡，轮椅上不去，只能打听消息。

屋外还种一小片菜园，请人下种，给两包烟，现在还有几棵不怕冻的小青菜。菜园旁的地上，几朵不怕践踏的黄色地丁开放，像春天提早来到了这里。篱笆上晾晒的被单，也散发出好闻的味道。

有人过身，请人帮忙把菜扯到路上。自己腌的有两坛酸菜，村委会主任照顾，过年送了两小块腊肉。

年过了，腊肉还挂在梁上没动。问到缘故，高章平的微笑就消失了，说：“我过年还无平常好。”往年母亲都下河来团年，今年母亲没有下来，听人说是走不动了，想到这个，他一个人就什么也不想吃。

他的眼睛发红了，像受了河风吹，脸上清水洗涤的痕迹。

## 二

再次见到高章平，他的小屋离开河岸，挪到了公路靠里，一间变成两间，石棉瓦顶换成了压着牛毛毡的小青瓦，看上去像一座正正经经的住屋了。小屋添了一台电视，高章平的手机还是老式黑白的诺基亚，他说同学送他一部彩屏的，但他怕费电，没用。

天气热，小屋有种灰扑扑的感觉，来自里屋地上堆的一层发芽的土豆，一直铺到单人木板床下。外屋有一顶带帐篷的床，看起来置办要精心得多，床下有一层玉米。高章平说，床是给母亲下来时住的，玉米土豆都是母亲在山上种的，请人背下来。

讲到母亲，高章平脸上微微露出喜色，又像有一丝未尽的遗憾。有了两间屋，过年时高章平把母亲接了下来，连同多年不归家的哥哥，也接到这两间小屋里团年。年后母亲在这里住了几天。但是她做惯了，不习惯在大路边上玩，手里不能停，舍不掉山上的庄稼，还是自己回山上了。现在高章平想的是如何把母亲接下来，毕竟山上路不平，母亲年纪大了。山上的房子老了，漏雨，找不到人修补，周围邻舍都搬下山了。

长年一个人在山上，母亲的精神似乎也有了问题，在这里的时候，半夜常常惊醒，尖叫起来，会吓着高章平。起来坐到轮椅上，问她，又不回答。天明像完全忘掉了昨夜的事。想到母亲一个人住在高山上，心里总是不安定。

有了母亲种的土豆和玉米，小屋后身添了个猪圈。过年猪杀了两百多斤，开春又逮了个小猪仔，除了喂粮食，也请人拔点萝卜菜添着，嘴筒是圆的，啃吃食，现在养到五六十斤。但是这几天气温高，猪似乎是中暑了，不吃食，眼睛都不大往开的睁。请人带信，兽医站的来打了一针，还没见好，还要托人再去带信。这是叫人心里不安定的另一件事。

我到房子后身去看了圈里的猪，架子不大，比他说的还肥一点儿，给这座屋子添了一种有余的印象。猪在一堆草上闭眼躺着，似乎还有点怕冷，圈里干干净净。

回到屋子，高章平手上多了一幅十字绣，是最简单的式样，说是闲着没事，跟别人学的。上次有几个初中同学来看他，有人回头在淘宝店上买了样子给他。高章平刚刚绣出来了两只兔子，一只手掌。比起“家和万事兴”“福”这种样式，他似乎更喜欢小动物。

有时候想养只小狗，费粮食。家里存了粮食之后，为了防备老鼠，养了只极小的猫，声音还是嗞嗞的，老鼠倒真的没有了。

半个月之后，我发短信给高章平，问他“猪康复没有”。他回了短信说猪康复了，已经能吃食了。一个看见信息的朋友笑起来，说你们把“康复”这个词用在了猪身上。

但在那座小屋的后身，感觉温顺地卧在草上的猪，就像一个人，完全用得上这个词，寄托了小屋整年的光景。

年后去看望，高章平非要让我和同行者提上一副猪坐臀。推拒到后来他都流泪了，似乎这是他平生第一次，有东西送给别人。我们只好收下。

## 三

有几年没有见到高章平。中间有一次他加了我的微信，说有个支教的志愿者送了他一个智能手机，他订了最低一档的包月套餐，能偶尔上上网。

他的朋友圈无非转一些励志内容，有时拍一两幅自己十字绣的照片。十字绣的样品难买，我给他寄过一次，但绣出来的东西很难卖掉。

今年再次去双河口，感觉小屋有点旧了。

高章平的轮椅也旧了，轮毂坏了几次，残联没有给新的，高章平自己拿扳手修，有两个螺钉掉了，找不到配的。

屋里带帐篷的床上，坐了一个瘦小的老女人，不怎么说话。这是母亲。高章平终究把她接下来了。山上的房子已经塌了。

母亲人下来了，始终还不是太习惯，晚上睡觉的时候常常发梦魇，哭几声，又唱，似乎还是一个人，住在山上的空屋子里，用声气填满夜辰。

多了一个人，小屋里的气氛却黯淡了。床底一小堆发芽做种的土豆，苞谷所剩无几，高章平说，这是前些年存粮的最后剩余。山上的粮食没种了。今年他不打算喂猪了，因为划不来。

说到这里，似乎知道了他脸色暗淡的原因。“去年我的运气不好”，开春喂的两个猪仔，拉痢疾一个多月，没像那年的猪挺过来，都死了，亏进去七百块，不算粮食奶粉的花费和人工。五月份再买了猪儿，不肯吃食，打针花去五百多，过年杀了半边五十斤，只说是把妈存的陈苞谷消耗掉。今年没有粮食了，买粮食喂猪的话，不可能承受。

有一种感觉，大路边这些年的日子，维系的始终是和母亲团聚的念想。当初从山上搬下来，为的就是这一步。等到母子团聚了，这份念想却又显得不那么重要了。

今年高章平的五保费没有怎么涨，残联一年六百块的补助费用，今年没有了。过年时村委也没来慰问送粮油。高章平怀疑，政府救助的重点转到了精准扶贫上，要帮扶那些有希望爬起来的。“像我这些没希望的，就算了。”

精准扶贫的一项是发展重点养殖户，免费送猪仔，前一段拉了一车上百只猪仔到双河口，他扶着轮椅去看，问了两声，也没人理。虽说他并不打算喂猪了，但心里觉得不公平，“要是我硬从车上顺手掐一个下来，他们也不好拦我吧”。对于自己的脸皮薄，他似乎深悔，却无能为力。

从微信上他能看到一些朝鲜要打仗的信息，担心一旦打起来，国家更不会管他这种人。对于自己的老年，他不愿多想。“我这样的人，做那么长远的打算，恐怕活不到那个时候。”说这话的时候，高章平的面容看去老了一些，额头间出现了“川”字形的纹路，像是干涸的河道。

我感到，从在小屋初见他那天起，眼神和气息里的那份湿润，经过这么多年，终究慢慢干枯，像一朵从大路旁被强行拔起来的地丁。

## 我肺里的真菌

一

2000年年底在重庆，我的身体逐渐变得很轻。那是一种有些奇怪的感觉。

我在报社做夜班编辑，隔两天要熬一个通宵，清晨在白蒙蒙的天光下回家，头和脚步都是飘的。这样过了几个月，身体需求越来越少，饭量下降，性欲几乎消失了。有时候觉得这是一种不错的状态，似乎就此消除了肉身的负担。

但这也意味着，身体能承担的越来越少。爬上租住的五楼觉得很累，赶不上身前的老年人；从住处爬一段叫做十八梯的石板路到报社，更是费时良久，要在途中歇几次，让落后的呼吸跟上来。呼吸本身成了很大的负担。有时我站在十八梯半截的坡坎上，远眺重庆的暮色，觉得离开了脚下地面，到了没有重量的地方，像一个现成的天使。

春天来临，我到南岸区郊外做一次远足。离开公路，走到一片半坡盛开李花的树林，躺在铺满花瓣的地面，打开陀思妥耶夫斯基的《群鬼》。李花单调的白色无处不在，让我想到撒遍路面的盐粒，这也是在陀氏书中出现的意象。我看了不短时间，头有些昏，背部发凉，就起身拍掉花瓣，走出小树林。迎面的阳光打在额头上，似乎暴烈难以承受，让我顿时头晕目眩，心里一下子翻腾起来，要有什么东西止不住喷涌而出。

是血。

一大口血。从来没见过的，从我心头喷出的鲜血。接着那种感觉又来了，吐出来第二口，喉咙有了甜腥的回味。那是一种让人恐惧又含着诱惑的甜味，让人想放弃，服从一吐了之的冲动。

我开始下坡往公路小跑，半路上又吐了第三口。立刻感到自己处于生死限界。如果第四口再吐出来，我必死无疑，因为接下来的喷涌无可遏制。我的生命取决于能否忍住心头的重量，遏止这个过程。眼下必须到达公路，才有活命的可能。我忍住心头的冲动，赶到了公路，坐上了一辆中巴车，车上忍住了一次呕吐的感觉，似乎是咽进了心里。不可思议的是，我真的忍住了，一直到家都没有再吐。我可以活下来了。

回想起来，这场病似乎和我手中拿着的陀氏的书无形关联，书中不乏肺结核患者的形象。我还想起鲁迅在韦素园床头看到陀氏画像时，心里涌起不祥的预感，韦氏后来正由于肺病早死。

## 二

似乎所有危险都被放在开头，我治病的故事平淡无奇，甚至没有再吐过一口血。

先是去大医院检查，拍胸片认为是肺结核，随即按照最传统的路数，我被转诊去了结核病防治所，它和几所大医院不一样，处在很偏僻的大渡口区，每次我从市中心出发，坐公交去那里要一个多小时。它的房子陈旧，让我想起少年时身处的乡镇卫生院。看病的人不是很多，似乎这种病也和这里的房子一起变得偏僻陈旧了。

经过检查，我被诊断为右上肺浸润结核，中期。相比于当初吐血的凶险，这似乎是个不好不坏的结果，短期是别想治好了，必须半年以上，但还好不是耐药性。医生强调“坚持按规律服药”，如果坚持得不好，转成耐药性，事情就不同了。怎样个不同，医生没有明说，但语气和神情却让人意识到，一定不能去试探那个界限。

药比较简单，相比起治疗急性发病的“一线药”链霉素，我服用的是二线药物：雷米封、利福平，加上维生素 B6 和护肝的肌苷片。这比服用针对耐药性肺结核的三线药物，当然还是要强一些，像我的病情一样，处于不好不坏的位置。过了两个月，换了一种药物，仍旧属于二线药，这说明我肺里的杆状病菌还没来得及产生耐药性。

这些药当然不好吃，但我严格按照穿白大褂的医生吩咐，当作每天的饭食一样按时吃下去。如果吃药坚持得不好，真的产生耐药性会怎样，我在那段时间常想起一个小学同学，王德江。

王德江留在我脑子里最后的形象，是穿着一条短裤蹲在县城老龙潭河边，怯生生地往身上撩水。当时我们一堆人去游泳消暑，他因为得了肺结核不能下水受凉，只好如此过一下瘾，看着我们在潭中尽兴。虽然他脸上还是笑嘻嘻的乐天表情，和我们开着玩笑，消瘦的光身子和有些浮肿的脸却让我担心。听说他读初中后时常咳血，又没有钱好好治病，因为没有钱买菜，还不肯放弃吃辣酱。

以后过了两年，听说他休学回老家，在土屋里过世了。死之前半年买不起药，自己弄些草药吃。

那段时间我知道了不少结核病的名词，譬如桶状胸、窗口期。开始治疗半个月之后，我的病情告别了窗口期，理论上可以正常和人说话交往，但遇见同事朋友，自己还是觉得忌讳，就尽量不出门。还了解到结核并不止肺结核一种，淋巴结核和骨结核都更为凶险。我得的浸润型结核，像它的名字透露的，并不好治，但相对温和。

在结防所，我看到过因为家境断续服药产生耐药性，浑身消瘦的农民，也见过胸部鼓起像一口木桶的青年。在和旁人的比较中，我渐渐开始有了一种庆幸感，更不敢浪费机会。

除了西药，靠着爸爸在老家当医生的便利，我请他开了护肝养肺的中药方子，在重庆的药房抓药熬好服用。中药的味道甜，西药苦，但入口的难耐是一样的。那半年，我体会到了“吃”药的含义，一片药吃下去，舌苔和胃液逃不过任何一种味道，和通常入口的养分如此不同，完全违背生理的意愿，甚至引发身体暗中的痉挛。也许幸亏有了爸爸的中药，胃口得以维持，肝功能也没有严重损害，我想这是自己在吃药的“马拉松”当中坚持下来的一个原因。

定期的拍片和查肝功能，成为身体的另一项必修课。每次坐公交去结防所，站在暗室中那台看似陈旧的机器面前，把胸部贴上去，我总是感到受审的紧张，判决未卜。结防所附近有一座动物园，我有时拿完了药去转转，这时感到自己和那些被禁锢的动物一样，把握不住自身的命运。

在片子上，我肺部的阴影像一片湖水一样慢慢被吸收，到后来阴影变成了钙化灶，但并没有完全钙化。八个月之后，医生告诉我可以结束疗程，在我的病历上写下了“硬结痊愈”的字样，痊愈固然是好词，前面的“硬结”字样让我直觉地感到不舒服，询问之下，说没有彻底钙化，但一般也不会穿破，休养得好，慢慢会继续钙化。眼下继续吃药也不合适，会损伤肝功能。我就这样带着一丝犹疑离开了结防所。

治疗的效果，我大概算不上优等生，但在治疗的认真上，我尽了力。其中含有妻子的大量付出，自己买罐子煎药，几天熬一锅鸡汤，窗台挂上绿萝，等等。在以后分手写下的一首诗里，我回忆说：“在那个炎热的城市/我欠下了你一个肺/也就是半条命。”

## 三

病假结束后，我的工作换成了白班，除了劳累时的隐约胸痛，身体在逐渐好转。心却没有回到从前，似乎那几口血，喷出了往昔的什么。这一年我接近三十岁，生了这场病，生命变得不一样了，履历中划下了某条界限。死亡从地平线上遥远的雾霭，少年强说愁的想象，似乎春天轻薄柔软的李花，变成了逼在眼前的事情，似洒满道路的坚硬盐粒。那一刻在树林下的关头，是我与死亡初次照面，从此拥有了这个隐形伴侣。我想把这种无以名状的感觉写出来。

接下来的夏天，重庆按照惯例笼罩在潮湿的炎热中，每天傍晚之后，我在一台电风扇下开始写作生平中第一部长篇小说，题材是唐代诗人和他们诗歌的生死，从患肺结核病死亡的李贺开始，到同样是在重庆一带染上肺痨，漂泊潇湘而逝的杜甫，以及其他敏感又承受生死分量的诗人。似乎只有把这些诗人们的经验保存下来，我才得到了某种安心，不至于再次面对死亡时心内茫然，两手空空。

以后的多年中，硬结的病灶慢慢吸收，终于等到某次体检的时候，被医生误认为是“爱抽烟”。我感到复发的危险慢慢离开我，却仍旧担心那种轻飘飘的感觉回来。我不再想要逃避人生的重量。

以后的采访生涯中，我见到过几位乡村深处的结核病人，大都是多年反复，劳作艰难。渐渐知道它并不像我在结防所感到的那般冷落偏僻，倒是正在卷土重来，只是在新时代褪下了“文艺病”的外套，换上了穷人的衣服，隐匿到乡土深处。在骨子里它并不浪漫，倒是一种势利的疾病。

或许，它仍潜藏在我肺叶里的某处，像木头里残留的一束菌丝，等待发酵的机会。我需要警醒，终身与它的征兆相处，虽然时常忘记这一点。

# 天花

很多年前的一天，我回八道河舅舅家，从杨家坪溪边过，看见两个女人在溪边槌搓衣服。一个是杨家坪大舅娘，另一个垂着两条大辫子，梢拂到了水面，又连下水底，我在水底看到了她的眉眼。水上的人忽然抬头，喊："袁凌!"水底的眉眼就散乱了。

我吃了一惊，慌忙："嗯!"大舅娘在笑。边上玩水的两个小孩子也望我，似乎是大舅娘的；心里跳，连忙跳着石过溪了。

过竹林，我问平仔她是谁。"二舅娘啦！秦本周的!"就像我早该认得。确实，后来知道她那时已过门两年，边上的小孩子，有一个是她的。杨家坪和我们还是亲三房，坡上坡下来往却少，主要是杨家坪太穷了，两个舅舅又不大务正业。

有一天在三舅家听到，秦本周舅舅偷炭场的电缆，坐牢了。我不由想到二舅娘，她的辫子、眼睛里的亮；"她还蛮好看的嘛!"意思有不解；樊姐忽然笑了，"她好哇?"有趣地望我，想说又不说了，这正是她的态度。三舅娘却接着："大花脸!"

我没听懂，三舅娘就跟着说："肚子上一圈圈花的——"又转脸问别人，"她妈妈上也有吧?"

"妈妈"就是乳房。

"有，喂娃子的时候看见的。"

"脖子以上看不出来，要脱了衣服才晓得。"

她原来是出过天花。又说到她怎样嫁给秦本周。是杨家坪三爷爷拿羊子换的，四条羊子做彩礼。三爷爷的羊子是我熟悉的，放了好多年，难怪这两年他不放了。

原来二舅娘家里特别穷，开始说要五条羊子，三爷爷只有四条，一分钱拿不出，后来只好算了，也算门当户对。她是五岁出的天花，在香河人人都晓得，也只有嫁到这边来。

走的时候又遇到她，还是在溪里洗衣。我想到过去的杨家坪，一年到头洗一次衣服，屋里灰有三寸厚，炉子板上剁野鸡。仍旧是抬头，清亮的笑："走哇?"似乎没有坐牢这件事。我应了一声。走过苞谷地，小苞谷苗摇摇的，真想拿手去摘。忽然想到我们的臂上，都有小时候打疫苗的疤。有了这个小疤，就不会遍身是疤痕。

以后却听到她别的故事：生孩子的当天，还在山上砍竹棍，上午扛了一趟回来，中午再去，肚子有些疼，就在路上生下来了。生完孩子第三天又上山。一趟扛三百斤竹棍，半个月砍了一万斤，卖了一千块钱。

很多年以前的杨家坪，有一个姨，名字我忘了，她也是两条大辫子，很苗条，脸也洁净，和杨家坪联系不起来似的。后来，她跟人跑了。人们议论了一阵。三爷爷赌咒说没生过她，"秦家里再没这个人，生死跟我无关"。很多年不知生死，没人再提她，名字也忘了。我总记得一个情景。春天的早晨，洪水样的露水，我背书包从坡上下来，没有路两边的云母香高，太阳刚刚升到叶子上。看见姨在菜地里，穿着淡碎花衣裳，和我隔一条溪。佝腰挑菜，菜青吼吼掩到膝盖，果子大的露水到处滚，身上，叶子上，辫子上。她淹在青色的水光里，辫子是青色的。忽然她看见我，直身对我笑，“上学啊?”

那一刻我“嗯”了没有?她的姿势，侧影背镶了一条金边，金黄色侵蚀了长辫青丝，睫毛晶亮，面庞却在阴影里。眼睛似乎也被打湿，又被照亮了。

## 在悲痛最深处寻找宁静

欣然家住在走马镇一座倒闭的皮肤病医院后身，更早这里是管委会大楼。

一架斑驳的水泥楼梯通到三层，欣然很少下楼。从生病开始，地面上的事情离她越来越远。世界越来越安静。注射激素后嗜睡的她，不大听得到路上的动静。自然，这也是一条过于沉寂的镇街，两幢楼房孤零零立在田野里，像是被驱逐到了这处僻地。

两年以前，十岁的女孩平静的世界忽然倾斜了。因为低烧不退，她在恩施医院查出再生障碍性贫血，俗称“软癌症”，却比真正的血癌更难治。

她的身体像一个变薄的容器，存不住血。血缓慢地往外渗流，开始是从鼻孔和嘴巴，以后是透过眼睑和皮肤，一条手臂上布满紫色的渗血印记。血小板降到了个位数，血管里几乎只剩下清水。

和身体一起失血的，还有她的家庭，生身父母此前刚刚离异。母亲以前做过代课教师和联通公司业务员，再婚后又怀上了小弟弟，挺着大肚子奔波照料女儿，生活费靠在外打工的继父寄回。

在准备骨髓移植的北京 309 医院，欣然一时命在顷刻。在母亲为寻求救济拍摄的照片中，戴口罩的小女孩蹲在医院的围墙下，缩成一个点儿，似乎往回走了好几岁，此前连续的抽血和出血，已将恐惧深植她的心中。这个点儿只要一点点失手，就会从世上被抹去。

另一张照片里，瘦小的女孩躺在隔离细菌的透明层流罩里，手腕上插着针头。此刻只有她一个人，处在疾病的笼罩下，连罩外的母亲也无从分担。

母亲已经尽了力。她四处求人募捐，流泪去政府部门恳求报销政策，还打算卖掉这套并不值钱的房子。医生建议放弃时，她坚持要做骨髓配型。上学、当教师和打工中结下的情谊，以及母女气质中打动人心的力量，让她募集到了二十万元捐款。这在一般患者中已经近乎不可能，但离骨髓移植费用仍旧相去甚远，最终只能选择 ATG（球蛋白）治疗。

昂贵的代价之下，女孩“保住了小命”，眼下仍旧能够坐在这套三层楼房的旧沙发上，转动沉静的眼神看着我们，回答几句问话。为了这仍在流动的眼神和几句对话，什么样的代价都值得，理智的运算在这里并无意义。

眼下的妈妈比过去更瘦，女儿却显得胖了些。母亲说是打了太多激素，“走样了”。略为浮肿的脸型之后，仍旧显出清秀底色，以往身为学习班长的灵性，保存在沉静的身体内，疾病未能触动。她在看着爱心人士捐助的一大箱书和一套英才教程。

和照片上比，女孩身体长高了一大截，已经进入少女世界，或许也含有激素催化，妈妈说她“长个子长肉不长血”，血小板一直靠药物维持，不用输血已是成效。

但这份成效价格过于高昂，几乎难以为继。ATG 治疗使用进口球蛋白维持免疫力，药费每月最低六千元，此外还有按月去恩施的查血费用。总共的花销已到三十多万，款项捉襟见肘。

“血是拿钱买的，有钱才有稳定。”母亲说。

女儿沉静地听着这句话，就像对于我们的询问，平静地回答“还好”。语气中全然消失了照片上小女孩的畏惧，似乎那顶透明的隔离罩，也把她和身体痛苦的感受隔离开来，保护她处在一个无感的空间里。她接过母亲手中一岁多的弟弟，现出姐姐的样式，软弱的手臂，仍然足以环抱弟弟。

她过于软弱的身体，除了去省城和恩施来回的奔波，还曾在硬座车厢内辗转十八个小时，去河北无极县寻求中药救治。“动车挺贵的，不敢坐。”母亲说。在硬座上，欣然睡得很沉，像是掉在一个洞里面，弟弟彻夜的啼哭和铁轨的哐啷声没有夺去她的睡眠。眼下欣然和怕吵闹的母亲交换，睡在临街的房间里，夜间公路上掠过的车声，也不能打扰她沉沉的梦境。这大约是血气被拿走之后，补偿的一份福利。

屋子里沉静的背后，有个难以接受的事实。这个眼前看起来体态正在成长的少女，可能会随着钱的耗竭，血液随之流光。母亲说按目前的花费，病情不恶化的情形下，还能支撑大半年到一年左右。

母女的沉静，似乎已经接受了这份可能性。我想到了某部小说描写一位遭遇政治冤狱判处死刑的丈夫，隔着会见室栅栏最后一眼凝望妻子的平静，“那是人们在悲痛的最深邃处找到的宁静”。

宁静的幕布下，仍是分秒的抗争。输血费用按新农合政策是不能报销的，母亲哭泣着给鹤峰县社保局长打电话，找到一个“抢救性输血费用可报销”的条款，社保中心发函给恩施州中心医院，特别予以报销。针对几类特殊慢性病人群的门诊挂床报销政策正在研究，考虑纳入再生障碍性贫血。大病医保基金为欣然报销了十六万多元，否则眼前安静的情形可能没有机会出现。

继父曾陪同去北京，眼下每月寄生活费回来。同学们升上了毕业班，偶尔在QQ上聊天，过问一下她的病情。问起继父的关心，女孩似乎思考了一下，微笑回答“还好”。似乎这是她应对世界的标准措辞。生父的疏离，再度上学的渴望，年初一度复学又因为发烧中断的挫折，都无需更多的词汇表达。

病情“还好”，吃药“还好”。一天种类繁多的药片，要分时分段，耗尽了胃肠的代谢能力，使得她的饮食变得单调，稍微复杂就会拉肚子。似乎身体已更适于药物，在苦味中吸收营养。却没有掺入她脸上的微笑。

微笑中的苦涩，来自与一个病友疗效的对照，在血液化验单上，一排向上或向下标注的小箭头，说明了自己的状况比病友差得多，前景也难于预测。疗效差距的原因是钱不够。

送我们下楼梯的时候，微笑仍旧留在女孩的脸上。走下楼梯又上去，对她来说太过消耗。她的世界在这三层楼房上，似乎有另一顶看不见的层流罩，把她和世界隔离开来，只能安静地眺望、回忆和入睡。

母亲送我们到楼下。大楼的正面一楼空了，瓷砖剥落，有些玻璃消失。楼前空地上，两个妇女在开荒种菜。管委会搬迁之后，这里过于偏僻寂静了。

一个外人很难来到这里，得知大楼背后有什么在发生。

## 没有故事的盲女

走出达州火车站，天下着连阴雨，遍地积水。王光伟在站口接我，他的火车从渠县过来，早到两个小时。我们去一侧的小店吃了饭，人来人往的地上满是稀泥。王光伟说他两个月前来过一次，当时王清兰的养父刚刚查出癌症，到现在也没敢告诉他。

王光伟是我在采访渠县曾令全收养智障奴工事件时遇见的爆料人，他和一些残疾人有联系。有一天我接到一个陌生的从达州打来的电话，说自己叫王清兰，是王光伟介绍的，要我救救她。

她是达州乡下的人，九岁时患了脑瘤，家里一直无钱治疗，压迫视神经渐渐失明。现在她已经四十多岁，医生说再不做手术活不长久。

我让她发照片过来，她失明不会操作，是王光伟去她家照了发来。照片上她的个头矮小，拄着一根齐人高的拐杖，双眼外观正常却无神，面容也像个头一样，停留在九岁女孩的年龄，却又掺杂着一丝无可避免的衰老，有种奇怪的不协调。

她说自从得了脑瘤，自己没有长过身高，也没有发育。但她的智力是正常的，知道自己已经四十二岁了。

我感到为难，在她的故事和这张照片上，找不出什么可以打动人的地方。而这是一个求助故事必需的。单单看年龄也过气了，如果是她九岁得病那年求助，人们会觉得捐点什么更值得。

因为她的语气，我还是把她的病情连同照片发了一条微博，说是“一个42岁的小女孩求助”。这似乎是她看起来唯一的特别之处了，但却遭到寥寥几条留言的嘲弄，“42岁的小女孩？我没见过。”我没有把这个结果告诉她，在王光伟和她本人一再请求下，我答应为她写一个故事，但需要先去她家看过。

事情已经拖了一年多，中间她两次打电话给我，说自己的头感觉更昏了。现在好歹我出差到重庆，有了就近过来的机会。

走出馆子仍旧下着雨，还刮风，像缠人的线一样往人身上绕，我们在狭窄的公交岗亭下躲避。去的地方在渠江对面，偏远不通公交，王光伟在叫摩的。他说自己知道行情，但因为下雨天，叫了两辆都涨了一倍价钱，说那边的路差，谈不拢。想到要在下雨天坐摩的走十来里地，我已经感到了浑身湿透的凉意，拿出手机看看，还好本地有滴滴快车，问了王光伟地址，试一下还叫到了。

王光伟说的地址是一个什么厂。快车驶离城区过了金龙大桥，拐弯下了一条顺江的土路，发黄的荒草掩没一半路面，如果坐摩的来，难免一身泥水。雨中江面蒙蒙，这就是海子诗中说的那条混浊的大江，也是他说的淋湿了一切的雨。颠颠簸簸走了很久，到了导航上定位的地方，是在一幢像是老工厂礼堂的建筑附近，王光伟说还在前边，但司机不肯往前走了。

这座礼堂连同整个厂区看上去已经废弃，铁闸门和礼堂墙壁上留着褪色的五角星，每天只有早晚各一趟公交来这里。下车的时候我一

盲女王清兰感受不到光线

脚踩在水里，险些没过脚背，往前走的便道中间全是积水，只能蹭着两边高一点的边儿走。离开了老厂区就是农民住户，王光伟给王清兰家打了电话，我们走到王家院子的时候，看到王清兰和她母亲站在大门上眺望，尽管她什么也看不见。

她和照片上看起来没有什么不同，似乎衣服也是同一套，或许失明使她无法增添照片上没有的活气，夹衣露出的一抹紫色衣领，是唯有的颜色。妈妈和她有点挂相，神情上更多愁苦，没有任何特别的地方。

我们走进堂屋，这是一间寻常农家空荡的屋子，中堂有祖宗神龛，其他没有像样的家具，侧面摆着一副旧沙发，看来是因房子窄兼作客厅了。一个中年男人坐在沙发上，佝着头，看到我们进来也没抬头，他的手按在肝部，发出几乎听不见的呻吟，看起来一直在忍受痛苦。这是王清兰的继父。

王清兰最初和妈妈住在山上，生父病死后，跟着改嫁的妈妈来到这里。王清兰说继父对她不错，只是穷，没钱给她出手术费。眼下他自己得了病，住了几天院又回家了。

我有些犹豫，不知道是先问王清兰的病历，还是眼前这个男人的。但对于他的癌症不能说实话。他勉强回答了两句，似乎是真的不知道自己的病情。我想含糊地安慰，但说不出口。王清兰的病历很多已经丢失了，剩下的几张 b 超片子上，看得出颅骨内肿块的阴影，随着年份推后越来越大。没有她得病之前的照片，想必在迁徙中丢失了。对于一个想要打动人的故事，这些超声波片子也帮不上多大忙，我也不怎么看得懂。

我到两间偏房里转了下，厨房里空空荡荡，只有一堆带叶子的萝卜。母亲过来要给我们做饭，我止住了她，说一会儿就走。院坝里空荡荡的，跟当初在照片上看到的一样。远望出去，隔着渠江是一座工厂，有很多曲折的管道，几座大烟囱，但也没有很浓地冒烟，有一点烟消失在蒙蒙的雨雾里了。偶尔能听到火车驰过的声音，我想到每次夜晚路过达州，看到的黑暗中闪着灯光冒着蒸汽的工厂就是它。王清兰也走到了门上，似乎是在眺望这座厂子，王光伟说，这是达州钢铁厂，这两年不红火了。

我们打算回城，找不到摩托车，打了快的也没有车来。后来还是往回走了一截，搭了一辆老工厂区居民的便车。王清兰和母亲站在门上送我们，继父仍旧呆在堂屋里，佝头坐在旧沙发上，按着自己的肝部。

回到城里，我们去了一家盲人按摩店，王清兰偶尔会来这里。两个盲人合伙开了这家店，给王清兰捐助过，“尽一点点力量”。王清兰来店里学过按摩，可是她个子太矮，手劲不足，没法从事这行。先前在家里提到这处按摩店，王清兰的神情就变得活泼起来，大概只有在这里的盲人中间，她能感到一点开心。

以前王清兰还出外卖过唱，到过渠县，王光伟就是在渠县火车站认识她的。她中气不足，唱得不动人，外貌也没有特别之处，丢钱的人少，后来只好回家。

她不是海子诗里那个贫穷却引人怜爱的姑娘，虽然她单薄的庇护，看起来像只是住在一把伞中。

我和王光伟在按摩店分手，登上了当天去往陕西的火车。连绵的秋雨，打消了我在这座城市过上一夜的心思。

我一直没写王清兰的故事，找不到起眼的下笔地方。她给我打过两次电话，头一次是过后没几天，第二次是隔了一段，我都没有接，不知道怎样对她开口。快过年的时候，王光伟给我打了个电话，说王清兰的继父过世了。这件事情，王清兰自己没有告诉我，她也没再和我联系。

不知道她的病情现在如何。她的故事，似乎确实找不到一点值得写下来的地方。我想这是需要把她写下来的原因。

## 儿童病房里的窗户纸

在雨晨突然伸手去摘口罩，打到自己鼻子之前，这里的一切看上去好好的。

一

病房里摆着几张床，挂着帐子，有两张床上支着蓝色的层流罩，用来保护免疫力过低的白血病患儿。房间里什物不多，盛夏的天气里有点灰扑扑的空荡感，像是一个匆匆逗留的驿站。外面走廊里，还有排成长队的儿童坐着小板凳，不吃不喝地等待。

雨晨和父母只排到下午三点，赶上前一位患儿出院，床位空出，在有的排不进走廊来的家长眼里算得上幸运。邻床的家长说，她排进来花了五天。

但在这间白血病儿童专用病房，雨晨也只有资格呆上一天，一旦血象好转就须出院，等待下一次轮转。

让雨晨能够耐受等待的，是手上拿着的一个平板电脑，和所有在这里的小朋友一样。这是去年发病第一次住院时父母给买的。

去年六月，准备上小学的雨晨忽然拉肚子，胸口憋闷，发烧，流了很多鼻血。开化当地医院诊疗不见效，到浙大儿童医院确诊为白血病。第一次在这里住了七个月。以后又因肺炎发作住院一个多月。相比之下，以后的定期入院只是轻描淡写，但处在第三次化疗中的雨晨仍旧显得烦躁不安。手上的平板是他唯一的抚慰剂。

他常常会抬起手来，打搂抱他的父亲的脸。平板反应迟钝时，也会遭到他不耐地拍打。

护士来的时候，雨晨显得更紧张，不自觉地向后缩，轻声哼哼，手里还攥着平板，似乎那是某种止痛剂。刚开始扎针时，雨晨会踢人，尿到护士身上。这是手臂注射，输入帮助血小板和白细胞增加的药剂。更让雨晨畏惧的是明天要接受的“屁股针”，注射化疗用药。

爸爸在手机上输入床号，查儿子的血小板，发现先前又降到15单位了，前几天还有20多。爸爸说小孩一不高兴，血小板就低了，血小板低了就容易出血，难以止住，“这是最怕的事”。

对床的层流罩下面，一个小孩哭得声音嘶哑了。他的血小板单位降到了个位数，几乎没有抵抗力，需要层流罩来保护。一边哭，一边低声说着想回家。陪护他的姑姑说，上次有个小孩也是闹出院，一直哭了两个小时，打镇静剂才止住哭，结果肺部感染，花了一万多块钱。他哭泣的原因，大约也由于父母要工作，只能请姑姑来照顾。

邻床却是个爱笑的小姑娘。虽然像男孩一样剃光了头，黑眼睛里仍旧看出生动。即使护士来打针，摆弄固定在大腿股静脉上的导管针头，她仍在笑着，要把嘴里嚼过的一颗玉米粒拿给护士姐姐吃。当初埋导管时也没哭，让人在轻松之余却也有一丝担心，她是否失去了感受疼痛的能力。

打针过后腿脚酸痛，父母轻轻按摩雨晨的双腿。雨晨伸手摸额头，原因是化疗掉头发，毛孔痒了。妈妈捡起床上儿子掉落的头发，爸爸去买毛巾，又向医院借来一把电动剃须刀，动手给雨晨剃头，买来的毛巾围在脖子上。

化疗的另一后果是口腔溃烂。妈妈给雨晨涂西瓜霜和甘油，雨晨很不容易地伸出舌头来，手里的平板上玩着“植物大战僵尸”。护士来查房，妈妈说雨晨舌头下面有两个小溃疡。

虽然如此，由于药物的作用，雨晨仍旧有吃东西的胃口，傍晚想吃肉末蒸蛋。吃鸡蛋对病情不大好，爸妈劝他明天吃，雨晨不答应，只好给他买了来。饭后又吃了五六种药，加起来一大把，雨晨看去很不情愿，妈妈端着水喂儿子吃药。因为口腔有溃疡，雨晨只能微微仰着头，一颗颗地吃下去，以前是一把吞服的。

喂药之后妈妈回旅馆去洗公共淋浴，爸爸给雨晨按摩肚子。雨晨躺在爸爸腿上玩电脑，烦躁地拿手拍爸爸的脸。有一次一连拍了十几下。爸爸起身抱着他转，又去拿了一把尿壶来，让雨晨站在床上撒尿，再找来塑料桶让他大便。解完大便的雨晨并不想睡觉，自己到走廊里坐着玩电脑，又挥拳去打抱他的爸爸。

“得病以前不是这样的。”洗澡回来的妈妈低声说。

爸爸在塑料盆里倒了水，妈妈给雨晨擦洗。窗外下起小雨，夏日闷热的天气总算变得凉了一点，老家的奶奶来电话，说那边雨下得很大。毛巾细致地擦掉脸上的落发，擦后脑时雨晨哼了一声，打了妈妈一巴掌。毛巾碰到了蚊子叮的疖子。

在白血病房里，蚊子叮是大事，很难愈合。有个患儿被蚊子叮伤感染，皮肤溃烂，花了二十多万。爸爸支起了自家的蚊帐。裸着上身的雨晨自己很小心地伸张手臂，钻过袖筒换上干净衣服，仍旧不肯睡觉，要求吃甜甜圈。

窗外电闪雷鸣，爸爸打着一把可容三人的大伞，下楼趟过水洼去给雨晨买吃的。先是在一家叫可蜜儿的甜品店买了巧克力甜甜圈，又考虑到巧克力不合适，换了菠萝蜜面包。拿回来雨晨不愿吃，爸爸哄他甜甜圈卖完了，“你今天不吃，明天这个都没得吃了。”“没有，我又做不来啰。”雨晨抹泪抽泣，忽然将爸爸递来的面包扔在地上，伸脚去踏。身上仍不免打湿的爸爸退到墙边，伸手抹眼窝。

妈妈抚摸雨晨的肚子，跟儿子轻轻说话，邻床的人也在低声闲谈，病房里再次安静下来，似乎也听得出妈妈捻去儿子脖子和衣服上碎发的声响。犹豫了一段，雨晨终于接受了眼前的食物，开始吃起来，妈妈铺了一张卫生纸，接他掉下来的渣，用卫生纸为其擦手。吃完了一个，雨晨又拿第二个，因为嘴巴疼要一点点塞进去。吃完后母亲拿棉签给雨晨擦拭牙洞，这是化疗腐蚀牙齿烂出的。擦了两下雨晨又要吃，啧啧有声地嚼着面包上的葡萄干馅儿，却一边对妈妈摇头说不好吃，吃完了母亲又用拭子清洁了一遍雨晨的牙床。

爸爸始终站在墙边，似乎不适宜出现在进食的场景里，当吃饱了的儿子终于安心躺下，他才轻轻离开病房，回到那家没有卫生间的小旅馆里去过夜，临走时顺手关上了病房的灯。

## 二

早上主任医师来查房，爸爸把昨天向邻床买的药拿给他看，问是否真的。

昨天排队的时候，先前那个出院的小孩已经完成了疗程，剩下十盒化疗用药伏立康唑，以五十块一盒的便宜价卖给了雨晨妈妈。医生看过后说是本院开出去的真药。

伏立康唑原价一百多一盒（四粒），一天要吃两盒。这种抗真菌的进口药不能报销，好在有所降价，前年六十多元只能买到一颗，去年降到五十多元。药和血价是这里每位患儿的拦路虎，雨晨昨天一天的花费打出单子来，有三十厘米长，共计三千三百多元，预交了一万元，临行向亲戚借了五六万元。

对床的患儿母亲说，有个人说自家孩子医院不给治了，吃了郎中的药好了，让她的孩子也去吃，她没有答应。

爸爸脚腕上贴着止痛膏，因为前一段雨晨拉肚子，爸爸整天跑门诊病房菜场宾馆，还要背孩子，上下楼把脚跑肿了。妈妈脚本来疼，只能靠爸爸一人。

九点钟护士来给雨晨打“止血针”，雨晨比较平静地接受了。由于医院的 Wi－Fi 登录人太多，平板连不上，雨晨把妈妈的手机放在自己的药箱上看动画片，无聊的爸爸拿起儿子的变形金刚玩具摆弄。

邻床小孩的姑姑在用消毒水擦层流罩，防止感染。小孩问护士能否回家，护士说要下午，小孩又开始抹泪，泪水沾在了捂住大半张脸的口罩上。护士细致地为他打扇子，帮助消毒液挥发。小孩的哭泣几乎是无声的，不大听得出来。在这里，疾病带来的痛苦本身也由于疾病变得衰弱了。

雨晨睡了。爱笑的女孩输液时也哭了几声，母亲把床头通知护士的报警器拿下来给她玩，她放在耳边打电话，脸上又现出笑容。外面走廊里又排上了一溜坐着小板凳的人，人人想着早点进入这里。

下午两点，检测的结果出来，雨晨的两项指标有问题，不能今天出院。对床爱笑的女孩出院了，另一床靠近门口的小孩也在近两点出院。注射化疗药物的护士来了，雨晨看着护士的手说“这么大的针”，畏缩地趴在母亲膝上，护士的手摸上皮肤时，雨晨已经哎哟起来，针头刺进臀部皮肤，雨晨颤抖了一下，一边仍旧摆弄着手机，一边哎哟几声，似乎他在烦躁中有一种认识，比起放弃甜甜圈，忍受这种注射是一类不同的事，需要顺从。

父亲去给雨晨买了一份面条，吃剩下的妈妈吃了，算是她的午饭。爸爸又去买鸡蛋，找餐馆给雨晨炒蛋炒饭。这时雨晨坐到走廊椅子上玩手机，忽然烦躁地伸手去摘口罩，碰到鼻翼，开始流鼻血。妈妈出来的时候，鼻血已经开始嘀嗒，母亲捏住雨晨的鼻子，脸上现出对唯恐之事终究发生，只是还存在一丝侥幸的担忧。护士赶过来，嘱咐雨晨不要仰头吞血。雨晨手上仍在玩着手机。“最怕他抠鼻子。”妈妈捏着雨晨的鼻子，自语地说。

护士来给雨晨塞了棉球，但鼻血透过棉球仍旧往外流。这时父亲拎着饭盒回来了，似乎为自己刚才的离开感到内疚。周围几个人聚过来看。事情处在一种难言的状态，也许会停下来，但也许不动声色地变得完全不同。

忽然雨晨开始呕血，接着双眼出血，性命攸关的时刻忽然来到了，妈妈哭泣了出来，护士带领众人奔跑着将雨晨抬往急救室，注射肾上腺素，用长针把棉球打入鼻孔，雨晨终于放弃了手机，尖声哭泣，哭喊着要妈咪，妈妈就在旁边扶着他，他却似乎看不见了。一种死的恐惧笼罩了这里，似乎忽然攫住了小孩，整个走廊里也人声鼎沸，围着急救室的漩涡转动，像是刮过了一阵飓风。

好容易略微平息下来，雨晨鼻孔上扎着输液管，塞着棉球，额头敷了冰袋，急救台旁扔了一满盆沾着血污的卫生纸团。疾病撕下了灰扑扑的面具，猝然统治了这里，似乎在提醒人们，先前病房里衰弱的宁静，是一层多么脆薄的窗纸，一捅就破。

伍 >>>

## 北大校园里的燕京过客

蔚秀园的入口，和挂着烫金匾额的北大西门完全不一样，蒙着陈年灰尘。一路之隔，几乎想不到会如此破败。

小路顺着干枯的池塘蜿蜒，河道里像是从来没有过水，只有厚厚的浮尘流动。我们按着叶照纯先前的吩咐，走到了西边的几排楼，一直辨认到最后面的二十六幢。这幢楼的房门号不是按楼层排列，它的楼梯和层级都似乎特别小，拐角处的垃圾口封闭，像尘封的鸡笼。

按了门铃半天没有回应。我尝试打电话，听到屋里隐约的电话铃。坚持了一会儿电话被拿起，传来老人衰弱的声音。最初似乎难以解释，我用了很大的声音说话，她听明白了，说我来开门啊。

我们隔着门等，时间似乎过了很长，想到她的腿脚从床到门的历程，希望这个过程最终完成。门上贴过又揭下过很多东西，却最终面目模糊，没有一张完整地保存下来。

门扇打开了，完全出乎意外，出现的像是一个最小的孩子。脸部在门把那里，向上仰着像一张面具，被一双手不经意地揉了一下再打开，因为纸张单薄，像是处于最后损坏的边缘。在老人和刚出生婴儿的脸庞中，我都还从没有见过这样起皱又单薄的一张。最初的一刻僵着，我们说了一句话，她听不见，对我们大声嚷了一句，我却也没听清。如果她是一只举着的杯子，却容纳不了我们倒下去的水。

我们不自觉地俯身，但她仍旧位置太低。这是个为难的谈话姿势，让人极度不自然。同伴解释似的说："我们是两个人。"她似乎把着门不想让我们进去，让这僵局维持。但忽然明白地放开了门，像一个留守的孩子，放两个来访的大人进了门。

这是一套"眼镜房"，中间正对的是卫生间，两边对称的两间，便于最大化利用空间，似乎是在某几年里集中出现又突然消失的一种安置式房型。墙壁面目和门一样古老模糊，屋子里没有大件的电器，尽是小东西，适应着主人的身量。空间显得拥挤，每一件都舍不得丢掉，就在手边。

我问"您一个人住啊"，她说不是，有两个侄女。我想到是寄在这里读大学的那种。她领我们进右手屋，摔伤的腿没有复原，看起来颇为危险。房间因为狭窄显得长，在一张靠着墙和长椅的桌子旁我们坐下了，长椅和桌子上又摆着许多名目纷繁难言的小东西，互相依靠，一件也不舍得丢掉，包括一厚叠喝过折平的蒙牛牛奶纸袋。

我开口问燕京大学的往事。

眼前八十四岁的叶照纯，是燕京大学1939级经济系的学生。"后来日本人来了，我就回天津，工作了两年，复校以后我又回来拿学位，后来留校工作，在校办公室。1952年院系调整，燕京并到北大，后来我就到图书馆工作。"

从燕京到北大，由办公室调到图书馆的经历，叶照纯只淡淡说了一句："他们人多，我们是少数派。""他们"指的是从沙滩[1]北大过来接管燕京大学的人。

办公室工作的痕迹，保存在两张老照片上：一张邓颖超在燕京大学养病时，跟校长陆志韦夫妇等教职员照的合影，照片上的叶照纯站在邓颖超的左边，陆志韦夫人则在右边。"当时陆志韦的夫人拖我去的。"她似乎尽量漫不经心地说。邓大姐养病的两个多月里，叶照纯一直照顾她，这是校长夫人拉她去合照的原因。

照片上的叶照纯穿着旗袍，在一群人中年纪最轻，虽然相貌说不上好看，个子却比现在高很多，和邓颖超不差什么。

另外一张毕业合影照，同学们站在青草地上，背景是未名湖。外国人司徒雷登就站在叶身后不远处，个子高得像根挑起的竹竿。

"他不反动。"问到"司徒雷登怎么样"，她只回答这一句。

提起燕京大学，她肯定地说是个好地方，"很自由，想抗日的就抗日，想学习的就学"。学校有专门的卫生委员会，种花草还有花生。学校里到处是花圃草地，随处都能坐下来，一点也不像现在的样子。

"他们跟城里有联系的。"提到抗日的同学们，叶照纯一再说。城里指北京城。叶照纯没有抗日，家境贫困的她要半工半读。"学校里假山上有个山洞，里面藏着文件传单。"叶照纯到这个山洞前看过，但从未进去。那不是属于她的地界。

学校里有礼拜堂，还有宗教学院，但信教却是自由的。开始叶照纯似乎是说她不做礼拜，后来却知道她是基督教徒，她的母亲就是教徒。

---

① 北京大学旧址在沙滩北街。

“每年到北京饭店，唱弥赛亚。”说起这个，她小小的脸上似乎有了光彩。她是唱诗班的一员。

我有些惊讶，她一辈子没有结婚，原因是“没想过要结婚”。她重复了一遍这个回答。

解放以后，学校里礼拜堂关闭了，她不再上教堂。但她承认自己一直是个基督教徒：“我现在自己有《圣经》，能看。”

跟她到另一房间拿照片，一张不宽的床上和其他地方多是杂乱的书，并无两个侄女住的地方。“她们来看我，这个拿一顿，那个拿一顿。”说到这她显得乐呵呵的，“现在都电动的，煮饭的是煮饭的，热饭的是热饭的。”她似乎对这个感到特别欣悦。

一旁的小圆凳上放了一个电饭煲。问她今天吃什么，她说有吃的。揭开电饭煲，里面是空的，有种缺点什么似的干净。她指给我们看柜子上碗里的两个红薯。

以前，她在蓝旗营的燕京校友会里帮忙。用她的描述是“骑个自行车，一拐就到了”。“后来摔了一跤，人家不叫我骑了，现在我就不去了。”

摔一跤是个把月前的事情。以后坐在家里，只好看看报，订的是《参考消息》和《北京晚报》。这些报纸也像牛奶纸盒，整齐地叠在桌上，桌上堆起来的东西都要比她高。

回来的路上，我们猜测她到底缩水了多少身高，我想至少有十厘米。照片上站在邓颖超旁边的情景，大约是她一生中最有光泽的时刻。

在百度上查叶照纯，只有一条，是学校组织老教师春游，她感谢组织上照顾的周到。

我想到了那扇门，贴上去又揭下过很多东西，却没有一张完整地保留下来。只有透过那些斑痕，依稀看出底色。

一年之后，我打过一次叶照纯的电话，接电话的是侄女，说她身体还好，就是不太能出门，不去校友会了。

再过两年打电话过去，提示是你拨的号码不存在。

## 亭子间里的哥哥

老史有些磨蹭地打开了门，我第一次进入了这座老屋子。

以前这扇后门总是关着，像是封死的样子。屋外已经被各种废品堆满，剩下一条小小的甬道。据说屋里已经没有人可以呆下的地方，每次问老史在哪里过夜，他回答得含含糊糊。

这是上海老城厢董家渡附近一座二层小楼，正在拆迁，它周围的房子都拆得差不多了，留着破破烂烂的轮廓。老史家房子的正门已经封死了，院子里堆满了拆迁的东西。要到达正门，需要经过被拆迁的弄堂，住户都已搬走，老式石库门的屋顶被大锤敲出大大小小的洞，防止别人居住。屋顶的上方，是隔街一期开发的高楼，似乎悬临在王家嘴角街头上。在拆迁嘈杂声停息的片刻，隐隐听见黄浦江的汽笛声。

周围的邻居都已消失，只有老史住在这里，还有一条狗。狗是老史捡来的，生过一窝小狗，那些小狗又陆续消失了，仍旧剩着老史和大狗。

老史家也是一幢石库门房子，但已经看不出当初的样式。老史也不是当年戴墨镜穿白衬衫玩海鸥相机的老史，尤其是在他蓄了长胡子和迷上了捡废品之后。他捡废品出了名，这是我和他相识的缘由。

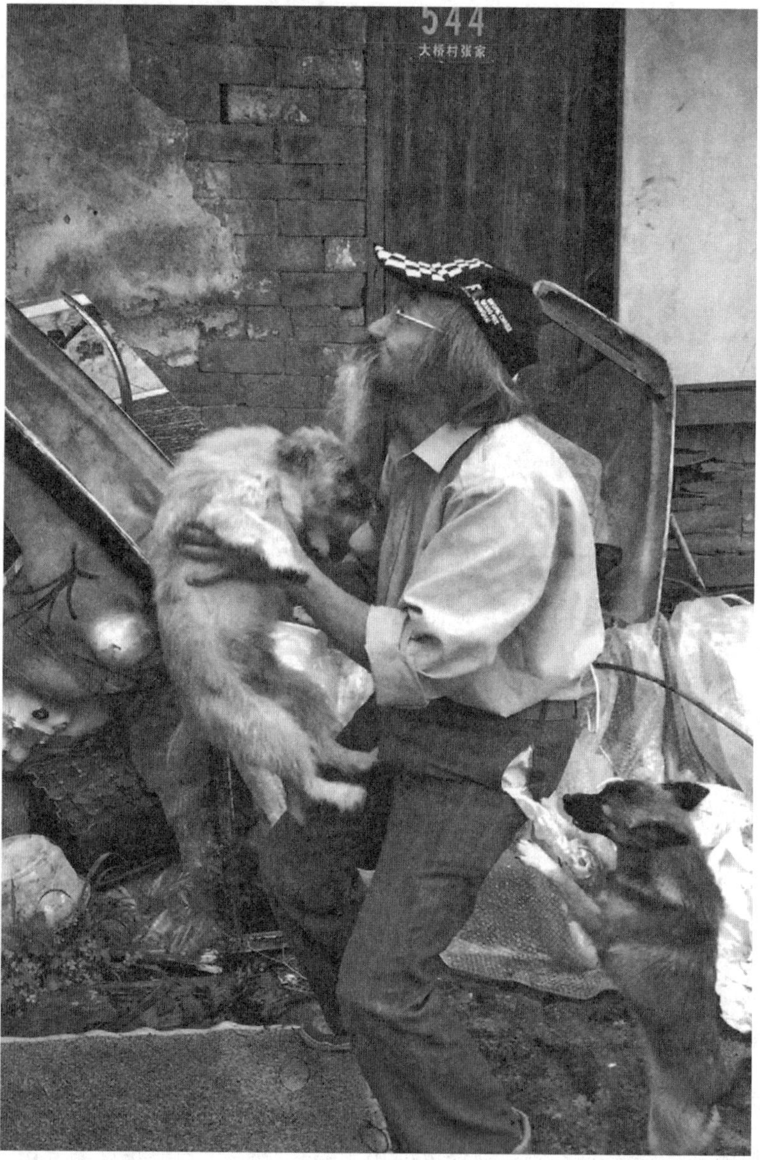


老史和他的狗

老史捡废品的习惯开始于董家渡拆迁。他像着了迷，把任何他觉得有用的东西都捡回来。一个小孩玩过的旧篮球架，一个玻璃碎裂的老式梳妆盒，一个旧垫子，一台破收音机，在他眼里都是不该丢掉的。后来，他又开始从废品站买东西回来，再被人顺手拿走卖给废品站。每当有人家拆迁搬家，拿走了所有值得拿走的东西之后，都会喊老史去一趟，看看有什么东西他愿意接手。

这或许是老史感觉较为光荣的场合，正如他的大胡子被观光者称作“马克思”的时刻，虽然他思想上并不认同马克思。他嘴巴上也挑剔着，拣选着，却总是伸手掏上衣兜，拿出从一个月生活费中抠出来的票子，买上两件旁人看来毫无价值的东西回来。

他的习惯很快让家里人难以忍受。家人把东西往外扔，却赶不上老史捡回来的速度。家里的地方逐渐变窄，父母早已去世，同住的大姐姐搬走了，屋里只剩下大哥。

有次我和老史在小南门附近会面，大哥在街上吃过了早点，去黄浦区图书馆看书。他的腰弓成近于九十度，手里拎着一个塑料袋，装着两个包子，是准备在图书馆当午饭的。老史和他打了个招呼，他微微地点了点头。

在刷着迎接世博会标语的工地围墙面前，他像是一只虾米，躬身向前探索着什么，有一种无形的东西阻止他，让他在一个时针被拨慢了的世界里移动。

这是我第一次见到大哥的面。我常常怀疑这幢外表密不透风的老屋子里会有人，但老史说，大哥确实住在里面，只是不喜见人。

大哥不喜见人的习惯，来自于长期的监狱生活。年轻的时候，大哥很帅也外向，由于普通话好，在广播站播音，卷入了一场工人要求发奖金的罢工，以后他进了提篮桥，又到苏北劳改，二十四年后才回来，腰已经弯下来了，老史在哥哥身上找不到一点年轻时的气息。

“他不行，整天都怕。”老史说。老史自己当年在知青回城时，也因为在广场上演说被劳教，关过精神病院，至今仍是街道和居委会的敏感人物，拆迁中又成了开发公司最头疼的钉子户。连拆迁区最毒的蚊子，也不愿叮他的血。他瞧不上哥哥。

两兄弟都没有结婚，成了这幢父亲民国时买下的老房子里留守的住户。

打开门，屋里一片幽暗，东西堆到了屋顶，半天看出中间的一条狭窄甬道。形成眼前庞大体积的底座，大约是一些旧沙发和床垫子，上面是千奇百怪的各种东西，因为种类太多，导致每一种都在记忆中消失了，能记起来的是比较扎眼的各种电视机和收音机，这是老史从电工哥哥那里继承来的爱好，废品堆上大约有六七个看得见的小电视机，九英寸或者十二英寸的，大约还有看不见的埋在下面。

这些生锈的金属物品和被褥、旧书报、衣物、塑料制品、木器、碗碟、假发等混在一起，相互填埋，散发出一种难以描述的气息，浓缩了这个老城厢拆迁地带的所有气味，让人在不适中想到，有天这股异味消失了，上海老城厢也就彻底不存在了。

甬道上仍旧堆满了东西，像穿越山壑的隆起小道，很难攀越过去。我侧着身子，从中间硬挤过去，废品摩擦脸部带来的不适感，让人不自觉地屏住呼吸。这大约从前就是灶披间，空气和光线一样缺乏，似乎为过多的物品吸收了。通向前厅的门被堵死，门后据说也堆满了废品，只剩一架黑乎乎的楼梯轮廓。但楼梯的情形并无改观，照样堆满了物品。我开始感到，老史说他晚上在楼梯上过夜，也不大可能躺下来。

老史没有进屋。闷热和黑暗使我几乎丧失了勇气，打开手机的电筒功能，战战兢兢向楼梯上摸去，似乎通向记忆深处的某个黑洞。

木梯子二楼有一扇门。它出现在这个拥挤空间的尽头，似乎像别的门窗一样封死，后面不可能有另一个空间。我站了一下，忐忑地敲门。最初没有回应，我想到老史说的大哥就在楼上，虽然眼下我也有点不信这个说法了，还是再敲了两下。

轻轻的响动，门打开了。开门的是个穿着汗衫、个子瘦高的老人，听我说了来意，意外地露出一丝微笑。似乎对于外来的闯入者，他不习惯作出其他的反应。

这是一间人住的房子，那扇并不厚的木门，终究抵御了屋外废品的攻势，或者说弟弟的手留下了这个空间。虽然到处也是杂物，但这仍旧是一间住人的屋子，保持着起码的空间和秩序。一架大桌子，一张床是主要的陈设。大哥坐回了单人床，床上支着一顶蚊帐，和大哥身上的汗衫一样看不出颜色。我坐在一只凹陷的藤椅上。一架大电扇呼呼地开着。

褪尽颜色的物什中，只有大桌上的各种无线电元件显着光泽，看得出是哥哥的一生爱好。有一个收音机拆开了一半，大概在我进来之前，大哥正在修理它。这样的修理反反复复，像夜晚楼梯上弟弟的收听短波，借此打发时间。

在劳改期间，兄弟二人通信的主要内容，正是老史向哥哥请教无线电修理的技术。屋子中央吊着一盏电灯，还有一只水龙头，旁边搭着毛巾。大哥说，家里原有的水电线路都切断了，这是弟弟为他拉上来的。屋子里另外显眼的东西是一溜药瓶。

我问了大哥一些健康和拆迁进度的问题，却没敢问他当年坐牢的原由。据说，大哥从不愿提起这段往事。似乎在这间褪尽了颜色和光泽，只剩下一副躯壳的亭子间里，不适合提问严峻的往事。提到弟弟囤积废品的习惯，他微微笑了一下，又像是叹气，说没有办法。他的声音听来，和屋里的物什一样褪尽了质地，失去了任何需求，像他在老城厢街头缓慢移动的影子一样，已经透明。

老史常常说，要把朝南的大房子收拾出来给哥哥住，让大哥多晒晒太阳，有利于风湿病。他这样说的时候，似乎第二天就要动手。但他终究没有去动那些塞满了屋子的废品。或许面对自己亲手堆积起来的庞大废墟，他彻底失去了勇气。

我只好告辞，把探究往事的欲望留在心底，等待下次可能的机会。大哥在我身后关上了门，我又一次陷入幽暗的甬道，艰难地摸出来。老史逡巡在门外，像是有些不安。见到我，他说大哥难得接见外人，你的待遇算是特殊的。

我再也没有机会见到大哥。那间封闭的亭子间里的情景，也再未经历。老史仍旧和他的狗徘徊在废墟上，寻找那些沦为废品之物，像是在拆迁开始之前几年，他在居委会担任上夜，每晚打着大手电筒，拿一个小扩音喇叭巡逻，提醒人们小心火烛盗贼。那是他最怀念的工作。

他生长于这些巷道中，甚至可以闭着眼睛巡夜，小姐姐上学的幼儿园，幼年嬉戏的荷花塘，半条街的人凑集看电视的白色平房，父亲早年到上海闯码头借住的浙宁会馆，古色古香林立的廊柱和繁缛的雕花。黑暗中的每一片砖瓦，每一件遗落之物，对他来说都是有价值的，人手不可移动。

老史在屋顶眺望老城厢街景

去年，老史家的房子终于和他捡来的满屋废品一起，在挖掘机的耙子下化为废墟。拆迁公司和大哥还有两个姐姐达成了安置协议，大哥离开了封闭的亭子间，分到郊区的一套住房。

老史拒绝了给他的安排，在成为废墟的老屋地界逗留了一阵，最后实在无法栖身，迁徙到奉贤租房。

很快，他租下的两处民房屋顶下又堆满了废品，大部分是从王家嘴角街转移过去的，其中有两架手风琴。他在董家渡废墟上拉手风琴，以高楼为背景的照片印上了一本叫《中国表情》的书。这对老史意味着很多，直到手风琴不知所终，他的包裹里总是带着这本翻烂了的书，打开书页，发出一股熟悉的老房子废品堆的异味。

在奉贤乡下的住处，废品堆之中埋藏着五十架大小电风扇。床席下叠着九层席梦思床垫，是他从小南门一家宾馆买过去的处理品。床席的一大半淹没在废品中，剩下可容人身躺下的地带，床席上有一个小收音机，摊着一本《炎黄春秋》。这让我想起和他在北京第一次见面，他住在一间地下室小旅馆里，四十块一晚的单间，打开门，一张横着的床垫堵住门，人只能爬上去，没有其他落脚的空间，床垫两头也抵着墙，脚头上面有一个极小的黑白电视。老史说这房子不错。不知他现在的床位和小旅馆的房间比，是否算得豪华。

老史的狗跟他搬过来不久，在他回董家渡收废品时被当地人四处驱逐，赶进一口池塘，老史回来时，看到它被粘网缠住半浮在水面的尸体。

我联系了搬入新居的大哥，他说谢谢你的关心，见面就不用了。仍旧是那个枯干的声音，没有获得水分，无从溯及往事。

我疑心他是否记得亭子间的会面。

# 锻炼的父子

## 一

走进农药厂家属院一幢半新不旧的居民楼，爬上六层，按下门钮。没有想到会发出一阵异乎寻常大声的电铃，完全不是平常的叮咚，让我想起了中学的起床铃。

老人把我让到靠南的居室，屋里摆着两张床，一张桌子。我在桌边坐下来，看到我对面的床上蚊帐下躺着一个年轻人，穿着短裤。他若无其事地躺着，一时没有起身的意思。我想，这就是老人的神经出了问题的儿子了。

过一会儿他盘腿坐起来，望着我，我也望着他。他的眼睛里没有智障人士的那种呆滞，但似乎又和正常人不一样，让人不知道是否该开口打招呼。再过一会儿他就下床了，穿上了外面的短裤，我想到先前或许是他很少见到屋里有人来，无从反应。下床之后，他先去了厕所，我见他很熟练地开灯和关门，看不出和正常人有什么两样，除了异乎寻常的沉默。

老人在桌边讲了过去的事。他在解放前夕是东北的流亡学生，躲避国共内战来到北京，解放后考上北京大学物理系，1957 年划为右派，送到地处洋桥的农药厂劳动改造。1964年，他和厂里的一个女工结了婚，次年生下了这个大儿子。“文革”开始，他作为牛鬼被撵出红海洋北京城，落户到老家辽宁海城的农村。当时家里已经没有人。老人带着妻子、两个孩子住下来搞农业，但不甘心。

第二年冬天鸭绿江结了冰，他像那时候许多做走私生意的小贩一样偷越过了冰面，摸进朝鲜的一个村庄。他的意图是找机会去南朝鲜。结果他被交割了回来，坐牢十年，又在劳改队呆了一年多。

坐牢期间，无法维生的妻子带着两个孩子嫁给了别人，身为北京人的她，把后半生留在了海城。时处“文革”期间，大儿子没有上小学。等到老人坐牢出来的时候，他不会回答一加一等于几这样的问题。更重要的是他不说话了。老人说，儿子不是不会说话，他听到过儿子唱歌，《东方红》，唱得很完整。但是他不说话了。

老人说，不知道这近十二年里发生了什么，他也没有去问。

老人落实了政策，把两个儿子带到了北京。他带儿子去看医生，做脑部透视，医生说你孩子大脑没问题，就是没人教。他不是聋人，也不是哑巴，你说话他听得懂。“他就是不说。”老人说。

以后老人找关系把大儿子安排进了农药厂，分到行政科，做扫地提水的杂活。儿子干得很好，一干十年。后来又负责扫马路，看院子。儿子的院子看得很负责，一定要等到最后一个人走了，他才下班回家，一般是早上六点多去，有时晚上九十点才回来。

后来农药厂破产了，老人此时已退休，儿子被厂里辞退，补发两千元钱。为此老人打了一场官司。幸亏有昔日同学帮忙，办成了病退。从此儿子一直呆在家里。老人落实政策后成过一次家，爱人也在90年代去世了，小儿子长大后另成了家，开出租。这幢二居室里剩下了老人和大儿子。

## 二

贴墙的小书架上有一张照片，是老人和一个少女的合影，起初以为是女儿。老人说是偶然在北大副校长、哲学家张岱年家里遇到的一个北大女学生，“长得特别美，又特别聪明”，高考是贵州文科状元。见面时女孩送老人一本《我要让我上北大》，是她在高二时写的。老人随后去了西单图书城，把架子上剩余的十来本书全部买了下来送人，又打电话去出版社买了几本。

老人经常去学校看她，照顾些她在北京的生活，两人在学生宿舍前留下了这张合影。女孩之后去了美国读博士，毕业后又回到北大工作，老人给她打过两个电话，都是简单聊两句，两人再没见面，“没什么事，她也忙”。

老人的名片上印着三行头衔：北大校友会校友；国际友好联盟会员；中国物理学会会员。他解释说，这个国际友好联盟是“世界上一个挺重要的组织”，一战后法国和英国大学生成立的联谊组织，宗旨是倡导世界和平、各国人民友好。他二十多年前加入，是中国第一个会员。每年需要交会费十五欧元或者十个英镑，他交的是欧元，是由同学出国带回来的。这个协会的主席到北京来，都由老人带着游逛故宫长城，一住半月。前年新任主席来，老人索性带他住到这附近的一家锦江之星，“那儿也能接待外宾”。

从窗台望出去，隔着一排红砖楼房，隐约看见一家快捷酒店的招牌。

开始我以为这套居室没有别的房间，后来却知道有一间卧室是空着的，摆着电脑和一些杂物。老人的床和儿子的呈 T 形摆设，枕头放在靠儿子的一边，床上和儿子的一样铺着竹席。两张床后面的窗玻璃上，贴着几张荷花和绿色莲叶图案的玻璃纸，是这个屋里唯一的带色彩的地方。

屋子里有一股药味。被辞退的时候，儿子心情焦虑，得了高血压，老人又有老人的病，靠墙的柜子上摆满了父子的药品。老人解释说："人老了忘性大，放在这里，随时看到能记起来。"我看到儿子起床之后，先拿了两片药放进嘴里。

儿子从卫生间出来了，他拿起柜脚下并排放着的两只暖壶中的一只，拔开壶塞喝水。我注意到桌上和其他地方没有水杯，看来父子俩的杯子就是这并排的两只热水瓶。比通常的热水瓶要小，不知是否经过改装。听老人说，在劳改队里只有吃饭后能喝水，平时从不用杯子。现在他去朋友同学家里，也从来不拿矿泉水之类，只在饭后喝一碗水。

老人后来意识到了杯子的问题，他从冰箱里拿出一瓶冷藏的康师傅矿泉水，说这很便宜，又找出一袋子一次性纸杯，塑料袋上黏了一层尘灰，说明很久没有来客了。

老人和我谈话的期间，儿子盘腿坐在床上。看起来他不习惯离开父亲所在的房间。老人说，老是呆在这屋子里不行，过十天半月，他就要带着儿子出去走走，爬爬西山什么的。也带儿子出远门，但他似乎还挺恋家的。前两天在泰山上他很高兴，到了曲阜去看孔庙，他就不行了，吃不下睡不好，只好带他回来。"不知道这么个破家他觉得有啥好的。"老人说。

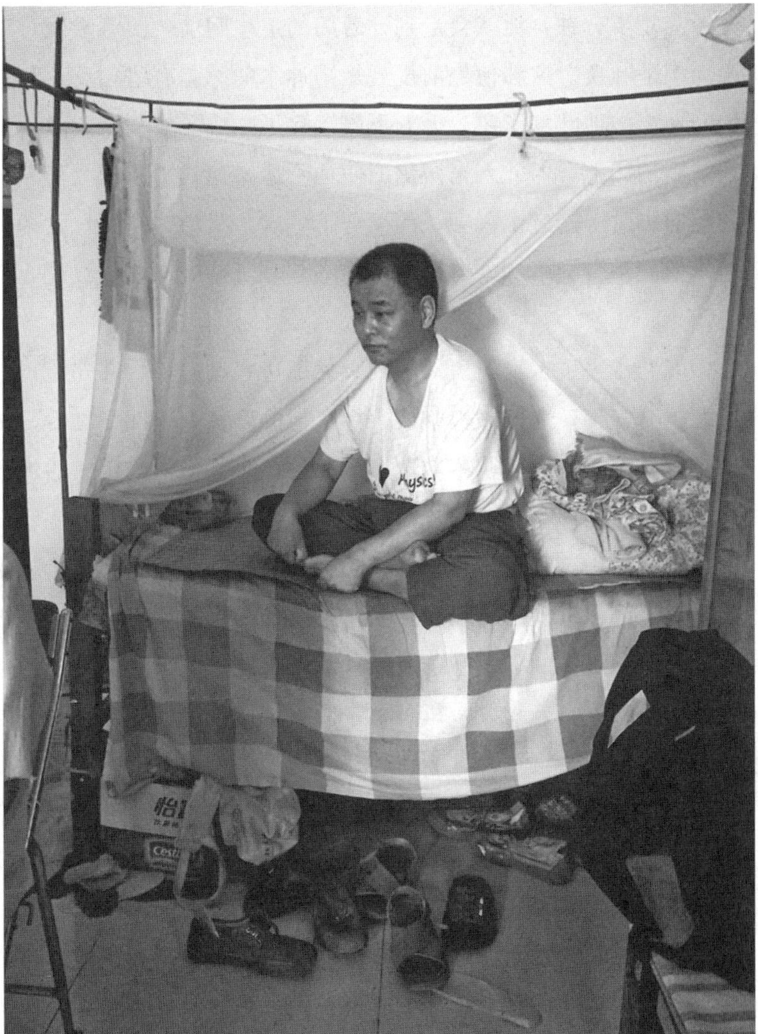

儿子在床上

我很快发现了儿子的另一个习惯，他吐痰的频率超出正常。过上一分钟甚至半分钟，他就会走到开着门的卫生间前，搜着喉咙，对着里面大声地吐痰。这和他先前规规矩矩冲水的感觉有些相反，我想象卫生间地上被他吐满了痰，无处下脚。除了吐痰，他就是安静地坐在父亲背后的床上，但外人来访仍旧使他不适，他找了一把大剪刀，坐在床上剪脚趾甲。过了一会，他又剪了一次。我想这是他日常的一件消遣，他的手脚指甲一定剪得非常整齐，一直贴到肉，以致让人有些担心。

中间儿子去了一次厨房，隐约听见那边有动静，后来知道，他把中饭的碗洗好了，老人去检查后表扬了他的勤快。碗洗好之后，放在一个敞开的碗柜里，碗筷零散地搁了几排，有些像一个矿井的饭盒存放处。

因为谈话进行得漫长，老人又吩咐了儿子什么，一会儿子拿出一把四季豆，蹲在地上开始掐筋，大约是准备晚饭的菜。掐完这一把之后，他又拿出更多的，掐好了装入一只塑料袋。我和老人的谈话也到这时差不多结束。老人说，每到下午四点钟，他会带儿子去小区健身场地锻炼。

## 三

出门之前儿子上了个厕所，老人让我也上一个。开始我犹豫，后来还是决定上一个，才发现地上并没有痰的痕迹。看来儿子站在门口吐痰并没有什么问题，他总是很准确地吐进了便槽。老人让我不要管冲水，回头他会用污水来冲，每周他都会储存一大桶污水，我看到了卫生间里的那只大桶，这会桶里的水用完了。儿子刚才的也没有冲。

我们到了健身场地，附近有一个托儿所。这一片小区，由原来农药厂、劳改局和别的单位的家属院混合而成。我想起这个小区前一段被曝光过，当初建房时打地基，农药车间的残留土壤没有清除干净，引起一些老人和孩子发病。老人说当初开挖地基时，气味很大。这些一律微红色砖墙的六层楼房，相比起它们的年龄来说，外貌衰褪得有些太快了。

老人记得初到这里时的风景：家属院的地带以前是大片上好稻田，产的稻叫南苑稻。水源好，附近有家水产研究所，有年发大水，养殖的虹鳟鱼冲出来顺着马路游，众人争抢亮光闪闪的鱼。

场地上已经有一些孩子在玩，老人说今天晚了些，托儿所的孩子们出来了。儿子看着这情形，似乎有点无措，老人让他先在一处练仰卧起坐的器材上锻炼。这种器材的用法，我是费力才搞清楚的，我看儿子很熟练地把脚伸进固定的杠子下面，一起一坐练了起来。

我和老人走向另外一处健身器材，地上有几个活动的小圆盘，中心是一个轮船方向盘之类的东西。我想到老人早年是在东北的大连商船学校轮机系上学。我一直以为这是个锻炼腰部的东西，没想到老人袖手直立在小盘子上，脚跟一着力旋转了起来，很悠然地旋了几个圈子，这是我做不到的。老人说，这是练平衡的，你不锻炼当然不行。

老人的右肩看上去比左肩低一截，是在劳改营挑担子压的。他解开衣服让我摸，肩胛骨有一块平塌了下去，被担子磨平了。

儿子从仰卧起坐的器材上坐了起来，他旁边的器材上也坐着人，但并没有练。他往这边看着，老人招手叫他过来。他站上了器材，我没有想到的是，他一放手，像父亲那样悠然地旋转了起来，只是每转一圈会轻触一下中间的方向盘，动作很轻，都说不上他是在扶，也许只是好玩吧。

他的身体挺壮实，也不算肥胖，和很多智障人士一样，五十来岁了，神情看上去是个少年的样子，在时光中停了下来。脸上也没有严重的因为痴呆显得粗俗的感觉。

我离开的时候，父子仍在锻炼。

## 父亲的房间

父亲和我走在县城的老街上。

很久以来我们没有这么一起步行了。刚才和父亲一起去朋友家吃午饭，走到老街路口，忽然想到来看看他的住处。

老街是条很不短的街，两头都是上坡路，中间地段微微隆起，石板路面，很少有车经过。没想到父亲是住这里，离他坐诊的大药房很不近。他说，每天中午吃饭休息两个小时，来去走路三十分钟正好锻炼。

父亲退休后一直在坐门诊，换了很多地方。上次我看见他，是在连仙河口里的长安镇福利院。他的住处就在门诊室里间，大半个房间放着一张单人床，一个电炉子，一个热水壶，父亲试了一下让我烤火，但是电炉子丝断了。院子里一群群孤寡老人在缓慢地游荡，像是冬日翻晒的青黑布片。有人互相啊啊地说话，却谁也听不懂谁。后院仓库里码着标准式样的棺材，每个月都要用去几具。

父亲说这里条件不错，也不冷。比起在市里长江医院坐诊的时候，要强得多了。

长江医院聘请的医生多，几个人合租一个屋，电灯坏了一直没人修，也没有热水瓶。父亲在小摊上买着吃饭，晚上在茶室里打两块钱的小麻将，回去了就用冷水洗脸脚，立刻上床睡觉。

那次我去医院门诊部看了他，提了两斤水果，但没有去他的住处。我从没去过父亲的住处。

这次我想去看一看。

一直走完了上坡路，到了老街拱起的地段，还没有到父亲的房子。父亲先前说，这间房子是药房老板自己的，他有好多处房子，这座底层大部分空着，只有父亲住了一间。

我以为会需要一直走到老公安局的后坡上，那样未必赶得上去朋友家吃饭了。但是走过了老县委大院的门楼不远，父亲拐进了一个半敞的小院子，迎面一幢三层小楼，嵌在两厢的瓦檐老房子中间，正面贴的瓷砖有些旧了，看来这里就是了。

院墙很矮，院子里阳光特别足，父亲取下了帽子，稀疏细软的头发被阳光染透了。阳光也照进了小楼的门厅，落到很多旧沙发家具之类的杂物上，让这里有一股懒洋洋的味道。有一间屋半敞着，里面是一溜长条圆桌，像是个会议室，只是桌椅落满了灰尘。父亲说，这些家具都是大药房老板的父亲搜集的，他特别勤劳，又特别节俭，经常在外头捡些东西回来，“是个有意思的人”。

穿过了前厅，还有一个卫生间，散发着特有的气味。父亲说，这个卫生间只有他用。再靠里才是父亲的房子，锁着门。

父亲打开门，屋里很暗。后窗贴着很高的坡坎，没有透入多少光线。阳光落在小楼的朝前部分，没法到达这里。屋里有一股阴潮的气息，和前半部分的门厅全然不同。

屋里没有什么家具，锅碗之类大致堆在地上。一只炒锅里剩着半锅底烩饭，像是凝结的浆糊，饭粒、肉片和酸菜烩在一起。父亲对我说，他每天早上起床做一顿饭，午饭和晚饭回来都是它。

这正是父亲数十年不变的做饭套路，往年在广佛卫生院的阁楼上，母亲还呆在山村的时候，他就是这样每天给我们和他自己填饱肚子，弄得我和哥哥彻底失去了胃口。

显眼的只有一张床，床上有一床被子。我担心它抵不住冷。父亲却说你莫小看了这被子，热和得很。

唯一算作家具的，或许是一只床头柜了，也是往年我家阁楼上的样式，暗色的油漆，还带着一行字"平利县药材公司招待所"，这说明了大药房老板最初的单位。床头柜上除了零碎物什，有一台短波收音机，和我在上大学学英语时用的差不多。

父亲说，晚上没事了听听节目。

"其实我也不孤单，公安局你李叔和刘叔都搬到县城里了，就住在后面不远，晚上总是喊我去打牌，打得小。"

李叔和刘叔都是父亲的同学，往年他们在广佛时就见天来往，那时主要是下象棋。父亲前几年开始说，人老了，下象棋太费脑筋。

床头柜上还有一个金鱼缸，水的颜色有些浑浊了，里面两条很小的金鱼在缓缓游动，似乎缺少活气。父亲说，本来养了五条，前几天死了两条，"不知道为什么"。他微笑了起来，却又骂了句"他妈的"。

老街的房子很多是以往的政府办公楼，虽然都旧了，早就不再在这里办公，还依稀保留着一些往昔气派。挨个数过去，有老公安局、县委、检察院、邮政局、税务局，还有新华书店，一律的苏联式建筑。

父亲望着两旁的楼房说，当时第一次下平利县城，觉得这里好气派，没想到现在这样了。

其中有一座式样稍微不同，更刻板些，是老法院的房子，父亲说是“文革”中修的。我问“文革”中公检法不是砸烂了吗，父亲说，砸烂了又建起来了。“当时你刘叔刚刚分进去，李叔也分到公安局，幸亏了我他们才进得去。”

当时进机关要清查是否有打砸抢行为，父亲是学校清查小组的组长，刘叔和李叔在学校当红卫兵，都参与过那类事情，譬如在安康老城的铺子里白拿烟抽，当时铺子里的烟和布鞋子都被抢光了。父亲没有写，他们才进了机关，“所以一辈子感谢我”。

我问父亲为何能当组长：“你不是红卫兵代表，去北京参加毛主席接见了吗?”他说从北京回来后，自己一看形势不对，游泳过了汉江去秦岭砍灌了，就是给林木除草，在秦岭干了小一年，挣了两百块钱，回去娶了母亲。

游泳过汉江的情节，在父亲口中讲叙过多次，有时说是学校组织竞赛，学毛主席横渡长江；这次说是因为武斗过江渡口封闭，还说当时带了一个同学，叫我不好认定真假。

母亲一直留在筲箕凹山村里，直到我初一那年，她到广佛医院做饭，我们一家四口住在那间阁楼上。

那座阁楼光线很暗，顶棚低，人走起来楼板响声很大。特别是父亲的脚步声，突然在看小人书或做作业走神的我背后响起来的时候，轻轻的皮鞋响声被我听成响雷打鼓，随后是耳光和屋角一直放着的竹条的惩罚。虽然还有母亲的脚步，母亲却像变成了和我们小孩一样，响动在黑暗里吸收了，只有父亲威严的脚步声回响。父亲的干部帽子和衣服也和阁楼的黑色化为一体，笼罩着我们。

那些年里，我蹑手蹑脚踩着一级级木梯上楼，心就一步一步提起来，经过那段没有光线也不安电灯的走廊，到了阁楼门口的时候，心到了嗓子眼，只待推开门的下一步，是终于落到肚子里，还是在父亲目光或呵斥的惊吓之下脱离了根蒂，喷射而出。

我家曾经离开又回到那间阁楼，回去不久，母亲就在那间阁楼里去世了。等我再回到广佛街的时候，医院正在拆迁，阁楼旁边的半截房子被拆掉了，剩下它孤零零立在那里，露出参差不齐的墙垛，像是眼下我们经过的老县委门楼。

门楼是暗红色雕花的砖垛拱门，已经竖起了文物保护的牌子。老县委刚建起的时候，失了一场大火，办公楼都烧掉了。“那时候房子的隔热材料不行，都是木头刨花，开会时有人抽烟，就点着了。”父亲说。

我常常做关于阁楼的梦，其中的一个是我晚上偷看小人书，蜡烛在我睡着后点燃了被子，怎么也扑不熄，我自已，和我家的阁楼都要烧掉了。早上起来不敢相信，被子还是好好的，一身汗，分不清是热是冷。

在朋友家，说起父亲住的房子有点潮，父亲说，你们是小看了我的被子啵。棉絮是西大桥的四川弹匠专门弹的，十二斤重。

这个四川弹匠的祖上就来了平利县打被子，有两代人了。他长年弹棉花肺上得了病，有些像尘肺，吭吭咳咳的，到哪治都不见效，找到大药房，父亲给他配了几服中药，起了大作用，又能弹棉絮了。他感谢父亲，打听到父亲的家在广佛镇，就送了一床新棉絮上去。

到了广佛，一听父亲是一个人在县上住，他就改了主意，说那条被子还是嫌轻了，棉花不够，自己回去再亲手选好棉花，弹了一床十二斤重的厚棉絮送去，就是我在老街房间里看到的那条。

父亲说，他盖这床被子一点都不嫌冷。父亲到大药房的时间不久，单子还不算多，治好这个病人，也算是打开一点局面。

我还是觉得那间房子太潮，说你干吗不要求住在外面空着的房子里呢，阳光好得多，现在不过是放些旧家具。朝阳和背阴的房子，差别太大了。

父亲说，等过一段干熟了，跟老板提一提。

朋友的阳台和楼道上有很多盆栽，其中有父亲从前喜欢的金丹和牡丹。父亲临走要了一小盆牡丹根。我们往老街走的时候，他接到一个病人的电话，说自己到大药房找父亲看病。虽然离下午上班时间还有二十分钟，父亲也要立刻赶过去，就把那盆牡丹给我，让我端到老街去，搁在房间外边的卫生间就好了。

我端着花盆走到院子的时候，阳光依旧很好，一个老人坐在马扎上晒太阳，没戴帽子，阳光也把他的头发染得透明。

他看了看我没说话，我想这是父亲说的那个老人了。我抱着花盆走进小楼，搁在厕所外间的一个旧沙发上。

走出来的时候，老人开口问我："你是袁大夫的儿子啵？"

我说是的。他的脸上露出若有若无的笑意。

我走到了老街上，再次经过那些有了年头的建筑。这条街像是被县城撂下，忘记了。我想到春天就要来临，那盆牡丹会发芽和开花。

以往在箐箕凹的老屋里，贴着一幅父亲买的年画，题目叫“国色天香”，画着一大株盛开的牡丹，当时我很怀疑，世上究竟有无这么大朵的花。

这张年画贴上去之后，就再也没有取下来，它一直挂在老屋里，直到我们离开山村的时候，却像是从未褪色陈旧，一直保留着牡丹盛开的明净色泽。

## 旷野动物园

踏进院门，地上所有的生灵都活了起来。一时间石墙小院鸡飞狗跳，鸭噪鹅叫，抵消了我们此前在旷野遇到的所有寂静。

这是一片邻近国界的旷野，天际线和地上的径路显得遥远。因为承受北风，村落的房屋和院墙都趴在地上。土地的褐色腐殖质同时显出富足与荒凉，没有其他的颜色。一直到我们推开石墙小院的篱笆，这个屯子像是无人居住。

老奶奶打开低矮的屋门，眺望来人，身形比田地里收割后的玉米茬更显枯萎，却是这院里活力的来源。门的两侧拴着两条汪汪叫的小狗，似乎是她的卫兵，后来我们发现，这里有五只狗。此外还有两头猪，一群鸡，四只鸭和一群扭动脖子的鹅，像一组略显笨重的乐器。

除了院子里的所有活物，屋子里还有两只猫，半炕盆栽。最重要的，有一个比八十二岁的她年轻十一岁的男人。

打开院门之时，像往常一样，我们以为这里主要是与疾病有关。

在患病儿童登记名册上，奶奶的孙子成果（化名）得了白血病，今年花费和报销都达到了几万元的数额。孩子和父母远在大连，只有奶奶在这里保证后方。

坐在砖房的炕上不久，发现这个“后方”的含义比想象的重得多。在船上做气焊工人和在饭店端盘子的父母并无积蓄，以前挣的钱花在买这院房子上。孙子治病的花费，奶奶自己出了一万多，四处找人借了二十多万。她用了“磕头作揖”这个结实的词。在近乎荒凉的旷野上，有点想不清眼前的奶奶是如何借到这笔数目的。家里去年交不起五口人一人九十的新农合保费，是乡政府合作医疗办主任垫的。

为了跑新农合和大病医保的报销，奶奶要到离村子五十里的阿力得尔乡和从没有去过的乌兰浩特，不认识路牌的她，要在高速路旁搭公交车，一趟三小时，说不清来回了多少次。第一次去旗里，很少坐车的奶奶，一上车就“迷糊”了，错过了站，又从终点站坐回来，中了暑。

到乡里起先是骑电动车，老头带老奶奶过去，天冷快把人冻僵了，在大风里坐不稳。遇到下雨天才打出租。去年光车费花了三千元。拿到了钱，又在年末远远近近地去还，没有人上门催账。

奶奶自己有七个儿女，按照习惯跟着最小的儿子过，但儿子出门打工十八年了。孙子也生在大连，只是两岁和四岁时回来过两趟，奶奶说“长得好看”，找出一叠照片给我们看，“这是化疗的，头发没了”。当时一听说孙子得了白血病，“我就着急，没死就不错了”。

孩子还要接受一年半化疗。奶奶说孙子老给医生讲“你别给我化疗了，化疗我就死”。奶奶听人说白血病不好治，治好了也不保险，曾经劝儿子再要一个孩子，儿子说“不要了，这孩子都成这样了”。两夫妻曾经抱着孩子在大连火车站乞讨，上了报纸。奶奶名下原来有一份低保，也转给了小孙子。

孩子的爷爷十年前得癌症去世了，奶奶一年后找了现在的老头“搭伙”。坐在屋内的大炕上，老头子多少有点腼腆，毕竟他是“上门”。奶奶却随意地招呼着我们，从身旁一个小铁盒里捻起烟丝卷着抽。毕竟，她来这里超过一甲子了。

奶奶有个典雅的汉族名字：佘桂芝。但小时候她老有病，娘给起了个小名叫“死不了”，和炕上的一种盆栽同一个名字，众人叫来唤去。家里只有一个闺女，娘心疼，又没有好的给吃，就教她抽烟，说“妈供得起”。奶奶从七八岁抽到现在，身体也没抽出啥毛病，看来真是众人叫唤起了作用。

屋子里的老式箱柜都很陈旧，带着陈年往事的气息，连同这位奶奶自己，在邻近国境线的边界上，似乎有种特别的亲近感。奶奶出身并非大户人家，但这些装苞米存衣的箱柜，却像来自久远的传承深处，连同她传统的姓名：佘桂芝，让人想到镇守边塞的佘太君杨家将之类。

唯一的电器是一个电视，是儿子趁家电下乡有补助买的，却始终黑乎乎地难得打开。炕上散着两副纸牌，晚上的娱乐，除了两口子对面玩不要钱的牌，就是老头子吹奏乐器。

墙壁上不起眼的地方，挂着一副唢呐和葫芦丝。这是老头子从年轻时就摆弄的乐器，当年他是部队上的文艺兵尖子，“是吹的都会”，还会拉小提琴。“赶上年代好，我能上星光大道！”

老头子唱草原战歌得过全蒙一等奖，人到现在看上去也不错，清瘦利落。老伴过世后，他经人介绍和老奶奶搭伙。老奶奶的年长十一岁，似乎并不是问题，两人看上去气质般配，相处从来没吵过架。前两年还打算组织秧歌队，老奶奶领舞老头伴奏，因为孙子得了白血病才没心情了。

并不是老头子的演奏奶奶都喜欢。她讨厌唢呐。“闹心，听了心慌，我就让他外边去。”正在演奏唢呐的老头子有些窘迫地微笑，并未停下吹奏，大约这是他最拿手的。但老奶奶也并不制止他。奶奶喜欢葫芦丝，墙上的葫芦丝是她前两年给买的，也是老头学习的乐器中最后一宗，闲置久了，吹起来有些不熟。

墙上贴着古代四大美女的年画，还有一尊佛像，是奶奶的哥哥请回来的，哥哥在南京一座寺庙里出家。

堂屋里有一口井，井口上带着辘轳，井底闪着微光，在唧筒里倒上一瓢水，要用巧劲紧促摇上一阵，才能汲上来。井眼似乎给屋子增添了湿润。

以前老伴去世后，奶奶一个人住在坡上，要下坡到屯子里的大井打水，井有十二米深，要把水摇起来，再挑大半里路上坡。实在挑不动了，儿子才花钱买了这院旧房子。

这座小院和一览无余的邻舍看上去没有什么不同。但是到了夏天，屋子里的盆栽都移到院地里，会成为一个花园，“来的人都高兴”。院子里的活物，也像养花种苞米一样换季，最新的是十来只刚孵化的小鸡，还关在暖笼子里，它们的唧唧鸣叫，屋子里安静下来才能听出。

隔院一户邻居，开了一个养狗场，狗都是杀了吃。“我不杀。”奶奶说，“进院吵吵闹闹挺好的，光老两口啥意思！”

儿子媳妇曾经想把奶奶接到大连去。但在那里，“养不了鸡，养不了狗”。

告别的时候，奶奶和老头子站在门上。恢复了从容的鹅和鸭又在院里走动，五条小狗安静了，圈里的一头驴却忽然昂昂地叫起来。似乎在这座奶奶的石墙小院里，只要留心，就不断有新的活物会被发现。

我们似乎忘记了，先前是因为疾病来到这里。

## 树上的瘾士

我们是在另一户人的屋近旁看到他的。

当时我们去找这户病人，门上挂着锁，进屋后一片空荡，只有四堵墙壁。陷下去的炉坑，炉灰潮湿，前两天下雨时，可能是一坑水。地上没有家具什物，以及收拾不起来的零碎。连屋梁烟熏火燎的漆黑也褪去了，显出某种让人不适的干净。缺乏任何活气，即使是一个牲口棚的体温。

屋角一堆松针，是主人躺卧之处，披一领查尔瓦① 过夜。连这里也没有任何人的气息，回到了松林中冷淡的外观。

邻居说，他白天一般不落屋。

他的老婆是喝农药死的，可能是被他感染了艾滋。大女儿出嫁了，两个小的女儿都跟亲戚生活，一个儿子在美姑县爱心学校读书，一学期回来一次。他自己四处游荡，因为有病，村里人不怎么和他来往。还想吸毒，但可能吸不起了，在大桥街上要饭了。

挨着这里的另一家，是这家的亲兄弟，“院墙都起好了”，屋里有各种什物，原来的一家人却都不在了。男人染上毒瘾得病之后，一双儿女都死了，老婆染病后喝药身亡。男人跳了山下的大河，全家族出动，十多天之后才找到尸体。剩下最小的女孩被亲戚接走。

眼下大哥住在弟弟的房子里，刚刚喝过了酒回来，醉意沉沉。他摇摇晃晃带我们去看三弟的房子，却讲不出他去了哪里。

我们有点失望，这时看见山房上一个闪动的人影，提着一个饮料瓶子，以为是回来了。赶过去看，那人却很快地避开，走到公路上去了。

过了一会，我们回到公路上，拿着饮料瓶子的男人并没有走，和另外两个人坐在大石头上说话。他们似乎都喝了点酒，刚刚从办丧事杀牛的人家回来。

我问他们坡下屋里男人的事情。一个小伙子说，他以前的房子在路里面，现在的那块洋芋地，因为他第一门老婆也是喝药死了，他那时喜欢喝酒，喝醉了就打，老婆“死给了他”，按照大凉山的风俗，娘家的人过来，把房子砸成了白地。村里人只好帮他，凑着在路下起了现在的房子。当时娘家人来砸房子时，这段路上挤满了两边打架的人。

我问拿着饮料瓶坐在大石头上的男人，那人是否也去了办丧事杀牛的人家喝酒，去找的话有多远。这时他看着我说：“我就是得了艾滋的，也吸毒。”

我看着他，一个壮壮实实的中年男人，平常的表情，和吸毒或者艾滋似乎搭不上界，一时反应不过来。他说，这里第一次检查就有我，十五年了，没有任何症状。

“我现在吃药。”他从身上掏出一个纸包，里面是淡蓝色近于菱形

---

① 查尔瓦，彝族服饰。

和白色圆形的两种药片，“政府免费发的”，已经吃了五年。

我在记忆里搜寻艾滋病人的常识，他只是脸看上去有一点黑，没有其他异常，淡然的神情，似乎是和我一样对此感到困惑。但在这个好端端坐着的男人背后，和坡下的空房子里发生的一样，一个家逝去了，剩下他在这里。

老婆是得肝炎病死的，她能喝一斤多酒，喝死了。大女儿结婚了，一个小儿子也在美姑县爱心学校读书，一直都没有回家。家也没有了，房子卖掉了，“到处住”。

他曾经进过四五次公安局，在劳教所屋檐下度过六年，但吸毒的嗜好没有随家人与房子一同离开。现在没钱了，就借朋友的，或者“遇上了吸”。卖毒的朋友在大桥街上，很秘密，吸一口海洛因以前要五六百，现在降了一半，因为像他这样吸毒的人大半都死去了。

正午的阳光强烈，将他手里的鲜橙多瓶子照得透明，乱发的头顶也有点发光。二十几年前，十八岁的他离开大凉山到广东打工，在老乡聚会中第一次碰上白粉。开始是点燃了吸，后来不过瘾用针筒。随之而来的一切，似乎消逝远去，和眼下坐在石头上的他并无关联。

我问和他一起的小伙子，不怕么。小伙子说，做好防范，不跟他直接接触就行了。说着这个“他”，小伙子像在谈着另一个隐形人，和对面坐在大石头上的“他”并不是一个。就像表情平淡的他，在提及另一个患着可怕病症的自己，实实在在又十分遥远。

“牙齿掉了。”只有提到这件事，语气发生一点变化，触及了自己。

再见到他的时候，是在村中一处储存玉米芯的垛子顶上。

垛子在妹妹家的院子外边，院门关着，他听到了动静，从垛子上探头看我们。

村里家家有这么一个垛子，四条木柱子撑着一个木橱，架着木条，填满了过冬用的玉米芯，带有一个简单的木板屋顶，看起来像是一座小阁楼，只是不会有人住。这个垛子的屋顶却是半新的大片水泥瓦，柱子比别家的坚固，木橱栏上搭着一架梯子，看起来是为住人专门整修过。

他的床位，就垫在垒得高高的玉米芯垛子上，铺着一条褥子，一件查尔瓦叠作枕头，旁边木栏上搭着一条毯子，因为前两天下雨打湿了，趁着阳光晾晒。

虽然水泥瓦顶看起来比别家的宽厚，但毕竟是给玉米芯挡风雨的，和橱沿之间隔着一截空隙，夜里风挟着雨，会从侧面扫过来。橱柜的木条也不严实，四面透风。“淋了点，不多。”他说。

他有时在妹妹家吃饭，单独用一个碗，不像大家用长柄勺子在一个大盆里搅。但他并不常下楼进入院门，日常的时间大多躺在垛子上，厚厚的玉米芯似乎垫着也算舒适，隔离了地上的情形。

屋侧有一个羊圈，地上践成的稀泥搀着许多羊粪干草，这里的人们总是铺开查尔瓦，随地躺坐下来，低到了粪土里。他的位置在高处，接近大树枝梢，像瞭望的护林人。只有定时发作的毒瘾，是潜藏在身体里的小鬼，玉米芯里的芒刺，会催逼着他从垛子顶上下来。

毒瘾几乎每天都会发。邻居家小孩见过他难受时的样子，哼哼，抽动，骂人，不敢接近。

眼下他的状态不坏，和在大石头上晒太阳时一样平淡，一个小孩说他今天是“吸过了”。昨天的饮料瓶子搁在枕头旁边，还没有喝完，香烟显然是对主人更必需的东西，被褥上散着两包四川本地产的“天下秀”，五块一包，这是他眼下能吸得起的价位。打零工挣到一点钱时，会换成十块的档次。他说自己烟瘾“很大”，或许是缺少白粉时的代替。

他坐起来想吸一支烟，打火机老是不出火，没气了。问我带了火机没，我不抽烟，他并没有下来寻找火机，仍然呆在高处，看着我们和妹妹家归来的羊群。一个小女孩拿了火机，爬上木梯子的一半，伸长了手去递给他。他也是俯在橱沿，伸长了手下来接。这是我看见他第一次接触到别人，即使只是一个指尖。

晚上又下了雨，刮着微风。大凉山的天就是这样，晴好的一张脸，到了下午就变，入夜一场雨，回暖了的天地凉下来。

第二天我踩着稀泥坡路去见他，爬上木梯子，阁楼上方是含着潮湿的寂静，或许他不在这里。爬到木梯中段，他忽然醒来，仍旧裹在毯子里，从木条缝隙里看见我。我说：“你昨晚淋雨了吗?”他说一点点。我又问：“你今天舒服吗？瘾来了不是很难受?”他说今天不难受。

垛子下透着潮湿的气息，附近的树叶在微微滴水。他的梦境，自然没有昨天阳光下舒适。

我找不到话说，退下梯子离开了。

下午天晴时，他已不在垛子上。

妹妹和侄子在家里，妹妹在剁猪草，侄子说，舅舅早上来吃过了煮土豆。可能去大桥街上了。

小女孩爬梯子给“瘾士”递火机

昨天在坡上遇见放羊的侄子，打了两年工回来的他，没说自己有这么个舅舅。他也不承认别人说的，自己的哥哥因为吸毒在坐牢。

门边墙上挂着几幅相框，是一家最鲜亮的东西，相框里有几张舅舅的相片。其中一张合影，是舅舅和这会儿在剁猪草的妹妹照的，背景是照相馆墙上的江南水榭。舅舅穿着一身运动服，妹妹披着长头发，两人显得严肃而年轻，十八九岁的样子，舅舅的手上却夹着吸了一半的香烟。另一张同样昏黄的照片上面，舅舅的面容已显老了很多，背景是太原站。或许那时，他身上已有了病毒。

“他有五个姐妹。”侄子张开手指说。其中大姨管着他的钱，是舅舅大女儿出嫁时的彩礼，有二十多万，不准他动，要留着给在美姑县上学的侄子娶媳妇。

只有到了冬天，玉米垛子上住不成了，会拿钱出来给他租几个月房子。

至于现在，会淋点雨。“但他不冷，被子多。”侄子说。

陆 >>>

## 戴手铐的三姐妹

从县看守所提出三姐妹，押着她们进了毗连的法院后门，弯弯拐拐走向审判庭。三姐妹都戴着手铐，低着头。我们两个穿便装刚分来的学生，另有一个正规的法警，似乎是随随便便陪着她们，有点不真实，却又明白不是开玩笑。

法庭设在办公大楼的一间会议室里，不公开，也没让我们做笔录，我坐了一小会儿出来了。好在我的宿舍紧邻会议室门外，很容易听到审判进程。

出来之前，我已看到大会议桌上的证物：一堆撕坏和弄脏了的乳罩、内裤，还看得出是粉色的，它们正儿八经地呆在干干净净的大会议桌上、正襟危坐的审判长面前。

公诉人语气严肃地做了案情陈述，很简单，强调案子“性质严重，影响严重”。法官示意之下，桌子同一边的受害人、一个年轻姑娘开始说话，声音悲悲切切的：

“我并不是真的在乎经济利益，但我一个姑娘家——要见人吵——”

她呜咽着说不下去，装束透出似乎特意的朴素。但我觉得她即使在悲切中，似乎也有某种气质，和对面三姐妹是根本不一样的。

她是桌子上那堆证物的主人。

案子很轰动，据说县领导过问了，院长亲自担任审判长。他平素庄重的脸，这会显得更凝重，像是法院进门的那面照壁要堵住案子背后的各种流言。但桌子旁边的审判员、书记员和指定律师，神情仍然有点微妙。

被告三姐妹低头并排坐在桌子另一头，听着检察员和那个年轻姑娘陈诉，前几天她们在“光天化日下”，在年轻姑娘上班的发廊门前扒光她的衣服，揪头发，又扯掉了阴毛。至于原因，三姐妹中的老二辩解是“她和我大姐夫相好，姐夫闹离婚”，未被法官采信。

我一边翻书，一边听到会议室里详细的双方质证，有“抓乳房”之类情节。这时经济庭的一个年轻小伙子走来，倚在会议室门外聆听，脸上露出若有若无的微笑。

三姐妹是相邻湖北省蒋家堰的人，越境犯案。由于我县地处三省交界，这种案件往往都引起重视。三人都近于文盲，听说刚拘留时不知道犯了法，一再说：“欺负我们外地人，啥时候放我们走，家里的猪还要喂下顿。”眼下的法庭上，最小的妹妹在倔强地和受害人争辩，她的湖北口音有一种稚嫩又急促的调子，每次都被审判员很严厉地打断。大姐却一直不说话。

审判长宣布合议庭休庭讨论，证物也收起来了。这时经济庭的小伙子很快地走开了，脸上带着一种像是满足又遗憾的表情。三姐妹暂且押到我宿舍等候宣判，就由我看管。

她们进屋以后一直站着，我让她们坐。由于都戴着手铐，她们坐姿显得很规矩。我手里拿的书是《契诃夫戏剧选》，正好翻到《三姐妹》。剧本里的三姐妹呆在聚会的花园里，为到农村教书还是嫁人感到思想苦闷。但和眼前的三姐妹比起来，书里三姐妹一本正经的苦闷显得不真实。

我问她们一两句，她们神情木木的，不出声。我有点不快自己的好意她们不理情，但也感到自己的问话对她们并无什么意义。后来最小的妹妹、也就是在法庭上一再跟当事人争辩的那个，忽然轻声问我：

“晓得要判几年啦?”

我回答不出，问你们干吗打人家？她就愤然说：“她先打我的!”原来她听说了姐夫和发廊女相好的事，曾一个人去发廊找那女的，被她按在街上，也剥过衣服。所以这次三姐妹一块来报复。她说法官堵她的嘴，叫她没法说出来。她又说：“那女人好凶哦，裤子还没提，就拿刀砍我们，我这儿就是她砍的，还没好——他们都不说!”她抬抬胳膊，却由于戴着手铐，无法掀起袖口为我示意。

忽然我起了一个奇异的念头：假如我把她们放走——现在只有我在这儿，她们的命运也似乎由我决定。可是立刻也就知道这是个假象，我根本不可能对她们有什么影响，我的态度对她们没有意义，包括我们之间的谈话。她们也确实有罪。

她又问我要了水，戴着铐的双手并拢举起来喝了。

重新开庭，院长做了总结陈述，强调这一案件的恶劣性质，“民愤极大，必须严惩”。当庭宣判，姐妹三人每人判决有期徒刑三年，赔偿受害人经济损失九千元。当事人请求的精神损失五万元于法无据，不予支持。据说这九千元也根本凑不齐，三姐妹中只有大姐有房子，养了一头猪；二姐猪都没养，遑论小妹。

三姐妹由两名法警押送回看守所。我透过宿舍门缝，看见她们和先前一样垂着头，身前整齐地叠着戴铐子的手，脚步轻轻地经过了走廊，像风吹动那些门牌。

心头有一丝隐约的感觉：也许我是放过了一个机会。但明白这个机会其实根本不存在，也不应该有。

## 桂姐和秀姐

“那天在街上遇到，他喊我袁姐，喊又喊不伸展，舌头一掠，脑壳那么歪到，‘袁姐呀’，我半天才认出来是他，哪像个人了，也没得哪个把他当人。”姐姐说。

我有些吃惊，多年前见到桂姐的女婿，眉清目秀低山人的样子，也没有他多喜欢喝酒的印象。姐姐说他现在的样子是酒精中毒，喝的时候每次都不省人事，不喝的时候也神志不清。喝了酒还老打人，两口子打架，一次把桂姐的手咬坏了，前不久一棒棒把桂姐手臂打断了。

桂姐家搬到了镇上住，童家沟里两间烂房子，姐姐去过一次。“老的给孙娃子买油的钱，他要打酒喝，孙娃子不干，两爷子打起来了。后来叫他吃饭他喝了酒在床上困，喊又不答应。”

六岁那年的九月，板栗裂口了。几个人爬上遮天的树，摇一摇满天毛苞雨，小不点在树下接，一下砸着头彻脑门酸痛，含着一包泪手还不停捡拾。桂姐溜刷，三两下上了树高高在上，底下我们巴巴仰望的时节，她早摘鼓了两荷包，才施恩摇下一阵雨。有桂姐在，秀姐的本事不弱于桂姐，但桂姐在时她不大显示，当时不觉起，回想起来，她总有点忧郁的样子。三舅娘说三岁看到老，同根不同命。

几个表姐里，我当时不大喜欢桂姐，因为她嘴巴长，搬是非。其实回想起来她多数是无心，就是看到听到了什么喜欢传一道。人材也比不上胖姐、细姐。由于年龄处在中间，桂姐经常是跟着胖姐、细姐在一处，但又明显比她们小。秀姐基本上归于我们小不点一伙。

一个薄阴天，三舅家火屋里，三舅用一个木头架子织草鞋，那时候家里都还有这种器物，几个表姐唱歌。墙壁湿润了，檩子也暗中散发经年的气息。桂姐唱了一段很长的，似乎是十杯酒一直正月唱到腊月头，又似乎是一种更婉转的调子，我家乡的调子，只能在这样的雨天，在妈妈和姐姐们偶尔的声音中，现在已经不存在了，想不到由大声大气的桂姐唱出来。

猪草叶面上溜滑，天地的雨布被猪草叶子分割，小的河流和水花，红花蓼的微红世界，在浑白水雾的底层，虫子们都消失不见，它们的生命安危如何？手上也流着水，衣服沁湿的感觉紧贴身体，传递最初生命的清冷。山里的人，身上也有山，青色的崖，每个人都是一株植物，负担自己的命运。桂姐家里的猪都黑瘦，也许因为喂在屋后檐下，受着窝别，她们家里的生产从来没看到过希望，石板屋顶下充满了争吵。童年她们家时常会有些新奇的东西，比如一个不大不小的收音机，许多红灯闪烁。大舅舅会唱很多花鼓词，舅舅和舅母一起参加基督教。

她们家是最早和煤矿工人交往的，也是最早出门做生意的，第一次出门桂姐的大哥被玩魔术的骗了三百块钱，而我还曾在安康汽车站候车室看见大舅舅独自坐在一大堆用于贩卖的扫把上。他曾经带回来远方的麦子。但桂姐家也是几个舅舅中最穷的。有一年大年三十，我坐在大舅家火屋里，大舅让秀姐把一副猪肝提下煤矿卖了，买两斤瓜子吃。秀姐说我懒去得。

桂姐在几个表姐中算是出嫁迟的，嫁妆准备费了力。只知道嫁到低山，大姑去看的家儿，后来知道并没在水田坝，是一条沟进去。桂姐回门我只有一个印象：一大桌人坐高板凳吃饭，桂姐的小孩子要拉屎撒尿了，就放在饭桌子底下屙了金黄的一堆，热气冒上来，桌子上面大家依旧吃饭。这个感觉多年来和对桂姐一家的印象融在一起。

医院里，大家吃饭。里屋摆好了桌子，爸爸让桂姐单装一碗菜，在外间吃。“不得多心吧?”姨笑着问。桂姐说咋会多心，端着碗坐在碗柜前静静地吃。她看上去瘦了，柔弱的感觉和以前不一样，偶尔还低声咳嗽，小心地压抑着这种咳嗽。爸爸告诉我桂姐得了肺结核，没什么钱治，又累不得。

常常想见桂姐的家，拥挤的堂屋，堆了一些没脱籽的油菜秆，一无装饰的土墙上挂着大簸箕，黑暗潮湿的睡房，几乎看不出颜色的帐子，和幼年她家那顶可以用于捉迷藏的帐子相近。门前的高坎子，从门到坎子很逼窄，一包稀汤的猪圈，狭窄的猪。桂姐姐在这样的逼仄里，日子也一天天狭窄下去，瘦似乎是我表姐们出嫁后的必然，她们顺着一条狭长的小径走，在我的视野里慢慢变小和消失。有一年我在广佛街上被细姐震惊，十年间她面相所有的柔和都硬结成枯干的线条，除了一个“苦”没有其他形容。那天我还看到了死，和苦一样，它离贫穷很近。

但桂姐慢慢好起来。几年后的一个新年，火屋里赌钱，桂姐在一旁“抱膀子”。喊她上桌子，她说：“我又没得钱么，玩会儿着。”一边向火，一边舍不得地瞧这边的牌。到了十二点左右，她忍不住上场了。后来人家说，她输了，输的是人家给新娃子的五十块压岁钱，新娃子哭着要钱，桂姐打了新娃子两下。

我和姐姐去看桂姐的家。

桂姐刚刚从内蒙古回来。她跟着大哥哥去那边的铁矿找事做，听说那边天气太冷，下大雪，矿上情况也不行，没挣钱就回来了。

“新娃子不肯上学了，前一天和另一个同学跑下县城，要到一个餐馆去打工。”姐姐说。

桂姐姐的家位于童家沟口工商所的后面，我到沟口看过，找不到姐姐说的“山上的房子”。姐姐领我进沟，说恐怕桂姐下地点萝卜了。正说着，看见桂姐迎面走出来。

她背上挎个背篓，手上拿一把镰刀，个子还是很高，似乎比以前丰满一些，倒还保留着某种气度；眉眼神情有一种变化，相比于生结核病时，更趋于一种难以言传的沉静，这种沉静和前面说的那种气度又是相关的，使我感到，这当然就是那个爬树打猪草的桂姐，但又不完全是她了。一开口说话，更觉察她语速的细微轻慢。她不费力气地认出了我，她说，正是要下地栽萝卜秧；因为刚回来那天身体害了些病，没有下地，怕再等等萝卜秧就糟蹋了；她身后跟着一个小伙子，也同样挎着背篓拿着镰刀，低着头，姐姐介绍说，这就是桂姐的——，喊老表。他没有太抬起头，我和他看了一下，有个互相微笑的意思。我稍微心安，他看上去还不完全像传言的样子。

“走，到屋坐。”听完了姐姐的来意，桂姐转身。

“你们个人下地点萝卜，我只是引他看一下房子就行了。”姐姐说。

桂姐有点犹豫。跟在她身后的丈夫也沉默着，丈夫的身形比她小一号，因此看起来是在跟随她，听她拿主意，而她却处在一种凄婉的沉静里，似乎是对于那没有干完的农活的牵挂导致了凄婉的神气。这是一条窄窄长长的小路，一边是工商所插有玻璃片的红砖院墙，一边则是一米来高的坎下流淌的小溪，红砖墙和坎上都爬满了生动轻快不拘一格的植物。桂姐拿定了主意，车转身说回去，一会儿再点。她这次的语气是肯定的，我和姐姐也就顺从着，走在了前面，桂姐丈夫和她轻声说了一句，就自己先下地了。我们则顺着溪边一直往上走去。走了几步我就明白昨天我困惑的原因，我昨天注意的那家处于坡下的瓦屋和桂姐家一点关系也没有，昨天我来这里时，有两头小猪正从那家的猪圈里跑出来，钻进稻田。桂姐的家还在溪水分岔的山上。

稍陡的坡路让穿高跟的姐姐吃了苦头，她说要不是到桂姐这儿，她根本不会走到这样的山路上来。桂姐说那是的。在幼年一起打猪草摘核桃的桂姐和姐姐之间，如今有了阶级的分界，在鞋跟的高低和住处的高低上，从相反的方向做了表明。爬到坡顶看到了桂姐家的房子，像姐姐说的，即使这两间房子本身，也一间高一间低，稍低的那间依靠着稍高的那间，高的那间则不为所动。墙上没有粉过石灰，显出一种黑黄的颜色，露着一些墙洞。门口的场院没有整理过，桂姐说没有空，有空了也没有钱。圈里的猪架子还可以，但是瘦，“老是长不好”。姐姐说是的：“上次我来看你们猪坯子就蛮大，怎么没多大变化样的。”桂姐说那条杀了，这是又逮的一条坯子。院子外边和通常的贫穷房屋那样，有一个葫芦架，垂着两个不显眼的葫芦，因为缺少粪肥的高地上葫芦只能是这个苍白的样子。一大丛荆棘盛开着寂寞的白色花朵，种在这里似乎是为了显示这半坡上的院坝也有个边界。一条狗在阳沟下站起来，叫了两声，被桂姐一叱，就呜咽地夹着尾巴跑向院子另一头了，不知为什么还在阳沟里差点跌了一跤，桂姐说这狗就喜欢这样，好像不知道要干什么。

坐下，桂姐说起新娃子的事，说她过两天要去找她回来。“她硬是不愿上学了哇。”姐姐说不管如何，要让她上满初中，没个初中毕业证，外面打工也不行，“你莫看那个毕业证，好多厂里干的是一样的工作，有高中毕业证的，工资要比初中毕业的高一倍。”桂姐说初中毕业证托人倒能办到，关键是没学到东西，办到又有啥用？

这当中她语气一直很平静。这种介于严肃、恬淡和凄婉之间的表情，是多年的生活在她那活泼外露的天性上强加的，使她有一种隐忍的气度，其实是为姐姐不及的。姐姐问这房子值多少钱，又谈到没搬下来时在小沟顶头上的老房子，据说是翻过一座山又在一道沟对面，藏在密林中，阶沿下就是大沟，“当初你是哪么看的家儿吵？要是我再怎么也不会挑中这种家儿。”桂姐说主要是大姑的意思，她那时是不愿意的，但是大姑“有个心慌病，一气到就要发作，只好顺她的意思”。姐姐说那是的，按大姑的眼光，只要有几间房子，几担苞谷，圈里再有两头猪，怕就是好家儿了。又说，农村里看那种有几个姐姐，只有一个独儿子的，一定不能要，一定是宠坏了的。

桂姐沉默一下说：只有那么个卵命。

屋子里由于缺少家具，没有装饰，墙上和地上到处搁着东西，自然显得散乱，但基本上是干净整齐的，状况比我想象的强，并且由于在坡上，地面是干燥的。从厨房、火屋到两间睡房，都要上几级坎子，桂姐说，这房子只说我们年轻人住，要是有老的，还不能住。姐姐笑说锻炼身体嘛。桂姐也微笑。火上坐着一个猪食桶，这种立柱型的不锈钢猪食桶是这几年农村普及的一个新事物，就像割猪草机、小钢磨那样。桂姐看这个猪食桶，说，火占到的，也没给你们泡水呐。我们忙说，用不着泡水，喝过的。火边有一只极小的猫，不停地叫，因为细声细气而很悲哀。姐姐说，哪来这么极小的猫。“新娃子么，我说等老猫娃子再喂几天，她非要逮来，才十几天，逮来以后叫了几天了，担心活得下去不。”桂姐用豆奶粉灌这只小猫，她说以前就这样喂活过一只小猫。小猫又哀叫了几声，出我意料地起身离开炉边，站到了门槛上向外张望，一边仍然哀叫着。那只狗为了回应小猫的哀叫，往回试探地走了一两步，它的一条腿总像有点瘸，它的四条腿实际上是好的，但在它的身上藏着一只被人打瘸了腿吓坏了的狗的灵魂，它不知道怎样使用四只健康的腿走路，就像某些总是佝着腰的高个子农民，在他们高个子的外表下藏着一个矮个子的卑微的心灵，高个子成了他们的负担。

这些屋子里的器具和屋本身很相配，似乎无法从这里被拿走。没有大件的塑料壳的电器，以及其他光洁陌生的东西，屋内的光线，抚平了那些大大小小器物的轮廓。窗台上并排有几个瓷缸子，但它们没有那种新产品的光辉，两个热水瓶也非常平静。在看这些东西的时候，我时常感到一种担心，那些过度贫穷，难以为继的征象也许会暴露出来。还好我并没有发现真正的这样的征象，它们维持在一种相当低的清贫的水准上，但还没有令人绝望，也许只有那只堵严了火炉并使得不能烧水的猪食桶带有这种气氛。到现在为止，它还没有发出一点声音。

桂姐的丈夫回来了，也许他已经点好了萝卜，他在桂姐旁边安静地坐下了。我在想这个年轻人和街上那个人称的酒鬼以及那些故事之间的联系。桂姐刚才说，他曾经在家里拿苞谷烤酒，自己喝，苞谷没了，就偷钱喝，想喝的时候没有，就会口吐白沫，像吸毒的人一样。喝醉了呼呼睡大觉，饭都喊不起来吃，不给他买酒喝就要打人。现在他垂着头坐着，似乎心知人们洞悉他的秘密而不出声，说不清什么时候，他身上会发生令人震惊的突变。也许，他在压抑着，却也默默准备着这种变化，这是他反抗世界的唯一方式。

我们和桂姐一同起身，她依旧挎着背篓，和我们一起出沟，这样看来他并没有栽好全部萝卜秧。她在沟口和我们分别了，向着公路外边的坡下走去，他依旧跟在她身后。

一个多周之后，我在姐姐家的院子里见到了桂姐。她是来问姐姐借新娃子的路费的，新娃子要出门到江苏打工。比起上次，她神态略为生动了，可也因此有些模糊，失去了一些气度。也许正是由于来借钱的原因。

前两天她到县上找到了新娃子。新娃子在一家餐馆端盘子、洗碗、扫地，十元钱一天。“她们干了一个周，一分钱都没拿到哟，白干了。”原来，新娃子和伙伴同老板讲好，干满一个月算钱。“我跟他说，娃子是学生，要上学，怎么干得满一个月，他说确实是这样讲好的。”

老板还说，新娃子打碎一个盘子，扣二十元，她的伙伴有一天十二点才起床，叫不应，扣二十元，“几下扣到没有了，我也懒得去计较了”。我说老板是个人渣，他那样做是违法的，上劳动局一定可以告倒。桂姐微笑说，谁会为那么几十块钱去告。我问有多少钱。“一天十块钱。”我说这个老板确实缺德，又问了在江苏那边，新娃子也会在餐馆里干，“一月工资开始六百，后来八百元。她也只干得了这个，斯文得吓人，大太阳，叫她下地打一背篓猪草，她都要蔫半天。人家有的工厂里要一天到黑的。”新娃子今年快满十六了，个子快赶上桂姐，坐在教室里，比别人高出一截，“个人不好意思，老师也老是作践她，她硬是不想读了呢。”

秀姐前不久从新疆回来了一次，这是她远嫁之后十几年头一次回门。

“回来的时候玩牌子，一家给了一百块钱。走的时候，听说没得路费了，打电话叫老的寄钱来。我依旧这一百块钱，又没得加利的，打发娃子了。”三舅娘说。

秀姐这次回来，给大舅和大舅娘缝了衣服，又给了几百块现钱。“来去三个人的车费就花了几千块。”

秀姐的人黑瘦黑瘦的，秀姐说，在那边跟在这边一样要受苦做活路①。早些年听说给兵团种棉花、土豆，现在就是指靠几十亩果树还好，都在出果子了。那边的活路比我们这边的大，天气也恶，当时过去的时候，人家说吃不完穿不完，第二年还要把老的接去享福，结果天下乌鸦一般黑。

我看见过一张秀姐一家三口的照片，站在一片戈壁滩开出来的农场地埂上，秀姐看去瘦了，她那出嫁前近于滚圆的脸庞和胳膊，不露声色地削了一圈，隐约可见直率的轮廓，显出那边风刀的力量。时令

① 活路，指生产劳动。

是冬天，三人五颜六色的衣裳御寒效果似乎不会太佳，靠得很紧，为了抵挡瞬间可以摧垮羊群的风。秀姐的丈夫和小孩看上去都比她小，似乎她是姐姐。丈夫在外貌上，是和桂姐的丈夫相似的清秀小男生，姊妹俩的取向是一样的。

我的记忆是，当时家里已经在给秀姐找婆家，却由于打不起嫁妆，男方不愿办婚事。秀姐在家里耽搁了半年。这时正好高平到坎底下高家玩，两个人不知怎么好上了，秀姐和屋里大吵一架，和高平去了新疆。事情非常突然，前后似乎不到半个月。

秀姐没出嫁的那几年里，院子里的表姐们陆续离开，最后三年里只剩下了秀姐，连年纪比我小三岁的兰娃子也开始订婆家了。大舅舅家里秀姐当家，燕娃子没娶媳妇，又是一身懒骨头，大舅娘有心慌病，做不得家务，地里家里都是她。秀姐已经二十七岁了，这在家乡对于姑娘来说是一个难以忍受的年龄，几乎就要被人称作老姑娘了。俗话说熟透了的李子甜得发苦，秀姐那几年也确实像一颗红得发黑的李子那样熟透了。她的皮肤本来有点黑，头发更是浓密油黑得吓人，辫子卷起来像棒槌；她的大腿和小腿滚圆滚圆，可以说像两根石磙子，穿着那几年流行的健美裤和弹力裤，紧绷结实得有点惊心，她的脸庞、黑眼睛和眉毛都越来越浑圆，就像一轮满月到了十五那样圆满到了极致，但并没有一丝多余的臃肿的感觉。青春的激情和烦恼年复一年蕴积，只能在劳动中稍微解脱和锤炼，使得这段时间的秀姐呈现出一种罕见的不可能持久的美，而这却是以极度的苦恼为代价的。人家说，那几年大舅家刚分家，燕娃子还没成人，老的老了，留着秀姐，是指望她带几年燕娃子，撑持地里的活路。对这个性质有所认识的秀姐越来越沉默，劳动之余，织毛衣做针线这些小事情难以使她真正打发精力，她似乎一心一意要尽可能久地藏起那个童年的自我，只是为了制造一个沉默的假象，甚至在家人终于开始为她说亲时也无动于衷，这个假象终于在高平的事情上被痛痛快快地撕破。秀姐等的也许就是这一天呢，她几乎什么也没带就离开了家乡，跟着一个还不是非常熟的小伙子去了遥远的地方，成为筲箕凹有姑娘以来嫁得最远的姑娘。小时候，秀姐只比我大几个月，基本上算是个毛丫头，那几年的沉默，则完全改变了她在我心中的印象。

三舅娘的说法是，当时她为秀姐介绍了一个湖北的小伙子，秀姐自己还去看了趟家儿，“她还在人家屋里歇了一夜”，后来不知怎么没看上，倒想着新疆有多好。不知道她哪么想的。

## 桃儿过溪

在王姐屋里玩牌时候，一大桌子人，门响，进来一个女孩。冉辉斜她一眼，露出不快的神情，回头出牌。冉东、燕子他们也没搭理。火边做针线的王姐笑了一下：

“桃儿啊!”

没有座位。桃儿说：“打牌呀!”也没人理她。她就站在那儿。王姐看看两个小孩子，说：“起来吵!”小孩子看看大人，很不情愿地让椅子。

桃儿看打牌。过了一会，冉辉稍微抬头，也不看她就说：“还不走哇?”桃儿好像微微笑了笑。我以为他们是开玩笑，但还是感到一丝不安。我倒是希望她在这里，淡色的衣裳，脸圆圆的像个桃子——过一会冉辉拿完牌，猛地把牌一趴，车过脸吼道：“你走不走？再不走我可是撵你了!”

桃儿不笑了，不言语，像很宁静。我忍不住说：“叫她玩嘛……”大家都看我。哑了一会儿场。冉辉转头说：“你莫插这事。你不知道。”语气还平和，我就闭口了。他望着桃儿，一动不动地，过了几秒钟。大家似乎都很紧张。王姐打圆场，笑着对桃儿说：“有十点了吧。你再不回去，不害怕呀?”桃儿说她不怕。但还是站起来，走了。还有点回顾的样子，像不是真的怕。

冉东对我讲：桃儿不是啥好人家女娃子。她爹早死了，娘跟人跑了，只剩个七老八十的爷爷。桃儿不好生过，成天东游西逛，有五毛钱就要下街看录像。爷爷倒在地里挣。走到哪家，一歪就不起身了，守着人家端饭，人家也不喊她，她就个人搭手端饭上桌子。人家说“没啥子端的”，她就坐在一边，看。……王姐睁大眼睛（我望见她额头上涌起皱纹），微笑地轻轻说：“桃儿好像是的哦。”谁个又说：“将来还不是跟人跑的。”王姐看了我一眼，似乎含着笑意，低头纳针线。

一会儿，又说到那个老人。老人是“才人”，上过十年长学，会写大字。看竖本子线装的书。现在可怜，自己挎个篮子，在地里点一窝洋芋、丢一窝粪。洋芋还没秧稀，屋里断顿了，桃儿提个撮箕，吃几窝挖几窝。到人家都挖完了，连阴雨要下了，她家的洋芋地还是东戳几个洞，西钻几个坑。“还不是学她妈的!”

听说桃儿不到一岁父亲死了，那几年闹饥荒，一个河南人过来卖窑碗，给了十斤黄豆，桃儿的妈就跟着人家跑了，爷爷把桃儿带大。

以后我看见了桃儿的爷爷。他来找当村长的二伯：房顶半边石板松了，一个大窟窿，下雨屋里存一潭水，好几天水还不退，长了青蛙……请队上想想办法。二伯说：“去年不是队上给你整过的?”老人说总是我供不起烟敬不起茶，他们可能没多费心，加上房子在坡高处，山风大。

他说得清晰。调子黯淡，却叫人感受不到多少受苦的意味。衣服也还齐整，像个不那么孤苦伶仃的、有德行的、平和的老人家。没听到实际的答话，等了一会儿，就沉默地走了。

晚上，我站在院地里，寂静中，望见坡上桃儿家山房檐下亮了一盏电灯，有些惊讶。那光照下来，笼上幽暗的核桃树和竹林的团影，又泄漏下溪谷。桃儿不知在家吗。老人呢？……一定有人，挂上那盏灯。也许是两个人。但桃儿没有“跑”到外乡吗？现在咋样？

以前，也许是几年了，一天晚上，刚下过暴雨，涨了水。桃儿回家，走出门又回来，问王姐讨几根竹棍扎火把，说外边黑得很。冉辉就不高兴，说前回你拆我的四季豆架，打华家院子的狗子，你还记不记得？桃儿说：“我没有。”冉辉说：“你还嚼，不是你是哪个？别个走到哪儿狗都咬啵？”桃儿不作声了。王姐叫小孩子拿两根竹棍来。

长长地戳进门来，大家都笑了。桃儿也笑。王姐帮她掰断了，在火上烧，问：“桃儿你走哪里回去？涨水了，你走高头拱桥吗？”桃儿说：“高头太远了，路又稀泥烂浆。”王姐惊讶的样子：“那么大水你不怕？”“不怕，往常也从水里过的。”不再说话，点着火把她就一个人出门了。

王姐停一针。火光从窗前过，晃了两下，消失了。我想到稀泥烂浆的田地，那条溪，涨了大水。桃儿从水中过去，水一冲，猛然打个闪，又站住了，一瞬间切过了生死的边缘。……依稀听到溪水粗重的吼声。

## 她的房间

几年前的一个傍晚，我和林苹走在惠新东桥附近的街上，雾霾浓重到发黑，路旁的灯箱几乎看不清字迹，只是一团团模糊的红光。

林苹戴着一个N95口罩，她忽然放慢脚步，对光着鼻孔的我说："你这样是政治不正确。不要表示你在这样的环境下，还能够正常地呼吸。"

我一时失语。我的胸口正在发闷。

我和林苹认识多年了，只是中间很长一段没有来往。她说话厉害的风格没有改变。

相识是参加一次农家女组织的活动，活动的内容是一群人搭车到北郊某个地点，统一发个装了几本书的背包，再背上包走十公里到一所打工妹培训学校去，把书和背包一起捐献给学生。临时有事不去的朋友让我替代，又把林苹的电话给了我，为了方便记忆，我在通讯录上加了农家女三个字。

林苹是个瘦高的女生，戴着一副眼镜，态度看起来有些冷冷的。我和她打了个招呼，就各自跟着一大队人出发了。途中再见到她时，她和一个胖女生走在一块。我问林苹要不要帮忙背包，她没有表示。看她身边的胖女生，显然是走不动了，我就接过了胖女生的背包，三人一块走到了终点。

那天在学校的活动乏善可陈，两个当了理疗师的打工女孩出来感恩学校对她们的帮助，林苹作为联办单位负责人发了言，我知道了她是一个女权主义机构的头。但在我的手机通讯录上，她仍然叫农家女林苹，虽然她身上没有丝毫的农家女味道。

以后我们在那天没去的朋友饭局上见过两次，朋友说林苹是她见过最聪明的女子。她言辞锋利，思路不同一般的敏捷，话题大多关于女权，想要跟她一较高下的男士，往往会落得很狼狈。这时她的人散发出一种神采，镜片后面的眼睛微微发光，显出不露声色的愉快。

有一次她说，她做女权主义是因为它在各种理论中最聪明，可以拿来解释一切。

她对我的态度还算温和，当她觉得我的某句话或行为有问题时，会点到为止地说："这不女权。"我私下里想，或许因为那天我没有刻意对她献殷勤，而是帮她身边的胖女孩背了包。

我和林苹的关系一直没有什么变化，直到几年前的一次，我坐卧铺从西安回北京。望见北京西站阑珊灯火的时候，忽然忍不住给两个女性发短信，问能不能见面。有一个人没回我，过了一会，林苹回消息问我："见面干什么？"

我不知哪里来的胆子，直接回复说："想做爱。"

火车缓缓进站的时候，她回消息说："你过来吗？我在东五环。"

我说，还在车站，下了车就过来。

我背着旅行包，打了一辆出租，穿过大半个北京城，去她发给我的地址。有点紧张，这是我从未有过的经历。但是并没有另外一个人在这座过大的城市里等我。

她租居在一个老式小区里，没有电梯。我爬上四楼，楼道里灯光昏暗，我借着诺基亚手机的电筒功能看清了她说的门牌号，敲了门。她来开门了。

我们没有说话，我进了门，放下肩上的旅行袋。屋子开间很狭小，东西似乎很混乱，没有合适的地方，我把旅行袋放在沙发边的地上，靠着门角。

另外的印象是猫。在沙发上坐下时，一只猫从我头顶走开，手沾到了沙发布上的毛。猫似乎无处不在，有一股说不清的气味。林苹说，有五只。

“起初是捡了一只猫回来，后来像是别的猫知道了似的，我一出门就跟着我，前后就捡了五只回来。”

她说，猫对人很依赖，互相之间会争宠。她能体会到作为弱小动物，对人类的那种需要。我有些意外她对猫的感觉。眼下它们没有跳到沙发上来，不知在什么角落里游走。

我们在沙发上坐着，说完了猫的事，一时有些沉默。她抽一种很细的女士烟，指间极细的烟丝袅袅上升，一旁凳子上的纸杯里摁着几个烟蒂。电视上放着央视的《晚间新闻》，或许是觉得我会对她看央视感到奇怪，她说，由于不上班，她有很多的空闲时间，就看很多新闻，包括央视。

我注意到她没有戴眼镜。后来她关掉了电视，转脸来看着我，问：

“你觉得我去当小姐怎么样?”

我有点发愣，但还是按实际的想法回答：

“我觉得你去当小姐不合适。”

“为什么?”她似乎在等着我的回答，提出这个追问来。

“你不够性感。太瘦了。”

她沉默了，摁灭了手里的烟蒂。后来我知道，这是她在决定跟一个男性上床之前，问的一个标准问题，男人回答不合格就会被淘汰。

我们仍旧那样坐着，能感到她肩膀的枯瘦，似乎失去水分。我忽然伸出手搂住她的肩膀，把她揽过来，说：“你想哭，就哭吧。”自己也不知道为什么。

她伏在我膝盖上，放声哭泣起来，瘦削的肩骨抽动。哭了很长时间，我找到沙发上的卷筒纸，撕下来一点点递给她。她慢慢地平静下来。我问她要不要喝水，她没喝。感觉她身体里的水分又少了一些。

她似乎为自己的哭泣感到不好意思，问我要不要先去洗澡。我去洗了澡，躺到卧室的床上。卧室比客厅要大一点儿，床上也有黏糊糊的猫毛。林苹说猫时常会到床上来睡。

虽然对环境有点不适应，她上床之后，我们仍旧像那一些一夜情的人一样做起爱来。意外的是，她并未要求戴安全套，我提出以后，她才在床头找了一个给我。她的身体很敏感，发出像柔弱的猫一样的叫声，似断未断。中间我有一次想到，那些猫在哪里，会不会在角落里看着我占去了它们平素的位置。

完事之后，我们都去洗了一下，一时睡不着，躺在床上聊天。房间里黑着，远近望见一些楼房的轮廓，剩着几星灯火，让我们微微看见彼此的轮廓。她又点了一支那种很细的烟。

林苹是内地省份的人，在省城上了大学，在那里看到了波伏娃《第二性》一类的书，觉得课堂上教的都毫无价值，但她不知怎么还是混到了大学毕业。以后到了北京来，就很少回去。父亲似乎比较疏离，或者是离异了，母亲以前还打电话，都是一些催婚之类的话题，这几年大约对她失望，也不大联系了。也没有什么兄弟姐妹。她实在没法感到那个偏远的省份和那个家庭和她还有什么关联。

和我一样，她有一段没有性生活了。“我有过的性伙伴并不多，一共十几个吧。”她回忆着说，大约带着解释了她为何没有要求戴套。里面各种人都有，也有投入过感情的，但无疾而终。让她印象最深的并不是上过床或者爱过的什么人，倒是两个没有发生过关系的人。

其中一个是小男生，很爱她，很单纯，林苹很愿意接纳他。但是她还是觉得，有必要在最后的步骤前，向他提出那个标准的问题，“你觉得我去当小姐怎么样”。结果这个问题完全把那个男生吓坏了，他不知所措，像是不认识她了，讲了一堆“你不能有这种想法”之类的问题。她虽然觉得他的单纯也不算讨厌，但还是觉得他没有通过测试，终止了上床的步骤。

另一个是黑人。

那是一个留学生，两人在一个机构工作，那个留学生很喜欢她，她也觉得他不错，世界观不成问题，双方交流顺畅，人品也靠得住。但是当他提出来上床的要求，她却像当初那个小男生一样吃惊，无法说服自己答应他。他很失望，说原来你还是和别人一样，有歧视。

她也对自己失望，仅仅由于人种，不是其他原因，拒绝跟一个人发生性关系，“这不女权”。这种事不应该发生在自己身上，但她实在想象不出自己如何跟一个黑人上床。这件事困扰了她很久。

林苹说，单身生活对她其实不容易，因为就像波伏娃一样，需要大量的社交，而她又不擅长。尤其是她的起居时间，白天一般睡觉，到了下午四点才起来，晚上才是社交时间，这样跟人的重叠时间比较短。她不接受坐地铁，认为在地下穿行有违人的本性，但是公交在傍晚高峰期都很堵，北京又大，一趟车到地方往往已经很晚。这样的话，她只能通过看大量的新闻来打发时间。“对于一个非媒体行业的人来说，我接触的资讯可能有些太多了。”她说。

她要我聊聊自己的情感状况，我说到自己离了婚，单身在北京漂着，没有什么性生活。喜欢一个女孩，有过一些暧昧，但似乎没什么希望。前几天还送过她一束花，也没有回音。送花这个细节，看来引起了她的注意。

“你打算跟她结婚么？”

我说，如果有可能的话，还是会结的。

她忽然变得严肃起来，有点坐起来说：“我不了解你，我们的世界观不一样。你这不是在欺负我么？”

我无言以对。

“我们的身体不会再有交集了。”她说。

我感到尴尬，我们还光着身子并排躺在床上，或许我该现在离开这里。我打算起床穿衣服，林苹说，你可以呆到早晨走。我们心照不宣地各自穿好内衣，躺到了黎明，再没有说话。经过了这番折腾，我们倒是都睡着了。

早上起床，我的衣服上沾了一层猫毛。我用手指从袖管上捻下最招摇的几根。林苹让我等等，她拿了一个类似刷墙的滚筒过来，在我身上前后刮拉了一通，我才知道这是除毛刷，滚筒上沾了一层猫毛。

林苹说刷不太干净，但也只好这样了。

我背起依旧倚在门边的旅行包，和林苹像朋友那样告别，她在我身后关上了门。

往后我还约过她吃饭，她的条件是要带一个朋友一起，并且告诫“我和你的身体不会再有交集了”。三人吃饭的时候，她常穿一件带缠枝花卉的深绿缎子上衣，裁剪很合身，我渐渐感到，和她的微博名字是“苹儿”的谐音一样，她似乎是在装束中有意流露出一种女人味儿，和在观念中的女权不同，却又维持着和男人的距离。

这样见过几次，渐渐地联系也就淡了。直到几年前那次，我因为做一个女权方面的报道，再次联系她，她很爽快地答应了采访。我们在一个餐馆里见了面，简短晚饭过后是采访，她说，我记，一共三个小时，天气有些热，仿皮的座位变得黏黏的。

她神情很愉快，不过看去依旧老了一点，另外一点是，她少了一颗牙齿，说是蛀牙，她没有去补，由于是门牙，很显眼。她的语速还像过去一样利落，眼睛露出微微的神采。

她从东五环搬到了惠新东桥，住在自己买的小房子里，小房子是什么时候买的不清楚。和以往的态度不同，这次采访之后，她主动发信息给我，邀请我去她家里玩。

到那里之后，有几个她机构的小伙伴，一起吃家庭小火锅。这处房子也是一室一厅，但比以前的租屋大一些，也稍稍整洁，地上还有一个打扫卫生的谷歌小机器人。猫还在，但只有两只了，其他的送了人。书架上有些各式各样的书，除了女权，还有文学书，文学书大都陈旧了。林苹说，这是因为她大学上的中文系。

火锅配菜准备得很丰富，我看来是主要的客人。小伙伴们说，这是头一回，她们从来没有得到过在林苹家吃火锅的待遇。

话题或许是从反恐开始，聊到了维吾尔人，林苹回忆她去广州出差，和两个维吾尔男性的交往。都是单身的男子，在内地班大学毕业，不想回新疆，但在外面找不到很好的工作，也没有女人。有个人领林苹去看他的住处，就是一只旅行袋，其他杂物都是一小坨地堆在地上，随时可以拎起来走。常常找不到人说话，下了班在住处只能看电视。

另有一个人，很绅士，在参加会议期间显得很照顾人，譬如主动帮她拎东西，乘电梯时为她护住电梯门。为了向他表明女同胞不是天然要接受这种保护，在电梯到达一楼，他又让她先出梯的时候，她忽然用力在他背上拍了一下，说："哥们儿，你先走！"她的这一下显然让他呆住了，林苹向我们描述这一幕时哈哈大笑起来，从沸腾的小火锅里夹起一束金针菇。不过等一下她又说："也许我不该这样做，毕竟他很和善，对我有好感。"

我下楼的时候，她说想出门逛逛，戴上口罩跟我走到了大街上。路上她问了我现在的状况，我告诉她仍旧单身。又问她想过没有，一直这样下去，年纪老了怎么办，有没有缴养老社保之类。

她戴着口罩，仍旧看得出微笑起来说："我不缴。我不为自己的老年投资。"

过后林苹偶尔会发信息联系我，语气似乎和从前有些变化。有天我正在一个雾霾天傍晚出门散步，尝试第一次戴上买来的口罩，她发来一条明白的信息说："我现在面临和你当初同样的问题：没有性。"

她说到很长时间没有和男性的约会。我不知怎么回答她，只能敷衍地回她，以后请你吃饭。

她沉默了一会，发来一条有感叹意味的信息说："我们在性方面的需求总是时机不匹配。"

我们又恢复了鲜少联系的状态。雾霾天越来越多起来，当时一起吃火锅的两个小伙伴，在南方参与一个反性骚扰活动时出了事，林苹的处境也变得不安起来，似乎只是早晚的事。我开始注意她的微博和朋友圈，中间有一段没有更新，不禁替她担心。后来她的微博恢复了更新，已经在美国了。

我发了个问候给她，她没有回我。我们没有再说话，但也没有彼此拉黑，能看到她在美国生活的状态，仍然是做女权方面的机构。有一段时间，她在微博上直播自己和男性约会的经历，似乎这是小伙伴们鼓动她发起的一个公开行动展示。这些约会很少成功，总是世界观不合，或者一方没有感觉。

最近一次约会，是跟一位在1917年流亡美国的俄罗斯人的后裔，这人离异后独自料理一家披萨小店，吃住都在店里。林苹和他在披萨店的楼上见面，外面下着雨，房间里只有一张看不出颜色的旧沙发，却似乎四处堆满了东西，散发出一种隐约的腐烂气味。林萍感到，不分昼夜做披萨的活侵蚀了这个人的生活，他的人生内里已经坍塌。她回想起了自己在北京的生活："我也曾经住在一个充满腐烂之物的房子里，因为我连把垃圾丢出去的精力都没有。"

我希望日记延续下去，但并没有等到这个俄罗斯男人的下文。

## 志愿者一龙

在庆丰包子铺里再见到一龙的时候，他显得比上次拘谨了很多，坚持一人点一客快餐，没有要共用的凉菜；我像从前那样点了一份热菜，他也鲜少动筷，只是有些沉默地吃着自己面前的包子和八宝粥，不时用手掌掩住自己的嘴，防止轻咳。

他说，这几天自己有些感冒。人也显得黑瘦了几分。

大约对于一龙或者他的朋友们来说，感冒是件大事。就像当初在那间看似干净平常的红丝带之家里，有一架不出声的时钟在轻轻走动，刻度是生死。

几排软沙发上散落坐了一些男人，多数人的肤色偏暗，都显得瘦。气氛有些沉默，提起话头显得艰难。“这不是绝症，是慢性病。”一个白领模样的中年人对我强调说。对于我的搭讪，他似乎愿意说点什么，却又觉得不合适吐露太多。这里有着一种截然相反的矛盾气氛，过于沉重的平和，无处不在又不便说出的名词。

他回忆了自己得病的经过，从最初一周的完全绝望，到以后的慢慢接受。三年来吃拉米夫定和依非奇多的结果，是脂肪转移，脸和屁股没肉，坐不了金属椅子。最近换药之后拉肚子，正在中药调理。

唯一一个皮肤显得白净的小伙，从前是个厨师。“没病之前脸上还有疙瘩呢。”在这群病友当中，他是唯一的打工者，话头显得活络一些。感染的原因也和在座占多数的“同志”有别，是找小姐。

最初的症状是出汗。盗汗，出热汗，坐在一个地方，过一会儿不起身，感觉裤子就会黏在座位上。因为心虚，请了三天假上网查资料，觉得自己已经发病，“崩溃，想得最多的是自己什么时候死”。过后去了医院，确诊之后，反倒定下心来，问医生是否该吃药了。

“绝症都得了，还怕啥?”他说自己的抗压能力强。从前看电影，看到银幕上的悲剧像真的，想流泪，“现在知道是故事”。他不想再呆在天津，辞了工作来到北京，找了新的餐馆，住在一间半地下室里。疾控中心有跟踪机制，才到这里就被找到了，定期到地坛医院取药，也来红丝带之家活动。

离开天津的原因，老板和一同干活的厨师帮工都不知情。剩余的心病是，当时他和女朋友分手不久，找小姐的行为发生在恋爱之前，他没有通知她感染的消息，“找不着”。

除了找不到人，他承认自己不敢，“怕她找我”。随即谈起一个病友的例子，因为把感染的消息告诉了别人，被人以曝光隐私要挟钱财。

一份隐约的罪恶感，让他在男女关系上变得慎重。眼下工作的餐馆里，一个女主管很喜欢他，他心理上有回避，不想给她添麻烦，“不能越界”。也有一种挫败感，以后只能找“圈里人”，好在“同志”们不会来竞争。

但仍旧不容易。女病友比例很小，“是稀缺资源”，借助媒人介绍，总算碰上一个，谈了一个多月，他却“深思熟虑”，下决心分手，感觉自己被骗了。

女方常让他买衣服，一个月下来花了一千块左右。让他不舒服的是女方说他买也行，给钱她自己买也行，他买了裤子送她，她退货换成钱了。分手时女方说，愿意把花的钱退给他。“我说你给我发红包吧。”她却没有了下文。

除了花钱，女方的背景也让他不放心。“她离过四次婚”，说自己是1986年的人，身份证上却是1979年生。她是河南一个县城的人，说自己从小在家挨打受欺负，养过猪卖过肉，销售过化妆品，开着商店，钱都被哥哥抠走了，哥哥很凶，他不相信，觉得她是找理由不让自己去看她。她还说以后买房一起还房贷，他不相信，觉得天上不会掉馅饼。

她来京时两人发生了关系，她要去餐馆看看，他又不敢，怕被她掌握了社会关系，拿隐私要挟。她有很多群，“别人都说她是骗子”，他不死心，但越来越觉得不安，终究还是分了手。分手了十来天，一边还舍不得她，一边又如释重负。

艾滋病病人需要找个伴侣的原因，有一条是以后住院手术有人签字，不用惊动家人。得病的消息，回家时都瞒得严实，怕亲人担心，乡邻歧视。1976年生的他常被亲人催婚，就忽悠说没有合适的。“医生说我也能找健康人，但要对方知情。”对于喜欢他的那位主管，他没有这个勇气。

眼下只好把心思放在自己身上。他本是惜命的人，得知感染之后，除了抗艾药物还时常吃灵芝孢子粉之类补品，虽说一月的工资也就五六千元。以前从无健身习惯的他，也像白领一样去健身房和跑步，“想要个正常寿命”。吃药的时候，常常一片药含到嘴里又吐出来看看，有没有弄错，怕一片药没吃引起病情变化。

他还在家乡买了房，考虑到还完房贷就需要二十年，交首付前去咨询医生有无必要，“大夫说没事，你买吧”。说到这里，脸上露出了一丝笑容。

染病之后，来红丝带之家成了他的一项日程，“可以说说话，就跟家一样”，还被人介绍当了电视剧的群演，甚至因为爱好军事，去凤凰大厦参加了“一虎一席谈”的现场节目录制，在台下当观众，可以回答问题，还能拿三百块钱。

一龙是这里的大哥级人物，厨师小伙初来这里被他开导过。这天他来得稍微迟一点，但一出场仍旧成为中心，军人仪态和自信神情使人难以把他看成一个感染者。他有一双在警察生涯中练就的眼睛，能立刻辨认出怯场的初来者，靠近谈心，讲解艾滋知识，帮助他们放下怕死的负担，慢慢接受自己成为这里的一员。作为老北京，他打开话头就提到了唱《大中国》的歌星高枫，说他可惜了没上这儿来，“不然死不了。”

他提到那些初次来这里的人，“也有哭天抹泪的，说对不起父母的”，有个一米八五的大个子，来了这里就哭，“念叨怎么办，怎么办”，觉得自己快死了。一龙的办法是先让他们说够了，再告诉他们艾滋不可怕。来人怀疑，一龙就给他传递强信号，“100％没问题，吃上药就是正常寿命”。

他自己从2003年开始吃药，一直没发过病。这样的经历在病友当中是罕见的。当初感染病毒的经历也和这里多数人不一样，是在警务工作中接触了携带者。

一龙说，当时他和同事们在街头执勤，把一群上访者抓进一间屋，和其中一个妇女发生撕扯，双方都出了血。当时不知道这群人是河南文楼村的人，因为卖血感染艾滋病上访，受伤后也就是自来水冲冲，创口贴一贴了事，过了几个月开始腹泻，持续一个月不止，彻底体检后得知感染了病毒，才回想起那次撕扯的情形。

和这间屋子里大多数的人相比，一龙的艾滋病毒感染得太早了些，药物依赖进口，单位不报销，两月工资只够吃一月药，两年吃美国药花了十万多，房子也卖了，“母亲说你的卖了不够，我的也卖”，还好等来了国家的免费药发放政策。以后又在医生引导下做了志愿者。

一龙说，自己没有崩溃，但有两年消沉期。“躺在床上，望着天花板，找不到出路。”不认识别的病友，和外界隔绝，想跟人倾吐，又不敢，怕被人当怪物，“当初在医院查出来，好多护士过来看，拿异样眼光看你，就像我当警察看小偷”。后来医院学习澳洲的经验，发动病人帮助病人，一龙报名做了第一批志愿者，发现帮助别人时放下了自己，“自己还有用，充实了”。

到了饭点，我们去饭堂吃饭，本想点各自分开的面食，一龙却特意要了米饭，点了一个炒合菜，说是好吃。菜上来之后，他首先开始伸筷子夹，还连连招呼我们。心里有点打鼓，不得已开始夹菜，有意无意地只动自己这边，保留一个无形的界限，一龙却似乎全无察觉，伸筷子过来把这边也动了，界限只好放弃。

饭菜吃了一半，一龙又开始普及感染知识，说吃饭之类根本不会传染病毒，只要吃上药，即使是做爱也不会。得了病之后，妻子并没有要求离婚，现在两人还过夫妻生活，做好防范，“有时是她主动”。

当初和一龙一起做志愿者的人，现在坚持下来的已经不多了，有的患癌去世，有的不干了，觉得没报酬，浪费时间。一龙前几年退休后有大把时间，考了一个社工证，在一个政府扶持的社工机构上班。去了两个月心里慌，还惦记这里，跟领导讲好了，每周请假过来服务一天。

“我面对负能量的能力比较强。”他说。在艾滋病感染者当中，一龙建立了一个户外群，每年春天带着二十多个病友徒步十三陵水库，打着“天行健”的小旗子，外人看上去，就是一群完全健康的驴友。

在庆丰包子铺里，一龙聊到自己帮助的一些感染者。有一个老人“同志”，想找一个男性的保姆，但他附带有性伙伴要求，虽然讲好了另加报酬，但来回换人总是不成功。他上街的时候怕自己走丢，在胸前挂了一张名牌，上面的联系电话写的是一龙的号码，“完全信任你”。这让一龙开始有些不舒服，后来也就接受了，逢年过节去探望。

另有一个华为的软件工程师，感染上了艾滋病，完全崩溃了，和家人断绝联系，辞掉了北京的工作去南方，和女友也分手了。一龙和他谈心，打消了他跳楼的念头。去了南方之后，他还常常给一龙打电话，一龙鼓励他和女友恢复联系，告诉她实情。前一阵小伙子高兴地告诉一龙，女友知情后原谅了他，两人仍然在一起，准备结婚了，也回老家去见了父母。

因为感冒，一龙讲得比头一次慢，中间别过脸捂嘴轻咳了一两次，看起来是一个过于谨慎的人。但他脸上渐渐有了光泽，说这件事是让他最高兴的，毕竟救了一个年轻人。

说到自己的网名，他说并不是模仿少林寺的一龙，给自己起这个网名的时候他还不知道那个武僧。不过发病之后他确实信了佛，虽然有党员的身份。“得病了，信仰需求更强一点，很多事情觉得有报应成分，要讲是非。”

譬如一次坐公交车刷卡，一龙没刷上，售票员也没注意，同伴让一龙别刷了，一龙觉得还是应该补刷。再比如从前当警察审小偷，抵赖几句，就是一个耳光扇过去。还有那次奉命去抓上访的艾滋村民，导致自己感染。

# 雪覆盖了这个家族

## 一

在二叔房子里见到杨春丽时，他披着袄子，两只袖管悠悠荡荡的，像个落雪天气串门的闲人。只是特别胖，没法和这个随母姓又女性化的名字联系起来。

叔叔家的晚饭是一盆连皮土豆，他坐下来右手拿起土豆，用嘴剥皮吃，左手袖管耷拉在膝盖上，这才看出袖管里是空的。

他身份证上的年龄是十八岁，比相貌小很多。一年前，他在天水市的水泥厂里失去了左手臂。之前他已出门打了八年工。

“不想念了，老师打人厉害。”当年的四合院式小学里，杨春丽人在课堂上，脑子里却像如今废弃的校址一样长满荒草，心思随时如屋后山坡上的羊群在游动，老师按照本地风气，靠暴力来控制。三年级班上，和他一起辍学去内蒙古的有五个学生。一同出门的孩子中间，最大的十三岁，最小的就是杨春丽这年的了。当时的他一米二，一点也不胖，家里长年的土豆没有给他提供足够的营养。

村里的包工头带一群孩子火车转汽车，到了内蒙古乌拉特前旗的砖窑里呆下来，干拉水坯的活。刚从机器里出来的砖坯是湿的，要在空场上晾晒再送进窑炉，这道活路用不着大工的技术，包工头就找村里小孩子来干，工资低。

小孩的活并不轻松。水坯从机器上装卸到车上，再扶电动车运到晒场，一天做十二个小时，没有休息日，头一年杨春丽觉得有点撑不下来，主要是卸砖，“一块有个七斤，一车一百四十块，一天能运八十到一百车”。收车时两臂发木，端饭碗时才发觉发颤端不稳，有两次碗掉到地上打破了。晚上举手起来洗脸也困难，不洗脸洗脚睡觉。

另外是冷，“太冷了”，和泥的管子冻住了，人才能停下来。从无遮无挡的北方来的狂风，穿透空场上杨春丽裹的口罩、帽子、手套，在皮肤上刻划皴口，砖坯的潮气催生冻包，冻包破口了，抹点胖胖油烤一下，就算应付了。农历冬月之后，阳光失去了最后一丝热力，砖坯干不了了，窑厂停工，人回家乡去等待过年。这时，杨春丽才能看到家中的母亲，和同在内蒙古打工却从未见面的爸爸。

在窑里，小孩们是没有正式身份的“黑人”。几年后开始查童工了，老板会得到消息，事先让杨春丽和伙伴们藏起来，玩一天。但也无处可去，只能在窑场里转着绕开检查的人。砖窑离城镇很远，出来之前以为见世面的伙伴们，除了过节到小镇上买点日用品，只能呆在荒地上的砖窑里，看不到多少家乡有的绿色。

在窑里一干五六年，身量长高了，工资一直没涨。杨春丽不想干了，换到兰州的建筑工地扛钢管，后来又顶爸爸的班到天水水泥厂。

顶班第八天就出了事。杨春丽上夜班，需要清扫水泥传送带下散落的垃圾，不然天亮时被查到要罚款。扛着铁锹从传送带下面经过时，杨春丽的铁锹把碰到了传送带的齿轮，将他的一条手臂带进去。

杨春丽没觉得痛，痛感在昏迷的五天中随失去的手臂一起被带走了，直到伤口复原时才回来。切除得不平整的刀口长出了肉芽，需要日常拿膏药涂抹。有时以为自己的手臂还在，想象中挥了一挥，只有隐隐的疼痛。

对于一个村子里出生的人来说，比痛感更需面对的，是失去了一条手臂却没有迈过十八岁门槛的人生。这在事故的调解协议上没有任何反映。这份由包工头、水泥厂和杨春丽识字的二叔代为签订的协议上，十四万元的一次性补偿数额名目包括营养费、误工费和后期医药费，但没有失去劳动力的补偿。

杨春丽回到了岷山脚下的小村里，十岁开始的打工生涯就这样结束，收场时仍是童工，只是少了一条手臂。

另外一个变化则是，他的体形越来越臃肿。住院期间注射的激素，以及得到补偿回家后每顿吃方便面鸡大腿的习惯，使他很快看起来仅能负担自己累赘的身体，不再适合任何劳动。

村子一带海拔接近三千米，地皮瘠薄，除了土豆燕麦，不能出产大宗粮食，村子里人家不怎么做正经饭菜，连皮土豆、小贩兜售的馒头与方便面一起成为日常的伙食，蔬菜稀少。

手里有了一笔钱，杨春丽除了买药，也有了一些花费，邻居说他到县城住宾馆，参加赌博，钱消耗的速度很快。一年过去，十四万元剩下一半多一点，杨春丽的心里有点发虚了。

他开始发觉，这笔钱远远抵不过自己失去的一条手臂和十八岁之后的整个人生。而事故发生时，作为一个未成年人，他没有机会想清楚这件事情。但眼下想推翻协议打官司，对于住在土屋里的父母和只上过三年级的他来说，都显得过于复杂艰难。

父母住在半边盖的老屋里，杨春丽住着一间简易板房，虽然干净一些，但寒冷。晚上睡不着的时候，他为剩下的这笔钱考虑出路。和父亲合伙放羊看去是唯一的办法，虽说在村后的陡坡上揽羊，对少一条胳臂的他并不轻松。

他的伙伴们还在四处打工，过年见面，有种东西似乎不一样了，杨春丽不大愿意和他们玩牌，宁愿一个人坐很长时间的班车，进县城去逛。

## 二

早上下了雪，电动车骑不成了，马小霞带女儿欢欢走路去上学。

村里到路口上了凝冻，老父亲在村口躬身扫雪，免得母女走路打滑。马小霞和女儿一直住在娘家。

雪落得频，村子到县里的道路还没硬化，路上一道道深浅的雪辙。路上遇到了一群结伴上学的孩子。

欢欢上学三年以来，马小霞天天会接送，因为担心前夫在路上劫走女儿。

她自己也从来不到县城及更远的地方，担心前夫像威胁的那样，“杀了我”。

二十三岁的马小霞，窈窕的腰身上带着两道狭长的刀疤，是前夫捅的，不乏青春俏丽的脸上被生生打上惊恐的印记。马小霞没有进过学校，也没有出过远门，十八岁时由媒人介绍结婚，前夫是邻县的人，婚后发现丈夫酗酒如命，喝醉就要打人，手提菜刀，“不是人”。

马小霞带着刚出生的孩子躲回娘家，丈夫寻踪而来。起初丈夫打她的原因就是生了个女孩，现在却又一心要抢回去。父亲在村口和他理论，被前夫捡起石头砸破了头，打成脑震荡，至今后脑勺留着一个凹陷。父亲和马小霞受伤后借钱住院，每人花了两万多元。为了还上别人的钱，又借了弟弟的，现在三年多了，杨春丽代父亲来要的就是这笔钱，实际上钱也是杨春丽打工攒的。“因为这笔钱，兄弟感情也不好了。”马小霞的父亲慢悠悠地说。

两年的曲折之后总算离掉了婚，马小霞不敢出门打工，只好在三十里外镇子上一家饭馆当服务员，帮父母做家务，在附近修路工地上做饭，天晴时扎扫把卖换点自己和女儿的零用。过了两年，她谈了第二次对象，男方是个开车的，母亲是本村嫁过去的，也算熟人。

但这次她又碰到了坏运气。亲家之间熟络起来后，乡下刮了“集资风”，说是能投资分红，对象的母亲受人撺掇投钱，自己的钱不够，就请小霞父亲担保借钱，结果领头集资的人卷款而逃，债主见对象的母亲无力还钱，转而向小霞父亲逼债。利息不算，十五万本钱的坑，家里卖光了也填不平，何况家底本身是窟窿。婚事也随之告吹。

一再惹祸的马小霞，仍旧只有栖息在娘家屋檐下，老父亲单薄逼仄的屋顶，实际不足以庇护她。陇南一带的房子是半边盖，土坯房只容得下一张炕，父母家里还有一个成年的弟弟，马小霞只能长年“打游击”。村里从小长大的伙伴家的炕头，她都睡遍了。女儿欢欢则跟着大爷爷睡。

上小学的欢欢，一天需要三块钱，夏天则要花十多块，买水喝降温。小霞不得不找地方挣钱，冬天闲时上山去砍竹子，扎成扫帚卖挣些零用，干一天能挣五六十元。

这两年政府“精准扶贫”，父亲家的土坯房得到翻修，土坯外面涂了白粉，改建了屋顶，用便宜的布料代替三合板吊了顶，显得洋气了一些。因为弟弟睡不下，另外盖了一间临时的板房。板房比较新但很凉，只好用电热毯。马小霞妹妹的丈夫长年出门打工，妹妹带着孩子也回到娘家住，马小霞仍旧要经常各处借宿，女儿欢欢仍跟着大爷爷住。

在父亲家里，相比起没有依靠还一再招来祸事的马小霞，妹妹虽然长相略为平凡，地位却明显高得多。做饭生火这些家务都是马小霞的事，妹妹从外面打工回来，已经不习惯家中的土豆条酸菜汤，在大家吃过之后，自己单独炒了一个菜。马小霞只能跟着大家吃，在饭店打工期间，她胖到了一百二十斤，回家一个月内瘦回到一百零六斤。全家七口，一年吃米不到一百斤。

父亲家里并非永远的安身处。按照这里的风俗，一旦弟弟娶亲成家，出嫁了的马小霞就不适合再呆在娘家。二十三岁的弟弟，在乡下已算大龄青年，如果不是家里背负的债务，和近二十万元彩礼的门槛，他已经像姐姐一样成家生子了。

“我成了家，姐姐肯定是不能住了。”跑了一夜车归来的弟弟，在大爷爷屋里明白地说。

但马小霞并没有做好打算。她不敢再去找对象，觉得男人没有一个好的。“哪里有好人？好人都死光了。”炒土豆条时，她不仰头地说。在微信朋友圈里，她分享的最近一首歌是《潮湿的心》。

在修路工地上做饭，她自己从来不吃，因为吃饭的一圈全是男人。

唯一的打算，是混过这几年，等欢欢上了初中，可以在学校寄宿了，自己出门打工。对于将来的成家，她不敢抱希望，尽管她的签名是，“可爱不只是一种外表，更是一种心态”。

## 三

大爷爷住的土坯房在村落高处，没有经过改造。墙壁有手臂粗的裂缝，窗户和顶棚用报纸糊住，炕洞熏过的墙壁漆黑。

半边盖的屋顶下面，由于什物众多，面积相形更为狭小。一个男人一辈子生存的累积全在这里。

炉子和大炕占据了大半个房间。五斗橱上堆满杂物，从法兰琳卡到温碧泉的护肤品和生发油，似乎不属于一个五十多岁男人的屋子，但价钱都不超出二十几块，是小贩到村里来推销的。

一个似乎比人脸大不了多少的电视，是屋里最重要的电器，屏幕像是露天电影的幕布，看到中间忽然坏掉，闪出昏黄雪花，像是新装了路灯的村口天气。为了躺在炕上也能看电视，大炕脚头装了一面大镜子，人睡下后可以看反映在镜面里的电视画面，尽管电视本来很小，又远上了一倍。有次欢欢打破了镜子，大爷爷没有责备她，另买了一面，“大爷爷脾气好。”欢欢说，这也是会跟妈妈犟的她亲大爷爷的原因。

爷爷家里没有地方，母亲又在饭店打工，十几天回来一次。活动板房盖起之前，小孙女欢欢长年跟着大爷爷睡。眼下不用上学的周末仍旧住在这里。

欢欢从一岁多跟着大爷爷睡，除了在这里吃饭，衣服和零食也是大爷爷包着。五斗橱上除了大爷爷用的一溜山寨护理用品，还有欢欢

大爷爷和欢欢在炕上

用的大宝和绵羊油润肤霜。炕头小方桌搁着两包欢欢爱吃的饼干。比起吃饭，她更喜欢这些零食。大爷爷会开三轮车，靠给人拉砂石料赚些生活费，另有一份孤寡老人的低保。欢欢没上学时，大爷爷车开到哪里总是把她捎上。

五斗橱上方有几张大爷爷年轻时的照片，站在某条外地灰蒙蒙的林荫道上，穿着衬衣，戴着墨镜，看得出大爷爷爱照个相。另有一张镶着镜框的照片，大爷爷的大头照塞在过于窄小的西装衣领里，显得很夸张，半截身子矗在花坛里，遮住了身后一半的天安门。这是前一段小贩来照相，西装是模子，把人的头套进去，一张二十块钱。炕头墙上另外有一张，是大爷爷带着欢欢站在一片花圃上，景致鸟语花香，但祖孙俩的双脚却是漂浮在这片风景上。

晚上祖孙俩趴在炕头被窝看电视，被窝有一种杏仁味，已经看不太出本来黄绿的颜色。从被窝里伸出头来的祖孙，像一对昆虫。

大爷爷成过家，但没有自己的亲人。三十来年以前，结婚几年的妻子嫌家穷，带着女儿跑掉，嫁给了一个安徽人。妻子的娘家也在元更地里，每年会回几次娘家，女儿也会回来看望外婆，偶尔在村口会遇到大爷爷，但从来不打招呼。女儿没有喊过一声爸爸。墙上一面“新婚志喜”字样的镜框，说明着这段曾经的婚姻，但没有妻子和女儿的照片。

墙上倒是贴了一溜欢欢从小到现在的照片。大爷爷也知道，这溜照片不会一直增加。“她长大了，就嫁人去了。”他平和地说。

院子里还有一间正房，住着两兄弟共同的母亲，已经八十多岁。老人几乎从不出屋，用烟熏火燎的木头疙瘩生火，吃着自己做的开裂失去形状的馍馍，或者大爷爷送的汤水。正房的墙外有个炕洞，隔一段大爷爷会闷些柴禾。很少有人会走进正屋，老人也不出来，偶尔会发脾气站在院子里骂人。欢欢对这位曾祖母也没什么好感。“老都老了，还骂人哩，早些过世了好。”这似乎是院子里后代们没有说出来的共同想法。

晚上临睡前，欢欢吃饼干的时候，大爷爷给自己煮一包方便面，在炉子上烤了几个土豆，拍拍壳吃了。这是村里人日常的饮食，大爷爷这年收了一千多斤。吃完土豆大爷爷服了治痛风的丹参片，上床看了会电视，这是睡觉前的固定节目。欢欢看着炕脚镜子里的抗日剧睡着了。炉火散发着温度，老屋里有一种脏乎乎的温暖气息。尽管汶川地震给它留下了能插进手臂的裂缝。“土房不好看，可暖和。”

一只老鼠倏忽跑过地面，无人注意。家里的粮食口袋就地放着，养活它们不算费事。

半夜时分，大爷爷起床出门，在院中雪地上解了个手。没有厕所，平时解决是在屋后的空地上。“这里空地多，到处都是。”回来以后，大爷爷没有即刻睡下，他拧开小桌上的一个药瓶。胃疼犯了。

后半夜，大爷爷再也没能睡着，他还开了一会儿电视。很多个夜晚，他是这样开着电视入睡的，在胃痛没来侵扰他的时候。

私心里，大爷爷做好了自己今后的打算。等到正房的老母亲去世就离开。有个妹子嫁到天水，儿子在四川开饭店，院里有一间空房，说好了他可以过去住，“那边钱好挣”。不知为何，对于那个陌生的地方，大爷爷比对生身的村子和几个兄弟更信任。“除了空气好，这啥也不行。”

兄弟一共七个，除了大爷爷，还有两个单身的，有两个已经死了，一个生病，老三二十年前被老婆害死了。

大爷爷说，老三的老婆因为害胃炎看病，和乡卫生院的医生勾搭上了，二人商量弄死这个老三。老三的身体特别好，两人用了很多办法。先买了西瓜下药没毒死，又用鼠药掺在茶缸里，老三喝茶后昏迷，医生又给血管打了几十支氯化钠，加上用电钻子钻，仍未断气，最后索性用大砍刀砍坏了后脑勺，人才最终死亡。

事后老三媳妇深夜喊大爷爷去看，说是喝酒走路摔倒了，“我一看就不对劲”，报案后法医验出血中毒素，二人却并未判死刑。女人服满二十年刑期后已经出狱，不敢到这村里来，两个儿子由老四抚养成人。

## 四

元更地的海拔接近三千米，却看不出任何雄伟的气势，小村和四周褐色的山岭一样毫不起眼。

从兰州南行到这里，经过了陇东那些不生长任何植被的灰土山丘，到了岷县地界，道路两旁出现了水沟和菜畦，冬天里仍有新鲜的青绿，似乎终于离开了中国内陆最古老的贫穷腹地，告别了缺水的纬度。但随着海拔上升，到了元更地这带的深山，植被的增加带来的生机，又渐次归于乌有，被寒冷和封闭的贫穷窒息。

取暖是这里的大宗花费，大爷爷的炉子五天要烧掉一袋子煤，一冬下来花掉两千块。有时候要烧柴。

山上有不少野生中药材，是零用收入的来源，各家都存有几把药材根须。岷县的当归黄芪都很有名，但锁龙乡并无大面积人工种植，有人来收了就上山去挖。每年能挖一个来月，一天百十元，整个两千块钱左右。药毕竟越挖越少，砍竹子扎笤帚是更长远的收入。

雪天里人们煮着小壶茶喝，闲谈中羡慕村里的一位能手，他割了十三天竹子，扎成笤帚，每天挣两百元，相当于一笔可观的收入。

扎笤帚之外，没有值得一提的大宗生计。出门打工之外，马小霞的弟弟给一个沙场老板开车，没有驾照，只能通宵送老板回家，清晨在大爷爷的炕上补瞌睡。考驾照要到天水，花费两万多，对于这里简直是不可想象的。

有能力的人都搬走了，在县城买了房。欢欢的班上，只有她和两个男同学，去年一个女生转去了县城，她哥哥去岷县上学，妈妈要去陪读，爸爸出门打工，家里没人照看，就把她一并转走了，欢欢只好落单。从元更地的沟口往上走几里地，有一个教学点，只剩了一名学生和一个老师，“围墙和教室倒都是好好的”。

对于元更地的人们来说，三十多万一套的县城房价，邈不可及。争取国家的扶持政策，把土坯房多少整修一下，是更切实的愿望，但这份运气，不会均匀降落到每个人头上。

大爷爷没有像样的收入，不能像二弟那样自己出一部分，国家补助改造土坯房。但他也并不看好改造过的土坯房，“换了个壳子。土屋不好看，暖和。”二弟家装房子的钱全是借的，靠儿子打工还掉了，装修土房的目的也是儿子将来要娶亲，没间房实在不行。失去手臂的杨春丽，因为看来没有娶亲的希望，家里索性没有翻修土房，只给他自己搭了一间单住的活动板房。

村里六七百口人，光棍汉有二十多个，小学校长说，一些人主动不成家，嫌负担大，乐得自在。女孩都嫁到山外，外面的媳妇娶不进来。

整修房子之外，政府出钱修了公共厕所，但无人使用，“没有水冲”。人们还是按照千百年的老习惯，在空地上或者牲口棚里解决。

酗酒是普遍的风气，伴随的是恶性案件，“你们听到他家的事吃惊，在这里不算啥子。”火炉旁，人们并不了解相隔不远的定西县妈妈因被停低保杀害四个孩子的事件，倒是津津有味谈着遥远的广西一人杀害十七口的命案，似乎壶中煮的茶，可供半晌的嚼头。

傍晚的村口，新装的路灯有两盏已经坏了，剩余的一盏在雪地洒下微光，像是无用的温情。雪粒无声飘落，白天积的一层已经变硬，昏黄的土坯房里，似乎什么也没发生过。

# 死

柒 >>>

## 父亲的最后一个电话

“儿子，我这会儿在县城的后山上。要走了。”

那年夏天一个高温天气，坐在北京写字楼格子间写文案的远方，接到了父亲的电话。

父亲把“走”字说得很重，远方知道他的意思。头皮有点发麻，但并不感觉意外。父亲终究走了这一步。

开春去南方旅游期间，父亲已经一再透露过，他不想活了。对那些风景不坏的旅游景点，父亲似乎毫无感觉，身边陪伴的远方只是一个影子，他一个人待在旁人触不到的空间里。旅游没有唤起父亲身上的一丝活气，回来之后远方暗地里一直在等着父亲走掉，只是父亲不能对自己明说。毕竟在乡下，一个人没痛没灾，平白无故不想活了，旁人怎样也无法理解。

远方理解，一大部分是因为母亲的走。以前远方没觉得父亲多爱母亲，但是母亲大半年前生病去世后，一向有能人之称的父亲就一寸寸垮掉了。看起来软弱平常的母亲，大约是父亲和世界之间的挡箭牌。

远方问父亲：“你想好了？”

“想好了。”

父亲接着说：“不要让你弟急着来找，找到的时候，我也早走了。你自己安排回来一趟，和你弟一起把后事了了。就埋在大地里，你娘的坟打开半边，把我添进去。我挂了。”

父亲挂掉电话后，远方默坐了一会儿，再拨回去已经关机。远方给身在县城的弟弟打了一个电话，让他报警，到后山公园去找。自己去领导办公室请了假，订航班回乡，理由是父亲去世。远方没有去想人找到时还能抢救过来的可能，他知道父亲想要做到一件事，就不会留余地。像当初和大伯的决裂，像早年的杀蛇剥皮。

我和远方第一次单独见面，是在北京东郊一座新开发楼盘周边的地铁口，他来接我。地铁口开在小区里，附近的楼群几乎都是一个模式，外部没有什么装修，也看不见临街的商铺，似乎是统建的。我们穿过一幢大楼的底层，去院子内部的一家小馆吃饭，路上我知道了他和一位歌手同名，但看起来和那位歌手没有任何相似之处。

我们是陕南老乡，认识的原因是他去参加了我的一个读书沙龙，用家乡的口音朗读了书中的一个段落。我们是两个县的人，但口音相近。以后在微信上聊天和看朋友圈，我知道他在一家房地产公司上班，喜欢在挤地铁的途中写诗，不少是关于家乡和身世的，其中写到了父亲的死亡。

父亲那天是在后山一条僻静的小路上吊的，等到弟弟跟着警察找到的时候，人已经硬了，费了很大的劲才解开绳结。远方当天晚上赶回老家，父亲已经运回乡下，天气热又找不到冰棺，急着下葬，第三天埋进了大地，和母亲合葬了。母亲下葬破土的时候，父亲已经安排在旁边留了位置。

“大地，是我们家屋后最大的一块地，就是这么叫的。”在四川小馆子里，远方对我解释这个经常在他诗中出现的名词。

他要了两瓶啤酒，我没怎么喝，他一边喝一边对我讲家里的往事。“你读过柳宗元的《捕蛇者说》吧，小时候我父亲就是捕蛇收蛇的。那些年我们家里四处都是蛇。我时常把蛇拿在手上玩，手伸进蛇皮袋子就能抓一条出来。”

我看着远方，眼前的他早早谢顶，淡眉长目，嘴角露着微微的笑容，很难和那个出身在收蛇之家、手臂上缠着蛇的少年联系起来。

父亲是附近第一个收蛇的。他起先是四处收牛卖给县生资公司，过秤前一晚要用胶管子往牛嘴里注大量的水，牛胀得肚皮发亮，连声哀叫。后来胀死了两头牛，亏进去了，父亲就跟外乡的贩子学捕蛇收蛇。他收了无数的蛇，也杀了无数的蛇，亲手剥下的蛇皮囤在楼上，常年一股熏人的死蛇臭味。那时乡下还不兴吃蛇，卖不掉的蛇肉腐烂发臭，被父亲一袋袋倒进竹园。成年之后，远方有时会做身上被蛇缠绕的噩梦，醒来时发觉自己把被单死死裹在身上。

“父亲走了以后，我有时会想，他杀了太多的生，自己对生死麻木了。”

我和远方约着下次见面，然而不久他去了上海，我渐渐知道他家在上海，到北京是和妻子暂时分居。

以后我到了上海，到远方家里去玩。他家在闸北区一个小区，站在窗口能看见上海站几个大字。远方的妻子是一个上海姑娘，个子比远方高一截。她的父母在几年前相继去世，继承了三套房子，另外两套出租了。聊天中得知，妻子是上海大学的毕业生，以前是远方所在的广告公司部门主管，没有上过大学的远方出乎意料地向顶头上司表白，用牛皮糖攻势和连篇累牍的情书诗作追到了她。

远方后来告诉我，这可能得益于父亲在家中开办的带有按摩服务的旅社，让他从初中开始就泡在小姐堆里，学会了如何追求女人。

父亲是在收蛇生意衰败之后另起炉灶的，家乡的蛇几乎要被捉光了，最后几麻袋蛇皮烂在了楼上，父亲看到镇子上的发廊和旅社生意红火，决定利用老家处于两条公路交会处的地利，租下路旁一幢废弃的农技站砖房，办起了带有按摩和色情服务的旅社，对象是过路卡车司机和商贩，很快就成了远近闻名的红灯区。最红火时三层楼有一层十几间是小姐专用的工作室，一明一暗两进，明里是按摩，里间就是一张床，窗子是封死的，白天开灯做业务。

小姐们都喜欢和身为“少爷”的远方套近乎，这方面父亲不仅不禁止，还有鼓励的意思。后来他还打算把其中一个小姐介绍给远方做媳妇。父亲开办旅社的合伙人是大伯，因为这件事大伯和父亲完全闹翻了，原因是大伯喜欢这个小姐，父亲和她之间也说不清楚。

有一年秋天，我和远方回他的家乡，见到了这栋路边老房子，全无昔日的红火痕迹，陈年的瓦楞风化破碎，布满发黑的苔藓，蒙灰的砖墙失去了任何颜色，靠马路一边二三层的窗户也被木条封死，似乎已经废弃。老房子在旅社被查封后卖给了别人，我们下坡走到门前，从前一整排的小姐工作室堆满了废品和猪饲料，过去停满卡车的院子布满杂草，租户完全不知道这座房子从前的红火，也不认识眼前这位过去的少爷。

父亲去世前最后一次旅游，远方与父亲合影

远方说，那次因为小姐而起的争执特别厉害，父亲和伯父抄了菜刀和铁条，父亲被伯父手中的铁条打伤，住院期间亲自向公安局举报了旅社提供色情服务。父亲这样做是因为伯父身为当地工商所的部门主任，开办色情旅社是很严重的行为，而父亲作为平头百姓，损失的不过是生意和罚款。最后旅社被查抄，伯父被开除公职，几年后因为癌症郁郁去世，去世时父亲和远方都没有去参加丧礼。

父亲和伯父的仇气是从远方的童年就开始的。几兄弟里只有伯父参军转业进了单位，在当地有头有脸，一举一动爱在父亲眼前显摆。父亲没有多少文化，只能做各种各样的生意，除了收蛇开旅社，还跟人合股挖过金矿，远方还到矿上去待过几个月，金矿在刚挖开矿脉时被当地政府派武警强行收回，父亲和几个乡亲一起被关了半个月，两手空空地回来。开旅社是父亲一生中惟有的红火时光，远近都叫他老板，奈何因为兄弟反目好景不长。

两弟兄斗了一辈子，外人和远方两兄弟都不知道他们为何斗，连母亲也不明白。开旅社的那几年，家里很挣钱，母亲却对远方流过两次泪，一次是他高二时辍学，另一次就是父亲把小姐介绍给远方的时候。但是母亲不敢反对，父亲发起火来会用膝盖把母亲顶在地上捶。旅社倒闭对母亲其实是个好事，父亲带着母亲离开了老家，去县城摆了几年早点摊，以后又回到了乡下。伯父得癌症去世之后，父亲的脾气似乎忽然变得柔和了，不再打骂母亲，也没有骂过远方和弟弟不争气，毕竟弟弟没有受到开旅社的太大影响，考上大学参加了工作，远方在上海辗转了多年，当过小工，摆过手机贴膜摊，最终也靠着自己的文学爱好进了广告公司，还娶了上海媳妇。比起伯伯一家来，光景算是完全颠倒了。

但也是在伯伯病死之后，父亲似乎没有了心气，靠着母亲照顾消磨时光。前年母亲一去世，父亲就一天天露出厌世的念头。他常常在电话里跟远方长谈，说起过往的事情，包括和大伯的恩怨。自己的一生，他也觉得一无是处。远方担心他的心情过于消沉，特意陪他去了南方旅游。没想到回去不久，就接到了父亲打来的最后一个电话。

我们穿过公路到后山去，走上荒草遮掩又被雨水打湿的小路，来到大地。眼下看起来，这块地也算不得怎样的大，大约是被父母合葬的坟茔占去了一部分。坟墓的拜台宽阔，三个年头过去，砖砌的坟头还显得有点新，爬上几缕零星蔓丝。墓门两旁镌有远方撰写的对联，大意是说父亲一生磊落不羁，活出了自己的意思。

在大地的另一边是伯父的坟墓，拜台没有这么大，坟头笼满荒草，显得陈旧很多。兄弟隔着这块当初先人分到的自留地，依旧遥遥相望，只有地里长起的庄稼会遮断视线。

在大地边沿，远方蹲下来抽了一支烟，对我说了父亲去世前不久在电话里对他透露的事，也就是父亲和大伯结仇的根源。

“鸡奸。”

原来在兄弟俩小时候，家里地方窄同睡一床，伯父比父亲发育早，经常要父亲趴在床上，任他从后面摆弄。父亲年纪小力气弱，又害怕大伯的脾气，也不明白这到底是怎么回事，屁股流血也只好忍着，后来年纪大开知识，才知道这是终生的耻辱。兄弟间的仇气由此而来，父亲想在一切事情上跟大伯叫板，试图比大伯活得风光也源自这里。大伯始终没有因为这事对父亲道过歉，两兄弟明里暗处斗了一辈子，最后长眠在这块大地的两旁，逢年过节远方和弟弟给父母上香烧纸，也顺带给膝下无子的大伯化上几张。

远方觉得，父亲的性格多少影响了自己。在和妻子的矛盾争执中，他也曾像父亲一样拿起菜刀，因为身量小无力把妻子用膝盖顶在地上，却曾扼住她的喉咙，两人闹到几次离婚分居，中间净身出户去北京，后来感到失去了彼此的生活更加没有意义，还不如在一起慢慢忍受，好在现在忍受的意味已经很淡了，更多变作相依为命。剩下的是辞掉了工作的他要忍受上海这座城市，忍受人生活在世上这件事情本身。

站在俯眺火车站北广场的窗前，远方指给我看夜色中远近矗立的高楼，说他时常感到这是另一道峡谷，像家乡深山中的，人们都在峭壁透出灯光的洞穴里生活，偶尔探头感受一下天气，却不敢设想有天会失足坠落。这么多年以来，他一直觉得上海阴气太重，却又喜欢雨天。他和妻子没有生孩子，只养了一条小狗，这条叫做“精精”的雪纳瑞犬虽然年纪和个头都不大，却有一张小老头的沧桑脸容，远方每天会牵着它去火车站北广场蹓跶，到了广场上解开皮绳，让它在略显空旷的场地上自由活动一小会儿。

远方偶尔会去参加朋友组织的诗会，在几个朋友鼓动下他承租下了一处地方不小的创业空间，免除三年房租，装修成“远方茶书房”，接待朋友、举办沙龙，也想挣点钱养自己。我去过茶书房两次，喝过远方妻子斟的功夫茶，也听过远方朗诵自己的诗歌，那时他长长的眼睛显得更加眯起来，圆圆的面庞被一团隐约的光晕围绕。茶书房生意清淡，“朋友来得多，客人少”。

我离开了上海，和远方不再时常联系，只是偶尔会在每年的节期读到他写的有关父母的诗。这些诗的调子和他平时的文风不一样，常常提到大地、黑色和家族中众多的死亡，有一次写到少年时充斥了家中的蛇，会反复出现在他的梦魇中。

后来看到远方不再发品茶的朋友圈，发微信问他，得知整栋大楼的承租商因为经营不善跑路，茶书房连带关张，赔进去了几十万装修款。远方的经济状况遭遇困窘，很久没有回乡走亲戚了。

前一段时间，我因为一件事情到了远方的家乡县城，抽空去爬了县城后山。上山入口有一段台阶，阶坎立面像一个装修市场入口，联排刷着“健康多宽心，生命就安心”“活得自在，过得舒服，知足常乐”之类的标语。我顺着一条荒僻的小路爬上去，坡度有些陡，在我前方一段有个爬山的老人，看上去有七十多岁，背着一个像是旧式收录机的东西，在我前方用力爬上了山梁，又登上了山顶的凌江亭。我没有去打扰他眺望江景，走上山背小路，近旁埋有很多坟墓，镌着“德范长存”“音容宛在”之类字样，坟背覆盖杂草和松针，晾晒在初冬淡薄的阳光下。我想当初远方的父亲上山寻找自杀的地点，大约也经过了这些坟茔。

这时凌江亭里传来了乐曲前奏，我才知道那个红色盒子是音箱，接着响起了老人的歌声，“爱江山更爱美人”。歌声有些中气不足的沙哑和跑调，但是慷慨激昂，到了“爱江山更爱美人，哪个英雄好汉宁愿孤单”两句，调子格外地扬上去，像是对着山脚下的县城和远处依稀流过的汉江，吐露一生心声。

这大约也是当天远方父亲眺望的远景。不知他走上的横坡小路，是哪一条，选择把自己悬挂上去的松枝，是哪一根。在给儿子打完那个最后的电话，告别脚下依稀的人世景象之前，他心中有无涌起过些许波动。

# 首富之死

## 一

“他自己把尾结得好。”哥哥说。

金大器自杀的消息震动了全县。他是自己去了安康市殡仪馆，住在那里的房间里服毒的。

头一天晚上，有几个岚皋人到殡仪馆招待所开房，金大器也开了一间，招待所服务员把他当成了岚皋人一拨的。第二天中午岚皋人办理退房，服务员说你们还有一个人。岚皋人说他不是我们一块的，服务员这才想到去敲门。门关着无人应声，打开一看，人躺在被子下面，以为还在睡觉，走近了才知道过世了，衣服穿得好好的，身上都硬了。

屋里有一股泡面的味道，垃圾桶里除了两个老鼠药小包，还有三个泡面桶。从头天住进旅馆起，金大器没有出门，只是买了三桶老坛酸菜牛肉面，这是他一生中最后的伙食，耗掉了衣袋里剩余的几个钱。

除此之外是一封遗书。书中说，他走到这一步，不怪别人，都是自己的原因。希望殡仪馆把他烧掉，骨灰不用保留，撒进阴沟冲走。

半年之前，哥哥和我去松杉河金大器的老家。有些地方留着越冬的青，多数是枯黄的，除了路边零星纸灰，看不出刚刚过完年的气氛。比起外边的太平河来，这条河开春似乎迟些。路旁零星有些早年起的二层楼房，眼下都变得陈旧，经过新农村建设后完全落伍了，正面贴的瓷砖发黑剥落，比陈年土房更黯淡，透露着屋主人的际遇。有时还会突兀出现一座落伍的茅屋。

我到这条河里来过。在路旁一幢土屋的二层，壁龛上摆着家主男人的遗照，他像这条河里很多男人一样，因为尘肺病在两个月前去世，病中掏空了单薄的家底。昨天圆了坟，大儿子已经出门去山西下矿，正是他生前打工和患上尘肺的地方。妻子略作收拾，明天也要去山西，在矿上做饭。那里是唯一的生计，没有人可以真的回来。

这是当年金大器带他们去的地方。

金大器的家住在河对岸。我和哥哥开车绕下坡度急骤的小道，穿过空旷稻田间泥泞的路辙，经过一座桥。这条小路在当年金大器兴盛的日子里也并未硬化，连同松杉河的道路，成了他不恤乡里的话把之一。

过河打听了两家，找到金家的院子，在传说中的荷叶沟口，有几棵大树。通向院子的便道以前能过车，现在有些被溪水漫漶，四处是荷叶的残根，夏季里会遮掩一半路面。一排瓦房连同二层小楼，都有些旧了，看不大出高下的分别。院坝地面长了青苔，一个老人坐着小马扎砸煤炭，脸上揩汗弄脏了一道。

这是金大器的父亲。

听哥哥委婉说了来意，老人有些没好气地说，金大器好久没回家了，也不知道他在做什么。

似乎他多年来一直没想明白过，儿子到底算个什么样的人，即使是在眼睁睁看着他成了大人物的那些年代里。眼下世事轮转，他也只是坐在这里砸煤炭，没法去想清楚儿子的事情。

但这也有可能是一种卫护，替躲避的儿子应付可能上门的债主。金大器也不在县城置的房子里住，自从深陷债务之后，行踪便鲜为人知。

他的二弟在家，认识哥哥，领我们到屋子里坐。弟弟也是个普通的农民，没有在金大器手上挣到多少钱，看去面容消瘦，似乎还有尘肺的影子。屋里是水泥地面，墙壁刷了涂料，离地半米画着区别颜色的横线，靠地面一截涂成耐脏的深色。排水沟也是暗的，看得出来当初的讲究，只是后来在屋里生了地炉子，还挂着一段悬吊罐的铁链，长年烟熏之下，已难于看出原貌了。二弟在恹恹欲熄的炉火上催水，为我们倒两杯茶。金大器的母亲过来烤火，像一捆拢在炉边的柴禾，一问三不知。

当初金大器在老家起楼房的时候，大家都讲他是太有钱了，把楼房起在山沟里头。不久却有很多打工回来的人跟风。当时传说，松杉河两岸一年从山西兑回来的款，十元的票子要用蛇皮袋装，变成了不少山沟里的楼房，甚至还有阳台这种东西。那天我却没注意到金家有阳台，连瓷砖也没有印象了。

金大器的老家在荷叶沟顶上，失了火才搬下来，穷得好多年盖不起房子。金大器是在茅棚里出生的，出生时脐带绕喉，老爹以为没气了，拿个箬箕盛到田里打算埋掉，坑已经挖好了。这时金大器遇到了贵人，背个带红十字的卫生箱下乡出诊的医生，我的爸爸。

爸爸听了婴儿的心脏，说还在跳动，做了一会按摩救过来了。老爹没有忘记这事。十二年后，我家来了一个农民领着儿子，提着一块腊肉，感谢爸爸救了娃子，现在算是成年了。

这件事我没有印象，是金大器出名后，爸爸偶然提到的。金大器当时出名是因为抢劫案。据说他们胆子大，在八里关垭子上抢班车。公安来抓，金大器会武功，飞岩逃走了。爸爸晚饭后谈天偶然提到这件事，还微笑地说了一句“看来我还不该救他”，以后常常拿这个例子来教育我们，“你们不好好上学，只好学金大器，当抢犯！”

多年以后得知，有轻功的金大器终究还是坐了牢。

## 二

出狱之后，在家乡无处存身，赶上山西的矿井放开承包，金大器成了第一批去那边下矿的年轻人。

当时遍地黑口子，老板抢口子，工人抢班上，都靠火拼。金大器个子并不大，干活不行，却靠着下手狠，很快冒了出来，成了工头。

哥哥是后来去到山西的，那时金大器在山西繁峙县金矿行当一呼百应，手下有一万多工人，在各个口子上都有干股。哥哥听说金大器最有名的事迹，是带领陕西人赶走了贵州人赵匡胤，夺下了浪家山金矿。那一次械斗动用了炸药包和自制步枪，死了十九个人却没有上报，其他的零星火拼中，金大器手下也不知过掉了多少人命。但他有一宗好处，对陕西矿工管理严格，不让他们挣了钱嫖赌喝酒，存下钱兑回老家，因此能服众。

哥哥在矿上的职责之一是负责善后，把在零星矿难中死掉瞒报的人拉去大同，在黑火葬场火化。都是晚上去，黑火葬场藏在巷子院落深处，只有一个炉子，专门接收矿上的生意，舍不得多放汽油柴火，肉烧不掉就乱敲乱打，不同人的骨灰渣子混在炉膛里，随便抓两把给家属。哥哥闻不得气味，站得远远的偶尔瞥见炉口打开，露出红红一坨火苗，心里就不是滋味。

几年后发生了繁峙六·二二矿难，瓦斯大爆炸死人太多，加上焚尸灭迹的行为被曝光，事情惊动了国务院，温家宝总理亲自视察，繁峙县的金矿一律关闭整顿，沙河镇三万多名矿工回家。以前在矿上死一个人，赔偿不过万把块，温总理发话一律提高到三十万，“要让黑心老板赔得倾家荡产”，从此矿工的人命就值钱了。

当时我在矿难的报道中，零星看到了金大器的名字，但不知他牵涉多深。几年后金矿重新开张，我去哥哥的矿上玩，才听说那次金大器上了通缉名单，逃到北京被抓，坐了一年多牢。因为他不是主犯，只是在矿上有干股，其他事情又没被牵扯出来，刑期不长。

但出狱之后形势大变，黑口子和矿工人数锐减，山西矿井的战国时代已经过去。金大器不再呼风唤雨，只是在重开的一些矿上有股份，以后又去了甘肃包矿。

在哥哥打工的矿上，混乱年代的遗迹比比皆是。早先据说能行船的沙河，因为地下口子太多已经只剩下沙坝，平地上的黑口子被炸塌封严了，山上却四布采空废弃的黑口子，没有任何标示，就那么张在地面，四周覆满荒草，走近了才看见，房子大的黑窟窿，深不见底。人一旦失足坠入，永不见天日。山体张开大大小小的裂缝，可轻易吞下一个人。

半坡上有一些石洞，塞着石块和蛇皮袋，尽管正午阳光强烈，却莫名透出一股阴森森的气息。以后听家乡人说，这些石洞里面大都是出事的矿工，有的长年荡在山西，无亲无戚，随便往里一塞，堵上些石头。有的死于矿难，有的是被谋害。有时路旁一捆苞谷秆子，伸手一摸，会摸到一手的臭。井下的大小岔洞，水仓和边沟，都能轻易藏匿一条消失的人命。

这地方出产金子，石头上带着金线，在哥哥工作的选厂里淘出来，连碾子下汰余的槽泥也带着幽幽的反光，却似乎遭到了诅咒。正像金大器的名字，有人说他姓金，正该发在金矿上。松杉河一河二岸的人大多也姓金，都依托金大器的势力，在金矿上当炮工抱钻机，工作时间短，工资高，胜过裸体背矿石袋的贵州人和大凉山彝族——直不起腰，更别提终身洗不干净的煤黑子。钻头下弥漫的粉尘，却最终给这条河带来了灾祸。

爆炸发生前的那些年，金大器在家乡已经成了传奇。在我家引起的明显变化，就是爸爸提到他时的语气。

据说有一年金大器回乡，走到安康市，县城四大银行的行长争着去迎接，想要拉他存手上几百万的现款，十元的票子装了两口小皮箱。他成了县首富，第一个身家突破千万元的人，销了案底，当上了政协委员。

救活金大器的事，以前爸爸只在抢案发生时提到一次，以后教育我们时都略去了。眼下却常常在有外人时，似乎随意地提起来，结论也改了，说是“看来他就是有命”。相比于成为首富，金大器当了政协委员，似乎是对有大学学历的爸爸冲击最大的事情，他常常捧着茶杯，看着水汽氤氲上升，一边说：“一字不识，当了委员！”重音落在“委员”两个字上。对爸爸那一代人来说，这两个字通常是在电影里出现，和特定的大人物联在一起。

在内心深处，爸爸或许希望着金大器有天还会自己来拜访他，答谢当初搭救的恩情，甚至是在矿上找点机会。我们心里，也模模糊糊有这种念想，一遍遍试图回想他十二岁那年，和老爹一起来我家答谢的情形，据说当时我在场。自然，金大器再没出现过。

不过他倒是去找了小时候给他算过命的李瞎子。李瞎子就住在松杉河口上，一场高烧过后瞎了眼，却成了半仙。金大器小时候，家里穷得讨米，不务正业，李瞎子却对他老娘说，将来这娃子要发达，当人上人。眼下金大器想起了这事，带了些礼品去答谢瞎子，要他当面再给自己查一道。言语之间有些傲慢，李瞎子说莫看你现在风光，你将来还要落到讨米。

在金大器最终衰败之后，这件事情也流传甚广。尽管在我看来，李瞎子算得一点也不准，譬如他给我查八字说，我上学只能到初中程度，娶个能挑水的媳妇。

大爆炸之后，金大器隐隐有了走下坡路的迹象。主要是他好赌，出手太大，赌运又一向奇差。

那次去沙河镇玩，哥哥讲了金大器在赌场上的事。他喜欢诈金花，不封顶，不开牌，往桌子上掼现钱，一叠子一叠子的，从银行新取出来，像拿刀砍出来的齐整，最多的一夜出去一百五十万。不管牌大牌小，他一律猛弹，到了后半夜，有时开了牌也没看清，糊里糊涂地输了，也不排除人家打夹胡，套他的钱。

暗地里都说，他的人命债太重，挣来的钱，注定要从赌桌上流出去大宗。哥哥说，金大器手上最多的时候有三四千万。但再多的钱，也经不起这样输。

一个证据是，他子息不行。金大器年轻时说不起媳妇，后来发达了找了个年轻媳妇，但生了个儿子是脑瘫，顶多只能歪着个头靠在轮椅上，眼睛是斜的，时常流着口水，说不出话。这个儿子在老家放过几年，后来就呆在金大器在县城置的房子里，没有什么人见过。

哥哥觉得，金大器衰败的根子，是他不恤下人。大爆炸之后，金大器手下的几个带班工头分散到四方，以后都赚了大钱，身家过亿的有好几个。在合伙开采金矿当中，金大器独吞了收入，然后说口子亏损，得罪了伙计。“不然他有那么大势力的人，好比树高了要倒，有周围的树撑着，稍微依靠众人扶持，哪里倒得下来?”

人一旦走下坡路，事事不顺，几次投资失败，后来难以为继，金大器竟然还去找过当初的对头赵匡胤，赵倒也大度，让他在矿上管事，只是他又看不上小钱。国家整顿矿业，钱比以前难挣，以前的伙计也不愿让他参与投资，就这样一步步塌下来，赌瘾又戒除不了，三五年就见了底。

到近两年，有人看见他在广佛镇上打小五块的麻将。还有人在街上遇到他，给他递十块钱的烟，说你抽惯了好烟的，我这孬烟你莫甩了。这人以前曾找金大器弄个事做，金大器态度大套，说你能做啥子，现在故意挤兑他。金大器拿出自己的烟，是五块的红河。

亲兄弟没有挣到钱，自己衰败了，爹娘没有足够的老本，显然也是他不恤人情的例证。那天我们离开时，老父亲仍在院坝里砸煤炭，老院子静悄悄的。走到停车的荷叶沟口，我看到桥头有块碑，讲叙了修桥缘起，说以前只有木桥，年年被水冲毁，“有志之士金大器”捐资修建了这座水泥桥，方便乡亲。碑志大约出自一个有文化的老年人，给了这个不算评价的评价。字迹尚清晰，墨色的底子有些显出灰白，落款是2002年，就是大爆炸的前一年。

那一次我们还得知，当年爸爸救活的并非金大器，而是在老屋里为我们催水泡茶的二弟。十二岁那年到家里来答谢的，也是老爹和二弟。

## 三

接到哥哥的电话后不久，我回了一趟家乡，在县城去看了金大器的房子。

这是新区的一幢小别墅，看去半新不旧，栅栏门关闭，人去楼空。邻居说，房子买下时花了八十八万，是个吉利的数字，附带有五个门面。以往金大器的媳妇带着儿子住在这里，媳妇喜欢外出打牌，也是把栅栏门一锁，儿子留在家里，躺在轮椅上看个电视，只能固定看一个频道。据说他的心里完全明白，只是动弹不得，表示不出来。有时情绪激动，就会造成痉挛，需要服用缓释药，每天要一百多块钱。金大器发达时这不是问题，眼下就困难了。

金大器当初在西安也买了房子，后来出手抵债了。有人劝他在北京投资，他不感兴趣。巅峰期的时候，他过生日要开车去北京，为此还出了一次车祸，差点搭上命，但却只想到在家乡置业。这幢县城的房子也早已抵押出去，只是还没有被法院拍卖。一侧的五个门面都关了门，以前营业的广告耷拉下来。一间成人用品店无人售货的灯箱还完整，只是门面内空空如也。

金大器自杀以后，媳妇带着脑瘫儿子住到了娘家去，不知道是否还能回到这座屋子里来。

见到哥哥，他说自己去参加了金大器的丧事。

和金大器遗书中交代的不一样，他的丧事很风光。哥哥说，殡仪馆通知金大器的家属后，金大器当初的手下，现在的大老板别健派弟弟别勇去了市殡仪馆，提出把金大器的全尸运回平利土葬，说他是“给平利带来了改变”的人物，殡仪馆不答应，市里实行统一火葬，人到了那里就拉不回来，最终别勇出了一万块火化费，把骨灰拉回老家荷叶沟下葬。

谁也没想到，葬礼上去了那么多的人，老院子院坝都坐满了。别健虽然没亲自露面，但让别勇另送了一万块礼钱。有别健主持，远近跟金大器有过渊源的人都来了，包括一个叫羊娃子的商洛人，接手金的口子挣了钱，上了五千块钱礼，又送给金大器的老爹五千。

公安局一个退休副局长送了一千，以前是抓捕金大器的刑警队长，金大器在看守所和他结下了交情，以后让他在山西的矿入干股。这位副局长还在葬礼上大骂县农行的一个行长，这个行长当初拉金大器存款，三个人交情很好，这次却没有来。大大小小的煤矿包工头和在金手下带过班跑过井的人，都送的五百一千，似乎大家在这天一齐忘记了金大器为人的短处，念起了与他的渊源来。车从院坝一直停到桥头，封严了道路的荷叶被踩成一地绿泥。收的礼金可能有七八万，够他的媳妇儿子支持一阵了。丧礼上脑瘫儿子也出场了，歪在轮椅上，似乎是冷眼旁观父亲的身后哀荣。

听丧鼓的时候，大家谈的都是山西下矿的往事，感慨了一番，似乎这个人没了，那个陕西人叱咤四方的年代也就真的逝去了。哥哥那次带我去荷叶沟，无非也出自这种心情。至于说那些躺在病床上和田地里的尘肺病矿工，没人有心情想起他们。

赋闲在家的哥哥送了三百块。他这次才告诉我，自己刚去山西时，给金大器当过六天司机。给金大器当司机的感觉也不好，他到哪里去吃饭去要，不安排司机吃的要的，只是让在车里等他，离开一会儿都不行，当下人的感觉太明显，只干了一个周，金大器大概也意识到这样不合适，给哥哥调换了一个管伙的职位，这样慢慢扎下根。

以后金大器换了好多司机，出了两次车祸，大约都是老司机受不了他的做派，只能找新手。

在葬礼上也有人揭金大器的短。一个邻居说，金大器小时候家里没吃没穿，腰间系一根葛藤，手里拿个编织袋，经过别人的苞谷洋芋田，顺手掰苞谷扯洋芋，往袋子里一装，别人还不敢搜他。一个瞎眼老头颤巍巍地摸索前来，说金大器几年前向他借两万块钱急用，他的几万块钱是在金大器矿上眼睛失明的赔偿，心里想这么大的老板，借点钱不好拒绝，结果一去无回。他并不知道，当时他面前的金大器，已经进入了县法院的失信债务人名单。在葬礼上，老人拿不出借条来，只能抹着紧闭的眼窝里渗出来的泪，发呆地听人唱凄切的丧歌。

金大器埋在荷叶沟里面，老屋的地基上，坟垒得不小。哥哥说，假如他眼下不死，再拖几年，未必还有那夜的风光，也帮不到身后的媳妇儿子。

他大约也是想到了李瞎子的话，决心不再落到童年讨米的地步，自己结了这个尾。

# 抬棺之路

## 一

到吴利志大姨家的坡，比意想的要高。主要是滑，一路黑泥巴。所有略微成形的东西，前人一脚下去，就践踏无存了。

人住到这样的坡上，就难搬下来了。剩在了这里，和沟里断了联系，除了下河一条线，来往都是横坡路。想不出当初为什么住上来。

秋天的末尾，四望已经发黑。地倒是多，没有平的。湿湿的斜搭在山脊上，怕会揭下去。房子在的地方，是一小块平地，像也不够安稳。

大姨的身体也不安稳，肠子烂了，解不出手，好不了了。姨爹出坡做活路，大姨在柴房里一根绳子上吊了。

柴房里现在空荡荡的，一块平展又有些微微凹凸的地，像脚趾一点点踩出来。看不出发生过特别的事。人都在堂屋里，丧鼓是必备的程序。虽然她是横死的，却是一个大人，生养了儿女。

堂屋里人很挤，电灯光显得有些不够。除了大姨生前的为人好，也因为是春节，出门的人都在屋里。人气加上生了几堆火，热气是足的，和大门外的黑暗两样。我把 MP4 放在棺材的大头上，棺材看起来很不小，大头尤其大，黑幽幽地矗在堂屋当中。非要这么多的人气热闹来陪它，才能调和下去。这晚上的丧鼓，和我以前在八仙听过的不一样。

他们唱的是整段子，不讲究歌郎对唱的口彩，一人一段，似乎是这样才能让每个人发挥。歌词也是我以往没听过的，譬如秦雪梅哭五更，一大段一大段，短的是七个字，长的拖到很长，似乎每一句一段之间，已经拖过了五更，回头来却仍在一更天气，慢慢地哭起走。这段词算是应景的，却叫人心情压抑，下一段就轻快了，叫《与姐说事情》。

从正月唱到腊月，每月说的虽然有些大道理，却总归是男女的私情恩怨，半隐半露的调情，譬如“塘里鱼多浑了水，姐儿郎多无好人”。似乎完全不应景，脱离了丧堂上的气氛，却又像正是这里需要的，没有这么一段，有些拉紧到了限度的东西会断掉。

人们脸上的灯光，在眼窝和鼻翼两侧悠悠地摇动，似乎正在活跃起来，却又被催眠。夹杂着锣鼓单调尽职的伴奏声，只是到了一大段的收尾，才昂扬起来一小会，或者是看歌师唱得实在太久，小小地敲锣示意一下。还有进来端茶递水加木炭的人高提着茶壶，隔三岔五地喊“闯，闯了”，大有他们为大的意思。

棺材里的死者，这时像是被人忘记了，但这忘记的气氛也都是为了她。好比一堆人到病房探望，忘掉了床上的病人拉起家常，但这种忘却正是病人需要的。棺材里的大姨，似乎也放下了生前的病痛和怨恨，魂魄浮浮沉沉地听着丧鼓和人声，度过这在家的最后一晚。只是不知落单的姨爹在哪里，如何度过。从上这架坡起，我就没有见过他。他不习惯在人前现面，最喜欢的事是顶着月亮做活路。

几个老歌师中间有一个小伙子，唱的丧鼓却格外成套，声气也好，他唱了一套看花灯，自然是这高山上万年没有的景致，早些年大集体时代在广佛镇还有点影子，那时公社有个文化站。他唱的景象，却让人想到汴京洛阳这些大地方，雪打灯和浪子燕青之类的典故。

等他过了午夜下场，坐到我们旁边烤火，拢起的手背里透出微红，说是在东莞打工，长年只回来几天，初七又得走。丧鼓歌是向邻居刘家老汉学的，刘老汉过世了。刘老汉没有儿子，家里三个丫头，大家逗祸疯起来，常常一铺滚来滚去。后来三个丫头都出嫁了，屋里也没人了，和这沟里很多人家一样。小伙子给我补念了刚才没听全的韩信算命，还说他会一首最长的丧歌，要唱一百多种树，山上的树都唱全了，可惜没有锣鼓，这么干说记不起来。

不知我们的后半夜怎样过的，那个 MP4 也没能坚持一夜，因为用高品质录音，电耗尽了。有限的几间屋里没有住的地方，但我又像是到哪儿眯了一觉，或许是爬楼梯到了楼板上。

丧堂上的多数人，则要和延绵不断的丧鼓等来还阳的清晨。火堆暗淡下去，气色冷起来，外面可能在下雪，雪又没下下来，变成了湿气，早上的路要更难。

## 二

五更吃了炸油豆腐，天亮开了饭，人补足了力气，棺材就要上坡了。

坟地在两里路外的半山，从这里过去望不见，只有半腰微微隆起跟脚又深陷下去的山坡。

人在院地里，用很多股破开的竹篾拧绳子。说是这样的绳子最能承力，叫人有点担心，却又只能相信。绳子打成酒盅粗，一股股地挽上堂屋里的棺材。记不起棺材是怎样出屋的，除了十几个扛硬股子的，多数人们赶到前面。这次的上山据说跟以前的都不一样，忧虑的气氛头晚丧鼓时就在低声传递，到了早晨次第加重，到棺材离开高板凳的一刻，忽然就变成了人们肩上的一座山。

等到棺材的大头转过屋角，身上还搭着很多根麻绳，像是一只草皮，面临的是忽然收成一条线的横砭子路，这是所有出丧路中最危险的，一脚落空就会棺翻人亡。人群呼啦啦散到山坡上，用不着人喊，自动宣告动人心魄的时候来了。

棺材一上小路，都官呼喊指挥，重心忽然降低，抬棺的人低吼起来，下脚寻找着力处，棺材身上七七八八的绳子也都被人挽住了。到陡坡的地方，棺材几乎是斜着，上面有人拉，下面除了抬棺的十来个主力军，有众多的手推，我也是这其中的一双，却担心棺材会忽然塌下来，把我们砸成肉泥。脚下根本不是路，只是坡上的烂泥，抬棺的行列中，或许没有人是踩在路上的。人群身后，却留下了狼藉的一幅脚印，或许长时间不能复原。

后来我换到了坡上去拉绳子，似乎稍微安全了一点，却看得更清楚惊心了一点。过于庞大的棺材压在矮下去的人头上，像一堆蚂蚁搬运着倾斜的棺材，稍微一脚踩空，外面就是黑色倾斜的万丈深坡，没有任何停留阻遏之处，棺材会一路跌到谷底，死者抛尸，棺木粉碎，棺材下的人被砸融，像眼下被践踏的泥土。那些在棺材外面和下面的人呢，他们像是蚂蚁的不顾身，似乎意识不到眼下的险境，却又对危险绝对清醒，显示着竭尽全力。

在两三个最危险的拐弯处，棺材的大头往外凸出，难于过身。似乎有一瞬，棺材忽然定住了一下，扶持它稳定的力量和重力到了临界点，僵持着，下一秒立刻会崩溃，局面万劫不复，或许已经走向崩塌。棺材下面和外面的人们，此刻或许最好是放手奔逃，他们已经挽回不了什么，也保不住自己——在我心里，这个过程已经在发生，却眼睁睁看着不能动弹。但他们却并未奔逃，肩膀、手臂的力量和重力的较量中，不知是谁加了一把力，鼓了一丝劲，或者只是多坚持了一瞬，改变了平衡，忽然越过了那个临界点，重新回到了人力可控的范围内，继续在只是一条起毛的路上前行。

这中间或许也有我抓紧那条绳子的一小把力，虽然在棺材上下遍地铺开的人手里，这小小的一把力似乎可以忽略，也说不上在攸关的时刻，哪一条绳子和竹篾真正承上了力，哪一条又是虚的，哪一只腿脚踩实了，哪一根腿肚又在闪筋打滑。不论如何，棺材在一路惊心中前移，本身一直保持着大致的平衡，我的随时要跳出来甚至和棺材中的人一样死去的心，又时时落到心腔里，继续随着人列前行。

在家乡的黑色高山上，一群蝼蚁一样的人疯狂又清醒地努力，像在一个祭祀仪式中，在横坡的羊肠小路上搬运庞大的棺材，最终平安到达坟地。这看起来是个完全不可能的过程，竟然实现了。棺材平平地落进浅浅的坑中，解下了身上的杠子、竹篾和麻绳，人们还一时没有出声，默默地听着落土的鞭炮。

直到鞭炮的响声沉寂，余烟飘散，刚才闭住的汗从头顶和身上冒出，话匣子终于打开。有人说道一次出丧的路比这还险，有人回忆几十年前陈家的出丧，棺材滚到了山沟里，死者睡在地里，只好对死者谢罪，重装一副棺材入殓。这是大不吉利的事情，抬棺的人是否受伤，却没有说明白。似乎一旦棺材落地，就是最大的失败，抬棺人的安危倒可忽略。

这群人眼下浑身是泥，抽着烟出着臭汗，松垮地站着闲聊，一点也不像完成了什么大事的人，但他们刚才确实是把不可能的事情实现了。棺材为什么要造这么重，为何要埋在这样的远处，又不能换个干爽的天气，或者水汽稍微干一些的午后，只能在注定这么危险的情形下过来，这一切都没有人提出疑问和解释，千百年如此下来，在死葬这件大事上，没有提问的可能。人们只是庆幸，丧事办的是时候，再过几天人们出门，就找不到这么多人手了。眼下要弄个人上坡是越来越难。

我跟着人流往回走，看到先前践踏的泥土和草木，像有一大架犁翻耕过，不大能回想起是如何过来。想到有次在白沙河听丧鼓，一个因为计生在镇政府门前服毒死的老汉，搬下了河住，遗言却要埋在高山的老屋场，从河里抬上去，几截陡坡路，节令也在大寒里。

人们在起灵前的片刻间隙里，纷纷在预测路程的艰难，哪些地方最可能扯拐，尤其是灰包石梁的几处之字拐。却无人议论，老汉为何要葬在高山上，至于出丧如此艰难。

在家乡，这只是一件已经决定，必须去履行的事。就像死亡本身。

## 三

我到底没再见到姨爹。往后的几年，听说他一个人住在山上，和人照面的时候更少，在月亮底下做活路的时候更多了。割漆的季节，他半夜十二点起床，趁着大月亮一直干到天明，夜里割口子漆流得快。天亮了，他到地里继续做活路，一直到下午四点吃饭睡觉，晚上再起来。他也在月亮底下薅草掰苞谷，说是没有太阳晃眼睛。他一个人要收一千多斤苞谷，割二百多斤漆，养一头肥猪。

有段时间，人家介绍他和邻居一个寡妇搭伙，那个女人的丈夫病死了，拖了两个半大娃子。他的大女儿尖心尖意反对，把这事打破了。他种的粮食杀的肉自己吃不完，能帮衬两个出嫁的女儿，一旦搭了伙，女儿就落不到了。还有个原因，是当初大女儿差点嫁给了那个寡妇的大儿子，又没弄成，落下了恩怨。

他就还是一个人住着，做活路。

## 画家头顶的利斧

第一次见到画家，他和小指在瓮水沟高处找什么东西，人看起来像挂在岩上。后来他们下到水边，离开小路，踩着跳石往上走。画家脚跟有些一闪一晃的，不如本地人小指灵活。在一坨庞大的树疙瘩旁边，他们停了下来，像是有一个大的发现。

这截树疙瘩依稀还看得出一棵大树的前身，不知何时遭到毁灭，又为什么力量搬运到这里，斜躺在溪边，一半淤在沙里，似乎终于获得了安宁。树桩染上苔藓，下半身是青的，上半身有些发黑。中间平平地像一个案子，案子表面像是特意有些下陷，凹槽里长了一窝不知名的青草野花，又有点像花坛。

画家和小指商量，如何把这么大一个树疙瘩弄回家去，做一个不错的书法案子。为此需要砍掉案子周围的几条树根，斫平表面。我明白了他们是在找根雕。

根雕近年在我的家乡很兴盛，山上长得略微成型的树根几乎都被掘走了。我对画家说根雕破坏生态，不算是艺术。他摇着干瘪的架着眼镜的脑袋，用四川人的口音慢悠悠地说，你乱说。对于初识的人，这几个字显得有些唐突，或许是因为我唐突在先。后来知道，这就是画家的语气。

那天他们并没有带走那个大树疙瘩，实际上靠人手是不可能弄走它的，吊车又进不到沟里。我担心的那一坛青草和野花暂时还安全。

出了瓮水沟，小指一辆摩托车把我们两人带到古仙洞水库旁边。画家身体单薄，在我和小指之间的座包上几乎不占位置。头也很小，感觉一团乱发飘动，似乎在乱发中消失了。

画家的住处在水库螺丝嘴上。

一个柴棚子，有些柴栅缝隙里塞着破衣服，蒙着带穿眼的塑料纸。顶上搭一块牛毛毡，有些地方耷拉下来，存了一兜雨水，疑心哪天会忽然兜不住倾泻，成了灭顶之灾。几乎看不到床，后来在屋角的柴禾和树疙瘩里，依稀看出一角褥子，似乎特意要把入睡的人收起来，为的是避风，却让人想到行将就木的成语。

显眼的只有一张大案子，案子上摆着毛笔墨碗，几张有字迹的旧报纸，和一两瓶水粉颜料。另有一张摊开的宣纸。地上几个像是雕完了又近乎不成形的木头罗汉和龙，木墩子上架着斧头，是下手初雕的工具。

画家在这里一住五年。

最初的缘由，据说是水库对岸崖壁上“古仙湖”三个大字。县上为了搞旅游，请一位本省知名书法家赐墨，画家的工程队承包镌刻，几个蜘蛛人挂在悬崖上叮叮当当敲凿，费时半年刻出一米见方的三个大字，又染上红漆。大字刻好了，成了一处景点，工程款却迟迟结不清。画家一来二去讨要尾款，不知哪天心思一动，索性在这里住了下来。他有老婆孩子，在陕南并不算遥远的另一个县，也有房子，但他很少回去。在县政府工作的小指，也是他在讨账过程中认识的，是他在本地最好的朋友。

起初大家还叫他张老板，渐渐地老板不方便叫了，说是叫花子也牵强。他自称为画家，又说自己是那位知名书法家的弟子。但画家和书法家的名头，本地人还是不习惯。他本名张雪峰，也不大有人叫，似乎不太像个地道的乡下名字。

这次他自称师承大风堂下，也就是张大千的第三代弟子。又说是毕业于四川美术学院，在重庆黄桷垭。说起那里的罗中立来，他似乎并不是太佩服，也不太了解。我有点疑心他提起张大千，是因为自己姓张。又说之后，在我们市的《安康日报》工作过。这些叙述，就像山水画的线条，像是接上了，中间却总有断头。小指大略听他说过少年父母双亡，靠国家救助上学，早年漂泊到陕南。

画家住的螺丝嘴，是水库旁陡崖伸出的一条支脉，地势从画家住处逐渐下降，到达水面，县上建了一个观景码头。中间有一段收为不足一米，小路两边是俯临水面的陡崖，路侧有个地方泥土陷落下去，成了茅草盖住的洞，一脚踏上去，就没有人了。画家日常清晨的行程，是提着一个空桶，走过这段带着杂草露水的小路，到水面旁放下水桶，呼吸领受，眺望一番，再打水回来。靠近岸边的水不大干净，专门买了漂白粉自己加。

没有煤炉子，开水用柴火烧，打了个土灶。吃的菜从县上买点回来，有时附近农民也给点，画家用字来换。

晚上，早早熄灭了蜡烛，躺在黑定了的柴棚里。四周几里也黑定了，没有人户灯光。野物短促的叫声，含有惊惧，另有水库里草鱼跃起摔籽的动静。风透过柴栅，有时柔和，有时生硬。如果有月光，也能穿过柴笆透进来，像旧报纸铺在地上。

夏天去螺丝嘴，我带了一条云烟。小指说，画家自己抽白沙，给别人装苏烟。他的好烟藏在棚子楼上。

画家很意外，随即致谢收下了，连连让座。实际无所谓座，只有几个木墩子。又拿出几个一次性杯子泡茶，说是好茶。我们端着茶，在木墩子上坐不住，凑到案子前看他正在忙活的一幅大画。

这幅画材质有些特别，近于绸子的，画家说是绢丝。画上是十来根大小华山松，弯弯拐拐地长在一条起伏的山脊上，有几株尚未点染。他说这幅画还要几个月，省上有人委托他，绢丝也是人家出的。画完之后，要送给一位老太太祝寿，而这位富平县的老太太，就是当今领导人的母亲。

我不能相信他说的。但他说，今年老太太会回富平县过生日。他的神气里显出，这是他毕生最重要的画，也会使他的人生全然转折。

案子旁边还叠着一张宣纸，打开来是一幅设色人物，画着一个美女，看起来很像范曾的风格，果然宣纸下面压着一幅范曾的人物画册，看来是临摹之作。倒感觉这个美女的眼波流动，比他的山水和松树生动。

这时一个当地人进来，拿起这幅美女图就要走，说是让画家送他。画家着急说这个你不能拿，我凭啥子要送，要是写废了的书法那些由你拿去。那人说你住在这，还不是用了我们队上的柴火。画家说我住在这，是县政府欠我的钱，政府允许的，还要搞旅游景点。我烧了你个啥子柴火。那人到底还是拿了一幅字走了。画家很不快的样子，又无可奈何。

几个人说到县上对这里的旅游规划，画家要申请修一条路，通到水库码头。“这个棚子，有这么个画家，住了六年了，也能算个景点吵。”说起我在杂志社工作，他托我找机会报道一下。“说这里有个张大千的三代弟子，隐居在陕南大巴山，独创雪峰画派。”

小指劝他不如叫女娲画派，可以和县上力推的女娲茶叶和旅游品牌联系起来。画家说他再想一下。

我们想去水边划木筏。画家把收藏在窝棚侧面树丛里的桨找出来，是木筏的主人托他保管的。我们一人一根扛下码头。画家跟着我们下到码头，却并不上筏子玩。他虽然生在南方，却怕水。但他告诉我们，木筏的主人在水库里下了几张粘网，早上收了一次，估计这会儿网上又有鱼。

我和小指把木筏划到水库另一侧，正在三个大字的崖下，找到粘网的线头，非常费力地把沉重的粘网拖出水面，果然网头和网底都挂了大小几条鱼。起了鱼，又原样把网放进水里。画家蹲踞在水边，望着我们动作，又似乎在眺望崖壁上那三个大字，意外决定了他后半生的命运。他渺小的身影，似乎守着脚前的界限，和人世所有的收获无缘。

前年秋天，接近中秋节时候，小指去给画家送米，顺便拿了几瓶啤酒。到的时候，棚子里另有一个人，画家见了我们高兴起来，说这是他的朋友，给他带来了烤鸭，正好喝啤酒吃烤鸭，赏月。这几句话里，少有地透露出一丝豪气。

来人似乎是个画商，又说是诗人。认识很多人，几乎提起来没有他不认识的。他大约是要当画家的经纪人，帮他搞拍卖会之类，又说找日本人收藏。又谈到玉石，原来他也贩玉，手腕上露出一个玉镯子。画家喝了点啤酒，舌头有点大起来，说到当初和省长徐山林很熟，只是后来人家发达了，不愿意去找。

问起那幅祝寿画的下文，他说画好了，人家送过去了。似乎这幅最重要的画并未改变什么，又回到了从前。

切开的烤鸭装在两个塑料袋里，味道不错。月亮正在升起来，我们告辞了，留下画家和他的朋友，晚上挤在那张柴禾中的床上过夜。

夏天路过古仙洞，看到螺丝嘴侧面的茅棚变成了两间房子，顶上还是牛毛毡，墙壁却已换成了砖。我疑心画家受到了县政府的资助，真的要把棚子建成景点了。

问小指，知道是画家自己葺的。“他起这两间房子不容易，自己去弄些碎砖，到水库里捡些漂来的木头，一点点垒起来的。”想要去参观新居，几次上下路过螺丝嘴，终究没下车。

这一年，画家的时运和他的房子一样，似乎终于有了转机，他得到批准，加入陕西省美术家协会，还获了一个什么奖。

在朋友圈里看到一条陕西新闻，隐居平利县古仙湖的画家被杀了。吃惊地打开链接，名字正是张雪峰。

连忙给小指打电话，说确实是画家出事了，还很残忍，斧头砍死的。

画家出事前一天，小指到水库玩，带了米上去。第三天他得到消息，协助了警方调查。

警方抓住了杀人的小伙子，在他房里找到了抢劫的烟。

小伙子是水库下边的人，在外地打了多年工，去年回了县城，和一个本地女人同居，女人大他七八岁，有两个孩子。

小伙子一直没找工作，两人时常吵架。那天又争嘴闹翻，女人去茅崖子一个朋友家，不肯回来。小伙子郁闷，开着小车上古仙洞散心。他这辆小车是租来的，每天租金一百二十块，就要到期了，租金也没有着落。

走到螺丝嘴，小伙子停了车，到画家屋里玩。似乎是画家说出去了获奖的事，小伙子以为画家有钱，就问他借。画家不肯借，口气也不客气，一来二去揉起来。小伙子把画家弄晕了，爬上楼去搜，搜了几条烟下来。不该这时画家又醒来了，扯住小伙子腿脚，小伙子顺手抄起木墩子架上的斧子，对着画家的头劈了几下，脑浆出来了。小伙子就拿烟走了。

小指说，假如画家没有得那个什么奖，或者自己口风紧些，大约不会有这些事。刚刚看上去要起势了，却送了命。

家属从邻县赶过来，不肯火化尸体，要拿到政府当初欠的工程尾款。画家就一直躺在医院的冰柜里。

过年回家路过螺丝嘴，才去看了画家的旧居。现场贴着公安的封条，竖着“命案现场，禁止入内”的标牌。翻过去打开柴笆门，地上散落着各类东西，大案子上依旧摆着笔砚和旧报纸，停留在出事那天。只是斧子不知去向。房子虽然翻修过，屋里却没有什么变化，柴禾里狭窄的床，依然在原来的地方。

坡上亭子里添了一块纪念碑，是出事之后，画家在省上的几个朋友过来修建的，背面刻着“张雪峰艺术简介”，介绍他毕业于西北大学中文系，又让从这个学校毕业的我感到惊讶。碑文称他：“常年潜心山林，笔下散发巴山蜀水的灵气，心胸气度会给当代物欲横流的社会带来积极意义。”末尾还说“为他的家庭失去这样的好丈夫、这样的好父亲而惋惜”。撰文者署名清河散人，就是那个带烤鸭来喝啤酒的朋友。

纪念碑顶端镶嵌了一张画家的照片，窄小的前额上斜垂一绺头发。似乎是一生清苦的标记，又预示利斧劈开的轨迹。

策兰说，存在是一把劈开头颅的利斧。从他那天忽然决定抛弃生意，开始当一个画家，这把利斧就悬在他头顶，等待有天落下。

## 战栗的少年

货运部的打包活计结束了，二十来个人走出鞋业基地，来到附近一家烧烤店外边，摆开了两张条桌。货运部下班一般要到晚上十点钟，大家回到租住的宿舍楼略作洗漱，就上架子床睡觉了，享受难得的免于暑热的睡眠。今晚聚餐是因为我的来访，我幺舅家的米表弟是这里的负责人，十来年当中，聚集起了一群近亲远戚。除了两个湖南老鬼，桌边清一色的是陕西老家人。

广州十一月的天气不算冷，大家都穿着短袖，在罗冲围附近这个有些偏远的地带，晚上烧烤店的食客并不少。表弟是个大方人，叫了六扎啤酒和几十道荤素烧烤，一盘盘地铺满了桌子，白天货运部里嚯嚯撕胶带打包的气氛，被清一色的乡音劝酒和聊天声音代替了，一时间有点恍惚这是在老家逢年过节的场合。

货运部打工的人群当中，除了我们这一辈，已经增加了好几个下一代的年轻人，他们大体挨坐在一起。坐在我对面的一个远方侄子个子挺高，看上去却刚刚成年，顶着一头浓密的黑发。开头说自已不喝酒，却举杯和旁边的两个伙伴相互碰起来，又站起身来敬了我一下。我微微欠身跟他喝了，看着他白净脸上的微红，想到先前在货运部夹二层的办公区里，米表弟问他话的情形。

起先米表弟介绍他叫成林，是阴坡垭上志家公的外孙，玉表姐的孩子。阴坡垭子的地名和玉表姐的名字让我一下子想起前年回乡听到的那件命案，案子里受害的那位表姐，似乎和玉表姐是同一个人。

这件命案当时震动乡里，原由是嫁到了塘防街的玉表姐迷上了快手，想要当网红女主播。表姐夫常年在山西打工，过年回家发现事态已经不可收拾，表姐不仅想当女主播，还认识了一个在西安的网友，两人发生了关系，玉表姐摊牌提出离婚。

姐夫试图挽回，让玉表姐看在两个孩子的分上，却没有效果。两人从晚上争吵到天亮，天亮时姐夫给表姐下跪，表姐当着下跪的姐夫的面刷手机，跟网友发语音说要去西安找他过年。不善言辞的姐夫怒从心起，转身去厨房找来菜刀，对着低头刷手机的表姐后脖就是一刀，人倒地后又是接连几下。

两个孩子早晨要去上学，穿好了衣服在楼下等大人骑车送，听见动静也不敢上去，后来大的一个麻起胆子上楼，看到半边楼板都是血，母亲倒在血里，头和身体近于完全分开，只剩一点筋缕挂着。父亲呆坐在床沿上，两手像在装血的水缸里浸过，对他说不要怕，我把你妈杀了。

来往路过塘防街，我看到过命案发生的二层小楼，大门紧闭，听说表姐夫自己投案去坐牢了，不知道有没有判死刑。两个孩子也不在这里住了。

我想象死亡的玉表姐的模样，她家是从耿家梁上搬下阴坡垭的，虽然回筲箕凹老院子来回经过，却没有留下印象，似乎她很早就出嫁了。但她毕竟是一个表姐，和发生在旁姓外人身上不一样。至于志家公，见到他总是沉默的，平时不大出屋，很难想见在他的儿女身上发生这种事情。近两次路过阴坡垭，屋子关门闭户，只听见路旁木缸沁水的声音。

那眼前的成林，是那天清晨上楼看见了命案现场的小孩吗？年龄似乎有些对不上，但听起来他就是同一个表姐的儿子。

我问了米表弟，他知道那宗案件，却似乎不太清楚是不是同一个人，转身随意地问了成林一句："塘防街那个死了的玉表姐，跟你没关系吧？"

小伙子回答："就是我们屋头的。"

语调平静又有点低沉。对话就没有继续下去。

聚会进行下去，桌面渐渐狼藉，啤酒持续流淌进人们的肚子，乡音的喧闹声高起来，说的大都是在山西下井或者过年回乡打麻将的事。对面的成林却安静下来，他没有再举杯喝酒，也不伸手取烤串，倒是头枕双肘，趴在桌子上打起了瞌睡，脸颊现出斑状的红晕。

旁边的另一个侄子用胳臂搂着他的头，忽然抬起胳臂来，说他在打抖啊。

从我这里看过去，成林的肩背正在微微耸动，两只裸露的胳膊也颤动起来，越看越明显。旁边的侄子说，成林平时从不喝酒，说酒精过敏，今天不知怎么主动喝了两杯，还敬了两杯酒，"我们也没有劝他，他自己喝的"。

有人说他是怕冷，我取出背包里带的一件轻便羽绒服，递过去给他披上。

聚餐继续进行，成林仍旧在打抖。我的羽绒服被抖在了地上，旁边的侄子捡起来给他披上，两人用手搂住他的肩背，仍旧止不住成林的颤抖。这件事让桌头坐的米表弟渐渐紧张起来，他走到成林的背后，伸手搂了一下，说他抖得好高，不是羊角风吧。对面一个表弟说不是，是酒摆子，让他抖一会儿就好了。大家继续吃烧烤喝酒，又说今天确实奇怪，他怎么会喝起酒来，大约是高兴。

但是他的抖动更形剧烈，从我这里可以明显地看出来是一跳一跳的，像是电影里打字机的撞针上下弹跳的幅度，旁边两个侄子的手臂完全压不住。问他感觉怎么样，想不想吐，成林也没有反应。虽然对面的表弟说是酒摆子不碍事，他自己就犯过，大家心里还是都紧张起来，米表弟让旁边的两个侄子把他扶回宿舍睡觉，留一个人守着看他怎么样。

成林依旧披着我那件轻便羽绒服，在两人的挟持下回去了。米表弟心中不安，说起货运部从前发生的两件事故。一个云南老头在这里打了几年工，干不动离开了，又想回来，米表弟让他回来了，谁知一回来就生病，长了一身的疮，说是败血症，同宿舍的人都不敢挨近他，有天早晨起来看他，已经没有气了。只好通知他儿子从云南赶过来，还好儿子从前也在这里干过，米表弟费一夜唇舌，喝掉半打啤酒说服了他，办理后事之外出三万块钱了事。大家怀疑他是吸毒之类感染了艾滋病，病发了专意投到这里来等死。

云南老头死后两年，住同宿舍的一个江西人中邪了，说他每天都看见鬼，就待在对面的屋子里，隔着窗玻璃望他。对面是一间空着的仓房，里面什么都没有，江西人却硬是说他天天起来都看见。并不是那个云南人，他也不认识，反正就是天天吓他。后来他实在害怕，有天辞了工，买了一张车票说是回老家，过了好久家里人打电话来，说他没有回去，也再未跟家人联系过。这边也没有他的消息，不知道他买的是去哪里的车票，从此失踪了。家里人想找货运部的麻烦，米表弟说人已经辞工了才走的，跟这里没关系，好容易打发过去。

米表弟说，十几年以来，他被这种事情吓怕了，今天这件事情也让他背上出冷汗。

我说是不是因为先前提到了母亲的事，他才会喝起酒来。有人说那不是的。成林虽然是玉表姐的亲生儿子，但当时并没在命案现场。玉表姐离过婚，成林是她在头一门李家生的，玉表姐再嫁到塘防街的时候，成林留在了李家。成林的年纪比那两个小孩大一截，今年正好二十岁。

杀死妻子之后，塘防街的表姐夫判了死缓或者无期，去年在牢里生病去世了。当天在场的两个小孩子，大的被奶奶领走了，小的送进了福利院。

聚餐快散场的时候，两个侄子当中的一个返回烧烤店，带着我那件轻便羽绒服。他说回宿舍后成林好多了，现在已经不打摆子，盖着被子睡着了，看来就是打酒摆子。他以前真的从来不喝酒。

容器里的啤酒几乎倒完了，烧烤还剩了半桌子，我与乡亲们告别，把轻便羽绒服塞进背包，准备明天回到北方时穿上。衣服上似乎还有少年人的体温。走到路边，一阵午夜的凉风吹来，我穿着短袖的胳臂起了一阵战栗。

## 血手

第一眼看见他，是在相邻一幢居民楼道里。

小区里有很多人，一直在喊："在哪儿？往哪儿跑了？"先前则是："杀人了！杀人了！"惊慌的气息四处闪动。他的影子在雕花镂空的楼道里晃了一下，似乎想再往高处跑，可是忽然决心放弃，出现在小窗口，说："我在这里。"

两个邻近派出所的警察奔去楼道，随后看见他被带下来。

他被夹在两个警察之间，穿着一件白衬衫，露着半截胳膊，从楼道口走到太阳下，我看到了那只鲜红的手，一直连到臂肘。

我没有见过这么红的手臂，一整条。最初一刹感觉是他受了伤，但马上又明白不是。

刚才听见"杀人了"呼喊的时候，我赶忙下楼，看见隔着栅栏的小区池塘那边人群骚动，依稀听到说一个姑娘被杀了，"遍地是血"。有人指着说栅栏上也有血，因为凶手是翻过铁栅栏逃到这边的。最初一刹，我想到是他翻越栅栏时受了伤。但不可能有这么多血，像是在血盆里洗刷过。

他的神情很平静。似乎他知道自己的这只手再也洗不干净，任凭移山填海，也没有力量能挽回刚才的事。我忽然明白了“手上沾了血”是什么意思，也想到上帝的诫命“不可杀人”。

警察带走了他，池塘那边的事情仍在进行，许多人围着靠近池边走廊一角，看不进去那边的情形。听说是公安在验尸，不能接近。

一个警察拿着DV，在园子里找证人讲述事发情形，他显然是初次做这个，显得有些生疏。一个老头断断续续地在回忆。

他是最先发现事情异常的，但他也没看到下手的情形。起初，一对看起来是情侣的年轻人在走廊尽头的池塘边说话，遛弯的人走过他们身旁，听到有些争吵，但没觉得奇怪。他也是走过了一圈，第二圈快走到那儿的时候，争吵声忽然提高了，接着感觉是小伙子做了一个动作，姑娘就倒下去，似乎还想抓住什么，免得向后掉进池塘，但她并没有抓到小伙子。小伙子似乎愣在那里，从这边看不见他的刀，但血流了出来，那么多的血，老人不由得喊了一声。小伙子丢下刀，翻身爬上栅栏逃跑了。刀落到地上闪了一下光。老人不敢往那边走，拿出手机打110。

“究竟怎么杀的人，我没看清楚，可能也没有人看清楚。就是血多。”老头仍旧有点喃喃地说，似乎对于自己没有看真切感到强烈的遗憾。

晚上，池塘所在的院子封闭，没有人进去消闲。

两个老人在闭着的院门口抱怨说，那两个人都不是小区里的，在燕丹村打工。两人分手了，男的想和好，偏生约在小区池塘边见面。大约女孩坚持要分手，男的事先带了刀，就捅人了。现在遛弯都没地方。

园子关了三天，有时疑心它再也不会开放了。这么一件严重的事情，似乎足以永久改变一切，就像对于那个男青年来说，杀人这个情节把他的人生完全前后隔断，正如他也强行中断了女孩的生命。

但在第四天，园子开放了，人们依旧在里面散步，跳广场舞，只是没有人走到走廊尽头的角落去。散步快到了那里，就回来。那里是平时人们喜欢看鱼的地方，摘下几片青苇叶掷下去，或者扔两块馒头，一群青鱼隐现的脊背，就会浮上水面。眼下远远看去，那里似乎还有一片血迹，已经变得暗淡，和在男青年手上的刺眼完全不同。

我很想过去看看，却和大家无形中遵守同样的禁忌。过了两天，看到第一个人走过去，到那里似乎停了一下，又往前走，走过长廊，绕着池塘遛了一整圈。这是正常的路线。后来又有人过去，到了那里，略为走快了一点。

我也走了过去。经过那里时，看不到什么痕迹，一点血迹都没有了。也许只是一小点，为蚂蚁搬走，尘气侵蚀了。那么多的血去哪里了呢，也许其实都在他手上。他像是伸手捅进了姑娘的脏腑，把那里的活气全都掏了出来。

但心仍旧一震，似乎是空气的振动，即使地上没有痕迹，空气和时间却与别处不一样了。毕竟，有了杀人这样的事，肯定有什么已经改变，我们只是表现得和过去一样。

到了晚上，前后一时无人，再次路过那里，心紧缩起来，和白天全然不同，似乎是触动某种禁忌，会猝然受到打击，甚至致命。屏息地走出几步，还担心那种重击会从脑后猝然到来，仅仅因为路过了这里，就会和那个青年一样，再也无从摆脱。

我想到一张前段引起震动的照片，一位孕妇遭遇计生办大月份引产，已经埋葬的胎儿被从土里挖出来，摆在母亲的病床上拍照，全身青黑的婴儿躺在扭过头的孕妇旁边，似乎这个场景之后，这位母亲无法再有日常的生活，和过去与记忆永久绝缘。

后来我在县城见到那位母亲，在为另一位孩子陪读，见面吃饭时脸上露出微笑，似乎已从那张青黑的照片中出来，并无什么损害，其中有种不可思议的豁免。

我们也像那位母亲一样，从命案的场景边走过去，没有遭遇真正的损害。季节推移，人们依旧遛弯，路过那里时渐渐不再停顿或疾走，又有了人聚集在那个地方看鱼，大人让怀中抱着的小孩站在水泥坎沿上，投掷青色的苇叶。似乎那件事被时间彻底地抹灭，和没发生过相同。

那只涂满了鲜血，再也洗不干净的手臂，属于那个青年，他现在或许已经走完了死刑的程序。

但路过了池塘边陈旧血迹的我，从此还是无辜的么?

捌 >>>

# 编县志的异乡人

## 一

第一次见到齐明，是在粮食局家属院附近的一条巷子里。他拿着一叠历代的县志，我口袋里余下的一百多块钱工资，要掏出八十块来换。

这叠县志大多是复印的，看上去比巷子风化的砖墙更旧，也比他本人更显老。在交给我的时候，他又有点迟疑了，说这是一全套，新县志虽然编完了，也想一直留下来。复印时他自己掏了不少钱，不是看在我对历史这么有兴趣的话，不会拿给我的。我不得不又加了二十块钱。

那确实是一整套，有康熙、乾隆、光绪直到民国时期的县志，还有民国时编的一套平利乡土志，另外是新县志面世之前单独编印的一本人物志。在手上摩挲起来，像是一叠陈年的落叶，远远比不上新华书店柜台里摆设的精装烫金封面的新县志光鲜。齐明是县志办公室副主任，新县志版权页上的“编纂委员会人员”中，他列在五人中的末尾一个。但其他几个人手中，却没有这么完整的一套历代县志。

他的口齿有点涩，不像是完全的平利口音。印象也不是我那时想象中名士修史的风度。不过他参与的新县志也确实不像我手上历代县志的样子。我们匆匆地分手了。

这套县志在我身边呆了几年，终究归于散落。我和齐明也再无联系，直到多年以后，在一个朋友参与编辑的《平利文学》上，偶然看到作者齐明的名字，打通了他的电话，去粮食局家属院看他。

这是一幢老式家属楼的底层，方便腿脚不太利索的老两口居住。老伴沉默寡言，像是农村人的样子。有一个儿子，但不常来，齐明也很少提到他。和八年前相比，除了风湿病引起的腿脚不利索，齐明似乎并无变化，但在面容和体态上，又分明老了很多。初识的那种生疏淡去了，连他的外乡口音，听起来也柔和了许多，只是和他的腿一样有点微微发抖。

他说到自己的老家，是安徽蒙城县，“就是笑星牛群代言的那个地方”，因为蒙城县著名的出产是黄牛。齐明是属牛的，比我大三轮。

我想到有次坐车从家乡去上海，沿途在山坡上看到络绎不绝的黄牛。有的在耕田，还有的一大群或立或躺在树林下水塘边乘凉。我还曾试着数这些黄牛的头数，想弄清从湖北到安徽一共见到了多少头黄牛。但并不清楚，那一大群牛所在的地界，是不是蒙城县。

至于蒙城县另一个著名人物庄子，我们那时都没有想到。

齐明是年轻时跟着母亲来的平利县，日本人占了河南，回不去了，母子只好就地扎根，成了大半个平利人。

说起那本十年前编的新县志，他说自己虽然挂名办公室副主任，连副主编也不是，实际却算得上是出力最多的，最初的筹备组连齐明一共三个人。前面从主编到副主编一溜名字，无非是县领导和文化局长，都是要挂名修史的意思，毕竟这是新中国成立以来第一次修县志。

他一个外地人，在平利县志上挂名靠前，似乎也不合适，但当初确实是因为喜欢写几篇小文章，从粮食局被领导借调到县志办，退休后又返聘，清水衙门冷板凳坐了十来年，下乡出差也最多。

说到出差调研，他来了些精神。本县有个先烈廖乾武，是建党早期重要人物，因为参与过南昌起义，是贺龙的入党介绍人，又跟部队南下到海陆丰，需要去查证这段经历。齐明和另外两人一起，从南昌逆水行到赣州，又顺流下到陆丰，途中还特意在东江坐过筏子，水急滩险，体会了当初起义部队南下的艰苦。在南昌档案馆还查到资料，廖乾武参加了决定发动起义的“小划子会议”，船上只有五个人，确证了廖乾武当时的领导人身份。这是修新县志当中最重要的事情之一。

新县志编出来，精装的一大册，有大半块砖头厚，却并不令人满意。原因是后期编辑上头强调“废除传统修史人物为中心的老套，重点展现新中国的建设成就”，各部局的人都把本部门近年的成绩指标塞进去，历史上的事反倒不重要了，县志成了一部统计数据汇编，这些数据又水分很多，互相攀比，开会扯皮也解决不了。早期筹备组的几个人反倒靠边站，无奈之下另行编了一本薄薄的人物志，印了几十套，算是留个纪念。

不论如何，“我一个高小文化的外乡人”，参与这件大事，也算是有缘。要说他和平利县的缘分确实深，远远超过了蒙城家乡。详细的经历，他写在一本回忆录里，最近县文联资助出版了。为了这本书，也费了好几年的事，最后总算印了几百册。“我不是非要出这本书，是领导先说了，换了届又没人管了，来回找人。”

我来时带了一本自费出版的诗集送他，他也送了我一本，书名叫《求索集》。薄薄的一本，里面大致是他在一些日报晚报上发表的小文章，尾页上标了四个字“内部交流”。他说，这是领导为了省钱，没有买书号。

## 二

回到宾馆，我打开了这本书。第一篇文章很长，没有发表过，就是他说的回忆录了。

原来他来本县起因是寻父。父亲是个塾师，抗战那年出门躲壮丁，一直来到了平利县，一年多之后，母亲得到了消息，带着齐明辗转到了陕南，寻找到了父亲，父亲却不久就生病过世了。齐明和母亲在平利县住下来，解放以后，齐明参了军。

没过两年，齐明所在的部队调派到安康茨沟的大山里伐木。那时没有电锯子，伐木都是靠斧头，树木又起码是合抱粗以上，一个人一天砍两棵就累躺了，又很危险。

当时齐明正在申请入团，接受组织考察，干活特别卖力气。遇到一棵胡栗头树长了个结巴，树虽然不是特别粗，却砍得特别吃力，斧子卡到结巴里出不来了。齐明不想喊战友帮忙，自己尽力左右别着往出拔。别了两下不动，下一把使了全身的力气，斧子没摇动，却听到嘎嘣一声响，紧接着胸口一阵剧痛，胸腔里什么地方别坏了。齐明往后坐到地上，一会儿就开始吐血。

后来检查，是因为用力过猛损伤了肺部。大山里医疗条件不行，创口感染转成肺炎，又发展成肺结核，险些丢了命。一场大病过去，齐明只好离开部队，转业到了平利县，进了粮食局。不知道出自父亲的什么遗传，齐明喜欢写点小文章，在单位办个墙报什么的。五七年整风，组织上让齐明汇集批评意见，出了两期墙报，齐明自己也难免写了两篇。反右一来，粮食局有指标，齐明自然成了“百分之五”。

以后的二十年历尽艰辛。丢了工作落户农村，一把锄头讨生活，中间旧伤复发时也想过一死了之，不过终究活了下来，熬过了“文革”，年纪已经五十来岁，旧病之外也落下了风湿。落实政策回了单位，老母已经去世，旁人劝说来这世上一趟，好歹成个家。没有合适的对象，只好找了个乡下进城做保姆的寡妇，就是一直不说话的老伴。没什么共同语言，算是搭伙生活。那个儿子，也是老伴带来的，齐明从十来岁抚养到大。

老家那边，以后回去过一次，也没什么人了。工作没几年，又要退休了，正巧赶上盛世修史，全国统一编地方志，返聘到县志办，算是参与了值得一提的一桩大事。

看完了回忆录，回北京途中，大巴经过高速路茨沟出口。茨沟地名我早有耳闻，隐约知道是个黑老扒[1]，山高沟深，虽然离安康市不远，却像是隔住的两个世界。这次看到路牌，想到在这么个陌生的地名背后，藏着他的人生转折。

后来又有一次，在参加一次公益组织的残障人士维权会议时，遇到一个被拐卖做过奴工的中年人。他本身并不是智障人士，却受骗被拐到茨沟，在深山里被迫伐木烧炭，没有工资，中间还有伙伴被打

① 老扒，指老林子。

死，埋在树林之下。他两次逃跑被抓回，第三次才成功，脑门上留下一道被钢钎杵下来的凹槽，嘴唇上也顺势有一个缺，像是兔唇。逃脱之后，他举报了这家黑窑，领人去那片山坡找同伴埋下的尸骨，却踪迹全无。

## 三

大约过了两年，我在县作协刊物上发表了一篇文章。恰巧这一期前言是特约齐明写的，其中也提到了我这篇文章，用了“乡情、乡音、乡韵”三个词。以后齐明打来电话，说到读了我这篇文章，又说他新出了一本书，想送给我和朋友各一本，让我们有空去他家。电话里他的声音抖索得更明显了一点，让我想起那几本发黄散落的县志，似乎虽然当初掏了一百块钱，仍旧有点对不起他。

几次回县，跟朋友提到去齐明家，但丢了一次手机，找不到齐明的号码。朋友一直说打听起来不难，直接去的话怕记不清地方，这事一直拖下来。心里像是欠了个东西，但欠久了，也就似乎可以一直欠下去，而他会一直在那里。

直到前一次回乡，在朋友邀我参加的作协几个文人的聚会上，遇到县城一家大药房的陈老板，碰巧认识齐明，问起来说，去年过世了。

这似乎使我意外，但也没有什么特别的情节，不过出于老年病。倒是去世之前的几年光景，让人有些无言。

因为两人都写文章，齐明又经常在大药房拿些老年治风湿的药，陈老板是齐明去世前几年交往最多的人。老伴走在前头，过世之后养子就更不曾回家照看齐明，齐明有什么事都是给陈老板打电话。

齐明的风湿病越来越重，腿打颤得厉害。有天快半夜他打来电话，说自己起夜下床摔倒了，在地上一直起不来。陈老板赶过去，把他送到医院，小腿骨折了。摔伤一直没全好，也缺乏人照顾，拖拖拉拉地就去世了。陈老板是事后才知道。

他的坟墓，不知埋在哪里，也没有搞告别仪式。一个外乡人，留在世上的痕迹，也只有县志版权页上不算起眼的那个名字了。

## 有裂纹的肖邦手模

### 一

去兴国路41弄那天，天气下着小雪，雪又化成雨，浸透了身骨。

没有电梯，按了半天门铃，蔡容曾下了半截楼梯来开门，她腿脚已经不大灵便，眼睛也不太看得见。开门之后，屋里还有一个老人，似乎一无所动。

蔡容曾的头发凌乱，整个人含有一种悲戚的调子。屋里缺少椅子，在一张大床上坐下后，她在随便披着的衣服里，抱着一只灌热水的大可乐瓶子取暖。这间房子有两面墙开着连排的窗扇，像是一间大办公室，老化的木格窗扇关不上，冷湿的气息不断透入，温度似乎和室外无甚差别。想见晚上睡在这四面透风的屋里，在单薄的被褥下裹紧可乐瓶，护住残余的一点体温。

房间里似乎有不少的猫，有一股尿骚味，被冷湿的气息压住，不时透出来。

老伴在另一屋看电视，黑着灯，一直要看到晚上十点，才会做饭吃。

我忘了怎么找到那里，之前去了愚园路顾圣婴的故居，寻常的连排旧式洋房小区，已有别的住户，没法入内。站在门廊铁栅前，眺望二楼褪色的木格窗户，想到几十年前的那夜，窗户也如现在紧闭着，打开的煤气带来了干净的死亡，母女三人走了，没有发出声息。那架遗留的钢琴，在野蛮的世界里已经消音。

只有父亲顾高地不在现场，他在远方的劳改农场里求活。曾当过国民党中将的荣光，在变换的时代布景里，不仅换算成二十年的刑期，也成了女儿灾殃的一个来源。刑满回上海，他听到的是全家人离世的消息，和房子被人占用的现状。

借落实政策，他和发还的些许女儿遗物一道，在这幢房子里安顿下来，直到十几年前去世。晚年陪伴他的蔡容曾，成了这座房子的继任住户，和有关顾圣婴记忆的保存者。

说起顾圣婴，怀抱热水瓶的蔡容曾语气变得缥缈起来，似乎回到了年少时听顾圣婴演奏的现场。第一次听是在兰心大戏院，后来改在音乐厅。圣婴的长处是音和音之间的关系，就像一个手指和另一个手指。她说。每一个手指头都能单独活动，又连在一起，有时在互相倾诉，有时在打架。我都听得出来。我有一盒奎帕斯颜料笔，是父亲从日本带回的，我不按通常的顺序插在笔筒里，因为它们和音一样，有时相邻的两个在吵架，相隔的却想亲近。

她用枯干不灵活的手比划着，暂时放开了怀里的热水瓶，衣服前襟松开。我感到一股冷风从窗缝里透进来，那个瓶子或许也已经凉了。

“文革”之后，有一次傅聪回国开音乐会，有个朋友给了蔡容曾一张票，还介绍她在音乐会上和顾高地认识。顾高地个子瘦高，驼背，头发全白了。他说，自己在“文革”中一直幻想减刑出狱见家人，后来临近释放，才听说家人都已不在，一夜间头发尽白，自己还不知道，去劳改工地，工友说你怎么头发全白了。他才相信了伍子胥过昭关一夜白头。

顾高地的腿脚不好，蔡容曾骑了一辆自行车，散场后骑车带顾高地回家。

以后两人又一起去听殷承宗的音乐会，大约是殷复出的第一次音乐会，仍旧是蔡容曾骑车带顾高地回家。“一路上他对殷承宗的生平很是感叹，可能是想起了自己的坐牢经历。到了楼下，又让我陪他在兴国路上走了一会儿。”当时天气很好，有月亮，法国梧桐的影子铺在地上，像一只只手掌。“他说，你做我干女儿吧。我没有答应。”为什么没答应，蔡容曾自己说不上来，但是应允以后写作顾圣婴的传记。

后来顾高地得了肺癌，蔡容曾送他到医院，做手术时没有家人签字，蔡以义女身份签字。这时他的生活都由蔡容曾照顾，自己也不愿再成家。

“他说，我把妻子女儿都害死了，还成个什么家。”住在这屋子里，他晚上不拉窗帘，整夜不睡地看星星，“说是赎罪”。蔡容曾小时候不喜欢在家里呆，也总是一个人爬到屋顶看星星。这间房子开了这么多的窗户，像是专为看星星方便。

两人长期住在一起，引起了议论，有人说蔡容曾看上了顾高地的房子。蔡容曾避嫌，打算去北京，顾高地坚决不让她走，说他失去了圣婴，不能再失去她，“要像待圣婴那样对我”。

接受了写传记的任务后，蔡容曾几次去北京采访，为了省钱，经常一天只吃一顿饭。夜晚听顾圣婴的唱片，或者自己弹钢琴，到夜深时激情到达顶点，才开始写作，似乎只有这样才能落笔。

房子一排窗户前有一架钢琴，落着灰尘，似乎不像是这里应有之物。她说，很久不弹，怕弹起来勾起来以往的感情，受不了。

## 二

谈到钢琴，似乎不知牵连到了什么，蔡容曾忽然一只手捂住嘴，说牙齿疼："牙齿里有一根线，一个小白熊在中间，往两边拉，用这种戏法害我。"

她又说，自己的耳朵会穿气，从一边经过大脑，倏忽穿透到另一边，就跟新式立体声耳机似的。

"你听她瞎说，都是疯话!"邻屋的老伴忽然走到两房的门口，大声说。

房间里的猫受了惊吓，有一只极小的喵呜了一声，爬到床上，蔡容曾像是没有知觉。老伴走回去了。蔡容曾继续往下说。

蔡容曾的父亲叫蔡仁抱，是民国著名摄影师，"和郎静山是好朋友"。蔡仁抱娶了两房妻子，与前妻离婚后，和蔡容曾的母亲结婚，负担与前妻生的子女费用。因为第一门是婶婶的侄女，父亲闹离婚得罪了家族，受到排挤，蔡容曾也和堂姐堂弟关系不好。蔡容曾说，婶婶曾经欺负小时候的她，趁大人不在，逼她吞吃蚕宝宝。解放之后，地下党员出身的堂姐又主持抄蔡容曾的家，"用带一百根钉子的棍棒打父亲，父亲的衬衣成了血衣"。

蔡容曾成人后，做过上海夜大的英语教师，"文革"中失去工作，在剩菜组工作，还在火车上做过列车员。她结过婚，生过一个孩子，

“生孩子时在剩菜组，特别穷，只有稀粥喝”。婆子妈对她也很不好，至于丈夫，她没有提。孩子现在美国，不怎么联系她，对她心态的影响也比较大，“想起来会牙疼”。

她忽然又说，牙齿疼是由于堂姐的催眠术。她示意我们走到桌子前，看玻璃板下压着的一张“催眠术”的说明。玻璃板下另有一张蔡容曾十来年前的照片，看上去不乏气质，和坐在床上不动的她相比，要年轻两三个十年的样子。我心底感到惊讶，一种力量真的可以完全打败人，不仅摧残了外貌，还把我们叫做气质的、似乎是永恒的东西一并消灭，毫无痕迹。

蔡容曾说，是因为顾圣婴传记的官司毁了她。

传记写了几万字之后，顾高地生病，要服侍他治病，传记就拖延下来，一直未完稿。后来她联系出版社，出版社要她自己交七八万块钱，蔡因而却步。

后来，蔡容曾遇到了一个中国音乐学院姓周的教授。据她说，周欺骗了她，起初说是可以垫钱出版，拿走了很多顾圣婴的资料，包括她没写完的手稿，骗她在一份委托书上签了字，后来却变成姓周的自己写，她变成了“顾问”。她觉得那本面市的书里写的，“根本不是我听到的圣婴，不是圣婴爸爸谈到的圣婴，跟圣婴毫无关系”。

蔡容曾请了律师打官司，却接连败诉。以后我在网上查阅了这场官司的始末，蔡容曾当初的委托签名成了决定性证据，法院也不承认顾高地将圣婴著作的版权委托给了她代理，说遗嘱只是让她继承房子里的遗物。已经出版的书叫《钢琴诗人顾圣婴》，配有唱片，是现有唯一的纪念顾圣婴的出版物。

这些资料被人拿走出版，拟想中的圣婴纪念室也建不起来了。现在屋子里最有价值的一件东西，是一副石膏的肖邦手模，肖邦死去之后，由波兰政府根据他的手部翻模制作，顾圣婴去波兰参加钢琴比赛获奖，波兰政府奖给了她一具手模，带回国后一直放在钢琴旁边，“文革”后发还。这具手模在里屋，因为是唯有的遗物，她不愿意拿给外人看。

她怀里的热水瓶，想必已经完全冷却了。窗外完全黑定，寒气压过了屋里猫尿的腥味。告辞的时候，老伴还在另一间屋里看电视。

以后我在网上搜到了那具肖邦手模的照片，有两个手指被打断了，带着裂纹。那架蒙尘的钢琴，再也没有人手可以弹奏。

三

十二年后的冬天，我再次来到楼下，门禁系统无人应答。等待良久也没人出来，似乎这幢楼里只剩下足不出户的老人。一树孟春花犹存蓓蕾，像经霜的额头。

询问门房，说是已经不在这儿住，两三年没看见她了。老头子偶尔回来看看空房子。

走到背后楼下，三楼露着没装修过的生锈窗户，三面透风，和当初一样。

不知道那具残损的肖邦手模，是否还在这所屋子里。她的心愿，注定是无法实现了。

# 敬老院的“右派”

## 一

在北皋公交站下车，穿过机场高速的桥洞，桥洞很低，穿行着拖拉机和人力三轮，和桥面上是两个世界。

穿过一片有零星垃圾的空地，沿着边缘被烧焦的枯草地往里走，看到东方养老院门口的两座石狮子，是来之前听说的标记。走进无人阻挡的大门，心里想的说辞没派上用场，倒是看到一个小卖部。想到要买点东西。

小卖部里没有多少货，售货员的表情和半空的货架一样蒙着一层莫名的灰。商品只有罐头、香蕉等三四类，我买了这两样，手上似乎就有了信物，可以去打听房间号了。

走廊里有一种气味，和小卖部的类似，只是似乎更厚些。房间都披着厚门帘。掀开其中一间的门帘，几个老人躺在各自的床上，旁边各有个床头柜，靠墙的台子上有台没有打开的电视。墙壁上有台夏天用的风扇。所有东西一动不动，被我掀动了一下的空气，也回到停滞的状态。

原来走廊和商店里的气息是房间里多余的散发出去的。这些睡着的老人确实不需要很多空气。

周培桐是其中醒觉的一个。原来他就睡着脚头迎门的那张床，眼睛很快睁开了。只是眼睛睁开，身子其他部分在被子下。一动不动的空气里，下半截被子在微微抖动。

后来知道，这是由于腿部神经损伤。

我说明是受人之托来看他，他微微回应，表示记得这位女同学。我发现让他说话是一件困难的事情，仅有的几句回答，是从口齿间挤出来的。

委托我的是倪竞雄，她是林昭的苏南新专同学，也是周培桐在中央戏剧学院的同学。上次来北京参加九十周年校庆，她去看了林昭的塑像，另一件事是想见周培桐，得知他已住进郊外的养老院。

“他很有才华。”在三里屯附近一家宾馆的电梯里，八十岁的倪阿姨说起来，眼睛里有金属壁的反光。

她记得当年课堂上的那篇文章，周培桐用了一个特别的词来比喻海上日出，和巴金的描绘不一样，却又正是她心里取不出来的。

我对周培桐提到这个，他严肃得有些僵硬地回答：“才疏学浅。”只有这么四个字，似乎显示了某种旧日气度，但刻板的口吻，却又完全否定了一切过往。

离开课堂不久，周培桐被打成了“右派”，原因是一篇投给《人民文学》的讽刺小说。文学之梦就此中断。那堂课或许是他生涯中仅有的光亮时刻，保存在一个女同学心中，他自己却淡忘了，想不起来那个出众的比喻。

成为“右派”之后，他从文化部发配到青海，与在中南海学生舞会上认识的妻子离婚，以后又下放到祁连山腰下的八宝劳教农场。周培桐负责和另一个右派赶大车，从冰川往农场运水。一次下坡途中，翻倒的大水桶压住了周培桐的左腿，他失去了知觉。醒来之后继续干活，腿却使不上劲了。

这条伤腿眼下在被子下微微颤抖，神经损坏造成的瘙痒没有一刻间歇，把他的双手一直留在被子下，也把他身体固定在床上。一根黄色管子露出被角，连着床下的尿袋。

我带来的罐头和香蕉放在床头柜上，他似乎没有表现出太大兴趣。进来查看的护理员说，他喜欢喝酸奶，继女给他拿的有，现在床头柜里还有。但周培桐说，也就半个月拿一次。

感觉他和继女有些隔阂。就像对于我或者病床之外的世界，保留着戒心，只留一条艰涩的缝隙。

对面单人床上的老人睡得很死，脸搁在床沿，发出呼呼的喉音。过一会中断了，翻一个身继续。我进来之后一点没有扰动他。走到里间，一个老人蒙着头，一个人的被子褪到胸口，眼睛紧闭。有一股隐约的大便失禁气味。

## 二

“他的念想是一本书。”倪阿姨说。

这本书名叫《卡斯提尔的队长》，是周培桐在下放天津烧锅炉期间翻译完的。我在网上查到了这本西班牙小说，写的是自由城邦时代反抗王权，穿插着一对恋人的悲剧，40年代曾经改编成好莱坞电影，走红一时。

第二次去，遇到继女一家来探望，两个大人和一个小女孩。继女说正好，我们要走了，你和他聊聊。女孩叫了一声："爷爷，我们走了。"周培桐躺在床上，望着他们离开。在他瘦削的脸上，看不到线条神情的变化。

我送他们到走廊里，和女儿聊了一会，她告诉我那本译稿眼下在托日本一个朋友找地方出版。上次倪阿姨曾经表示，是不是找几个同学凑万把块钱，给老爷子印出来算了，让他生前能够看到。"老爷子基本是干了水汽了，就靠这个念想在坚持。"继女说这个钱她自己也出得起，不过觉得自己印意思不大，还是想找路子出。

回到房间，看不出和第一次的变化，除了床头柜上的一盒酸奶，护理员说是一会儿让他吃，别的装在柜子里了。周培桐看见我进来，张开了眼睛。

"你感觉怎么样?"

"不好。"

"怎么个不好?"

"江河日下。"进来头半年，还能活动，干点轻体力劳动。现在是一步步往下掉，只能躺在床上了。

我揭开一点被角，看到他的腿，确实像继女说的干了水汽，似乎已经不是皮肉的质地了。这条看似没有知觉的腿，仍旧在微微颤抖，就像一种完全无关的东西在操纵它。

我提到那本书，说到倪阿姨的主意。他的眼睛忽然张开了，放出耿耿的光线，同时"嗯"了一声，像是整个人一下子打开，注意捕捉着我说的字。在这一瞬间，他和这张病床脱离了关系，我注意到他花白的眉毛有几根非常长，为眼神的精光平添了一份凌厉。早年的那个周培桐一瞬间复活了过来，让人依稀想到倪阿姨说的课堂上的才气，以及写小说批评领导的锐利。语言也变得流利。即使经过了这么长年的消磨，有些东西并未全然死掉。

这份光亮慢慢地平息下去，说到在锅炉房翻译这本书的往事。年轻时他看到了这本书的西班牙文原版，很喜欢。大饥荒年代，从青海农场自行回到天津后，他和一个姓窦的伙伴搭手烧锅炉，也搭伴生活，一边开始翻译。姓窦的伙伴从小是个孤儿，在基督教会长大，就因为这个成了“右派”。烧锅炉的时候，他还时常祈祷。周培桐以后平反回到北京，和一位原来的女同学结婚，年纪已经大了，没有亲生子女。女同学过世以后，他重新回到天津，和老伙伴一同生活，直到腿病加重进入这所养老院。到这时，因为缺资料，这本书还有一截尾巴没有翻译完。

他并不愿意进养老院，始终怀疑，继女是为了落得一部分他的养老金。他觉得住在这座郊外的养老院花不了几个钱。但护工的说法却与此两样。这里虽然夏天没有空调，房间也朝北，冬天的暖气并不充足，床位和护理费却不低。

如果让他选，他宁愿回到天津，和姓窦的同伴一起生活。“他愿意自我牺牲。我们在一起，互相牺牲。”

但眼下在这张病床之外，他已经没有机会。

## 三

开春的阳光，把敬老院大门铁栅栏的影子稀疏地铺在地上。一溜老年人在朝南的屋檐下晒太阳，一律穿着青灰和黑色，戴着帽子，人缩在领口里，不怎么看得见，像是一堆拿出来翻晒的陈年被服。我想，前几年这些人里面大约有周培桐。

走廊气味依旧，春天隔着墙壁穿透不到这里。走进印象中的房间，迎门床上躺着另一个老人，我怀疑走错了。其他几张床上，仍是以前来时昏睡的脸。问他们，一句话也不回答，似乎已经和这个世界无关。

在走廊里找到护工，她想了一会说，周老头死了，弄走了，年初的事情。

我心里空落了一下。带来的几瓶爽歪歪酸奶又拎回去。走出敬老院大门，给继女打电话，确认了这件事情。又电话告知倪阿姨，她吃了一惊，说周培桐比她小一岁。

春天的草地有些发绿了，但仍然显出枯黄的底色，边缘缀着焚烧的痕迹。这片草地从来也没有摆脱过荒凉。

我要了天津窦姓老人的电话，过了一段时间打过去。电话里一个苍老到了尽头的声音，说自己耳朵聋，不太听得懂话，让我回头打给定期来料理的侄子。我说了周培桐的名字，他说知道，他死了。我们以前好。

《卡斯提尔的队长》没有出版。

## 无梦楼窗前的绞索

二楼的小窗仍旧闭着，封上了生锈的铁板。但那个绳圈不见了。

八年前我来到恂兴村，遍地是水葫芦，几个妇女在水中洗菜。经过两道小桥，一直走到村庄深处，路过一些奇怪地空荡下来的房屋，穿过只容一人的小巷子，才来到老屋背后，眼前已是稻田。一面石灰剥落的墙壁，现出无数奇怪的纹路。二楼两扇小窗，黑色的窗扇紧闭着，或许已经封上了铁皮。这就是他生前与人世作别的地方吧。

在一扇窗户前，我看见了那副绞索。

只是一副葛藤或麻绳，从窗口上方垂下，挽成了一个圆形的结子，似乎正好可以纳入人的头颈。和露出的墙皮一样，绳子似乎经受了相同的时光，完全变为黑色。这副绳结出现在这里，完全没有理由。是谁的手挽成了它，又悬挂在窗前，比打结的手存在得更长久?

第一次听到他，是在复旦大学南区的小路上，两旁丛生荒草。我拿着一本薄薄的《无梦楼随笔》，肚子里装着刚吞下的一碗牛肉拉面，急切地想要攫取黄色封皮下的一些内容。书中文字不多，凑不成长篇大论，一小段一小段地分隔出空白，这些看去营养不良而早逝的文字并非满足我的餍欲，倒是一下子把我攫住了。薄薄书皮的黄色，似乎变为阁楼的油灯光，从铁皮封闭的黑暗中透出。

村头几个老人说着艰涩的方言，好在还记得张中晓的名字，因为当年的那桩大案。

“他不该反毛主席。不然是个大人物！”老人用一种透露秘密的口吻说。张中晓时常呆在二楼，村里有人下象棋，他偶尔会走下来看；刚回乡时，他还在二楼抛撒糖果给孩子们，老人那时也在仰头捧接的孩子中。在那时他似乎是富有者，父亲身为邮局职员也加深了邻居的这一印象。或许在饥饿致命的年代，书中的寒衣卖尽和早餐阙如，还不足以改变乡邻的观感。但他的肩膀一高一低，是老人记忆中更确切的印象，那是做了肺结核手术的结果。

老人的方言陌生，我只能勉强听懂片段。旁边的一个年轻人神情茫然。有关没有实现的“大人物”和毛主席的记忆，永远停顿在老年这一代了。

张中晓的大哥还住在村里，是一个拘谨的农民，看不出来和他有任何的相似处。他说老房子原本是父母住的，他是长子，另外起了这座房子。父亲去世之后，几个兄弟都在远处，老房子就空着了，卖给了邻居，他这里没有钥匙。

风在水面和水葫芦叶上回荡，像是要带走一切，却又未曾改变什么。

这次进入村庄，天气热了很多，房屋像是被烤煳了，水面变得黏稠。水荷叶几乎覆盖了河道，中心的尚青翠，靠岸的却已腐烂如粪污。洗衣的人也消失了。旧时的路径关闭，语言陌生，我不知如何找到小楼。

张中晓故居的窗口和墙壁，年久剥落

张中晓故居村落的河浜，当年他每日从这里乘船去绍兴看书报

村中空落的房屋更多了，石墙上张开一个洞，屋顶下空旷寂静，石条长出青苔。走进屋顶下面，空无一人，只有立柱和地上一些零余杂物，石墙裸露残损的骨架，似乎已到了最后时分。

向村民打听，知道张中晓的大哥也走了。买房子的邻居早进了城，老屋锁着进不去。来到小楼下，青色似乎比几年前更深，除了屋后窗户加了铁板，前院依旧紧闭，照看的邻居也不在家。

我不想和八年前一样止步，试图爬过院墙进入院子。砖墙的肩头似乎腐烂了，承受不住双脚踩上去。当我踮脚往下跳时，落到一块钢皮覆盖的鸡窝上，发出近乎巨大的响声，鸡疯狂地叫起来。同行的伙伴说，她当时吓得跑开了，等没动静才回来。这个小院从他去世之后，可能再也没有被这样惊扰过，似乎邻居的门廊里有人向这边看。

我忐忑地落到砖地上，一半院子在阴影里，分界线清晰地嵌在砖缝里，只有几根草扰乱。阴影里的青色有些发黑。老屋正面有阳光，木质的部分现出微红。门上挂着一把锁，锁齿是开着的。我取下锁走进屋子。

和院子里的湿润不同，屋里有一种灰扑扑的尘气与南方的洁净混杂的味道。地上放着一些农具，一架风车遮住了残缺的中堂。木板屋顶致密，没有明显的蛛网，看来并非长期无人进来。堂屋两侧，通向二楼的木梯上了锁。这把锁已经上锈，和楼上窗户封闭的铁板一样，或许没有钥匙能够再打开。

我走到灶屋，一个发绿的小天井，有一个能出水的龙头，带着一只锁住的水表。旁边一口石缸，积满了烟色雨水，来不及长出微小的生物。这个天井过于潮湿了，似乎阳光没有真的触及。

我在堂屋的陈年气息中站了一下，走出来，挂上铁锁。仍然只能踩着鸡窝上的钢板上去，我又一次弄出了巨大的声响和鸡叫，听到有人在邻家门廊里说话。围墙上被踩松的砖终于有两块掉了下去，我在它可能整个崩塌前跳了出去。

我或许打扰了这里，或许没有。二楼的板壁仍旧封闭着，阳光似乎为微红的木质吸收了。只有后窗可供眺望，老人记得张中晓有一副望远镜，总是戴着近视镜加上望远镜，在二楼打望，也肯借给小孩子们，当时还是孩子的老人曾受惠一两次，却也没看到稀奇的景色，不知道他在眺望什么，好歹是打消了“特务侦查”的嫌疑。

眼下我走到村后的田野，正是当初他望远镜中的视野。几十年前这里只是陂塘稻田，眼下却在田埂边沿矗立起了似乎难以想象的高楼。

稻田里有条条焚烧的痕迹，延伸向远方。我曾想到张中晓的墓地，或许偎于这片田垄边缘，潮湿的坟茔和低伏的灌木，却毫无线索。由于方言艰涩，连当时尚住村中的哥哥也没说清楚。似乎尚是骨灰一盒，和父亲的一起，并未存于此地。因为他最后时光是离开村子，在上海不治死去的，并未返乡入土。

我曾在福州路上新华书店一带盘桓，并未找到他曾栖身的库房。他身后的手稿，倒是父亲在老屋里保存下来，一直到父亲身故后，等来了面世的机会。

从其他“胡风案件”的人士处知道，书出来之后，有一些影响，几个兄弟曾经打算给张中晓修一座像样点的坟。势头一过，终究作罢。

说到底，他不是属于这个村子的人。这里除了远眺中的田野，没有与他有关的东西。他的头脑和才情只能栖居在楼上，单薄攲侧的身体，也没有爱情来安慰，甚至是和女性的一句话，一次目光的相遇。只有那些清冷的文字，从他的心里出来，却像是没有温度的棉絮，不足卫护身体。

这里没有生长过梦想。眼下，也只有利益的权衡博弈。来之前，我已在网上看到村民因拆迁上访的消息。一个晒谷的青年告诉我，开发商两年前就想拆迁这座村子，价格却低到让人无法接受的程度，冲突当中死去了一个人，那些楼房推进的速度因此稍微停顿下来。

但村中已经事先空了。那些砖墙的骨架迟早会倒塌下来，踩在楼房的脚底。就像他被领袖一脚踩入地面。

那些船也腐烂在水上，被凝滞的水体胶住，有的烂穿了豁口，只有稀少的仍在滑行。一个老人在船尾划桨，载着船头的老伴归来，水面牵扯的皱纹，出自遥远岁月。

当年他乘坐这些木船，去绍兴城里看书报，大约并无水葫芦牵绊，来回较为轻快。水路现已不通，木船也困死在这里，像是村中孑遗的老人，晒着无力的太阳，远远望去已石化，和水缸碌碡一体。

没有什么会保存下来，连同无梦楼窗口的绞索。对于没有声息的逝者来说，那显得过于郑重了。

## 樱桃沟的念佛女子碑

西郊樱桃沟往里走，过了水源头上山，小路旁野地里有两截墓碑，倒在地上。

第一次看见时，是在荒草碎石间，有些掩住了，邻近倾颓的石坎。多年后再见，荒地已经平整，修了一座凉亭。石碑还在，卧在地上。无人拾掇，但也暂时容许，无须处置挪走的意思。

其中一块长的，是颜色晦旧的麻条石，或是沟里就近的石头，倒和我家乡的类似，底部缺了一角，像是衣角翻起露出下面的残损。墓碑上写着一长条字，有些漫漶，但仍可辨认是“念佛往生女子”，名字叫徐志坚。字体不大，是行草体，镌刻也不深，旁边是一行略小的字，说明题字人是舅氏边翁。时间是民国三十五年丙戌春天。

碑面没有女子生卒年，费力翻过碑身，背面不置一词。我坐在碑上想了一会儿。看来父母早逝，依附于舅舅家。长年念佛，一直没有出嫁，所以死后由姓边的舅舅安葬。除了“念佛往生”这点念想，她的生卒年月，在生悲喜，都是无关紧要的了。

起名“志坚”，就像这段身后的麻条，毫无婉约温柔气味。大约在她的一生中，也并无寻常的温情物事。像一个坚硬的木鱼壳，生来强行罩住了她的呼吸，留下念佛的笃笃。只有去世的春天季节，透露依稀信息。地上细草，像是身后些许抚慰。

北方地气寒冷，樱桃沟却略有余温，能够培植喜湿的水杉林。瘠土砾石上细草，烈风下遗存一脉余息。

另一块碑在不远处，石质偏灰白，似乎不耐风化。墓碑上刻着“故边孙氏姊肇荣之墓”，立者是弟弟，日期是民国三十又四年春月。这位边孙氏姊想必是嫁到边家以后去世，但为何由弟弟营葬，似乎并无一儿半女，丈夫也杳如，令人难以猜度内情。

这位虽入边家之门，却孤身以终的姐姐，与托庇边家的孤女徐志坚或许生前亲近。二人去世相距一整年，相邻落葬，似乎有意安排。于今只剩墓碑，埋骨处无可考究。其间外界风云劫变，世事潮汐，似乎难以触及这条小沟，这方瘠薄草皮。

但毕竟地近北京，沟中仍有遗迹。凉亭上方不远，一片平整的台地立着许多三角形的模型，让人一时不明所以，读了一边的说明，知道是 1935 年夏天，北平高校的学生曾经到这里举行夏令营，夏令营的主题据说除了游玩，更重要的是号召抗日。此后发生了大规模的一二·九抗日游行。这处扎营地当然就值得纪念，需要用这些白色的模型标注下来。尽管学生们只是到此野营了一次，既非出生，也未长眠于此。

顺沟往这里走时，路旁有一块被水泥略为加固过的石头，上面刻着四个不甚工整的大字“保卫华北”。旁边有一块“北京市重点文物保护单位”的牌子，说明这是举办夏令营时北大学生陆平和另一人手刻的。

石头上的字体，近来被漆成了鲜红，为了像刚刻上去那样打眼。在这条灰扑扑的陈年山沟里，只有这处鲜艳的颜色。

## 我不敢亲吻的头部

那天我走到八宝山兰厅，阳光淡淡的，门口有些空荡，和我上一次来参加一个名人的告别仪式大相径庭。

朱一已经在里面，他对我说，来的人太少了。只有老伴卢阿姨和她的两个子女。零星摆放着几个花圈，没有一个来自有名人物。

上一场告别仪式刚刚结束，我在殡仪馆院子和捎着花圈去焚化炉的人们擦身而过。环绕告别台的鲜花不用更换，只是新拿来了那几个花圈，朱一吩咐着我拿相机拍下来，又不禁叹息说，花圈也少，其中还有一个是他送的。

遗体推了出来。甘粹老师躺在那些按“凹”字程式摆放的鲜花中间，头部对着里面，头发全然透明，脸面由于鲜花的色泽，看起来有些不真实。是甘老师的样子，只是又好像全然变成了另一个，不敢确认，像那些重复使用的鲜花，没有一点外面阳光下花卉的意味。

朱一走到了鲜花的凹口那里。他忽然俯下身去，双手捧住遗体的脸颊，亲吻了额头一下。

这个动作让我有些震惊。似乎刚才的距离被强行打破，感到了额头透出的冰凉。我想走过去，像他那样亲吻一下，却被什么止住了脚步。

上一次见到甘老师，是在甘露园南边通惠河的堤岸上。他提着一个装火腿肠和猫粮的布袋子，慢慢走着，一路投喂河边的流浪猫。

流浪猫在例行的地点等候，桥下面有两只，另一只从铁丝网豁口伸头出来，每个都得到了它们小小的一份。走上桥面，到了通惠河南岸，这里打造成了一处码头扬帆的景观，在船帆的雕塑阴影下也有小猫在等着。

流浪猫只是喂食日程的附带部分。甘露园小区家里有五只猫，也是从河边捡回去的，直到两居室的家里养不下。

猫是林姑娘喜欢的。在上海林姑娘的一位同学处，我看到过那些发黄的信件，信末的署名是画一只猫头。

甘老师没有林姑娘的信件和照片，一切都在遣送大西北二十年的行程中丢失了，连同两人的婚约，和那首在长着红柳的戈壁滩上写下的长诗。甘老师说，在那里他是靠着“耍死狗”活下来。

我第一次见到甘老师的时候，他头发已经是透明的了，脸上布满斑点。个子不高，放在人群里就再也找不出来，没有残存一点当年人民大学学生会主席的风度。在林姑娘生前的几个恋人里，他也是最不起眼的，年龄却活到了最大。似乎一支因为比较粗短，不容易被风吹灭的蜡烛。

他拿着从别人那里复印来的两张照片，和一本在上世纪 80 年代末记下的日记，跟我讲着与林姑娘的往事。在照片上我看到了张自忠路人民大学资料中心的老旧门楼，我曾经避开门卫爬上三楼，寻找当年林姑娘居住的楼梯间，和那间摆满了资料档案的办公室，两人在这里相识。

这幢民国式样的老房子在一部叫《阳光灿烂的日子》的电影中也

出现过，电影里的阳光没有照到甘老师和林姑娘身上，他们结婚的申请被组织拒绝，两人分头遣送，去到大西北的戈壁和提篮桥的高墙里，再也没有见过面。

甘老师对我讲起在戈壁上的一个梦，1968 年的春天，他挖完排碱沟躺在通铺上，夜里梦见一辆大车拉着一副灵柩，灵柩是白色的，周围结着缟素。林姑娘扶灵走来，也是浑身缟素，脸庞雪白，到了面前也不说话，对他嫣然一笑。他随即醒来，心中一阵瘆然，暗中记下了梦境的日期。二十来年后，他知道了林姑娘在提篮桥高墙里去世的日期，就在做梦前的隔一天。

“我想，从上海到南疆喀什，坐火车转汽车要十来天，灵魂应该隔天能到。”

只要是和林姑娘有关的场合，甘老师随叫随到，提着一个布袋子，有时坐公交穿过大半个北京城，去到遥远的回龙观。到了现场，不声不响地呆着，等候别人让他讲两句，或者仅仅是合影时被收入相框。对于曾经当过红卫兵头头，晚年却为林姑娘的塑像和遗著奔波的朱一来说，甘老师似乎是一个不那么出色，用来却最为顺手的吉祥物。

朱一是江西人，病退后来京承包一家京客隆商场，利润都投进了林姑娘的事情。从额头的那一个吻里，我知道甘老师不仅仅是比他小二十岁的朱一的吉祥物。

有一年在家乡的山沟里，我经过一座陈年坟墓，坟头密密覆满苔藓，像是回到了石头和泥土的开初，失去任何生死的严峻意味。但当我将前额触上坟头，一股寒意从深处而来，进入我的生命，死亡原原本本保存在苔藓之下，活人不可越界。

这也是那天在兰厅里，我的脚步没有追随朱一移动的原因。我比朱一小二十岁，也少了二十年的勇气。

告别厅里的音乐似乎并不存在。没有几个人，用不着排队绕灵告别，大家仅仅是呆在那里，似乎在等待着收场。下一场告别仪式的轮次到来，殡仪馆的工作人员准时出现，麻利地将鲜花中的遗体推走的时候，卢阿姨叫了起来“老甘啦，老甘”，这是灵堂上唯一的动静。

我的心有一点动，想到第一次去甘露园，两居室里有一股无处不在的猫砂气味，被旧家具塞得逼仄的房间里，偶尔冒出来一个灰扑扑的猫头，又畏怯地消失了，像是一开始就受了惊，决意躲开外人。林姑娘的复制照片挂在墙上，卢阿姨在一旁为我们添水，甘老师谈的全是林姑娘的事情。似乎两人结婚三十年来，林姑娘仍然是这里真正的主人。

甘老师在平反之后仍旧单身了几年，和卢阿姨结合的时候已经五十五岁了，两人没有子女。甘老师说，他觉得自己来世上一遭已经受够苦头，不想让孩子重复一遍。卢阿姨头一门婚姻带来的两个孩子还小，甘老师帮着养大，还出国留了学。

这座告别厅里，只有卢阿姨的两声呼唤，带着一点哭腔，也像是有意收敛，不作张扬。下一场告别仪式的人鱼贯而入，我和朱一把两个花圈掮去焚化炉烧掉的时候，风把花圈上的挽联撩到了我们脸上，朱一仍然在不满地强调，“没有提林姑娘”。“不提林姑娘，甘老师的意义在哪里？”

遗体告别仪式之后半年，我再次去到甘露园的房子里，卢阿姨一个人住在这里，那股猫砂的气味还在。卢阿姨回忆了甘老师去世那夜的情形，他是半夜忽然中风，一会儿就断气的，送医院都不必了，倒是少了痛苦，“活到八十几岁又这么走，也算是补偿早年的辛苦吧”。

少了一个人，房间变得有些空荡。卢阿姨想去上海的儿子处散散心，问题是房子里的五只猫不知道怎么办。甘老师去世那夜，中风以后又醒过来的片刻，嘱咐卢阿姨要照顾好这几只猫。因为要喂猫，卢阿姨到北京的女儿家去玩，也不能过夜。

我说可以送到宠物寄养中心，回头打听一下。

但我对宠物寄养也不熟悉，没有真的去打听，也不知道后来卢阿姨有没有成行。自从甘老师去世，朱一也没有再去过甘露园，那里的情形就无从知晓了。

有时候我会想起通惠河岸的景观公园，那些轮船的模型从来未曾真正起航，帆篷张满的雕塑下，甘老师喂完了猫，会在木头台阶上坐一会，晒晒太阳。脚前丛生的芦苇和他的头发一样，在秋天变为透明，没有了一丝水分。曾经的爱情、青春和苦涩诗行，都被时光漂白，似乎从来没有存在过。

玖 >>>

# 被叫走的母亲

## 一

那一年夏天，在蛤蟆石下边，我随便捡块石头一扔，竟然打中了一只水雀儿。

我不太敢相信这件事。它们像一串铃声在小溪上闪动，空气根本来不及保存它们划过的银白色轨迹，更不用说触及它们本身。我的靶子又不准，比在溪里捉青蛤蟆的平仔和哥哥都差。而我随便扔出的一块石头，竟然击中了其中一只，另一只惊惶地叫了一声飞走了。

被击中的水雀儿坠在不远的地里，我很容易就找到了，它黑底子上面缀着两片银羽的身体已没有声息。

我忽然感到不安。我想把这件事告诉别人，不是因为我的靶子准，而是一只水雀儿在我手下失去了声息，变得一动不动。它不是一只麻雀，甚至不是一只燕子，而是一只更轻灵的水雀儿。我从溪里叫来了光着身子的平仔，让他看我脚下的雀儿，直到这时他才相信，我真的打中了一只水雀儿。

他想去拿打火机，把这只水雀烧了吃掉。打火机带着的目的是烧蛤蟆腿吃，但在溪里忙活了半天的平仔并没有逮到青蛤蟆。

烧雀儿吃是常有的事，我和平仔一起吃过冬天撑筐子捕到的画眉。但不知为何，这次似乎不一样。

“水雀儿不能烧了吃。”我硬邦邦地阻止了他。我说要把水雀儿埋起来。平仔觉得很奇怪，和我争了两句。我说这只雀儿是我的，平仔无可奈何，也就回到溪里继续抓青蛤蟆了。他放弃的原因之一也是我说的，水雀儿的青白色羽毛下面没有多少肉，这样飞起来也才能快捷。

我就地挖了一个小坑，把无声的水雀儿埋了起来。因为怕翻地，选了一块大石头下面的地方，这里的土有点硬，我挖了好一会儿，才盖得严实，还要避着溪里平仔眼睛的余光，怕他过后又挖出来烧掉。

这样的举动在小伙伴里显得假过场，会被拿出去说，但那天我没法顾及这些。

很多年以后，平仔才告诉我这件事。我已经完全忘记，一点印象也找不到。但过后却想起来，知道这是真的。我像埋水雀儿一样，把这段记忆埋在了一个地方，到多年后才取出来。

那时我们在箐箕凹的老屋里烤火，父亲提到了母亲的去世。

父亲说，母亲去世的前一天晚上，夜里忽然醒来，对父亲说，刚才哪么看到邹庭长，站在医院门口叫我，我答应了一声。父亲问，是法庭的邹尚敬吗？母亲说是的。父亲说你做些啥子瞎梦，邹庭长是死了的人，他哪么叫你。

邹庭长是广佛第一任法庭庭长，小时候我喊他邹叔，一个人住在乡下，老婆孩子都在县上，工作忙不常回去，老婆孩子也从没上来。

邹庭长平时总是骑一辆加重自行车，车篮里带一个猪皮公文包，下乡办案子。自行车往往摇摇晃晃的，是邹庭长喝了啤酒，脸上也挂着点酱油色。那时候喝啤酒的人少，大家说是像涮锅水味，邹庭长不嫌。

我考上高中时他死了，死的原因很特别，说是巴山垭子有个人配药酒毒死了一只豹子，被人告发，邹庭长没收了那人的药酒，提回来随手搁在床底下。那人的药酒是用啤酒瓶子装的，邹庭长平时的啤酒瓶子也搁在床底下，晚上想喝了顺手拿一瓶。过了一段时间，邹庭长床底下的啤酒喝完了，顺手到床底一摸还有一瓶，半夜时分脑子迷糊，想不起来哪里来的，顺口就喝了下去。才喝了一口，知道不好，赶紧吐了往医院跑，那是毒豹子的酒，人哪里经得住，倒在医院大门上了，任凭医生洗胃也没救转来。

母亲说是啊，我答应了一声就想起来，他是死了的人，哪么叫我呢。我就一下子吓醒了，浑身冒汗。父亲说做梦么，有啥子好怕的，睡觉。母亲却一直没睡着。

第二天上午，塘防街的杨家女人来看病，母亲对她讲了这事，杨家女人大惊小怪地说，哎呀，你不该答应，死人叫你你怎么能答应。母亲有些不高兴。杨家女人又后悔了，说自己不该这么说。

半年前在渡船口，有一个抽签的到医院来，母亲也曾经去摇签。签摇出来上面写着“灶门口栽杨柳，要死不得活”。母亲就生气起来，骂那个抽签的，弄些啥子破签来骗人。抽签的也讪讪的，说哎呀我不要你这个钱。旁边肖大夫解劝说，杨柳树容易活，树栽到屋里，说明好嘛。母亲还是给了五块钱。

那年夏天，我在高考前回到渡船口复习，时常呆在楼上，只有罗医生家的蕙蕙有时跑上木头楼梯来找我。

看累了书下楼，母亲在医院楼旁的豆角地里。豆角地下方有一个砖窑，显露着微红的泥土，我想下去看，却又不愿离开。有的豆角藤蔓还开着花，我采豆荚花编了一个花环，戴在也来玩的蕙蕙头上。母亲看着我微笑了，眼神碰到了我的，里面没有责备，我忽然感到，我们之间有什么不一样了，不再是过去小孩子的我和母亲，多了一点什么柔和之物。我的脸有点红，又心安。蕙蕙戴了一下就从头上拿下来，给母亲看花环有一个缺口，母亲多采了一串蔓丝扎好，又给她戴上。

那个夏天，是我记忆中最短，又最好的一个。高考后我去了筲箕凹，和平仔一起在河里摸青蛤蟆。

据父亲说，杨家女人看病的当天下午，母亲就因为打葡萄糖酸钙过敏在我家那个小小阁楼上去世了。身在医院，她还是没被抢救过来。

母亲出嫁之后不喜欢婆家豹溪沟，回门之后就不肯再过八仙，我们都在筲箕凹出生。过世之后，筲箕凹的娘家亲戚都下来商量，落葬在哪里合适。

起先一个舅舅说，车路通到他家，就拉到他院坝坐夜，天明找个地方上山落土。父亲说好，她也喜欢筲箕凹。暂时就这样定了。

父亲去联系车，是桃园的个体运输司机，父亲给他看好过病。那人的女人听说是运死者，还不大高兴，那人说袁大夫找我我有啥办法。这边给母亲装好了棺材，等那辆车却不见上来。

左等右等，司机打了电话来，说他的车走到黑风庙，两个轮胎都爆胎了，要修好了再来，让等一段。

正焦心等着，箸箕凹二舅来说，早先的安排不合适。哪有嫁出去的姑娘儿孙满堂又回娘家落葬的，好像没听说过。二舅的话有道理，父亲说那另作打算。车子也不用来了。

一个住在广佛街附近须弥山的叔叔说，葬在我们那里吧，地都是自己的，上亮烧纸也不远。于是准备往山上抬。

有人忽然想起来，上须弥山要过河，前两天下了雨，南大溪的水涨了没有？找人去一看，果然溪口还是大半桶子浑水，人空手都过不了，不用说棺材。打算先过去人用杆子两边接，一量河面也比抬杆宽。亡人不能在床上等，只好作罢。

天要黑了，正在没办法。父亲的同学、派出所的李叔说，广佛街童家院子后坡茶山上有块地，算是区上的公墓，可以找下区长。父亲去找区长，区长答应了，说那里埋了两个干部，母亲本身是干部家属，埋在那里也无不可。

第二天派了几个人上山看地方，找了一块空地挖坑。才把地面茅草破干净，坑挖下去一巴掌深，父亲在家里听说，童家老婆婆带了一仗人上坡了。童家老婆婆说，这块地是童家的祖坟地，之所以叫茅草荒起，是由于阴阳看过，地皮下面有几代以前童家的祖坟，要再过二十年，满了两个甲子，这地方才挖得下去坟。童家人手里都拿的家伙，叫了民兵也镇不住。

父亲就在坡上给童家老婆婆下跪说，我们本身不是广佛街上的人，不知内情冲犯了你家祖人。看在我给你治好过病的面上，就放过我们这一马，我们另挪地方。童家老婆婆说，你给我看过病，你的女人也是个好人，这场事就算了。你们往旁边靠下挪五尺，避开我们童家祖坟的脉气。

母亲就往左下挪了一段，终于找到地方落了下去。

## 二

寒假回家，是我第一次见到母亲的坟。

走到县城人太多，搭不上班车了，父亲找了一辆卡车，驾驶楼里已坐满了人。山路颠簸，我、哥哥和父亲三个伏在车斗里，借车楼子躲避刮地皮的寒风。父亲不知为什么没戴帽子，稀疏的灰发被寒风吹动，微微起伏。

我们爬到了茶山上。母亲的坟落在秋天，没来得及长草，在周围一片茅草丛里，一眼就看出了。砌石是青白色的花岗石，姐夫开车去东沟垭子拉回来的，母亲出事前他路过那里，公路旁正好垮了一堆石头，够砌这座坟。

我和哥哥在拜台上烧纸，因为当初往左下挪了一截，挨着了茶园的坎子，拜台有点窄。两边茅草都封严了。火纸燃起来之后，热度逼得我们往后退，风吹动了一片火纸灰，落到旁边的茅草丛里，一下子复燃起来，我们连忙踩打，情急中脱下衣服，才堪堪扑灭。火已经燎糊了坟旁的一线茅草，父亲走过去看，说这边还有两座坟，算是邻居，给他们留点纸。

我和哥哥磕罢了头，拿着剩下的火纸过去，给那两座坟的人烧。两座坟多年没有后人烧纸挂青，茅草把墓门蒙严了。不过墓都是红砖砌的，墓门里嵌着碑，又不是穷人的孤坟，可能就是区长说的两个干部。父亲说旧的那座是广佛第一任区委书记，难怪有些陷下去了。我把较新那座坟墓门前的茅草拔掉，辨认墓碑，上面写的是共产党员邹尚敬之墓。

我把这几个字念出来，父亲过来一看，就不说话了。让给他多烧点纸。

来年一个春天，母亲的坟头也长严了青茅草，一下子有了比生前厚得多的头发。到了秋天茅草干枯，山坡变浅了，青白色的砌石露出来，露水浸润，是山坡上最醒目的颜色。

拜台上栽了几棵紫薇，左右各一棵小杉树。杉树都活了，都说这地方的地势高，土薄，杉树却长得不错。紫薇被人偷了一棵，剩下一棵也长得好，触手轻轻颤动，渐渐和杉树有了攀附的意思。

我们家跟着父亲的工作搬离了广佛街，以后又回来。哥哥成家后住在了广佛镇上。广佛镇扩大了好多倍，去母亲坟地的路也改了几次，有两次不容易找，不过始终没毁。放假和过年回家，我和哥哥绕过集镇背后，一直走到母亲坟前，些许扯净长到拜台上的草。哥哥有次带上一把锄头，我拿着一个箸箕，在坟旁挖了一些土，培到母亲的坟上。有次我也带了一把香，分成两大股燃在墓门前，意外有这么大一把。

完事之后，我们站在母亲坟前，打望远处山势。母亲的坟正对着八道河口，河流曲折而来，迂回都看得清楚，源头一直通到筲箕凹，就是母亲生身之地。哥哥说，这是有情水。无情水是直来直去，毫无留恋，你看这条水一直到广佛镇大桥出口，还绕过了拖拉机站，有回头的意思。只是拖拉机站那个小山坡还短了一点点，没有完全遮住，绕不回来。山也是有情山，不是那种险恶逼仄，或者光秃丑陋的，各有形状，一路看过去，金木水火土五行都有了。你看最近茶场那座，圆溜溜的是土山，中间岁命沟那座露着崖子的是金山，远处长满了树的是木山，最远处箩箕凹像是几朵火苗的是火山，拖拉机站那座平缓的小坡是水山。五行都有，加上有情，才是地形，母亲睡的这块地方要说还不错。

哥哥又说，只是地势高，土薄了些，当时坑挖得不算深，棺材放下去大半截，妈睡得还不算安稳。

哥哥的地理知识来自他家里两本破烂的旧书，是他打工时在广州和西安的地摊上买回来的。有一次回箩箕凹，哥哥带我去看蛤蟆石附近的山势，说这里有一棺九龙抢珠的大地形，还没有人找到。将来想把这块地买下来，把母亲的坟迁回来落土。

## 三

在土屋里，父亲说，那回发现邹庭长的墓碑之后，他遇到过一个地理先生，把他带上去看母亲的坟。

地理先生是湖北来的，他一看母亲的坟，说是个女坟啊，你的啥子人。父亲说是妻子。地理先生就说，旁边先埋的有坟吧？这座坟主是先埋的人喊来的。他们后人也不来上坟烧纸，嫌孤清呢。

又问父亲有几个儿女，父亲多了个心眼，扯谎说我就一个女儿吔。地理先生点点头，说也好，也好。

父亲扯谎的原因，是早先听说母亲这里的地形是个旱莲花，发女不发男。广佛街后面有三座山，我们上初中的学校茶山是正中的蕊，母亲在的山头是旁边的一支。

父亲转头对姐夫说，所以我不主张造墓碑，砌砖之类。莲蕊经不起压，太重了不敢。姐夫说，那个拜台有点小，砌一下应该没事。

我们那天是和平仔一起，上筲箕凹看三舅娘。三舅娘以前和母亲最好。老院子的人一家家搬下广佛镇，三舅也去世了，就剩下三舅娘了。三舅娘的家和我们挨着，我家搬下广佛镇以后，房子卖给了三舅家。我们烤火的土屋，就是以前我家的火屋，里间是以前的睡房，光线很暗，现在里边加了一个灶屋，变得更黑了。父亲没在家那些年，我和母亲睡在这间屋里。

那天父亲讲了邹庭长叫走母亲的事之后，平仔就说了那只水雀儿的事情。

晚上我做了一个梦，梦见我回到那间睡房里，睡房很黑暗，隐约有很多层，很久我没见过母亲了，这次又见到了。母亲却在那些重重叠叠的房子后面，我总是走不近她。心里有点畏惧，似乎我已经做错了什么，无从挽回。

# 忠家公的八字

## 一

冬天落叶的傍晚，我走在陶然亭北墙外的街上，接到忠家公打来的电话。

“我打不过明年了。”他说。

忠家公入冬以来感冒了，很久没有好。但他确定的语气仍旧叫我觉得突然。我说感冒拖一向会好的。忠家公说，我查了八字，自己明年又冲又克，肯定上半年都过不去。

微微的寒风中，贴着耳朵的手机和拇指一起变冷了，我不知如何劝解他。忠家公是算命先生，平时给数不清的人算过命，不用说给自己推八字。

我想到他在那高大又空落的粮管所旧屋里，独独一盏灯光下查看命理书，推算自己的命运。自从我离开那里，这座带走廊的大房子里就剩了他一个人。晚上去上厕所，脚步声会嗡嗡地在走廊里回响，身影被走廊里头的电灯打在身前地上，像是他一直踩着自己的影子在走。

这似乎不是好兆头。从过六十岁开始，忠家公开始推算自己的晚年。他总是说，自己人生的大运都走完了，日期不多了。我总是劝他将来还长。但我知道，他心里有自己的想法，外面触不到。

我是偶然到粮管所去住的。去之前我知道忠家公是“半仙”，但不了解他有全套的道士行头，除了算八字还能看阴阳，推日期，屋里有不少翻得破旧了的命理书，连同两部同治年间的线装楷字本。前几年的忠家公还只是初入行，身为他侄女的岳母经常有些轻蔑地提到“他也在算命了”，现在已经常有人晚上到粮管所来找，求问逮猪的肥日瘦日，起房子的方位风水，忠家公就拿出命理书来推。“要有本章”，不像那些瞎子掐指乱算，这是他时常讲的路数。

忠家公有文化，早年上过学，招过工，这大概是他入行快的原因。我第一次见到他是在西安，忠家公带着一帮工人包建房工程，到省建筑公司工作的弟弟宽家公家里借碗。

宽家公很不高兴，说你包一趟工程连碗都买不起，要到我屋里借。工地上端的碗，你能完整还回来。

忠家公就使气走了。这项工程想必也是弟弟介绍的，以后却黄掉了。

当年两弟兄高中毕业，亲戚有点关系，招工到省建筑公司。弟弟学会了开车，在省上一直稳定下来，成家立业。忠家公早一年去，却卷进了武斗，因为命案坐了牢。“文革”后复查，他和命案无关，落实政策分到粮管所。却又犯诈骗罪坐了第二次牢，丢了工作。

岳母经常提起，忠家公以前在鸭河口有一套大房子，老婆娃子都有，“几受人尊敬”。以后却被他自己败光了，落到老粮管所栖身，“吃半吊子神仙饭”。

## 二

忠家公说自己八字带冲，却走沐浴运，“一生波折，缺财缺禄，只是不缺女人”。

我在粮管所的时候，常有一个白沙河的老婆婆来看他，住上两天。有时忠家公也过去。两人没有扯证，老太婆的儿女也不干涉，乡下叫“搅棒棒伙”。

忠家公命里“四甲四妻”：甲申年，甲戌月，甲寅日，甲子时出生，“一甲一妻”。

第一任妻子是知青，在红卫兵串联中认识的，忠家公坐牢刚出来，她在西安得病死了。忠家公找了一车旧板子，钉成棺材把她葬在终南山脚下。妻子留下一个儿子，由宽家公抚养成人。

第二任妻子是在粮管所时结的，生了两个女儿。那几年粮管所改制，忠家公出去创收，贩的干辣椒霉了，欠了单位的钱，房子都抵了货款。他鬼迷心窍带家婆出去行骗“放鸽子”，说家婆是他妹妹，介绍给哪一家，收了人家的彩礼钱，再把家婆约出来跑掉。谁知走到河南的一家，家婆觉得人家境况富裕，人又温和，不像忠家公喝酒打人，落了屋不肯走了。忠家公气不过，放火去烧人家的房子，被狗扯住脚跟，房子没烧成反倒被抓起来，纵火诈骗罪相加，判了八年徒刑。

等他出狱，两个女儿也被妻子带走，长大嫁人了。粮管所开除了他的公职。忠家公剩了一个净人，在外荡了两年，包括到西安去包工程。失败以后，他又找到一个女人，过了几年。女人也嫌他脾气不好，后来跟人跑了，留给忠家公两间山上的房子，山高，他也不回去住，房子慢慢地塌掉了。

忠家公就找到了粮管所，要求恢复公职。跑了多少趟，公职办不下来，恰好粮管所倒闭，半坡上一院房子没人住，瓦楞上草长了老高。他就搬了进来，占了两间。人家撵他怕他拼命，人又老了，只好默许，也叫他看个院子。

粮管所剩了个空壳子，只是每年春秋两季发放退耕还林粮食补贴，院坝里会摊上粮食。有段时间，一个外地老板租院坝收松子，青褐色松果堆成了山，雇人昼夜砸出来，松油的芬芳弥漫院子，比粮食浓郁很多倍。直到松子全部运走，院子还香了几天。

忠家公算是有了房子住，自己种点菜，春秋从粮管所拉两车炭。满了六十岁，有一份几十块的低保。花销的缺口，要靠半仙的手艺补贴。

比起算八字，阴阳更来钱些。我跟忠家公上南家山去给人看过阴地。

在南家山，忠家公坐在一家人的祖坟背上，坟头搁着一升米，米摊得平平的，上面放着罗盘，眯眼看坟头对准的方位。罗盘放在米上面，大约是保证不受磁性干扰，这升用过的米也就归了忠家公。米底下还放了一张五十元的票子，也是看风水的酬劳。

忠家公的罗盘看起来很考究，是他的大舅舅传下来的。忠家公认为自己是有传承的，大舅舅是八仙河有名的道士，能做道场上刀山。忠家公有一个“道经师宝”的大印，说是用雷打过的坟头上的桑树雕的，是大舅舅传给他的，另外是那两本同治年间的小楷《开方科》《开路科》线装本。大舅舅在“文革”中过世了。在粮管所呆着的时候，忠家公经常抱着书看，以后他置了一套道士服，按照线装书上的说法，给丧家开五方。开完了五方，他脱下道士服，变成了歌郎，绕着棺材唱丧鼓。

这样忙上一夜，可以得到一百块钱，还能把开路时杀过的鸡提走。

我跟着忠家公去过一次丧家。开五方要两人合作，他带着一个徒弟，穿着道士服，有些像是老戏里的人物。唱起丧鼓，忠家公的嗓子不是很好，却自有一股苍凉味道。

和人对歌的时候，他现编的词除了押韵，往往带有典故，不像有些人是“棒槌歌儿”，只会在男女之事上打转。和着锣鼓独唱的时候，他的唱段大约来自家里的《隋唐演义》和《开方》，我记得最清的是这段：

人生在世苦奔波
好比南山草一窝
草死原是霜来打
人亡又是病来磨

后来听人说，忠家公那晚上的丧鼓唱的是由来最好的，大约因为有我在场。

为了恢复自己的公职，办理退休，忠家公让我给他写过几封申诉信，带到县上去找人，有两次还睡在领导办公室，却终究未能奏效。

他始终觉得，自己当初犯罪已经判刑劳改，不能又开除公职。这么多年来他想尽办法糊口，不给国家添负担。现在人老了，熬不了夜，唱不动丧鼓，单位不能眼睁睁看着不搭救。毕竟当初他“一时鬼迷心窍”，是由于单位逼他去跑创收赔了钱。

他一直在写申诉信，写好了又修改。

## 三

那天在陶然亭北街上的电话里，我听到了忠家公的咳嗽。想到那幢大屋子，走廊里有微微的穿堂风。

忠家公还说，山上一直有咕咕雀儿叫，以前一直是在河对岸，倒了好几个老婆婆。现在叫到这岸山上来了。

电话的末尾，我说等过年回去看他。手指僵冷，放下电话，我呼了口气。

过年回家，我没有上八仙。端阳节后的一天，接到一个陌生女人的电话。

她说，你忠家公过世了。

我一时没反应过来。

她等了一会，见我没有反应，就接着介绍自己说，她是忠家公的女儿，回八仙料理丧事。我“哦”了一声，她犹豫了一下，又接着问，你和你忠家公好，知道他生前收的有存折，或者在哪里藏的有钱没有。

我说没有。只知道他有几本书，一个印。她没有再说什么。

过后知道，忠家公前两天骑他那辆破“嘉陵”上镇子。这是一种嘉陵厂很早以前产的轻便车，因为中间折下被人称“犁弓子”，八仙大概只有忠家公还在骑。回来拐上粮管所的便道，车子倒了，忠家公摔在地上，别人把他搀起来。头部有些擦伤，别人让他去医院检查，他说不用，自己回了粮管所。

晚上没有人去粮管所。第二天粮管所要发放退耕还林粮，办事的人去找他拿仓库钥匙，一看人躺在床脚旁的地上，已经凉了。应该是颅内伤。

我一想，忠家公真的没有打过上半年。况且他还不是生病，是这么一场意外。

听说忠家公的儿子没有过来，两个女儿出钱办的丧事，落葬在乌鸦山。忠家公的书和印章罗盘，被他的道士徒弟拿走了，还起了点争执。女儿怀疑徒弟拿走了别的东西，也疑心那个白沙河老婆婆藏了什么，才打电话来问我。

我在粮管所的时候，忠家公在关中的儿子来看过一次。儿子在长安县打工，没娶媳妇，新起了一个砖坯房子，想让忠家公过去住，给他管家。有段时间忠家公动了心，说那地方他熟悉，有鱼塘，他闲了能去钓钓鱼。忠家公早年爱的是在大河里撒网，近年来修电站打不成鱼了。房子离娃子他妈埋的地方也不远。可是他过去玩了一次，回来却不肯再去了。

忠家公说，秦岭修环山公路，娃子他妈的坟早就夷平，影子都找不到了，那边现在都是火葬。他没有养过儿子，以后有了儿媳妇，一句话不对，人家抵到脸上来问受不住。他回来呆着，只要没人用这个房子，粮管所不会撵他走。

等到人死了，撂着看不过身，不管远近的亲戚，或者儿女，总会置一副棺材把人葬了，能落个归土。

乌鸦山是忠家公出生的地方，他的心愿实现了。

只是没有唱丧鼓。

# 床与棺之间

吴家的房子在山口，屋后有一块大石头。石头身上长着一溜脚窝儿，人可以爬上去；顶上平展，可以站着望一望。石头顶上和脚窝儿里都长着苔藓，时间久了失去了水分，有些发黑。

房子是三间大瓦房，土墙下半截颜色暗了，上半截看上去还有些新。那几年人都在屋里，过年总是张灯结彩，离阶沿不远的院地里落着一线猩红。灶屋里有两处火，灶火之外，靠近后门的地上一小堆红灰，上面两根柴缠着小小火苗。二家公就烤这堆火。

他坐着一个小板凳，一直不动，可能腿脚也有问题，轻易站不起来。脸上是笑着，柴火照亮了无数皱褶，却又留着褶子里的阴影，像是屋檐下灯火的余光，落了一点在荒地土坎上。

在他微微向上敞着的眼窝里，存了最多的火光，眼睛眯成一条线，避免光线从眼底漏掉。

吴立志说，二家公以前住在鹅儿坪老房子里。一大家人，两个老的加五兄弟，只有家公当了上门女婿，其他兄弟都没成家，好几个是半愚子。二家公劳力不算好，可是他干活不歇气，从起早做到擦黑，是屋里的顶梁柱。

有一年他差点说了媳妇，说的是高桥的女娃子，两边家儿都看了，女娃子愿意。听说长得还怪好，可是好像有一种毛病，身体不行，担心嫁过来干不了重活，添人口负担。就算了。以后再没提过亲。

两个老的过世了，兄弟老的老病的病，七八上十年间，前脚后脚地也走了。二家公就成了一个人。前五年老房子被雨淋塌了，吴立志的妈接他下来。

二家公并不在这三间屋里住。冬天他在灶屋里能挨着炉火，呆得久些。

白天，我看到他慢慢绕过屋角，走到前院，去上院子外边的厕所。又扶墙慢慢回来。

屋角墙上钉有一排尖头的木桩，转过墙角时，他的手摸索着，碰到那些尖头上。似乎疼痛地缩一下，却又一定要摸上去，实在地触到。

吴立志说，这些尖头木桩是二家公钉上去的，墙角和厕所外面各有一排。碰到了这些木桩，他才知道来去厕所的路线。碰的是木桩的尖头，因为他的手长年在任意什么东西上摸，茧皮厚，一定要尖头才有感觉。

吴立志说，早先这间灶屋是二家公住。后来吴立志和弟弟娶了媳妇，家里办喜事房子窄，就另搭了柴棚。

二家公在屋里的时候，不利索，床上和屋里都是臭的，有人客来了不方便。住在柴棚里，他有个小手，随地就解了，自净些。

柴棚偎着蛤蟆石，苞谷秆子苫的顶，蒙着一块条纹防雨布。树棍作的墙壁，有一面受着河风。

柴棚里有一张床。一床烂棉絮拢在床上。床头地上有一把椅子，二家公坐在椅子上，晒着柴棚口进来的太阳。对面山高，太阳落下来的时候不长。

他的眼窝仍旧敞着，眼底闭成一条线，阳光满满地存在眼窝里，不会漏也不外溢。他顶着两眼窝阳光，一直坐到太阳下到西山崖后很久。

吴立志说，年轻时二家公的眼睛是好的。因为省灯油，天黑了不点灯，眼睛总是眯着。白天太阳大时要干活，买不起草帽戴，眼睛也是眯着。眯久了，慢慢就睁不开了。只能感光。

这是秋天，二家公的穿着和过年没两样，一件土黄色外衣，是民政上发的军衣，褪色了和土巴颜色差不多，扣子有两颗系不上，套着里面敞口的袄子。袄子下面还有很多层，一年到头的衣服都穿在身上。

笑容的皱褶少了火堆旁的阴影，看上去平展衰弱了一些，或许由于阳光。乱鸡窝的头发上沾了一片竹叶子，是从床上带起来的。床上一条烂棉絮。

有一年在鹅儿坪，给二家公托关系领了一床新的救济棉被。下雪天冷，二家公从被盖里扯了一坨棉花到邻居家生柴火，没用完的棉花顺手又塞到铺盖里。棉花没有完全燃熄，半夜在棉絮里烧起来，人感觉燃了，把被子拖到院坝雪地里拍。棉花在套子里闷烧，眼睛又看不见，左拍右拍不熄，到了大清早，手上剩一小把棉絮，一床被盖烧成了灰。

下来住之后，就不让柴棚里生火，灶屋里到冬天专门烧一堆柴火，供二家公烤。

柴棚的另半边，是一副没有上漆的棺材，和床正好对着。二家公晒太阳的位置正在床与棺之间。

等到人过世了，把棺材盖打开，人从床上移过去，就行了。

这副棺材是早几年吴立志妈出钱打的。二家公是有现成棺材的人，和河口敬老院里的那些人不一样。

站在石头上，能望到河口铁链桥对面的敬老院，是原来的小学校改成的。五保户们住在一排教师宿舍里。

教师宿舍越来越空了。老人剩下三四个。烟匍在地上往外冒，像腰杆被打断了，一路不起来。老人们需要的只是柴火，所有宿舍都成了堆到屋顶的柴房。

有个老头在操场外边摔了一小跤，就死了。人说他本来就要死了，那一跤只是个由头，要不那么矮的坎子，根本摔不死。

按说他也没喝酒，喝了酒的人才轻易会摔死。吴立志的二叔住在广佛黑虎庙上，大年初一上香河来喝了酒，手里还拿着半瓶酒，大白天地往回走，就走丢了。

沿路上下一寸寸地找，硬是找不到，三天以后发现在挨着吴家房子一个小坎子下面，人掉到水边上，好像睡了，身上也没有红伤①。总在远处找，所以一直找不到。

有个老头偷吃猪伙食，吃到石灰草肠子烧烂了，痛死了。他其实有吃的，懒得做，要去偷猪的。

---

① 红伤，见血的外伤。

往年香河口有一个孤老，饿死在屋里。过年他没给村长送礼，村里把他的救济粮压了没给。三十里的雪一直下到初三，他没有出门，就死在屋里了。人是瘪的，不像二叔有点被水泡胀了。

附近的人报了案，派出所的车上香河要等雪化，吩咐把死人的屋锁上，保护现场。村长担心派出所的人来发现是饿死的，又不能撬锁，就偷偷爬上屋顶，掏了个窟窿扔一袋米下去。

以后国家有了集中供养的政策，沟沟岔岔的孤老，集中到学校里来，一时人还挺多，好像一个院子。别处院子人平时出门打工，这里相比还热闹些。不过三五年，暗暗地就稀少了。

二家公是那年秋天里死的，原因是吴立志带回去的一碗肉。

"中秋节我从学校里回去，想到他欠油水，带了一碗学校厨房的红烧肉给他，还蛮肥。他一顿就搞光了。"吴立志说。当天晚上人上吐下泻，拖了几天没缓过来。

人死以后，棺材用了，床和烂褥子都烧掉。入土过后，吴立志的妈让把柴棚也拆掉了。

这个人的痕迹就完全没有了。

妈下了县城，爹一个人在屋里呆了半年，下县城过的年，老屋子就没点灯了。吴立志第二年回去，家里的老鼠子都跑光了。它们知道人走了。

将来这座房子也会塌，像鹅儿坪一坝的老房子。塌了的土房子埋到土里，像一个人走了，不留一点痕迹。

大石头还好好的，许久没有人上去望。脚窝窝里青黑的苔藓长平了。

## 找妈妈的奶奶

那天在双井一家火锅店里见到李颖，她刚从甘肃白银老家回来，参加完奶奶的葬礼，看上去憔悴了很多。吃饭间她提到奶奶生前的一些事情。

在乡下叔叔家，李颖握住病床上奶奶的手，奶奶看着李颖，喊："妈妈。"

李颖没有见过奶奶的妈妈，奶奶就是她记忆中辈分最高的长辈，从小疼她的人。没想到眼下自己会被奶奶当成妈妈，有点不知所措。妈妈说，人老到一定时候，就重新变成小孩子了。奶奶也管妈妈叫妈妈。

奶奶去世前三年中了风，从此就躺在床上了。起初还认识李颖，后来就渐渐问你是哪个。拉住奶奶的手，说我是李颖，奶奶也只是哦哦。再后来就开始找妈妈，逢人就喊。

奶奶在床上怕长褥疮，翻身又弄痛了她的骨头，叔叔给她买了个气袋，垫在背后，用筒子一点点打气进去，人就一点点垫起来，翻过了身。

我想起了自己的婆婆。

婆婆是在九十九岁去世的，没有实现过一百岁大寿的心愿，祸因是沟口上王家的狗。

三年前，婆婆还很精绷，种有菜园，一个人时常从豹溪沟袁家屋场走两里路下狮坪街，给自己买吃的和头痛脑热的药。那次从街上回来，不知怎么碰上王家的恶狗，婆婆占着手，腿脚又不如年轻人，被它在腿肚子上含了一口。回来伤口化脓，躺了两个月，再下床的时候，发现两腿走不动路了。

拄拐杖也不行，两腿是飘的，像是枯干了的芝麻秆子。后来婆婆想到一个办法，用家里的一把椅子，双手拄着椅子靠背，借一点力，人带着椅子慢慢往前蹭。婆婆过世以后，我在养老院里看到过病人康复用的一种带轮子的小推车，和她推的椅子类似。但婆婆生前没人想到给她买这个。

椅子挪起来自然不如带轮子的小推车方便，不过婆婆经过无数次的挪动，竟然可以不用人帮助过门槛，临到门槛的时候，婆婆双臂还有一把劲，可以把椅子提起来搁在门里，自己撑着椅背跨过好腿，再把坏腿搬进去，这样到了门里。

屋里地面响起笃笃的椅子脚挪动的声音，就知道是婆婆来了。婶娘们抱怨婆婆好跑，不肯老实呆着，但她们也佩服婆婆厉害。

婆婆另一个厉害的地方，在于敢和几个婶娘打嘴仗，要好吃的。虽然自己不能再下街了，她还是会把零钱交给孙娃子，让人上街时买零食回来。婆婆的零钱来自每年过生日收的礼钱，和孙子辈的偶然孝敬。她的能吃，和她格外的高寿一样，是婶娘们时常抱怨的对象。

“吃那么多干啥！还不早点死！”看着婆婆打开孙子捎回的一盒饼干，一个婶娘直接对着婆婆说。

“我就是要吃，我还想活呢！”婆婆不示弱地回嘴。

叔叔伯伯们不会这样和婆婆打嘴仗，但私底下也会对婆婆的过于长寿流露担忧。婆婆不仅远远活过了爷爷，还活过了大伯伯。爷爷二十多年前就患喉癌去世了，过世前半年吃不下饭，我记得和爸爸最后一次去看他，爷爷骨瘦如柴坐在火边，仍旧没有舍弃他煨了一辈子的浓茶，爸爸说或许是这过浓的茶损害了他的食道。当医生的爸爸带了半背篓药，似乎为难地说再吃完这些，就不吃了，爷爷不置可否地看着那些药，提起来随手放在了一个角落里。爷爷脾气刚硬，即使骨瘦如柴也还有力气，却没有活过看起来稀松的婆婆。

婆婆的六个儿子中，大伯也已死去多年。二伯已经七十多岁，前年一场中风之后，他再也不能上山撵野猪了。

“婆婆看那样子，还经事。”二伯微微笑着说，又看看自己，“双膝在辞劳苦[①]了，再过几年，怕是多半跪不下去了呢！”我想，他担心的不仅是过几年当孝子跪不下去，还有婆婆可能也活过自己。

婆婆自己会提起来说：“我怕是要死了啊。”但是几妯娌都说，她很怕死，特别想活到一百岁。八仙河没有老太太活到一百岁的，婆婆想开这个头，在实岁满九十九那年，办一个百岁大寿。

婆婆还有一个想法，是她过世的时候，一定要打三天丧鼓，因为她生养了一堆儿女，人老几代，不能像普通人那样打一夜丧鼓，

① 辞劳苦，比喻使不上劲儿。

更不能像姨婆婆那样只打半夜。这一点，她给二伯伯和爸爸再三交代过。

婆婆和姨婆婆是亲两姊妹，婆婆叫杨家珍，姨婆婆叫杨家青。年轻时姨婆婆的人材好，但婆婆的命好。有人说姨婆婆的名字起得不好，“青”字有清苦的意思。但是狗咬前的几年，我觉得婆婆叫这个名字更合适，她用“一丈青”的头巾包着透明有光泽的白发，脸上气色红润，身上也是干净的青布衣服，看上去真的有一种返青的感觉，叫人想到古经讲佘太君的“头发白了又转青，牙齿掉了又重生”。婆婆自己也讲过这个典故。她一直还有两颗门牙没有掉，能够嚼核桃和吃烧土豆。婆婆吃这两样东西都要抹上蜂蜜，这是她自己的发明。

有一年，在从寒河桥走路回豹溪沟的横坡小路上，我还听过婆婆唱歌。

那一晚一群人，趁着大月亮走夜路，有人走到半路唱花鼓子，婆婆也来了兴致。我们略微一鼓动，她就开始唱了一首。很尖的声气，是一首我没听过的花鼓调，大概年轻时婆婆唱这首歌特别清亮悠扬。婆婆兴致很好，又唱了一首，大家都说好，婆婆这么大年纪，声气还这么高。

那是我第一次，也是最后一次听见婆婆唱歌。

婆婆被狗咬以后，说话慢慢地少了。除了吃东西，她像是不愿意再多开口。

渐渐地，婆婆也不大认识人了。以前我给她带钱的时候，她一边接钱一边会说“袁凌啦，你的孝心好”，说给旁边的儿孙媳妇听。后来她接过钱，却认不出我，说：“这是哪个好心人，给我钱啦。”旁边的孙子媳妇提醒她说："这是袁凌啦，你孙娃子，哪个好心人得给你钱。"婆婆就"哦"一声。

二伯说，婆婆能吃一大坨饭，内脏功能是好的，经事。

婆婆日常只坐着晒太阳，眼睛眯着，放射出无数的皱纹，嘴巴闭着。我想到一只年久的坛子。虽然人还在，但她心里的记忆，就像装在一口坛子里，再也无人能够开启了。

婆婆还有一件放不下的事，是她的入土。她不愿意和爷爷合葬，嫌他的脾气不好，晚年还动手打人。

她中意的位置，是在爷爷埋坟的下边一些，幺叔家自留地的头上。为了避免儿子把她和爷爷合葬，她还自己出钱买了两车石头，叫人拉了倒在那块地皮上。

但婆婆最终没有睡成那块地。

婆婆的身后计划被幺婶娘打破了，幺婶娘得病死在了婆婆前头，就便葬在婆婆想要落土的位置。婆婆也没有办法。

婆婆前几年算过一次命，算命先生说，你的命固然是好，但唯有一点，儿孙满堂，临头却无人送终。

二伯说，这句话应验了。

婆婆是腊月二十八到二伯屋里的。住在袁家老屋场的三兄弟每个月轮流转，本来要在幺叔家过大年三十，婆婆有些咳嗽，提前要二伯接了她上去。过了年三十，婆婆的咳嗽没有好。她自己拿钱给二伯，让他到街上去买枇杷止咳糖浆，还有她喜欢吃的一种大圆饼干，塑料封成一筒一筒的。

到了初七，婆婆还能低头坐在椅子上烤煤炭火，但不想吃饭了。

她把身上收的两千多块钱掏出来，叫二伯给她另外买一块地皮，葬在大伯伯的坟附近。扎咐[①]了这桩事，婆婆就倒床了。

二伯打电话叫了在外的我爸爸和四叔回去，也通知了院子里的各家大小，还好过完春节人都还在屋里。爸爸和四叔都回去了，还有些亲戚也来守。看婆婆一时还没事，院子里摆了两桌麻将，有一桌摆在二伯家火屋里，隔墙就是婆婆的睡房，有动静好随时进去看。

婆婆的止咳糖浆喝完了，她还有神志，要二伯再上街去买一瓶。回来的时候，火屋里的人还在打牌。二伯进了卧室，里面没有人，只有婆婆躺在床上，也没有咳嗽。二伯叫妈，糖浆买回来了，婆婆也没有动静。二伯觉得屋里特别冷，心里忽然有些异样，凑近去一看，婆婆眼睛闭着，一探鼻孔，已经没有了呼吸。一摸身上，已经在凉了。

二伯赶紧喊外边的人，大家摔了牌跑进来，才知道婆婆过世了，就嚎哭起来。二伯问你们就没人进来看一下。有人说先前是进来看了的，看婆婆睡得安静，也没咳嗽，以为没事，就没有凑近摸一下。

二伯这才明白，婆婆算的命应验了。

临时来了很多客，用钱的项数多，花费的分摊一时没商量好，婆婆留下来的两千多块钱，做了第一天的伙食花费。丧鼓按照婆婆的意愿，打了三夜，费用几弟兄平摊，礼钱也均分。孙子辈人头太多，就没有牵扯。

婆婆还是和爷爷合葬了，本来爷爷下葬挖坑的时候，就留了婆婆睡的位置，这样最方便，只需破一下半边砌石，婆婆落土之后，再扩大垒起来。

---

① 扎咐，切实地嘱咐。

婆婆过世的讯息传来，我正在收假回北京的火车上，想不到会打三夜丧鼓再上坡，没有赶回去。因为八字时辰不对，婆婆的棺材在坡上遭了大半年，到年尾腊月里才圆坟。

第三年春天，我第一次看见了婆婆和爷爷的合葬坟，比原来的坟大了很多。婆婆这半边，坟头上的青草还没长严，像晚年包着青布的头发。拜台上余着一些纸灰。

我想起了那条小路上，婆婆最后一次唱歌。希望在阴间，她和爷爷能相处和睦。

# 民歌手大舅

## 一

去年除夕，我和哥哥去给镇街后坡的母亲上坟归来，看到大表哥停下摩托车，提着香烛往坡上走去。哥哥脸上露出微妙的神情，本来要回家吃团圆饭，临时又当街买了一沓火纸，说我们去给大舅上个亮吧。

大舅的坟在镇子对面山上。车到半山，哥哥说，刚才大表哥肯定是去给母亲上坟了，所以不好意思不来给大舅上。

但是大舅这面山可高得多，摩托车呼呼哼着，拐了几十个弯还不到平坡小路。这是表兄弟们偶尔会到母亲墓门烧个纸，却不愿来给大舅上坟的原因，估计也是大表哥要给母亲上坟的动力。当初下葬的时候，抬棺扶灵的表兄弟们出透了汗，年纪最年轻的幺舅，走到第一道大梁子，面对一道母猪坡，揉揉关节炎的膝盖，也摇摇头打了退堂鼓。其他两个舅舅，望着这大架坡就投了降。大舅的坟埋在这么高的坡上，让他们都没机会到坟前看看，以后串门找不到路，这是几个长辈埋怨大表哥的话头。

谁也不知道大表哥为什么要选了这么个高坡安葬大舅。说是在广佛镇，又离得八竿子远，倒不如像二舅三舅，留在筲箕凹老屋场，三十上去一道就上了。他自己说，这里距离镇子远，不会被扰动，视线阳光都好。他领大舅来看过，大舅说这儿不错。大家还是觉得他图便宜。至于大舅，选哪儿他都不会提出意见。

他是个从来没有意见的人。虽然他是老大，兄弟们还喊他一声大哥，但在聚会场合从来不会等他拿意见，也不敬他的酒。他也不沾酒，避免了座次的尴尬。

但我知道，在几个弟妹都还没成年的时候，他试图为妈妈做过一次主：偷偷拿掉了外公塞到妈妈手里的羊鞭，叫她照旧去念白果坪的小学课堂。妈妈由此多认识了一周的字，直到被外公强力阻止。

大舅再也不拿主见，可能是娶了大舅娘以后的事。他像是专等着一旦娶了亲，就把一份主权彻底交出去，自己只出力气，再也不操心当家的事了。就像这份生而为老大的负担，已经让他承受了太久。

大舅娘是个很娇养的人，家里活路都落到了大舅身上。但他并没有成为勤劳的榜样，或者这也是兄弟们不够敬重他的原因，他有做活路之外的爱好。

他喜欢听收音机，唱歌。

记得很小的时候，我家窗台上摆着台很大的银色收音机，正方形，带着大的圆形转钮，扭动时发出呜呜的声音，捉摸不定又很奇妙，像是冬天风吹过竹林，一会就传出说普通话的人声。我时常想去动一动这个转钮，与其说是想听人声，不如说被这个呜呜声迷住，还伴有信号的红色闪光。大舅家也有一台，是扁扁的长方形，体积小很多，套在一个皮壳子里，转钮在旁边，像一个多余的小耳朵，跟我家的似乎完全不能比。不料爸爸竟然用我家的换了大舅家那台。这份交易使我完全不能忍受。虽然是爸爸主动的，我却对接受交易的大舅生出了嫌恶，他带走了我着迷的大圆钮子，和里面呜呜的风一样的声音。后来我知道，这是由于大舅家的收音机效果更好，那是架短波收音机，不像我家原来的中波，需要一直调来调去。

我对大舅的印象，大约就是因这件事变坏的。回想起来，爸爸可能是想听中央的节目，大舅感兴趣的则是播歌曲的省台，他喜欢听里面的花鼓黄梅戏，也喜欢唱。

大舅唱歌的场合，大抵是人家办喜事，那时还流行闹洞房，匹配的节目是唱花鼓。但我并没有他在这种风光场合唱歌的印象，记得的是他在箐箕凹土屋里自己哼唱花鼓调。有一首是船夫吹牛的，却从一根寒毛开始：

小小船儿下斗哇——潭啦
扯根寒毛又做篙——杆啦
人人都说我的篙杆——小吔
我小小篙杆撑大船
世上几千——年啦

我们这里山高水急，虽然也传下来渡船口码头之类的地名，却从没见过船，大舅唱这首调子的时候，似乎带来了某种遥远的奇异激情，和他平时不一样了。另外一首则是典型的封赠主人家的，似乎更适用于乔迁新房，可见以前在这类场合，也是少不了花鼓调的：

一进门来把檐呢——观啦
主人家的房子舍修得——宽啦

左三间的右三间——呢

后边还有长五——间

赛过了皇王——殿啦

大舅唱歌的时候，眼睛微微眯起来，现出千条皱纹，脸上紧绷贫乏的肌肉却散开了，几根稀疏枯黄的胡子飘动。似乎在这土屋里，哪里来了一束柔和的光，将他笼罩在光晕里，和平时有些不一样。

就是那几年，花鼓调在家乡失传了。闹洞房的风俗不知为何中止，我只在湾口上赶上了最后一趟，唱歌的主角是二舅家的忠表哥。他的声音好，但似乎主动收敛了这套本事，走了上学参加供销社工作的正路。大舅在土屋里的那次哼唱，是我最后一次听见他唱歌，也是最后一次听见家乡的花鼓调。

## 二

大舅家的土屋是太爷爷手里起的老房子，比另几个舅舅家的黑些。大舅家似乎也要穷些，虽说那些年大家都穷。有年入冬，火炉边架了一口大房缸，看起来真有一座小房子那么大，大舅娘在缸沿上剁盐菜。房缸里已经装了一半干萝卜缨子，拌了盐，发出一股沉郁的气味。一个冬天就要靠它了。

盐菜的气味之外，另有一股掺有青蒿的草药气味，是四舅在给大舅敷包。大舅卷起衣服，背上的肿包有小孩拳头那么大，让我惊心，还暗暗有一种感觉，只有大舅会长这种包。四舅一只手受过伤，用一只好手慢慢地给大舅敷，混合着大舅娘腌盐菜的动静，似乎这件事本身不是那么严重，却又毕竟不同寻常。

外公还在世的那几年，大舅家中堂上总是挂着一幅穿过金黄麦地的华主席画像。换成邓小平像以后，过年不用再吃盐菜了，大舅家的猪杀的仍旧是院子里最小的，也消得快。但是他们过年做的吃法儿①，总有些花样，譬如有年大舅娘从外公住的那间最老最黑暗的屋顶上端下来一摞浆粑馍，虽然不像买来的五香瓜子洋气，却有种特别的香甜，大舅家像总乐于做这类东西。

有年年三十，大舅家的气氛很沉闷，没有什么过年的气息，似乎是欠的有账，上门要账的人才走。大舅坐在火边低着头，像是想着一件想不出结果的事情，忽然微微抬头对小表姐说，你把那副猪肝提到底下楼房里去卖嘛，称两斤瓜子回来。

大舅家吃法儿多的一个原因，是舅娘的心慌症，每天早上起来，要去枕头底下摸两颗水果糖压了，才有力气起床。我就去枕头底下摸过舅娘的水果糖。我从没见大舅自己吃过零食。舅娘身体不好，几乎没有下过地干活，也是大舅家光景不如人的原因。

另外的原因，大家认为是在大舅自己身上。他好跑。每过一段时间，他身上似乎某种病症发作，会抛下家里的活出趟远门，呆上个把月回来，理由则是做生意卖东西。往往是多收了半箩蚕茧，一袋小豆，都会成为他出门贩卖的理由。有一次，他带了外乡的燕麦回来试种，还贩回过银耳、黄花。我就是在大舅家第一次尝到的银耳，和木耳完全不同的雪白，但没有木耳的香。现在回想，那个短波收音机也可能是他贩回来的。从来没见他拿钱回来，往往是路费成问题，一路

---

① 吃法儿，指点心。

饿肚子走回来。大舅的货郎生意成了家族的忌讳，我们很少打听，似乎他在外的那一部分，和我们完全无关，不知他经历了什么。

有年夏天，我在离家三百里的市里上学，无事到汽车站闲转，意外地看到了一个酷似大舅的人，不，就是大舅。候车室里有很多杂沓的人，靠近墙边行车大地图下面的地上，堆着一摞高粱刷子扎的新扫把，扫把堆上坐着一个男人，一只手托着腮帮，刚看见他，我就喊了一声大舅，虽然心里有点疑问，他怎么会在这里。

但他没有理我，脸上全无表情，虽然他明明是抬头望了我一眼。他的眼神完全是空洞的，似乎里面空得没有人，又紧得没法容下人。接下来的话不知怎样出口，我讪讪站了一下走开了，心里疑问这到底是不是大舅，虽然明明就是他。

往后放暑假回乡，听说那年大舅带着大哥一块出门，贩小货赚了几个钱，怕被人抢，钱都在有力气的大哥身上。往回走时，又顺便贩了一堆扫把。但在市汽车站等车时，大哥去买点吃的，遇到两个转铅笔芯赢人民币的。红笔芯黑笔芯，就两种颜色，看上去很容易猜对，一连几个人都赢了钱，看热闹的大哥受不住怂恿上去试，开始还猜了一把真的，赢了十块钱，结果他掏五十的出去押，一猜就是错的，一连四把，身上的两百块钱都输光了，不敢回车站去见大舅，在外边哭了一下昼。大舅在车站等得心焦，又不敢舍下扫把去找，快天黑了大哥才回去，误了车，两人身上只剩大哥头一把赢来的连本二十块钱，扫把又卖不掉，只好在车站待了一夜，第二天贱卖了扫把走路回县。

这件事从日期上对，坐在扫把上的是大舅无疑，但他为何没有应答我，或许因为正在等大哥回来实在心焦，没有认出我来，以后我没有问过大舅。

大表姐早已嫁人，大哥成家分业之后，大舅家只剩下了一个小表姐和小表弟，是最困难的几年。家里穷，小表姐和小表弟的婚事都犯了大难。小表姐到了年龄迟迟没有出嫁，据说是因为缺钱打嫁妆，但大家骨子里怀疑是留她在家做劳力，等小表弟结婚了再送她出嫁。无奈小表弟小时候在乱石坳摔了一跤，从此个子捱苗，迟迟找不到对象，眼看周围的大小姊妹走完了，小表姐有天约了一个坡下院子的小伙，一起私奔去新疆打工成家了，在那边五六年没回来。舅娘还是不能干活，小表弟也不是踏实的人，地里活路就压在年近七十的大舅身上了。

有年夏收，我看到大舅从颤泥荡背玉米上来。大舅的背佝得很低，那篓不算很满的苞谷，似乎要把他压仆在地上，从坡上看下去，首先只见一副坎肩，为汗湿透，失去了任何颜色，再是苞谷，头在苞谷下面。到了三舅家的山房上，大舅撑着打拄歇气，和三舅说话。

他仍旧没有怎么直起身来，虽然他的个子是兄弟中最高的，这会儿却显得比三舅矮。他平时也是这样，从来没有真的直过腰，似乎总在难为情，在他高个子的身体里面，住着一个矮个子，就像在他大哥的身份下面，住着一个和排行无关的人。

大舅说，小表弟说去陈家喝口水，半天没回来，他只好一个人先背上来。三舅说大哥你还背得动啊。大舅叹了一口气，说小表弟还在长个子。他的这口叹气也轻描淡写，似乎没有余力来耗费，或是出于不生纷扰的习惯。

## 三

小表弟总算结束了捱苗，长足了大舅遗传的高个子，娶到了媳妇。大表哥也得益于小时候跟随大舅的练手，从贩牛到开经销店，几番打乱仗，到底抓住了广佛镇搬迁的机遇，在镇中心买下了几块黄金地皮，盖起了旅馆饭店，还承包高速路土方工程。眼看小表弟家境窘迫，大表哥主动放弃了先前分家的安排，把自家三层楼房腾出一间，接来了大舅和舅娘，大舅从此脱离了箐箕凹老屋，在广佛镇落脚下来。

几个舅舅一辈，大舅和舅娘是最早到广佛镇上落脚的，也比其他几位来得习惯。这主要是因为舅娘，她一下来就说喜欢镇子，逛街景成了她最舒心的事。大舅向来是听舅娘的，再说多年前他也常下广佛镇走亲戚贩小货。两人在镇子上一住十来年，老家的表兄弟一辈也全都搬下来了，好比整个家族挪了下来。大舅还是从前的样子，不说话，时常佝着点腰，背着手顺着镇街走走，带着一丝几乎淡到若无的微笑，似乎怕别人看出。脸相没有发福，几根胡须像是秋天的田埂草飘动，越发稀疏。

前几年大舅得了癌症，这年他整八十岁。我去他和舅娘住的屋里看他，屋子当初是按照旅馆房间的样式起的，有些逼仄，光线不大好。大舅躺在床上，挂着一副帐子，依旧是像在老家箐箕凹一样，几乎褪尽了颜色，和他脸上身上的气色一样。舅娘在旁边，大舅几乎已经说不出什么话，只是几乎看不出地微笑。看不出他身上的疼痛，似乎是在经历一次漫长的衰弱历程，抽去最后一丝气力和呼吸，快要到达尽头。他又像是回到了市汽车站坐在高粱扫把上的样子，有些疑心他是否认出了我。

那天我和哥哥走过小路，来到大舅坟前。是一座水泥砖坟，离小路太近了点，没有砌拜台。风有点大，石块堵住的墓门里上着亮，墓前有一堆纸灰，留着余热。比起三舅和二舅的来，似乎总少些。站在这里，远眺坡下的广佛镇，吃年夜饭放的鞭炮烟花，已经历历升起来，尽收眼底。顺着太平河，一直望出很远的地方。身后山势绵延，依稀通到老家筲箕凹。

不知大舅睡在这里，是否还算舒心。

## 纪念墙上的一家人

### 一

在那块捐献纪念碑上，我找到了顾叔叔的名字。在2016年度的最底一排，和别的名字一样是烫金的，但并不显眼。

这是重庆的南山，墓地就在山顶下面一点，高大的黄色楼阁，看上去像是宫殿，树林下是密麻麻成排的墓碑。遗体和器官捐献者纪念碑在火化厅后面的一块小广场上，四五块围成一个半圆形，每人一个名字，不需像骨灰那样占地方，又能留下一个标示，这正是李阿姨和叔叔签字捐遗体的动机。“反正买个地方睡起也贵咯。”

捐器官的人名字在正面，位置比较宽敞。顾叔叔因为是患癌症身亡，器官没有用，只能捐遗体做研究，所以名字在背面，位置要挤得多，就快写不下了。李阿姨说：“这两年捐遗体的人多起来了，以后会在南泉另外立碑，你顾叔叔算是运气好，留在了这里，每次去看他不用跑路。等到我去世，名字就要去南泉那边了。到时候顾颖要是去看的话，要两头跑了。”

我问能不能夫妻写在一块，李阿姨说那不得行，不能搞特殊。

李阿姨和顾颖来看叔叔的时候，就是带一束花，不用烧纸钱上香，毕竟只是一个名字。大约献的花很快就会有人收走，我在纪念碑下面没有看到花束。

顾叔叔过世一年多了。我是从顾颖的朋友圈发现叔叔已经去世的。后来联系李阿姨，她正在处理丧事，只是简单说了两句，人声音有些变。当时也没想到她是这么安排的。过了一段时间，李阿姨发信息给我，讲了叔叔走的详细情形。

叔叔去世在CT台上。那天清晨，阿姨像八年多以来一样陪叔叔打的去医院做透析。上车时叔叔的步子是乱的，阿姨想到那几天叔叔在家喜欢拉上窗帘，呆在黑暗里，心里有些不安。叔叔一起做透析的病友几乎已经全部去世了，去世之前大都喜欢这样呆在黑暗里。天色还没大亮，叔叔坐在出租车上，望着外面街道的灯火，目光有些说不出的淡漠，空洞，像是眼神里什么也没有，或者是在很远的地方眺望。手也是冷的。李阿姨当时觉得，叔叔的手虽然就握在自己手里，人却离得远了。结婚五十多年来，从没有过这种感觉。

到了医院，阿姨看叔叔实在迈不动腿了，让他坐在急诊室外的一张条凳上，自己去找轮椅。到了CT室，手指已经乌了。阿姨扶他走上两步台阶，在CT床上躺下，手放在头上，护士按部就班做检查，阿姨先出了房间。做完阿姨进去，护士正在往本子上记录结果，叔叔躺在台子上不动。

阿姨凑近一看，叔叔的眼仁向上翻了两翻，人没了意识，发了一下呆，回过神告诉护士，护士大吃一惊，立刻抢救，可是已经来不及。叔叔的舌头伸出来，又缩进去，口吐白沫，然后眼和嘴都闭上，过去了。

医生也来了，让阿姨看叔叔的CT片，说肺上布满了棉絮一样的东西，已经看不到肺了，造成叔叔呼吸衰竭。让阿姨看的意思是医院没有责任，阿姨也没有去追究，叔叔透析以来，活过的年头已经远远超出预期了。叔叔没有死在肾衰竭上，也没死在鼻子上，最终是死在肺上，这也是没想到的事。

## 二

我十五年前认识阿姨一家人的时候，叔叔的肾还没问题，但鼻子已经查出基底细胞癌，动过一次刀，使他的鼻梁看起来有点扭曲。在一张周正的大脸上，显得有些奇怪。

叔叔当过铁路局的机务段长，当时退居二线当职业学校的书记。他并没有到退休年龄，退居二线是出于人事原因，挤对他的还是从前最好的朋友，换成了那个人升副局长，这使得他的心境变得有点坏，鼻子也跟着坏起来。李阿姨却不觉得叔叔非要当副局长或者再往上爬不可。她是铁路局学校的教师，当时已经病退，喜欢文艺方面的东西，叔叔对此一窍不通。

阿姨家那时在沙坪坝北站附近有一套大房子，其实卫生间比较小，主要是客厅很大，家具都按阿姨的口味，布置成仿古的样式，坐下来很舒服。窗户下面放着顾颖的钢琴。

家里还有一个奶奶，身体很好，特别会烧菜，有时吃过了奶奶烧的菜，在长条椅上坐下来，听顾颖弹琴。阿姨说，怀顾颖的时候老是生病，吃了些抗生素，顾颖的智力大约受了影响，没考起好大学，从小叫她学个钢琴，在幼儿园当音乐老师，算是有自己的一碗饭吃。顾颖的钢琴是八级，《献给爱丽丝》或者《圣母颂》这些弹起来都没问题。

有时顾颖弹的是苏联的民歌，这也是阿姨最喜欢的，《山楂树》《莫斯科郊外的晚上》。弹《山楂树》的时候，阿姨让我和顾颖二重唱，我唱到“吹乱了青年锻工，和木工的头发”这一句，“的头发”的重音位置总是唱不对，顾颖弹到这个音节时，就回头看看我，笑一下，领着我唱过去，慢慢也就会了。这间大客厅的回响效果似乎很好，我们的歌声在琴声烘托下，也变得动听了。

还有一首歌是《小路》，以前我没有听过。唱这首歌的时候，阿姨会出神。她和叔叔是高中同学，叔叔高两个年级，毕业招工到了陕北，她想叔叔了，会哼这首歌。第二年“文革”了，可以免费串联，阿姨就自己搭火车去延安找叔叔，走了很远的路。车上很挤，路上很乱，最后在延安下面一个小站找到了，叔叔很吃惊。那时候陕北下着雪，她走去小站找叔叔的时候，雪地上留下了一溜脚印，和《小路》里的情形很像。

阿姨讲这些的时候，叔叔不出声，就像对这件事不置可否。他一直不怎么说话，但并不严厉。有了空闲时间，他披着一条毛巾坐在电脑前炒股，偶尔出门打麻将，这是阿姨尽力限制的。她担心的是，叔叔退居二线后身体越来越胖了，又不喜欢运动。运动是奶奶和阿姨每天要做的事。

谁也没有料到，叔叔的问题最先出在鼻子上。开始是长了一个小疙瘩，有点不舒服，一直消不了，去医院一查，竟然是癌，还好叫基底细胞癌，一般不转移，是癌里最轻的一种。原来才知道癌症还有这么多讲究。开了刀之后，叔叔鼻梁一侧就有点下陷，好在不明显，叔叔也知道了自己的病，开始有点受吓，后来也好了，恢复了日常的习惯，只是医生让他少熬夜，麻将更要少打了。这样一来，阿姨在和叔叔的麻将拉锯战中就占了上风。

## 三

叔叔的鼻子有几年没有大碍，闹腾了一下安分了，让阿姨操心的是顾颖的婚事，完全始料未及。

阿姨觉得叔叔和自己在“文革”期间读书，都没有好好上过大学，文化低，顾颖也没上过大学，家里缺个文化人，最好是研究生。满足了这个条件，其他似乎都可以敷衍。最后终究找了个重庆大学的研究生小邓。

小邓来自农村，家境贫困，阿姨觉得这不是问题。但是小邓和顾颖一样性格内向，两人结婚后相处得不好。我在那座大房间里见到过两次小邓，总是沉默寡言，似乎比我更显局促，只是埋头玩笔记本电脑。这个电脑是顾颖的结婚礼物，顾颖自己不怎么玩。两人几乎不说话。有一次小邓对顾颖说，他感到在这间客厅里，自己低人一等。阿姨之所以愿意他当女婿，一个是顾颖自己条件不太好，一个是看重他身上的研究生皮皮，“没有这张皮皮，我就啥也不是”。阿姨听到这话很生气。

更成问题的是小邓的身体，阿姨觉得这是她最大的失误，没想到小邓有一种骨髓瘤方面的毛病，治不好，而且体弱导致性功能不正常。小邓和顾颖一直没有正常的夫妻生活，顾颖也反应很迟钝，后来阿姨问顾颖，从吞吞吐吐的回答里知道了这个，大吃一惊，去给顾颖检查身体，子宫都受损伤了，阿姨真的后悔了当初的决定，要求顾颖和小邓离婚。

小邓看起来人本分，这上面却很不好打发，说阿姨一家人欺负他，起诉到了法院，结婚买的房子，房本上写了他的名字，其实全是顾颖这头出的钱，为了去掉小邓的名字，赔了他二十万块钱，另加十五万治病费用。顾颖恢复了单身，但有了严重的妇科病。

顾颖结婚之后，叔叔和阿姨都退休了，在距离市区二十多公里买了个带阁楼的度假小区式房子，特意要了顶层带天台的房子，可以种花草；小区有温泉，饮水是从山上拉来的，还有一个人工湖。沙坪坝的老屋由奶奶居住，她眷恋老地方，可以就近跳广场舞和上教堂，不肯搬走。后来奶奶去世了，大屋子就卖掉，以后北站那一片又拆迁了。

顾颖一个人在小龙坎住，后来在那边又谈了个对象。这一次阿姨没管，只要顾颖自己愿意。对方是个包工头，离过婚，顾颖和他也就是搭搭伙，谈不上啥样子感情，后来也没结婚，因为怕再引起经济上的问题。在这期间，顾颖的妇科病进一步恶化，转成了宫颈癌，连子宫一并切除了。做手术期间，那个包工头也没来过，就算是分手了。

在顾颖离婚期间，叔叔的鼻子再次发病，做了第二次手术。手术之后鼻梁全然塌下去，有些破相了。看上去倒是温柔了一些，像个老太太。

阿姨在屋顶天台种了几大架葡萄，秋天收了葡萄自家酿酒。早晨起来在湖畔散散步，向附近的农民买小菜，有时也去山上走走。只是叔叔又发现了肾萎缩，而且他不按医生的吩咐，偏要打麻将，觉得自己反正是病，不如先乐乐。不让打还要发脾气。阿姨管不了他。“反正我自己要弄好，心情快乐些，这几年的事太多了，我再垮了还得了。”她微笑地说。

叔叔的肾病越来越严重，患上了尿毒症，不得不透析。阿姨觉得是他的麻将打出来的。接受透析之后，叔叔真的怕了，不再去熬夜打麻将，也跟着阿姨早晨散散步。脾气也不再那么急躁，或许是跟着身体一起衰弱了。麻将没有了之后，股市也熊得很，叔叔的爱好转移到了电视，各种节目都看，每周固定去医院透析，输液，手臂上扎出了密麻麻的针孔，后来在手上埋着针头。人体质太虚，睡觉的时候要盗汗，有时明明是很薄的丝棉被子，叔叔也嫌重了。

透析了好几年，还好叔叔是百分之九十报销，不然加上顾颖几场病的花费，全家要拖垮了。看起来叔叔这个病壳壳还经事，不料又患上了肺癌，也有可能是基底细胞癌动了几次刀，诱发了转移。这次没敢告诉叔叔，可是他自己明白。顾颖的日记里记着，有一回和爸爸在医院听医生说，热水泡久些可以杀癌细胞。那天回家，叔叔洗了两个小时的热水澡。“爸爸聪明。”顾颖说。

## 四

顾叔叔得了肺癌之后，由于全身到处是病，动这头伤了那头，只能用生物疗法，治好的希望很小了。阿姨打算给顾颖办个病退，不用到学校上班，母女就能呆在一起。找了一些关系，跑了不少的路，在叔叔过世那天，刚过四十岁的顾颖病退手续批了下来。“其中有天意。”阿姨说。如果叔叔去世了，有些路子未必还通，病退就不一定办得下来，毕竟年纪不大。

叔叔去世以后，母女俩住在一处，阿姨的心情不好，顾颖陪着她出去旅游，大约过了一年，心情渐渐平复了。那天两人到北京来旅游，见到了我。说到捐献遗体纪念碑的事，我问顾颖，你的遗体捐不捐？顾颖神情有点变，说我还这么年轻，捐啥子遗体嘛。我说是等你老了的时候。

顾颖反应过来，说我这个情况，也不可能成家有后代了，到时候也捐献了。只是不晓得那时候纪念碑立到哪儿去了，和妈妈得不得在一块上面。

说到这儿，她露出了一点微笑，在国子监飘着落叶的街上，和阿姨倚得紧了一些。

拾 >>>

## 最后一瓶氧气

广佛镇卫生院里空荡荡的，听不见一点声息，似乎没有人会在这里住院。

走到一间虚掩的病房门口，才看见有个穿迷彩服的人靠在床头，半闭着眼睛。鼻子里插着呼吸管子，连到病床脚头，显眼地斜支着一个氧气钢瓶，外壳有些锈蚀了。对于有人走进来，他没有反应。

我坐在对面一张病床上，房间里很凌乱，吃剩的半碗饭和几盒药片一起搁在床头柜上，似乎只动了下筷子。看起来没有人照顾他。他没有抬头看我，似乎已经对外界没有感应。只有他的鼻腔里发出微弱的喘息，听来近于一种叹息。起先他是仰躺着，后来换成侧靠，过一会儿又换回去，辗转寻不到一个片刻安顿的姿势。

喘息声略为加重，忽然他从床上坐起来，往氧气瓶那边佝过身去，垂下了头，额头抵在氧气瓶身上。他佝着的身子和斜支的氧气瓶形成了一个三角的拱形，这个钢瓶是他眼下唯一的倚靠。

一个八九岁的男孩踅进来。是病人的侄子，在镇上念小学。说叔叔是罗家院子的人，叫林志学，和幺叔都在山西金矿打工，得了尘肺。幺叔前天已经死了。

前一段是婆婆在照看，但是幺叔这两天过世了，婆婆要回去料理，叫他来送饭照看。下午婶子就从东莞回来了。

床上的林志学没有看我们一眼。他的所有力气似乎为呼吸耗尽了。

小男孩走了，对面病床住着的一个老头打针回来，说同伴遭孽。两人晚上对床睡，林志学没有一眨眼工夫是睡着了的，一直在喘，声音忽大忽小，只能这么半靠着，也平躺不下去，还翻翻覆覆地换姿势。“出不了气，他过不得吔。”前几天还吃点饭，今天饭等于没动，人瘦得脱了形。又没人照看，他还帮着倒个水啥的。老头子又说，现在命只靠这瓶氧气供着，等他媳妇回来拔氧气，拔了氧气人就没了。

下午再过去，老头子出院了，屋里多了个女人，抱着孩子，看来是从东莞赶回来的妻子。但她的衣服和脸色，似乎有点和这间屋不协调。

衣服是水红色的，近于工装，但穿在她身上，又像出嫁的衣服一样合身。脸色和衣服一样新鲜光亮，是她天生的肤色，一天一夜的火车也无从减损，连同她不乏活泛的名字：文清香，让人怀疑怎样和床上的矿工联在一起。

她一直抱着孩子，用利落的口音对我讲了家里的情形：

早年林志学在山西煤矿里当工人，是最好的炮工。前些年身体不行了，光感冒，去查才晓得是尘肺。查到了也不敢跟老板说，怕人家不要。只要身体稍微能支撑，还是在下矿，直到去年底实在不行了，才回家。

主要是睡不成觉，夜里没有一分钟是眯着的。我睡着了能听见他的喘气，也分不清是在醒里梦里。感觉他的气总是不够用，像炉膛里尽是灰又插不下去，火就恹恹要熄了。

家里有个五岁的女孩，不会说话。以前会说，因为长附耳，一岁多做手术，做完就不开口了。去年只好又添了这个小孩。两口子呆在家里，经济无法维持，娃儿满了一岁一个月，我就出门打工，娃儿叫家婆带着。在广州一家电子厂，给充电器装盒子。回来时辞工辞不掉，老板不允许，说是现在工人难找。所以请了二十天假，今天吃中饭才到。

“氧气打到没得希望了。”她平淡地说，并不避讳病床上闭着眼的丈夫，“吸完这一瓶，也吸不起了。”

有一种奇怪的感觉，病房里的这对夫妻，比两个相隔千里的陌生人更远，一个在活生生的这边，一个却去了那边。连她平缓的语气，也是这样既近又远，像人们在送葬的丧堂上，说着一个近在手边，却已经不在手的亲人。犹有余哀，却已经接受了这件事。

即使是在当初，容颜新鲜的她，和沾满煤黑的炮工丈夫也不协调。但她臂弯中安静的幼儿，连同大女孩沉默的分量，又是真实的。眼下她穿着鲜红的衣服，像个新娘站在病房里，让人隐隐不安，又似给他最后的慰藉。

小时候经过罗家院子，有时会打量路里边的一座土房子。这座房子比院子里别家矮，窗户也小，似乎它自知适于这样的身量。它的墙土比别的土房子更旧，但奇怪地从门前的熟煤灰堆里伸出一根水管，圆嘟嘟的嘴一直在流水。和这件事类似的，是屋里有三个女孩，会引起我们路过时的好奇和拒斥。

当时我不知道里面有文清香。三个女孩慢慢长大了，门前的泉眼似乎也消失了，院子里其他的土屋都换成了红砖楼房，只有这座土房保持从前面目，身量和门窗显得更小了，似乎是一个小人国度里的住所，不知如何容下少女们发育的身体。

一个月之后，我给文清香打电话，她已经回到电子厂，说丈夫当天下午吸完了氧气，拔管回罗家院子，晚上就过世了。她埋了丈夫就又过来了。家里的事妈最清楚，丈夫生前的手机留给妈了，可以打电话。

电话里文家老婆婆枯索平淡的声音，也像女儿那样，说起林志学是个好女婿。

似乎是配好的，林家有三弟兄，住在鸡冠峡口上湾里，按去那里娶亲的富表哥说，是“鬼都打得死人”的地方。林家父母早年过世，三兄弟十几岁打工，都是炮工，老婆婆先找了林家老大做大女婿，八年以前在山西煤矿里炮打死了，那年二月初十满整三十六岁，出门不吉利，结婚冲了喜走的，没料到还是出事了。后来三女子又找了老幺林志学做女婿。老大留下一个九个月大的娃儿，娘改嫁了，娃儿跟着林志学，就是病房里的小侄子。林家老房子塌了，林家老二没成家，逢年过节回来一直住在文家，前年和林志学一起得的尘肺，没钱吸氧，早过世几天，也是她办的丧事。

现在女婿过世，文清香出门打工，三个孩子都由老的抚养。她今年五十几岁，老汉快八十了，还有一个半愚子小叔子六十多岁。

我问她怎么和老汉年纪差距那么大。她像提起一件难为情但毕竟过于陈旧的事说，爸的主意么。

她是邻县人，娘死得早，爸不务正，五搞六搞，家里搞得房子都卖了，爸就带上她、妹妹和哥哥出门了。走到哪儿黑，就在哪儿歇，半挣半讨的。到了罗家院子，文家两弟兄都是单身汉，老大要有四十岁了。爸说文家只有两兄弟，上头无老的，好侍候，就把她给文老大了。她那年只有十六岁，只好服从。

爸又带着妹妹和哥哥到了八角庙，把妹妹也给了那边一户人。自己用得的两笔彩礼钱在那边买房子，找了个后娘，一直带着哥哥生活。

没想到前年阴历八月十九，爸和后娘把哥哥谋害了。她接到改嫁到八角庙的女儿报信，说是那边人都知道，哥哥和爸爸不过①，那天哥哥给邻居家掰苞谷，擦黑回来洗了脑壳睡着了，爸爸拿了一把斧头，劈了哥哥的脑壳。

她犹豫要不要报案，一个人说包庇也要坐法院，她才打了110，警察抓了爸爸，跟着警察过去调查，脚冻得像狗啃。爸爸八十九岁了，监狱关了几天又放回来，第二年开春死了。想到这心里不是滋味。

“你说我做事对不对?”她在电话里问。

林志学的丧事是她出钱办的，花了一万多块钱，打了一夜丧鼓。埋在屋后坡上。林家三兄弟，其中有她两个女婿，都是她送走的。

大年初二，路上飘着薄雪，在广佛镇雪沾到地上就化了。往罗家院子走，渐渐地路上存的有，剩下两道辙痕。到罗家院子，已经盖严了。

文家的房子依旧是土墙，是罗家院子唯一一间没有改造成楼房的。门口虚掩着，像比平时日子更加寂静，也没有别家炸鞭炮礼花的

---

① 不过，方言，指相处不好。

纸屑。房子比我小时候看到的略有变动，原来在那间身量过小的土屋背后，向沟里一直延伸出四五进，最里两进是防雨布遮掩的棚子，地上堆满杂物，其中一间有床，凌乱被褥下蜷缩着一个须发凌乱的老头，像是偶然走到这里躺下的流浪汉，看来是说的半愚子小叔子了。屋后接了几条水管子，依稀还保留着早年门前流水的习惯。

推门走进外屋，地上一炉没有热气的煤炭火，喊了几声才有人起来了，里屋出来一个皱巴小老太婆，想来是电话中林志学的岳母了。接着又出来一个人，是文清香。

她穿着一件普通颜色的衣服，但衬着脸色依然新鲜，几乎让人以为她仍旧是穿着水红。她天生的脸色出现在这间土屋里，和一个漫长寒冷的冬天之后，似乎并无磨损，让人想到当初在病房的出现，是无辜的。她还认得我，说是过年前回来的，过几天又要走，工厂的活催得急。

想到她今后的生活，捎着两个孩子的重量，这鲜艳能够保存多久？眼前皱巴辛苦的老婆子，像她手里卷着的烟叶，十六岁时应该也是漂亮的，还没有完全伸展，就被卖掉，在土屋里佝偻辗转，生下了三个女儿，任时光碾磨成现在的样式，没有余味可以存留下来。

我说明了来意，把网友捐助的一千块钱拿出来，问你们谁收好呢，母女都不言语，有短暂的冷场。我就给文清香了，她签了字。老婆子表情淡淡地，抽着自己卷的旱烟，皱纹在烟丝后面没有化开，比电话里的声音更紧巴。老汉儿和两个孩子还没有起床。煤炉子虽然插了一下，依然只有最初的、依稀的火气。这屋子里的活气还是太稀少了。

像是卫生院病房里最后一瓶氧气。

# 在弟弟坟前

## 一

我们走下鸡公峡口有些偏陡的河坡，柯尊贵引路，拿手掰开近于封严的藤蔓。阳光从身后照来，我们的影子落在脚前的小草和野花上。

河面有细微的水汽蒸腾，刚出峡口的流水仍保留湍急。走完这截急坡，有一片较平缓的台地，弟弟柯老幺的坟葬在台子上，面朝河流。

半年时间，爬上坟头的藤蔓刚刚封严，像是少年有些稀疏的头发。坟头偏小，方方正正的，有点现出棺材的形状，是村里出面安葬落土的。我们在坟前站着，望一望。

不知什么时候，柯尊贵的手背了起来。他站在墓门正前方，望着不知什么地方，不出声。阳光落在他窄削的肩头，人显得很瘦，我想到他是否和柯老幺一样有尘肺病。

在下游公路里边的土屋里，他说自己没去查过。是这一带仅余的土屋，烟熏火燎下门脸都黑了。柯老幺生前睡的床，和柯尊贵的对面摆放着，占满了整间狭小的屋子。

兄弟俩父母死得早，两人出门打工。山上的老房子倒还没塌，爬不上去了，一般过年回来呆在广佛。得病之后，从矿上回来没房子住，租了这间亲戚的灶屋。

在矿上的时候，柯老幺找了一个云南媳妇。查出尘肺，在矿上干不了活，去云南那边养了一段，人家就跟他离了，只好回来。柯尊贵不久也从矿上回来了。

开始弟弟还吃药，是马鞍寨卫生室万金银那里拣的一包中药西药，到了后来吃到没希望了，弟弟请人一大包提出去，连同X光片都倒进河坝了。人一天天看着折耗下去，折成一把刺，抱起来能刺到人。

到了最后十多天，柯老幺倒床不起了。“他心里发烧，随时要喝水”，一夜要喝掉一大电壶水。有个堂姐过来，喂了他几天饭。

最后一天，柯老幺已经说不了话。队上有另一个尘肺病人过世，柯尊贵去送葬，堂姐在屋里照顾。回来看弟弟在喘气，也没放在心上，吃过中饭在门前洗碗，刚洗一会儿堂姐在门上喊，柯尊贵回来一看，弟弟喉咙呼噜呼噜响，出不赢气，过了几分钟，有一口气没接上来，就过世了。还算是掉气时有人在边上。

弟弟用过的被褥还堆在床上，床顶的木杆上挂着一簇花花绿绿的衣物，不像是兄弟两人穿的，却给这屋里添了些颜色。弟弟的遗物只有一口小黑皮包，放在堆杂物的里屋。屋里除了一架旧自行车，还有一张破沙发，两只竹篮子，和一台不知哪个年月用过的缝纫机，大约是山上老屋里带下来的旧物。这是兄弟俩的全部财产了。

黑皮包里有一部手机，屏幕已经摔坏了，黑乎乎的屏幕上落了灰尘，又被人的指头揩掉一部分，像一个特别的图案。另外是一个户口本，上面写着柯老幺的本名柯尊玉，生于1971年8月，未婚，小学文化。身高、血型、职业都是空白，上面盖着派出所的条章，柯尊贵说，还没有去办户口注销。

和户口本叠在一摞的还有一张照片，弟弟抱着一个小女孩，在黄帝陵前合影。我问这是他的小孩吗，柯尊贵说是侄女，就是自己的孩子，两岁大时照的。女儿现在白果坪上小学。床头花花绿绿的衣服，看来是妻女留下的，妻子出门打工了。

照片上的柯尊玉眉清目秀，穿着一件迷彩服，头顶写着“黄帝陵正门”几个大字，背景张灯结彩。

弟弟坟头没有清明吊和金箔之类，细小的蔓叶吐出菟丝，随风微微颤动。自从来到这里，我们一句话也没有说，只听见坡下河水的滔滔声。

对面山上电站的输水渠，多余的水溢出排洪口倾泻下来，白花花一绺绺搭在山坡上，像一副绷带。

## 二

第二年回家，听说柯尊贵死了。

他是在鸡公峡口小学里过的世。小学已经撤并多年，以前在马路上看到上操游戏的小孩子，像是地头开的蒲公英，现在是空荡荡长草的院坝。教室和宿舍卖给几户人家，其中谢家是柯尊贵的房东。

我打电话给谢家老婆子，她也不清楚过世的情形。“我在广佛街上女儿家住到，听说他死了才回去，欠的房租都没得人结。”

柯老幺死后的年底，亲戚要修新房子，收回了兄弟二人的租屋。

柯尊贵无处落脚，只好找到谢家老婆婆，她家在学校路边修了两间石棉瓦平房，打算做灶屋的，因为丈夫过世没用成，按一个月五十块租给了柯尊贵。从学校能望见柯老幺睡的地方，只隔着一个河弯。

柯尊贵在石棉屋里打豆腐，沿路叫卖。大半年之后，他也打不动豆腐了，就窝在平房里，房租就一直欠下来，老婆子去催，他也不说交，也不说走。

柯尊贵死的时候没人看见。他平时不出门，也没人注意。过一两天有人走路下来，大热天里在马路上闻到臭，旁人才晓得。安葬的事作了难，村里找到堂姐家的侄儿承头，埋了人之后，侄儿落得了柯尊贵打豆腐留下的一套锅碗，还有那辆骑着卖豆腐的破山地车，或许还有那台老屋里留下的缝纫机。

谢老婆子赶回来，什么都不剩了，除了欠的房租，还有赊的她一百五十块黄豆钱，无处去要。

我说你不能找他媳妇么，老婆子说早都不要他了，自从发现他得尘肺，媳妇就出门了，名气是打工，再也没回来过。这回人死了都不知找哪方联系。

我想到那次问柯尊贵，他说自己没有去查过尘肺，实际上是检查出来了病才回来。他在白果坪上学的女儿，不知由谁抚养。

谢老婆子诉起苦来。她的老头子长年在内蒙古铁矿上打工，有一年过年看场，大雪天在森林里迷路，血管冻坏了，浑身痒不过，在小学的屋里上吊了。旁边两家先后搬下广佛镇，小学里没人了，老头子上吊死后，她一个人不敢住，只好在广佛街上租房子，沿街卖小菜，挣不到几个钱，又遇上这种事。

柯尊贵的坟也埋在鸡公峡口河坡上，就在弟弟的坟旁边。坟头也许覆上了稀薄的藤蔓。

不知那次背手站在弟弟坟前，他想到了什么。也许是有天自己会来到这里，和弟弟一起听着河水响，不出声。

## 勇儿的梦

一架老式胶片机在店里拍的照片，上面有四个人，前排是坐在藤椅里的岳父和蹲着的小明，后排是站着的勇儿和我，背景是大河。勇儿满面笑容，右手搭在我的肩上，似乎是在说明，他是拍下这张照片的提议者。

照片上的大河变成了水库，左半边的两个人已经不在了，表情严肃的岳父和满面笑容的勇儿。

那次是勇儿带着媳妇，从上门的河北良乡回来。上八仙的车上，他靠在里窗，打量贴着车外暗青色掠过的页岩，对身旁的媳妇说："你看这些，多细致——"

渡船口的店门前，他让媳妇靠在自己肩头，望着大河，太阳下山，一条金色的带子，从脚下直铺到天边。他轻轻叹息："你看这是上天的路……"

媳妇沉默地顺着他，不知听懂什么没有。大家说，她有些笨笨的，否则家里不会招勇儿上门。

不知道勇儿被冒顶塌住的灵魂，能否走上去天上的路。要穿过地下两百米的黑暗煤层，似乎有些难，就像他和母亲从河南回来的路。

勇儿两岁的时候，当过村妇联主任的妈嫌男人是酒罐罐，带着他跑下了河南。听人贩子煽，说在那边家儿富足，男人不喝酒，还能当代课老师。结果被卖给一家三兄弟，轮流过夜。母亲没法忍受，几年后跑了出来，躲在一座山里，又找机会把勇儿偷出来，逃回了家乡。一路说好话搭便车，走到岚皋县的时候，娘两个身上只剩一个要来的饼子。前夫已经另娶，只好改嫁到张家。

勇儿姓了张，并不像真的张家人。张家本身有一儿一女，继父不大亲勇儿。勇儿妈自从回乡，也变得很闷，不大管勇儿。他经常的玩伴，是公路旁赵家店里的两个姑娘，他喊姐姐，也就是以后我的妻子小絮和姨妹。岳母一个人开店那些年，常年靠他打伴，在大河的水响中睡着，听见公路上有个响动，就握住枕头边的一根攒火棍，跟他的身长差不多。十五岁那年他出了门，常常给两个姐姐写信。我看到过他从北京郊县寄来的信件，总是很正式地这样开头：

> 大（二）姐：
> 近来还好吧？我这里一切都好，很想念你们……

她们不太回信，对于他一成不变的问候，找不到什么话来回答。他却似乎是按照义务，定期把自己在外的行止告诉她们。以后才知道，实际上在来信一成不变的抬头后面，勇儿在外面的经历并不平常。

他在北京一家饭店里当帮厨。小絮有一个亲二叔，早年参加了地质队，在河北良乡工作。勇儿常去看他，认了亲，嘴巴甜，二叔给他介绍了这个女友。勇儿结了婚，就在那家饭店办的婚礼。保留下来的几张照片上，勇儿穿着西装，餐厅顶上结着彩灯，由于玻璃的闪光，勇儿的脸大多是黑的。

过了一段，勇儿却被饭店辞退了。勇儿去二叔家时常带些小菜，说是饭店剩下的。后来才知道勇儿有顺手拿的毛病。女友喜欢吃包子，他也顺手拿了一些。勇儿从没在岳母和二叔家里拿过东西，早年倒是曾从张家偷蒸馍给岳母当早饭。

勇儿换到了一个清真寺当保安和管电，他会一点电路修理。那段时间他曾经骑一辆八成新的自行车，带着媳妇去二叔家。过了一段派出所的人却上门来了，让二叔做笔录，原来那辆车是勇儿偷来的。据说他参与了一个偷车团伙，都是家乡人，那些人跑了，却把他抓住了。

勇儿坐了半年牢。出来之后，他又给小絮姊妹写信，抬头仍然是说一切都好。又说打算让张家的妹妹过去，一起在北京的超市里做蒸面，说那个生意好。

正是在这期间，他带媳妇回来了一趟，留下了那张四个人的照片。

他带了张家的妹妹去北京，蒸面生意却没有维持多久。据说他不会管账，本钱都落到了妹妹妹夫手里。生意倒闭以后，妹夫要去山西打工，勇儿也一路去了。那时候他的媳妇已经生了。

勇儿以前没有去过山西。别人说他身体单弱，不适合下矿。去山西以后不到三个月，他就出事了。那次事故里就死了他一个人，旁人连皮都没擦到。

岳父和二叔去山西处理了勇儿的后事。勇儿媳妇说娃子嫌人，分了八万块赔款给勇儿的妹妹妹夫，委托他们养大娃子。估计她是想再嫁，怕娃子拖累。勇儿的骨灰带回家乡，由张家负责安葬，丧葬费也在赔款里出。在张家柴山上找了块地方，做了一副泡桐树木料，安葬了勇儿。年纪轻，虽然有了后人，也没打丧鼓。安葬的时候岳母流了眼泪，私下说不该用发胀的泡桐树给勇儿做料，用的勇儿的赔款，至少也该用椿树料。但她也只能送上一份五十块的情。勇儿的妈和勇儿媳妇都是闷闷的，没见她们流泪。

勇儿过世半年多，有一次翻相册，看到四人的那张合照，小絮眼睛就湿了。过了一阵她说，其实我收到过他一封信，就在他去世以前半个月。

这封信和从前的都不一样，信里勇儿讲了他在矿上不太习惯，还总是做一个梦。

“他说梦见自己站在一条长桥上，好像是在一个火山口上，两边都是燃的火，望不到底。他只有从长桥上往前走，长桥只有一尺宽，他不敢迈脚，一迈就会掉下去。总是在掉下去的那一下，就吓醒了，一身冷汗。”

小絮收到信，以为跟往常的一样，就没有当时拆开看。等到勇儿安葬了，她想到了这封信，拆开了才知道里面的内容。她当时出了冷汗，几晚上一直发梦魇。不敢留着信，只好烧掉了。

那张四人的合影，当时放回了相册，现在也不知落在何处。

## 草莓地上的林娃

在广佛镇街头平娃的五金店里，听到了林娃去世的事。从我最后一次在姚家院坝见到他，肺里的气耗了半年。

那天中午，他从筲箕凹坐摩托车下广佛。天上飘小雨，他到五金店里坐下时，头发和肩膀有些湿。

平娃店里开了个麻将馆。那天打的是下雨，打输了的人起身换人，来来去去，他一直在旁边看人打。看了半晌，他到外面店里向平娃开口，借三百块钱，想玩一会儿。

平娃一时没答言。老婆陈世纯说，你没得钱，莫跟那些人羼。我们紧得跟啥样的。平娃就接口说，你身体也蹩，打麻将也耗神，就坐着玩，养养神。

林娃就继续坐着看别人打，一直到快擦黑。他没钱坐跑班次的面包车，依旧搭了摩托车进城，找弟弟美娃和大哥友娃头一门的嫂子。嫂子一家在城里买了房，美娃也住在一起的。

没想第二天，林娃死了的消息带上来。听说林娃下了县城，嫂子家里安的有热水器，晚上林娃想洗个澡。洗了一会，林娃忽然喊自己不行了，美娃去扶他，他靠在美娃背上出来，趴在阳台上喘气，还是倒不过气来。赶紧往医院送，人背到楼底下，脑壳垂下来，就在美娃背上硬了。

人要送回筲箕凹落土，平娃他们都上去帮忙。

林娃用的是老娘的棺材，棺材放在阴坡老屋里，人也送到老屋就近安埋。从平利县城包了救护车，拉到大队上，中间隔一架山，毛毛路救护车上不来，只好拿人抬。急忙急促的，用两根竹竿绑了两幅床单，做了个软兜子，把林娃兜起来，抬上了阴坡垭子，又从地里顺坡下到老屋。

那是一片草莓地，草莓刚刚熟罢了。头天刚巧下过雨，草莓皮有些滑。前头抬软兜子的人踩到草莓皮脚一滑，一屁股坐到地上，把后头的人也带倒了，竹竿脱了手，软兜子顺坡滚下去，翻了几道就把林娃甩了出来。人甩在草莓地上，好在还没过于污脏，沾了些草莓叶子和熟烂了的草莓浆，脸上有些红红白白的。没办法，又就地装起来，抬到老屋里，当天下昼装了棺材，挖了坑，平娃他们都出了些力，一阵抬上坡埋了，擦黑在大哥友娃屋里吃了顿饭，就散了。

平娃分析，可能是淋浴间的蒸汽太大，气不够用，洗热水澡本身也耗力气。当天下小雨，林娃从筲箕凹坐摩托车一路坐下县城，身体本来虚，又多少受了些凉，几宗事赶巧了。

林娃的今天也是必然的。二哥才娃在外地，没来得及赶回来。平娃说，才娃也查出了尘肺。

## 打工女孩的墓志铭

有一年，三三忽然发来信息，请我写一首诗，刻在她新近去世的表姐的墓碑上。

三三是我堂姐的女儿，从一个民办大学毕业后，到浙江嘉兴做外贸行业。这个请求让我意外，堂姐嫁到邻省湖北的姜堰，我虽然也去过，但从没见过她的表姐。

三三带着哭腔说，表姐是个完美的人，很漂亮，对她特别好，是她一路走过来的偶像，没想到最近她出了车祸。

三三发过来一张照片。照片上的女孩身材纤细，看上去很温柔，打着一把阳伞，有一种很轻很软的感觉。三三说，表姐在广州那边做外贸，她从前走的路基本就是自己现在走的。区别是表姐家里穷，上了中专，念的是煤炭学校，毕业之后国有矿改制，找不到工作。她不愿意在家乡找人托关系，自己到南方打工，进的是小厂，站在操作台的流水线面前，一天十二个小时。晚上回到宿舍，双腿肿胀得放不到架子床上。宿舍是活动板房，时常有老鼠钻进钻出。厂在镇子上，隔墙外是稻田，蜻蜓常常穿过缝隙飞过来，在鼻子尖上打转。

三三说，这叫她想到自己初到嘉兴的情形。在嘉兴下了火车，坐公交到一个镇子上，再搭摩的到招聘启事上说的工业园区，不过是几幢黑乎乎的烂尾楼，没有路灯，当时只想逃。公司的楼房外墙似乎刚刚除掉脚手架，内部完全没有装修过，三三被安排住在顶楼一间水泥毛坯房里。房间很小，窗户都没有安玻璃，姑且挂了一副塑胶百叶窗帘。下水管道露着口，不知哪里来的老鼠，在这没有安乐窝的地方逡巡。三三晚上头缩在新买的被子里，戴个摩托车手的塑料头盔，唯恐老鼠觅不得食物，对自己耳朵下口，却闷得睡不着觉。每夜她都想给表姐打电话，问自己是否一走了之。

三三不敢告诉家人或同学，自己在翻译学院毕业花名册上的“就业”，是到了这样的地方。表姐是她唯一可以联系的人。在这间毛坯房里住了半个月，换到一个好点的房间，仍旧是毛坯，但没有那么多老鼠了。这时表姐坐飞机来嘉兴看了她一回，两人去了一趟乌镇，回来又逛了嘉兴城里的南湖。这次游玩使三三喜欢上了嘉兴，她觉得自己能在这里呆下去了。半年后又换了一个房间。开发商大约找到了资金，把楼房收了尾，安了窗，墙面粉刷了一下，才像个样子了。三三终于摆脱了睡在水泥地上的感觉。

在南湖的游玩中，表姐告诉三三，她当初在广州换了几个小厂，都在镇子上打转，双腿始终脱离不了肿胀。表姐知道这样不是办法，报名参加了外语自学考试，下班后打一盆热水，双脚泡在盆子里看教辅，几年中过了十几门考试，拿到了大专文凭。

为了练习会话，不管下班多么疲累，她都要上网找外国人聊天，别人以为她是交网友。实际表姐那几年从没谈过恋爱，也没有去玩过。她在深圳打工，没有看过海，也没去过贾樟柯拍的世界公园。这次的游玩，对于她也是难得的一次。

后来表姐摆脱了流水线，到小公司做外贸，在网上用QQ和Skype同国外客户洽谈，接单。客户和三三公司的一样，大多是东南亚阿拉伯的，表姐英语磕磕巴巴，客户的英语也磕磕巴巴，好歹当初聊天的底子起了作用，渐渐熟起来，一月能接下来百十万的订单，还被一个老板拉入伙，成了公司的股东，虽说在创业期，并没有分到什么红。

三三是日语专业的，那次表姐拿走了一本三三的教材，以后告诉三三，自己去日本旅游了一趟，特别喜欢那里，回来开始学日语，希望自己攒够了钱去留学。春节回家，两人在姜堰见面，表姐已经能像当初两人入行做外贸一样，磕磕巴巴说日语了，她拉着三三聊天，为了躲避路人，两人总在姜堰背后的田埂小路上用日语交谈，有时分心一脚踩进田里，边拔脚边笑。那个春节像往常一样行色匆匆，却是两个人过得最开心的，像回到了童年时候。

出车祸之前，表姐刚刚辞了职，正在准备日语考试，都不怎么出门。没想到一次去超市买东西，却遇到一辆逆行的摩的，出了事。

大约是表姐身体很轻，被撞得飞了起来，像一片刨花，落地时候又重了，像一块玻璃，再次被刹不住车的摩的碾过，全身的骨节都碎裂了。一起飞出去的还有表姐手里拿着的日语书，三三知道她是像春节在姜堰的田埂上一样，分了心。

三三赶到广州去看她。到医院的时候，表姐已经在ICU病房里，全身被绷带包裹了起来，连眼睛都包在里面，三三完全看不见她，也听不到她被纱布裹住的心跳，不能想象上次见面活生生的人，成了这个样子。想要去触摸一下表姐，却又知道不能触碰，就这样隔着咫尺的天堑。心里还是有个盼望，表姐什么都特别能坚持，这次也应该能坚持过来。

表姐确实能坚持，她在头部重伤休克、全身摔得不成样子的情形下，单单靠着心跳在重症室里坚持了十四天，才终于离世。三三冥冥感到，表姐昏迷的意识里有多么强烈的愿望，想要从这次打击中恢复过来，延续她的梦想。但是表姐没有醒过来。

“也许这么多年一路走过来，她的心累了。”

有一年，我到嘉兴去看望三三，见到了她现在住的房间，在一幢办公楼里，房间装修过了，但是很小，床铺两头抵着墙壁，看得出原本不是为了住人的。这层楼晚上只有三三一个人，常常会让她感到有些害怕，尤其夜里穿过走廊去上厕所，两旁的房间都熄灯了，却又从门玻璃中透出微弱的光线，不知从哪里来，感觉一步步踩在自己的心上。我们一起去南湖游玩，搭船到了湖心岛，去看那条著名的开过一次大会的游船，虽然不过是复制品。

眺望湖面的时候，三三告诉我，到嘉兴这些年，没有正经谈过恋爱，因为处在老板圈子里，都是有家室的人，不合适。但也难免这方面的纠葛。有一年夏天，一个老板说开车出去玩，把她强压在汽车副驾驶座上，想要欺负她。她穿得薄，背上都被安全带勒出了很深的印子。后来她断然离开了那家公司，老板想要赔她些钱道歉，她也拒绝了。“最好的办法不是要钱，而是自己挣得更多，过得比他好。”

这次电话中，三三说表姐也遇到过类似的情形，上司或者客户的纠缠往往难以摆脱，这也是她想要去日本换个环境好好开始的原因。表姐和她一样，爱好文学，在这个圈子里遇不到有共同语言的人。想到表姐来世上一趟，人又这么漂亮，没有好好恋爱过一次，也是让她特别难过的原因。

表姐去世之后，骨灰送回了姜堰安葬，这是她最后一次回家，从此可以不走了。因为是未出嫁的人，只能以弟弟的名义立碑安葬。弟弟觉得三三有文化，找到她撰写碑文，她没有这方面的经验，后来想到了我。

“她很喜欢诗，所以一定请你为她写一首。”

我为表姐写了一首诗，发给了三三。但是我一直担心，这不合于乡村风俗，又太长，或许只有墓碑背面能够放得下。不论如何，为一个未曾谋面的女孩写墓志铭，在我是平生第一次。

往后三三春节回家，给我发来过表姐墓碑的照片，但只有正面的。墓地在姜堰背后的田野里，靠近小河，就是两人往常漫步之处。因为是冬天，田野空旷，三三说等到开春，田里会开出很多粉红的豌豆花，小时候表姐会采花给她扎在头上。

几年之后回乡，我和一个朋友从县城搭公交去邻省的姜堰玩。我们在姜堰街道背后的田野上游逛，顺着小河往下走。小河像带子弯曲，似乎在挽留什么。正是水田分秧的季节，到处是春水和薄薄的绿意，豌豆花还没有开出来。我想到了表姐的墓碑，不知是在哪片地里。打三三的电话，一直不通，等我们上了本县的公交车，她才回了微信，说先前一直以为是推销电话。就这样错过了那块墓地。

我没有问过三三，墓碑的背面是否刻上了我写的那首诗。或许，这已不重要。

姐姐

我记得你站在机器前的漫长时光

直到双腿肿胀
回到板房的架子床上休息
现在它们终于
可以安心地休息

每个孩子生来有一段假期
你的假期刚开头已经收尾
你的人生课堂没有下课铃
你自己做了监考老师

再见时你已被包了起来
包得好好的像你刚出生
像一件特别珍贵不能碰的东西
姐姐
我知道纱布包住的是你的心跳

这心跳维持了十四天
它是在身体逝去后
单独靠自己
活了两个周
足够上帝
造出两个世界

他造了什么？

是拥有你的喜悦
和失去你的悲伤
他怎么能把这两样
混合着烧成灰
装进这个小盒子里
就像他当初
把整个世界装进一只船舱?

姐姐
我知道你离开我们的唯一原因是
你完美无瑕
这样的奖品
上帝总是留给自己
像一个自私的工头那样

姐姐
现在你回到了家乡
一场没有期限的长假

像那次没有结束的
童年游戏
当我来到这长满豌豆花的角落
总能找到你

## 不反光的房屋

走到香河口一处上坡路，吴立志让我回头，看月亮。

月亮离山顶有一人来高，却又像是完全脱离这世界，只洒下青色又发黑的光线，落在突出的一切事物上。山顶下面的坡地留在阴影里，又有一处稍为突出，摊上了一些月光。

月光里依稀有一处房屋。它不反光，但能看出土墙的轮廓。

吴立志说，房子里没有人。虽然它看上去是好好的一处房屋。

它坐落在坡上，和公路离着几十米的距离。落差或许是几丈。过去很多房子是这样，似乎为了避开着路，也可能过去的小路都在上面。但这几十米，却定下了房子的命。

它永远也无法走下来，似乎还包括房子里的人。

房子对面不远有处山坡。吴立志说，他喜欢过的那个小学女同学，就埋在这座坡上。

很早以前我听他讲过那个女生，长得好，家里太穷，放了学擦黑还要在山上采药。

有一天听说，她从山上掉了下来，落在公路上。人摔得极死①，吴立志跑去看，脸上有一缕血，衣裳落些灰土，眉目还是生前的，眼睛睁着，似乎是一脚踏空时太吃惊了。其实她平时眼睛里也有点受惊的样子，像是担心老师的提问、药没挖够、回到家伢喝了酒打骂。

人抬到屋里，没成年的女娃子，不打丧鼓，家里也没有现成的棺材，钉了个火匣子埋了。为了不占地，就埋在她失足摔下来的那面树丛里，对着老屋。

这截上坡路似乎特意让人走到这里缓一下，回个头，往外就出河口了。

坡顶上路外边也正好有一根木头，坐在上面抽烟，可以看到坡下河谷的溪水。

月亮有一点落在溪水上，微弱细碎地闪光。我们曾走下溪面，水浅没过脚背，脚底有一点疼痛和痒。顺着平展的溪面，走出去蛮远。

女娃子长得好，是因为她妈人材就好，手也巧。她豆腐打得好，到处去打豆腐。女娃子出事之前，村子里就有一些传说。男人喝了酒就打她，越打越往远的走，不肯落屋。

女娃子出事之后，她跟人到广东，说是被骗的。到了那边就没回来了。家里两个女的都走了，两个老的又死得早，剩下三个男人。伢和老大出门打工，老幺在广佛上寄宿中学，有时周末回来看看。逢年过节三爷子回老屋过个年，平时挂一把锁。

老幺考上了高中，在平利寄宿，平时就不回来了。伢年纪大了，打工年头长了，索性回家乡找点小活干，在县上租了一间房子，和老幺一起住着，顺便照顾他好好上学。过年的时候，老大也回来了，三

---

① 极死，方言，形容当场死亡，毫无余地。

搬空的房屋，院落只余青色

爷子就在县上出租屋里过年。老屋门上的锁，一年到头没人摘下来。

出租屋里没有煤气灶，平时用一个煤炉子做饭兼烤火，晚上睡觉提出去。腊月间天气冷，县城这年时兴烧无烟煤，老爹也买了几砣回来，试着烧一下，果真没有烟。晚上图热和就没有提出去，把剩的两块蒙在灰里，窗子也没多留缝，心想没有煤烟子不怕。叫老幺睡在有火的外屋，老大和伢睡在里屋。

半夜时候老幺大约是冲醒了，起床出门去撒尿，门才开了一条缝，外面新鲜空气一激，人就倒在门缝前面。到了天亮，被邻居发现了，120来的时候人还昏迷着，屋里一股煤气味。

进到里屋，两个大人安安静静地睡在床上，叫不答应。凑近了一看，都没有了呼吸。

只有老幺抢救了转来，那条门缝救了命。

两个大人县上没有地皮落葬，火葬又要下安康市，由村里出钱拉了回来，用他们自己的底垫①，一人买了床棺木下葬了。葬在自留地里，反正也没人种了。

屋子里办丧事，生了几天火。落葬之后，门上又挂了锁。老幺无心读完高中，就跟人出门了。

听说他在广东打工，以后又去山西，一直没回来过。

和那些长年在山西甘肃河北矿井里漂泊的年轻人一样，他成了故乡的隐身人，黑色的影子，就像从来没在这里出生过。也许多年后成为骨灰归来。

---

① 底垫，指积蓄。

老屋长年关着大门，或许锁已经朽了。钥匙可能也不在了，再没有人会打开。它静静地待在月光下，月亮越升越高，它没有变得明亮一些，像山脚下的溪水，或者一只眼睛。

它生来就是这样，没有反光的地方，也不会发出回音。纵使封闭了无数往事。

# 拾壹 >>>

## 艾滋病朋友的遗嘱

前一段遇到曲佳，说刘隽搬到草场地去了，找了个外国男朋友。我问她干吗搬远了，曲佳说那边房租便宜，三里屯呆不下去了。

又说，你知道吗，我们在刘隽那见过的，一个朋友，得艾滋病去世了。两年了。

我有点吃惊，问是哪个，同时脑里浮出那个小店里的情形。

那是一家三里屯附近街旁的小店。刘隽租下了底层的一室一厅，一半做店面卖衣服，一半自住，说是这样省成本，就这么生活下来。去动物园市场进衣服，一般是女式T恤和裙子，靠着自己的眼光，赚个差价。偶尔也出去旅游一下，认识一些圈子里的人，近乎一个女文青的生活。在她那里，能看到比较混乱又似乎有点情调的摆设，几种酒和咖啡，买衣服的顾客不多，倒是有一些来自小众圈子里奇奇怪怪的人。

这和刘隽的工作经历有关，在开店之前，中文系大专出身的她杂七杂八干过模特经纪、导演助理、IT公司策划和杂志编辑很多行业。

我是跟着曲佳认识刘隽的。有一次，我和曲佳去那里时，长沙发上已经坐了几个人，有个人是小个子，光头，穿一套很简单的黑色T

恤，对人的动作和语气很温和，温和得让人觉得有个什么地方不太一样。

后来刘隽悄悄说，中间有两个人是“同志”。

他们另外的身份则是驴友兼志愿者。

那时是汶川地震过去半年，刘隽提起我曾经去报道过地震，又说他们震后去青川做志愿者，刚从那里回来。就这样聊了几句。

似乎他们是住在帐篷里，吃大白菜之类的伙食，教农民做生意卖土产。帐篷漏风比较麻烦，拿麻袋垫，他们说起这些也是淡淡的。

但因为时间久了，我又怀疑，后面这些住帐篷的细节，是从另外的志愿者处听来的，当时我们并未聊多少。

那次之后，很久没有见到。刘隽也很少说到他们的事，似乎是有所顾忌。她的生意一直清淡，房东也涨了租金，似乎随时要从三里屯搬走的意思，又一时找不到好的地方。

我常常怀疑，她这样的生活究竟能持续多久。

有一次，刘隽叫我去一个酒吧，说上次的那两个朋友在，想见见我。

我们穿过三里屯背后拥挤的人群，嘈杂的气氛和被人群踩得稀烂的地面，心情变得烦躁。见到他们，双方握了个手，要坐下来给我点一杯酒，我因为不喝酒，对这里的一切忽然很反感，连同桌旁的人，猝然提出要走。

他们都意外，想要说点什么，又无话可说的样子。回来的路上，我接到刘隽的短信，对我的失礼有些生气。我也不知怎么回答她。

一年多后，我去汶川做灾后重建调查，想到了那两个朋友，曾经打电话给刘隽，她说，他们早就从那里回来了，提供不了什么帮助。我想到那次在酒吧失败的见面，也不好再说什么。和刘隽也没再见面。

没想到现在听到这个消息。

曲佳说，刘隽不久前告诉她这个消息时，那个朋友已经去世两年了。朋友去世之前，委托姐姐办理火化的事务，叮嘱她不留骨灰。又请她保留这个秘密两年，再告诉朋友。因为他不想当时就让朋友知道，他是得艾滋病去世的，但也不想永远欺骗他们。

我想这个朋友，是否就是那个光头小个子，声音很温柔的人。

当我联系上身在攀枝花的刘隽，才明白我和曲佳的记忆有很多误差，有的甚至是想象。

去世的朋友不是光头成都崽儿老蒋，是刘隽招租的室友。他有一头很好的头发，看上去总像个美少年，所谓的“千年老妖”。我是否在那条长沙发上见到过他，是个疑问，但他住那条长沙发上，每月一周到十天左右，其他的时候则春秋在广州赚钱，夏天去伦敦度假，冬天到纽约过新年。在圈内，他是个小有名气的造型师。

刘隽保留了一张他在沙发上打瞌睡被偷拍的照片，张着嘴，披着一件从刘隽店里拿的外套。刘隽说，这是黑他，他很注意形象的。

去汶川做志愿者的不是他，而是刘隽本人，在当地也不是教农民卖农产品，而是支教，教孩子英语课。至于那次我在酒吧匆匆一面的人，也不是他，是学舞蹈出身的演员波波。

他确实很温和，从来没有和刘隽红过脸。他最生气时的样子无非是把人的名字拖长了念，说：“小隽——你——你——”像他从事的专业一样，他从来不说脏字。

2011年的时候，刘隽因为房租上涨准备关掉那家店，这时他回来帮刘隽搬家，一边拿东西一边说自己浑身痛。刘隽搬去草场地开了新店之后，他就住院了，姐姐在照顾他，又不让朋友们去看，只有刘隽去过两次。他的人极度地瘦下来，变成皮包骨头，皮又被各种输液管子扎破了很多地方。

据姐姐解释，他是因为喝咖啡太过量，一天七八杯，造成身体钙流失，免疫力消失。但刘隽记得，他一天也就喝一到两杯咖啡。因此怀疑他是感染艾滋病。

他以前有个美国男友，相处了十来年。刘隽觉得他不是个滥情的人，但不知道他们分手后的情形。有一次，受洗信了主的刘隽打算给他传福音，气氛有些尴尬。事后想来，可能是因为他的"同志"身份。"以后我就在心里放弃他了。"

没想到住院期间，有次他给刘隽打电话，说让去看他，"有好事情"。刘隽有点怀疑他是病重安排后事，要把他那些外国包包送给自己，心里怕，就带了一个伙伴一块去。没想到去之后，他在病床上撑着坐起来，说自己最近思考了很多："我希望自己能像你们一样，我想拜耶和华——"

原来这是他说的"好事"。意外之下的刘隽和伙伴带他做了决志祷告。"祷告完之后，他好像立刻平安了许多。"

2011年中秋节，刘隽从攀枝花回北京接到姐姐的电话，让去家里看他。他躺在床上看着刘隽，已经不太能说话了，对着刘隽想笑，却又笑不动的样子，只有眼睛转动显得很大，像笑，又像吃惊。另一个情形是他的四肢和额头变得特别黑，像是他天生黑皮肤，"有些吓人”。

那次探望之后，他的手机忽然关闭，微博不再更新，发短信不回，和朋友们失去了联系。姐姐也不让人再去看他，只说他又住院了，医院重症监护室不允许探视。

因为生意不好，那段时间刘隽关掉自己的店去了荷兰，没有了他的消息。两年过后，忽然接到姐姐的电话，知道他在探视的当天晚上过世了。“那天按说我应该有察觉，却一点也没往这方面想，还计划着等他病好了，带我去给他那些‘同志’传福音。”

朋友们都在这天接到了姐姐的电话，姐姐说是他的意思，在他去世两年之后再通知大家，以免朋友们觉得太突然。

当时刘隽已经身在攀枝花。荷兰签证到期，她觉得自己积蓄太少，没法再回北京，就想到回老家。住在父母家里，可以省下生活费，实在缺零花了，找两个学生教英语，和当时做志愿者时干的差不多。平时交往的，是“一帮不信主的无聊的同学”。

刘隽说，闲下来的时候，她也想写写这些朋友们的故事，还有自己的北京经历。

## 林中空地的烧痕

阿牛和阿鲁走过牛牛坝后坡的小径，去远处山上。

从奶奶家的土屋出发，穿过两条淤塞的干沟，树木稀疏，小径覆盖干枯的竹叶，没有水分。走到阳坡上，视线才开阔起来，两片苜蓿地开放微小的紫色花序，山下是起伏的牛牛坝川道，浮尘飞扬。

走过苜蓿地，现出一片被绿色铁丝网围住的树林。一处铁丝网的下端被人拗弯出了一个小口子，姐妹熟练地俯下身子，贴地面钻进去。看得出她们常来这里。

铁丝网内的树林仍旧稀疏，但比奶奶家后坡上的保护得好，树下茅草还没来得及返青。姐妹沿着依稀的小路走了一会，拐进了草地，走向一小片林间空地。

这块空地有些特别，单零地出现在草地中，裸露着发白的地面，似乎并非一般的荒芜，经过了特别的变故。姐妹走到空地边缘，低头蹲下去，青色查尔瓦罩在她们微微佝偻的肩背上。

前一段的化雪天，姐妹俩也是这样来到这里，淡薄的阳光下，披着查尔瓦跪在雪地，面对眼前的一小片空地，沉默地呆上一段时间。有时倚靠空地边上的一棵树，近地处树皮消失了一截，带着剩余的绿意活着。

这小片空地和这截裸露的树身出自火焚，焚烧的对象先是妈妈，后来是爸爸。大凉山彝族人的风俗，死去的人不留骨灰，不立坟冢，眼前的一小片空地是父母留下的最后遗迹。

沉默中的无尽往事，在奶奶院坝里讲起来，像是坡下牛牛坝的川道，露着贫瘠的房屋，覆盖微尘，真切又虚幻，带着剩余的痛楚，又在微风中消逝。

阿牛和阿鲁以前和父母一起住在牛牛坝的街上，但从记事起就没有在自己家里。放逐了一家人的，是毒品。

爸爸吸毒，姐妹俩和妈妈劝，他不听。毒疯发作时，浑身冒汗，吐沫，抽搐，看着瘆人。有了白粉，当着孩子的面就开始拿打火机点着，送入鼻孔。爸爸进去了好几次，最初是戒毒所，后来劳教，长年不在家，放回来一次，很快又进去了。

早年父母在外打工，阿鲁只知道郑州这个地名。家里的房子很早就不存在了，冬天回来时在街上租住几个月。

家里的房子之外，爸爸还卖掉了爷爷传下来的街上的地皮。爷爷是乡里的干部，家境好，用外人的话说，“牛牛坝半条街是他家的”。到了爸爸手里，一块地皮三四百元就出手，为了急火攻心的毒瘾。

爸爸坐牢的那几年，妈妈回家来照顾阿鲁阿牛姐妹，三人租住在街上人家的土坯房里。没有煤炉子，上山拾柴烧饭。没有电，晚上点油灯睡觉。

爸爸最后一次劳教期间，妈妈去世了。妈妈也跟爸爸学会了吸粉。她生前动辄感冒，多日不痊愈。爸爸在戒毒所里查出了艾滋病，妈妈去检查，也感染了病毒。因为缺钱，她没去治疗。最后一段时光，她咳嗽、吐血，身上脱皮，脸色像烟熏火燎的住屋那样发黑。

姐妹俩只好搬到后坡上，跟着奶奶住，吃穿不如别的孩子。别家吃早饭，阿鲁阿牛只吃两顿，伙食是玉米和荞巴，吃不上米。父母身后遗留着债务，姐妹俩交费都是借钱。阿鲁只有一条破洞的牛仔裤，自己补了又破。在学校，两姐妹没有伞，有时要淋雨。没有暖壶，喝水都是冷的。

营养的匮乏，在姐妹身上存留着后果。阿鲁的面目清秀，体态举止暗示着一个修长的身量，实际个头却矮小，似乎是把本来的可能性强行遏止了。阿牛的手有厚厚的老茧，是帮奶奶干活磨出的，土屋的二楼堆着一圈过冬的柴火，是叔叔在街上砍伐，姐妹俩背上来的。阿牛的任务，还有奶奶的两只羊。

爸爸最后一次出狱回家，身体已经很差了，非常瘦。政府发的免费药物吃了后副作用大，精神恍惚，爸爸没有领取。当年一块吸毒的朋友，阿鲁知道的一共有六个，大多已经过世。

有一个朋友来看爸爸，当阿鲁的面拿毒请爸爸吸，另拿五块钱给阿鲁。阿鲁愤怒了："我没要那人的钱，使劲把试图吸粉的爸爸推倒在地，骂他：'你还想再进监狱吗？'"白粉撒在地上，爸爸躺在地上一脸羞愧。此后两年里，他再也没有碰过毒品。两年后，爸爸去世了。

去世前不久，爸爸去美姑县住院，那是他唯一一次治病，也不过是输液。阿鲁陪着爸爸，给他送饭。爸爸脸色发黑，身上脱皮，腿肿起疹子，看去有点怕人。他不让阿鲁碰他，说："我好不了了，会去世。你要努力学习。"阿鲁有点害怕，不相信，像妈妈去世前一样。

从医院回来两个月，爸爸去世了。

爸爸知道自己得病后，一直很注意，自己备了一只碗，不再用大勺子一块在盆里挖着吃。也不让阿鲁和姐姐跟他睡一起。有一次阿鲁非要跟爸爸睡一块儿，爸爸坚决不让，当时阿鲁委屈得流泪了，事后想起来，知道爸爸是爱护。两年前，阿鲁阿牛姐妹去乡医院接受县里派人来排查，结果没有感染艾滋病毒。一块儿排队的大人小孩，共有十几个人。

阿鲁常常梦见爸爸，爸爸躺在医院病床上，挂着输液瓶，不跟阿鲁说话。有次阿鲁梦见爸爸回到了家里，高兴地说："你不是走了吗？怎么又回来了？"爸爸没有回答。阿鲁很难过。

爸爸妈妈去世后烧化，大人没有让阿鲁和阿牛在场，这处地点是两人后来得知的。

"想了，就来看看。"来时不拿花束，不供香纸，只是这样沉默地相对，有时在心里说话。"上次考了第四名，拿了奖，我也来跟爸妈说了。"

和姐姐一样，她手上也有茧，不过是在中指上，笔杆磨出的。她是班长，想到自家的情形，"心里有压力，尽力去学好"。学校晚上熄灯后，阿鲁打着手电在被子里看书。上初中后科目变多，名次退后，让她忧心忡忡。

眼下受益于一个美国基金会在本地创办的女子班，阿鲁只需要交每学期一百五十元资料费，阿牛也免除了一半资料费。学校免费的伙食，也好过家中的水煮土豆，能够供给成长的身量需求。但高中收费的前景仍旧带来忧虑，考大学当老师的梦想看起来还过于遥远，"只有考到西昌去读书才有可能，在美姑就完了”。

眼前的空地无从保护，过几年长草了，也不会芟除。假如这块树林将来主人派了别的用场，空地消失了，“也不好说什么”。

沿来路走出树林，姐妹俩熟练地屈身钻过铁丝网，又把拉开的铁丝扎好，像是无人来过。经过紫色的苜蓿田，姐妹俩脸色终于开朗起来一些，山下川道飘来学校广播的歌曲，是周杰伦的。

阿鲁说，周杰伦还成，不过她最喜欢的是邓紫棋。“她是女生，歌又有力量。”

# 一杯香飘飘奶茶

我坐着周莉莎父亲的三轮蹦蹦车，往县城后山去。

蹦蹦车是漾濞县城的主要交通工具，父亲以跑出租为生。他到宾馆来接上我，意外地车上有一袋水果，香蕉、橘子，还有一杯奶茶。车上本来有他喝水的杯子，路过家门，他又下车回家，带了一个保温杯出来。

蹦蹦车去往后山，出城的水泥路完头，明显地颠簸起来。父亲停了一下车，把水果放到了车头稳当的位置。地势升高，路旁人居的楼房渐次消逝，现出累累墓冢，和内地的样式不同，是一只两头平齐的圆拱。父亲说这是回民公墓。走完了这片墓区，到了后山脚下，似乎在开挖什么工程，现出庞大的豁口，堆着渣土，父亲在堆场停下了蹦蹦车，提起水果袋子和保温杯。一个男人在附近地里干活，问他："来了?"

"来看下闺女。"

"周莉莎"三个字留在我的笔记本上，是两年前她写下的，笔触细小，缺乏凝聚字体的力气，似乎碎裂的一片片茉莉花瓣。

还有些痕迹留在空了的房间里。成语辞典的页口上，几册没有烧掉的课本、一本同学纪念册上。一小瓶广告画颜料，一排画笔，一块矬掉了一些的橡皮泥。一种依稀保存着的少女房间的粉色。

床被精心收起来，并没有新的安排来扰动，她说的话就还在屋子里，轻轻软软的语音，和她的字一样，在这里又已走远。长长的马尾下平静的面容，在病患深处，却又预先摆脱了病患，即使是提到生死，也像在讲述一件距自己遥远的事，分辨不了是年少的天真无感，还是成人的洞明世事。纪念册上的一页，记录了喜欢的电影：《失孤》。

“医生说活不过十二岁”，省去了“我”。十四岁的周莉莎，心脏上有个补不起来的洞，走上几步台阶，嘴唇就发蓝，呼吸跟不上来。尽管如此，仍旧愿意住在这高处的屋子里，视线好，望出去远山线条起伏，还有窗脚下一块菜园，母亲种下的青色。窗台上晾着自己放学路上捡的木棉花，晒干了做枕头，是这里的传统。

和生前相比，除了少一些东西，房间没有触动。“有时候觉得她只是出了趟门，不久就回来了。”这个看上去壮实沉默的男人说。

“奖状烧掉了。”父亲说。这里的风俗，逝者生前喜欢的东西，都给她烧了去。

按照女儿的吩咐，父亲到学校去领回来的。在去世前一两个小时，周莉莎最后提到了这件事。第三度复学，升上初中不久，周莉莎参加了一次学校的作文竞赛，她写的一篇杨靖宇艰苦励志的稿子获了二等奖。

去世的时间是凌晨三点。白天开始发病，救护车送到大理，像往常无数次的奔波，她在车上睡着了。晚上十点多，嘴唇现出蓝色，呼吸变得困难，像在独自爬一架望不到顶的阶梯，父母在旁边望着，却搭不上手。救护车再次拉回家，最终在阶梯上坐下来之前，她吩咐了父亲作文的事。

没找到这篇作文的下落，还有当初她说的志向，“希望病情好点，考到北京，上北大、清华。漾濞好几年才考一个，要学习拔尖才行。现在学习算不上拔尖”。

工地上方，后山稀落的松林，零星露出一些坟墓，没有回民那样显眼的样式。但仍然受到影响，带着小小的拱形。我们走着上山的小路，父亲显然对这里的施工不满，轻声说山挖坏了，本来植被很好。像茶山，层层的台地，坟墓坐落在台地上，有些滑坡的痕迹。经过了一座小坟，为陈年松针遮蔽，墓门上两行剥蚀的字。父亲停了下来，从塑料袋里拿出一个橘子，一个苹果，放在墓门前小小的平台上。

“这是周莉莎的堂姐。”他说。堂姐在七八岁时去世，由于一场交通事故。

继续往上走，翻越一层台地，看到一个比较新的墓，草和松针未曾覆严，露着微红泥土。父亲的脚步放慢，似乎变重了一些，向水泥砌的拜台走去。

我们在拱形的墓门前蹲下来，墓门上有一列上香的旧迹。墓门上几行红色文字，是用妹妹的名义立的，“胞姐周莉莎墓”，似乎对走在前头的女儿，父母的爱不方便表露。旁边两行黑字，“原命生于2000庚辰年九月十九日，大限卒于2015乙未年九月十九日”，正好是生日。父亲拿出了塑料袋中的水果，有苹果、香蕉、荔枝，依次放在墓门中。

另外他取出那杯奶茶，拆开封盖，又旋开身旁的保温杯，冲上奶茶，有些笨拙地抽出两截折叠式吸管，插进冒着热气的杯子里搅和两下，重新盖好杯盖，插好吸管，端正地放在墓门正中。对于这个杯子和吸管来说，他的手显得过大，就像刚才他的脚步对于这块小小的墓地，显得过于厚重，却又小心翼翼，连同吩咐的声音："周莉莎，你吃点这个香飘飘奶茶。""香飘飘"三个字，郑重又轻声地念出来。后来他说，女儿生前最喜欢喝这个。

我们在墓前站了一小会。有一方水泥砌的拜台，看起来时间不久，却有了裂缝。父亲仔细查看裂缝，说是前几天下了雨才有的。

"怕梭下去，地基太窄。"当时安葬得急，找不到好地方，葬在这里，也是想她和堂姐近，有个伴。

"周莉莎，我们走了。"下葬之后的一年半，他来了三十来次。以前放的果子，供过之后，可能让山上的小动物享用了。

在渣场上发动蹦蹦车之前，父亲停下来，再次望望后山。"都挖坏了。"他轻声说。

那杯香飘飘奶茶，此刻还是热的，散发出香气。暂时也没有别的手来触动。

## 核桃树下逝去的

来到这座大山，路途遥远。在山腰，离开公路后几个上坡的急弯，车子驶入一片高大的核桃树林。气氛忽然安静下来，连同轮胎腾起的尘土，路上强烈的阳光留在了世界高处。这是树干和叶子的世界，只有在深处，隐约看见住户。

我们向着一户人家走过去，经过黑色的大核桃树。家乡有核桃，但似乎从没见过这么古老庞大的树，比那些没有果实负担的乔木还要高大，树冠仍旧挂着青翠饱满的核桃，像和黑色的树干完全无关。

在最大的那棵核桃树身上，有一溜齐整的豁口，环绕着向上，像是一个个平平的酒杯，或是耳朵。看起来是人工挖出来的，我想是用来蹬脚爬树。想起了家乡漆树身上割出的一个个口子，插着叶子或贝壳。

往深处走到那个院子，似乎比邻家要荒凉一些，院地不平，也没有什么器物。迎面的老屋，带着彝族人的装饰，屋顶中段有点凹下来了。

小姑娘坐着小凳，在空荡的厨房吃炒饭，捧着一个显得过大的碗。没有菜，天气的闷热似乎不适于进食，她的动作缓慢停滞，像是根本没有吃进一粒米，供养一丝生气。

她今年十三岁，上五年级，但她半年没有和弟弟一起去上学了。

上学要走下整座山，过一条河，回来时则是爬山。半年前和伙伴爬山回家的途中，她在一个小小的沙土坡坎上，忽然掉队，摔倒了。

有个隐形的伙伴拿针刺了她的小腿肚子，绊倒了她。父母用三轮摩托送她到乡上，再搭公交到漾濞县城，起初诊断为胃病，最后却确认为一个陌生可畏的名字：急性淋巴细胞白血病。

似乎这个属于遥远他乡的病名，特意越过绵延的群山，穿透大核桃树浓密荫蔽的树冠，在树下贫瘠的静谧中找到了她，要在这座已经过于空旷的院落里，再拿走一件东西。

她流鼻血和头昏的日子越来越多，只好告别了学校和下山的路途，除了频繁出门就诊，只是呆在大核桃树下的院落里，看着弟弟每日背书包出门归来，和偶尔接收在昆明打工的堂哥的消息。

堂哥送了她一套《格林童话》，当她渐渐从树林和院落退回到堂屋里破旧的沙发上，这些童话还可以带她去到远方，比她治病走到的大理和昆明更远之处。

但渐渐地她在童话里也走不动了。

那个隐形的伙伴一点点拿掉了她所有的血，不动声色，连疼痛的提示也阙如。家里没有钱去终止这个进程，换掉失效的骨髓是一笔接近百万的天文数字，即使是古老的大核桃树冠最高处的枝梢，也相隔天壤。六次去大理化疗的花销，二十多万的负债，让本来贫瘠的家中变得更空旷，也让父母的声音日渐空洞。

最近两天的三次流鼻血，正在抽去最后的力气，她回答的声音轻飘，又带着晦涩。问话已经使她过于劳累，最好是回到沙发上，虽然天热仍旧捂着被子，保存剩余的体温，像土墙下枝叶卷曲的美人蕉。

她没有吃什么饭，似乎只是尝一尝盐味。没有多少味道可以品尝，屋顶下有一桶蜜蜂，是用粗核桃树干挖空，横卧在屋脊下，但只是一桶，远远比不上邻居。

那棵带有酒杯式脚蹬的大核桃树是她家的，脚蹬是爷爷亲手砍出的，但只是一棵，其他的分给了叔叔伯伯家。邻居家有好多棵大树。她爬过家中大核桃树的腰身，也喜欢吃核桃，但眼下力气和味觉一起离她远去。连父母的声音也失去了味道，干巴巴地像是盐放久了。

我们无力地谈起花费和报销，将来可能的康复和上学，功课不能撂下，喜欢哪个老师之类。所有人似乎在小心回避一件事，正显出它时刻在那里，占满了这座屋子，比眼前小姑娘身上仅余的生气更真实。

我们不久离开了那里，把小姑娘留在大核桃树荫下。树下的时光似乎和外面不一样，我希望这里的时间会久些，让小姑娘掉队得慢一些，却不知道慢一些的意义。

离开的第三天，我们在车上接到父亲的电话，小姑娘死了。父亲的声音仍旧干巴空洞，分辨不出味道。

大树下的时间并不慢。那个陌生的名字来自远方，它用一种没有顾忌的步骤带走了她，远比我们坚决。

这是我们失败的秘密。

## 老菜园

鄢长友领我们走到坡地，分开草丛，有一座坟。这是老婆子睡的了。我惊讶于坟的大体严整。

“老菜园。”说出这个词，语气落在“老”字上，显得郑重其事，或许和坟一样，是这里剩余不多的重要东西。

草地长严了，完全看不出以前的菜园，在灌木中怎样开辟。老汉打头破阵，老婆婆跟身翻梳，杂乱中才有了纹路。上山小路旁一个垒得很整齐的石垛子，只是卫护着一棵树。不知道谁有这样的心情，是我在山上常见不解的。到溪边去的路完头，架着两根捆在一起的木棒，颤悠悠地到水边，被踩光了皮。水从山上下来凉了。

房子下陷了，屋顶像是盛了太沉的东西。但并未长出蘑菇或狗尾草，因为蒙了一块塑料布。塑料布旧了，三年前鄢长友说起过，这是他得到的全部低保待遇。

那时老婆子还在。为了这块油布，她的头上被村支书敲了个大包。捋起头发，我看到了那个大包。今年鄢长友托人要了三百块钱，过年赊了五十斤米。“人家说我太没用了。”他说。

地上有上次雨水淌过的痕迹，形成了两个小小的圆坑，吃饭的罐，似乎就陷在这坑里，缺了一半。老婆子的腰是近于九十度躬着的，在这间矮棚子里显得合适。鄢长友则会磕碰到一些棚架上挂的东西。

现在的他磕不到了，背也躬了下去。

铁钩上添了一个吊罐，也已熏得全黑了。床上添了一只猫，铁锅里的剩饭有些惊心，似乎已经死去了一次，灾难后的景象。可能这是给猫狗吃的。

鄢长友说，老婆子的坟请了几个人，用了袁家老屋场搬走留下的棺材。

我见过这副棺材，晾在老屋的阶沿下裂口了，看得见里面的一线情形。但这仍是花了钱的。就像那个石板屋顶开裂的老屋，现在也升起炊烟，从这里可以望得见，住进了一个老人，是从镇子上回来的。这条河里只剩了落单的老人，不与外界关联。

墙向这头倾斜了，那头的楼顶，由一根树杈撑着。树杈看不出颜色了。有天这根树杈断掉，房子就和人命一起没了。

现在的楼上，还有些苞谷，搭着一架小梯子。屋后坎上晾的天星米。这头有个厕所。狗拴在两截破墙里，停不住吠叫。地里有翻过的界限。

那时候，这个屋子就消失了，慢慢地什么痕迹也不会留下。像现在的老菜园，看不出了。

鄢长友是鄢主事的后人。鄢主事老屋场在回龙坪，曾经从这里伐木顺水转运下安康，修府城。二伯说，鄢主事的后人不行。他是八仙出的第一个名人，本身的命太强了。

上次听鄢长友说过，他的头一门死了，是个来要饭的女人，他想着能生孩子，留下了，可是她太能吃，生产队的工分不够。鄢长友赶她走，她黑里往下走到峡口上那根大青树，一头栽下去死了。几天以后才发现，臭了，队上把她就地埋在河边一个坑里，盖上几铲泥，省地。后来涨水可能冲起走了。

鄢长友又找了这一门，怀了一胎。那天鄢长友在坡下油榨坪听说生了，回来一看是个没有脚的癞蛤蟆，浑身是丁丁，两肋还各有一个气泡，一鼓一鼓的。说是她洗了裤子晾在石头上，被癞蛤蟆爬了。鄢长友把它扔进了茅厕。这以后老婆子再没怀过。

山上有一条条的雾气，树木都是褐色的。二伯指着一个凹地方说，有次一个野猪卧在那里，被堂弟从坡上一枪打下来，一直滚到坡底下。除了分给帮忙的人，卖了一千块钱。

路上的野棉花苞圆鼓鼓的，露水打沉了。往下走一点，看不见鄢长友的房子了。像先前走进了老菜园，看不出坟。

## 青潭眼中的大鱼

几个人离开黄白马水流细小的河道，顺着一条岔溪往上走。入口的地势狭窄，我们攀援苔藓踮脚前行。在一处吊坎下的小滩边，我们停了下来。

几段小动物的脚杆，整整齐齐摆在溪边。起初以为是树棍，光溜溜的，腕骨处带着的毛发才让人觉出有异。脚杆上部切断得很整齐，似乎如果有疼痛，也被一刀斩断下来了。但疼痛又并未消失，始终在空气和流水声里的什么地方。

小指说，这是一只黄麂子的四只脚杆。麂子是保护动物，下套逮住后，不能明白地拿走，或许是整只麂子装不进袋子，把脚杆剁下来了。

脚杆没有血，不顶新鲜了，但也没有飘散腐臭。因为是生前奔跑的部位，没有多余的脂肉，韧细的筋。拿起来凑到鼻孔，闻出一点点轻微的肉体的腥气，似乎它整个伶俐的生命，近于身下的苔藓落叶，与肉身的温暖腐朽无关，只会存留这丝仅有的体气。

小指犹豫了半天，要不要把蹄子带回去，还可以打一碗汤。后来还是算了。

为什么要把脚杆整整齐齐摆在这里，像是一个仪式？

电站蓄水的那年，我在黄白马目睹了一次意外的场景。

大水已经消失了，河道白光光的岩石底子露出来，剩着一些潭，像眼睛嵌在几乎断流的河道里。这些潭显出极致的清，一切纹路和动静都沉底了，连水体也似乎不存。但在眼底又有一层青，说青又不够，近于黄，久了看出是青苔，太细显不出形状，也不足改变水的清，像是营养不够。

投入这样的潭中游泳，似乎含有忍心。一个手指头的扰动，或将不可挽回。但因为这样，却又更诱惑。在犹豫时，看到上游几个人站在一处潭里，又似乎不是游泳。

看来潭不很深，他们都穿着短裤，佝下身，在水里摸索。这情景使我感到奇怪，他们在摸什么呢？似乎一种毫无意义的动作。想过去看看，却又懒于行动，烈日下一切都静止了，只有他们半裸的身体在缓缓移动，不出声。想到某个影片中外星球上的场景。

突然，有个男人扬起了手臂，他的两手间握着一条大鱼，真正的大鱼，有十几斤重的样子，鳃鳍闪着金红的光。一切戛然有了解释，他们在摸鱼。可是这个小潭里，怎样摸出如许大的鱼来？它怎样生存？

鱼几乎不挣扎，鳞片的闪光没有颤动。它看起来并不属于这世界，却又已自行放弃。我忽然明白，它是电站截流前剩下的鱼。在先前宽阔的河道里，它的身体长到了这么大，截流后却不合适了。只能藏在小潭的石头下，幸存下来，但躲不过今天人手的彻底搜刮。

在忽然极度减退的水体里，它无法缩小的身体，怎样满足供养的需求？我想到水底缺乏营养的青苔，穷人空了的青光眼。在落到人手中时，它已无力挣扎。或许这是合适的归宿。

这是河道里最后一条大鱼，最后一次收获。那些电站工人们并不在意这一点。截流的时刻，他们也在大坝下捡鱼的人群中。从来没有过这样的盛事，先前汹涌溢满的水流倏然减退后，来不及退走的鱼群搁浅在砾石上，徒然地摔打自己，大幅翕动着无水的鳃帮，落到蜂拥的人群手里，时常引发欢呼。以往的撒网、钓钩，甚至炸药和鱼糖精都不必要了，鱼唾手可得，这样的盛事，谁也不会去想它是第一次，也是最后一次。

人群退潮之后，所有的石块都被翻动，除非明显藏不住大鱼的小石头，被人弃而不顾。这些石头下渐渐发出臭味，恶臭弥漫了干涸的河道，越来越尖利。在这样的臭味里，我翻开了一块石头，看到一个微小的地狱内景。

十多条大头扁身子的巴岩鱼，连同几条小沙鳅、两条麻鱼，还有几只虾米，紧紧凑挤在这个小小的空间里，当时残留着一点水，很快成了它们葬身的墓穴。鱼和虾的身体已经干枯起皱，似乎并不足以发出恶臭。但无数这样小石头下的墓穴，仍然让河道变得几乎无法走近。

在一块裸露的大石头上，晾着一条过小的鱼，叫做鱼星子，它微白窄细的身体似可忽略，只余一只眼睛，向天空睁着。

在那些摸鱼者的背景前面，我向着一只水潭的眼睛投身下去。潭眼太透明，水纹生成又同时归于消灭，像在空气里，引不起波动。潭水有一种非人世的碧绿，我四肢缓缓移动，感觉不到自己的身体，像一条已经死去的鱼，仍在呼吸。

多年前的一天夜里，忽然听说黄白马毒鱼了，温水砭全村少年出动，我骑在小明的摩托车后座上，急急忙忙驰骋几十里，经过了整段黄白马河谷，听到呼呼风声和汹涌水流，顺着险阻河岸下到水中，却一无所获。

以前黄白马人是走不过去的，险滩连着险滩。大鱼在潭底老死，也吞没多少的人命。上后坪的小路坡下河道里，水流迂缓，有一个大龙潭。水退之后龙潭还在，露出了一弯沙滩，经过时有人说，潭里有一只水獭，先前无论如何谋不到，说是成了精。天气好的时候，会把捉到的小鱼排在卵石上晾晒，像上供那样齐整，听到人的风声，连小鱼也不要了。截流以后，终究被一个人套走了，是个外地人。像是套走了这段河谷的灵，以后龙潭被沙湮塞，只剩下残余的一小条水迹，随时会蒸发风化。

顺着小路往上走，有一处房子，远望去是好的，或许住有人，小路也还在。路口几棵李树，出自人手栽植，熟透了的李子紫红发黑，掉落在水边草际。到了院子，遍地茅草披覆，祖人的坟都盖住了，像老年无从修剪的毛发。

土墙石板屋顶还是好的，屋里的炉坑干燥，似乎犹存暖意，晚上会否有狐狸或狗熊来借宿?

我想小路还在的原因，是成了另一条小兽行走的径路，留着微小的蹄印，和人世偶尔交错。

后人们不再回来烧纸上灯。或许有人前来，辨识微小的蹄印，只为下套捕捉。

## 山里的狼狗

在堂弟的门前，看到两只狗，大的不是我想的那只，心里有种不安。一问，狼狗已经死了。

狼狗只是被叫作狼狗而已，实际上只有一半狼狗的血统，麻秆腿和深褐毛色，充足的忠实，而完全缺了杀气。因为绝对不咬人，它在看大门的那家安康铁厂里被认为无用，脖子上已经套上了绳圈，要杀了喝汤了，被办事的堂弟看到，认为这条狗是一条命，可能还有用，掏了钱买下来，带到了山里。

堂弟是当兵回来的，开始伐木，后来包了一座山养牛羊兼打猎，他需要一个人在山里走始终有一个生灵相跟的感觉。这条狗完全忠实于他，而这是那些纯粹土种的狗无法比拟的。至于爬坡的本事不熟，在撵仗中无法跟上猎物，这些弱点也就可以容忍了。当堂弟在一处乔木下或水潭边坐下来，点上一根烟，青色的烟丝袅袅升上一小会儿，消失在干净的空气里，那只狗安静地坐在不远处，忽略着烟丝可能的味道，眼神和堂弟望着同样的方向，乔木层落的顶端或者是水面，这种情景是不能重现的。

我在堂弟的丈母家见到了狼狗，它和几只土狗杂在一起，安静地忍受着它们的吠叫和争抢，垂着尾巴进出，似乎并不在它们之中。在一处蜂箱的近处，它为一只蜜蜂所苦，皱起了眼眉。后来堂弟和我一起去上游，狗看见我们有出发的意思，就走在前头了，结果那些土狗走了五十米就回来了，看家是它们的本分，只有狼狗跟着我们。我们顺着让河溪谷走，到了一处大石下的水潭布粘网，用来第二天收鱼佐菜。狗一直在我们旁边，四肢站在一块并不宽敞的圆石上，以便能近一点地看我们布网。这似乎是它严格的职守。

吹过了一阵悠悠风，它却忽然上了坡，以一只狗的速度，一纵一纵很快消失了，我意外于它的反常，堂弟说它可能发现了猎物，站起来听了一下，又似乎没有。它上坡的速度看不出来有何迟缓，来到山里之后，它尽力地学会了在这里生活，虽说仍旧比不上那些其貌不扬的土狗。过了很大一会儿，它几乎是无声地下来了，我们是忽然发现它已经来到了身边，堂弟正在对它说你这是怎么了，忽然看到石头上有一块肉，是一只野猪脚，已经腐烂了。看来是一只被套子套住了很久的野猪，下套人一直没有收，就没有用了。这只猪脚它没有下嘴，不知道是它内疚于自己的失职，要叼回来请示，还是它就是闻到了猎物的气味，觉得要尽责。后来似乎是它把野猪肉叼到一边，吃掉了一些，等我们沿河岸跳石上行，它也就放下肉跟了上来。

沿河谷往上，到了一个叫隔人潭的地方，地名的来历是河中心有两块大石，大石下临着一个深潭。有人在大石上垂钓，吊钩正好垂进深潭，忘了神，上游下暴雨，洪水暴涨，把这人隔在了河中大石上。这人的下落没有讲，我一直疑心这人是我们这里最出名的文人鄢主事，中过进士，他老家在让河，后来去京城做到工部主事。堂弟是过惯了跳石的，下游涨水的时候，木桥冲垮了，他用一块大石头做跳石飞两下过河，到丈母娘家里，那时他还没有追到这家的幺姑娘。

这一段不通公路，没有电，只有这家人，这个没上过学的姑娘。他在东莞打过工，当过保安，也谈过恋爱，用他自己的话说，没想到是在这里结了亲事。好的是原生态。

岸边到低的一块石头上有相当的距离，中间隔着激流，堂弟一跃而过，又伸着手把我勉强拉过去，脚略微沾湿。剩下那只狗，站在那头犹豫了一下，堂弟蹲下身，像对我那样伸出手，狗也就不再犹豫，一跃过来，不想多了两条腿的狗，跳起来却距离不如人，一下子掉进了河里，往下冲去，下面紧接着一个吊水，轰轰地溅起汹涌水花，狗的后半截已经被冲了下去，前半截两只脚却扒住了石头，吊在陡坎边沿上，承受着瀑水的冲击，并不发出声音。堂弟赶忙欠身抓住了它的前腿，费力地拉上来，除了头部浑身已湿透了，抖了两下身子，弓起来又打开，像射箭一样抖在了我们身上，一边还摇着尾巴，似乎完全没有经历刚才惊险的一幕。

过一段时间，堂弟要带着它翻过山，回到豹溪沟的家里。有时赶着两头牛，狼狗和牛尽量不互相干扰，有时牛来了脾气，追赶这只狗，狗则赶忙避开，没有任何发脾气的表示。几乎听不到它出声，只是很少的时候，短促地发出两声低沉的汪汪，似乎是节省到极点，也许因为这个，它的脖子上挂有一个铃铛，也只是有时，发出低沉略有清脆的响声，标志它是一条身份不一样的狗。在家里，它不主动吃东西，安静地等着给它的一碗，虽然它的身量超出一般，肚子大致是瘪的。

我几乎想不到这条狗有性别，也是需要交配的，它似乎从未显出对另一条狗的需要。那些狗样子都与它差别不小，比起人类，也许更疏远。但它还是交配了，眼前这一大一小两只狗，大的是它的女儿，小的是女儿的孩子。大狗身上已经看不出狼狗的依稀形象，只是毛存着一点深色。是它在哪一个春天和一只本地公狗配合的结果。小的那只，则完全是白狗了。它带到山里来的一半狼狗血统，就这样完全消失了。女儿脖子上挂着它的铃铛，性格也算温顺，但是据说完全没用，吃东西上不能克制。

开始说是老死的，它其实已经十几岁了。但后来堂弟说，它生了病，先打了一针，用了比较少的药量，好转了一些，就打完了一满针，结果却死去了。

这样消除了我心里一个暗暗的担心，它有没有被吃掉，最终领受钢厂里被延迟的命运。一只病死的狗，大约是没有人吃肉的。但我没敢确定地问，它埋在何处。

我知道三舅家的狗老死的时候，表弟想剥了吃肉，三舅娘流泪发气阻止了，埋在猪圈外边的竹园里。能长好粗的竹子。但前次回老院子，二舅娘留下的狗寄在三舅家，浑身脱毛，弥留的样子，二舅家搬下镇子的这一年，它似乎经历了后半生衰老的全程。三舅娘说，二舅娘自己不喂，杀了吃她又不准。

我想，三舅娘的话，只是因为不是自己喂大的狗。

这次经过让河河谷，开发景区修了公路，隔人潭那截完全变样了，几乎看不出河岸到河心的石头间花水的激流。大石像是完全变小了，坐不住一个人，曾是三个人和一只狗坐过的。下面天书峡一截，我闭上了眼睛。

**图书在版编目(CIP)数据**

生死课 / 袁凌著. —上海：上海译文出版社，
2020.10(2024.7重印)
(译文纪实)
ISBN 978-7-5327-8533-9

Ⅰ.①生… Ⅱ.①袁… Ⅲ.①纪实文学—作品集—中
国—当代 Ⅳ.①I25

中国版本图书馆CIP数据核字(2020)第161066号

**生死课**
袁 凌 著
责任编辑/刘宇婷 装帧设计/邵旻工作室

上海译文出版社有限公司出版、发行
网址：www.yiwen.com.cn
201101 上海市闵行区号景路159弄B座
苏州市越洋印刷有限公司印刷

开本 890×1240 1/32 印张 14.25 插页 2 字数 214,000
2020年10月第1版 2024年7月第3次印刷
印数：19,001—21,000册

ISBN 978-7-5327-8533-9/I·5252
定价：68.00元